艺术设计未来展望丛书

BOOK 1

杂文集

YI JIAN + JIAN YI
意见与建议

苏丹 著

中国建筑工业出版社

图书在版编目（CIP）数据

意见与建议/苏丹著. —北京：中国建筑工业出版社，2010.11
（艺术设计未来展望丛书 Book 1 杂文集）
ISBN 978-7-112-12460-2

Ⅰ.①意… Ⅱ.①苏… Ⅲ.①杂文-作品集-中国-当代
Ⅳ.①I267.1

中国版本图书馆CIP数据核字（2010）第181625号

编　　辑：高珊珊
责任编辑：唐　旭　李东禧
责任设计：赵明霞
责任校对：姜小莲　赵　颖

艺术设计未来展望丛书
Book 1
杂文集
YI JIAN + JIAN YI
意　见　与　建　议
苏丹　著
*
中国建筑工业出版社出版、发行（北京西郊百万庄）
各地新华书店、建筑书店经销
北京嘉泰利德公司制版
北京中科印刷有限公司印刷
*
开本：787×960毫米 1/16　印张：22¼　字数：534千字
2010年11月第一版　2013年5月第二次印刷
定价：98.00元
ISBN 978-7-112-12460-2
（19719）

序 言——苏世独立 一片丹心

阅读一个设计师的文稿，让人期待的是观察一件物体的影子，影子投于波光粼粼的水面，闪烁流动，映照四方。阅读苏丹的文稿，让人超出了期待。苏丹的文风，虽是散文笔法，但是处处以论文的态度行笔。散文中飘逸的诗意，虽然不间断地洋溢于字里行间，但是总被一种沉思牢牢地牵引分割，设计为精致的体块结构，呈现为历史和思想的节点，初看以为随意讲来，读完倍觉心思沉重。所以，一本文集就是一段历史和一种思想，而这种历史和思想又经过精致的设计。因为是设计，所以又从来不乏美感。

文集分为五章：

一、盯着看与走着瞧（游历），是以游记的形式，陈述天下设计的成就与状态；

二、窃窃私语（观点），是对各种问题的见解和思考，把设计和与设计相关的问题转化为人生和人的生存空间；

三、教导者语录（专业与体制），是一位在专业院校里任教的设计师把创造和知识化为对知识的传授，而又在传授中反省自己授课的经历，对如何教育、如何改进教育作出了特别诚恳而热切的思考；

四、诅咒与鞭笞（批评），是对设计现状，尤其是国内的设计现状的批评。这种批评是一种批判，是一种个人的评判，在评判中褒贬立场鲜明，观点犀利，虽然对自己的主张持论有所执着，但是对自我的批评又不乏严厉自律，而对种种建筑和设计现象的问题，虽然批评起来带有某种调侃和曲笔的性质，但其针砭的深度，让做出这种设计和建筑的人，无所谓者也为之汗颜，有心者会生出欲死不能之叹；

五、双关语（设计与事件），主要是对一些事件本身评说议论，发叙己见，分析原委，更多的是对一件成功的案例作出专业性的品评，让很多常人一带而过的眼光变为专业的品评。

历史是这样展开的，虽然文集是一个遭遇的陈述，但其中却包含了对于设计史的理解，并具有一种以历史的眼光看设计的态度，这是历史的第一层意思。中国进入了新时期仅仅三十年，现代化将中国从文化大革命结束时的孤陋发展为一个喧嚣的时代。这一段历史一定是人类发展段落中极为奇特和变化诡异的段落，这个段落无不留下物质的痕迹，物质的痕迹无不与设计及设计中的问题相关。因此对这段设计变化的陈述和批评实际上是在总结一段非凡的史实，这是历史的第二层意思。在如此纷繁迅速的变化中，更替随时发生，常人全然不识，而对一个在这个时代接受教育并进行设计实践的专家来说，那就是他的成长、他的经验和他的某种痛苦，伴随着青春和愤怒，抗拒着诱惑和压迫。个人成长的经验又是被如此专业地表达，似乎在物质的形态变化之中，带出了一条潜在的思潮与心态的连线。历史的表象总是紧扣住历史的问题，特别是潜在的经验所沉积的问题，这是历史的第三层意思。

设计历史的源头一开始就被定在米兰这个迷人的设计城市，这是达·芬奇的故乡。设计未必从米兰开始，却在米兰沉积，在米兰不间断地开拓，从而从容地给出了一个衡量历史的标杆，在苏丹的笔下，这个标杆由来有自，并且不间断地提供着对设计世界品评的尺度。它似乎充满了设计的所有方面，也营造出这本文集的五章所展现的五个侧面。虽然没有一篇文章明说米兰设计如何，但是米兰集中着设计的成就与状态，从世界各地而来，又展示给世界各地。在米兰无论是城市的设计还是节日的组织，都涉及正在发生的设计问题，并以各种方式呈现着各种人等对它的批评和反思。而米兰的设计学院，记录着大师的成长，开拓着新秀的视野，并且给偶然来访的东西方各国的同行带来思路和消息，似乎普及着“设计何以成为设计”的新的理念。因为看到米兰，必然看到米兰之外，特别是从中国的角度去看，对比之下，所有的问题都有了批评和批判的尺度。描述米兰，从事件开始，又从事件归结。

苏丹代表着一代人的自嘲：

“当我成人以后，太多的欲望和责任感挤撑了对生活最真实最有质感的追求。”（《米兰设计与制造》）

但是正是因为专业的慧眼，却能穿透这种迷惑，在对比和差异中看到问题，而这一切的根据恰恰是历史的态度：

“将历史的形式以符号的方式不断演进是我们对意大利设计想象和解读的唯一寄托，而这些是和现代设计的核心完全不相干的事情。”（《米兰设计与制造》）

基于历史的眼光，评价就不再是临时的情绪，而是一种冷静的观察。比如对城市的感觉：

“在威尼斯的街道行走我却油然而生一种自信，因为这个城市中的每一处边缘，包括像ASENO这样的边缘性的地方，却尽在我的脚掌控制的范围之内。我认为这就是一个城市和人友好的基础。”（《威尼斯的道路》）

比如对港口的回忆：

“这平和的工作神情以及窗外的流变的景致，极生动地表达出变化和静止、时间和空间的相生相衬的关联来。”（《裁缝般的建筑师》）

比如对教堂的崇仰：

“教堂的主体空间（Church hall）是一个复合型的空间，圣坛在靠西的位置，它背后的采光方式也很特别，墙体如同被轻轻地侧向掀起了一个边让光线溜进来，侧身进入的阳光顺着墙壁逐渐衰减映照着墙面的壁画形成生动的视觉效果……在一个个人得到充分肯定和尊重的时代，宗教场所也开始改变原本固有的形象，试图创造一种人和神之间新的对话方式，在这个教堂里我看到了上帝对世俗近乎平等的态度。”（《“偷凉”》）

比如对荒岛的流连：

“这个创业产业集中的岛屿并未因内容的更换而呈现出全新的面貌来。在欧洲历史记忆是被充分尊重的，想要摧毁一种记忆是非常困难的事情，因为记忆就是历史，是生命的一部分……多数艺术作品矗立于人烟稀少的纯自然地带，雪野、河流、麦田、岩石是作品的背景，而艺术家的作品的艺术取向也是多元的，基本上看不到宏大叙事类型的东西，有许多艺术作品甚至是暂时性的，随着时间的延续会逐渐消失于自然之中，也会随着人类活动的进一步参与在一把火之下化作腾空的烈焰和浓烟，为北欧过于平静的原野和森林增加一点暴力的色彩。”（《国际会议》）

对于韩国这个给我们造成威胁的激烈竞争的邻居，却是褒贬兼有，多所宽宥，也不乏批评，甚至对他们江南区的建筑和规划，在前后不同期的文章中或褒或贬，显出作者的游移，也许正是这现代化过程中的不清不楚的沉积，让人在不同的心境和问题意识中，呈现出或多或少的感慨（《惊天动地的小水滴》）。而对于在政治和经济上中国不大在意的南亚，却又有一种精致的观察，带起摇曳的心旌：

“庭院中静谧的水池中绽放的睡莲在讴歌着水的哺育滋养之恩；景象的朦胧是因水升华为飘渺的雾气而生成的羞涩图形，南亚人精瘦的身影在这雾气弥漫的深处隐约闪现，暗喻这庭院无限的生机；室内的窗口望出去，肥厚的芭蕉叶慵懒地舒展着她丰腴的身姿，妖娆地阻拦着来自公共空间投向房屋深处窥视的眼光，是空气和土壤中丰厚的水分才把这少妇般的植物蕴养得如此迷人，或许在微风忽来时她更会一丝丝地颤动，宛若南亚的舞娘在沉着地摆动丰满的腰肢，展现着高超的节律控制的技艺。”(《南亚风情》)

对中国现代化的反思，比较经常看得到的是对一些盲目建设和愚昧的形象工程的鞭笞（《橘子洲头》、《南中之北，北中之南》、《燕郊三仙》），尖刻严厉，直接上溯到历史遗留问题，他的痛心疾首会引起读者对那些官僚和奸商的公愤。但是一旦涉及对于一些同行的批评，苏丹的文章却显得坚定和诚恳。说到白色的建筑，对于王昀设计的百子湾小学和幼儿园的批评，直接涉及人道主义的本质，把建筑家的个人的野心和对使用者甚至是孩子的天性的漠视放到一个良心的审视之中（《粉饰》）。由于对历史的深刻体验，所以文章经常是一点到问题随即进入到对问题背后的历史惯性的陈述：

“‘粉饰’是中国民间惯用的建筑装饰手法，是一种朴素的审美价值驱动下的劳作。时下的新农村建设运动中就正在进行‘粉饰’以消除‘丑陋’的红砖乡土建筑，在北京的乡村半个月的时间粉饰就彻底改变了代表贫穷、落后、涣散的形象。在工程方面粉饰又绝对是一种事半功倍的方法，在造型方面粉饰的效率也高得出奇。我曾经眼见一个拥有近千户家庭的村落用刷灰色涂料压白线的方法生愣愣的在短时间内把原本纷乱鲜活的众多当代民居拉回到五十年前沉闷的氛围之中去了。”(《粉饰》)

即使如此，苏丹还进一步对历来似乎毫无异议的白墙黛瓦的江南风情进行了深刻的追究，在一种局外人居高临下、旁观游览的心态之下，美丽的“一派江南”包含的到底是什么？

“其实江南白色建筑的下部并不纯洁，水和尘淀在此结垢，菌类在此繁殖，因此形成了自上而下由浅至深的肌理变化。说实在的，生活在其中的感觉在这方面并不一定舒服、惬意，它只是在画匠们创造的视觉游戏中一个多余的话题罢了。因此白色是一种似是而非的理想，它既脆弱又昂贵，一旦换一种视角对其感受将会大相径庭。不知长年生活在皖南西递村、宏村或浙江金华诸葛村的人们对白色的切身体会究竟如何。”(《粉饰》)

历史的笙歌突然被一道批判的呐喊划过，一如对待百子湾小学和幼儿园一样，这是对传统社会忽视人性的普遍状态的揭露。普通的或者卑微弱小的人的权利的被忽视和被损害，从来都是以一种美好的意象和美丽的形式完成的，而正是对这个问题的深刻反省才有了现代艺术革命最表面形式的彻底怀疑。现代化带来的似乎是急切而丑陋的冲突，正是平等和光明的一次突破。因此我们今天所说的设计，实际上从来就不是美好的单独呈现，而是因为美好，而对所有的社会不平的揭露。

个人经验和成长作为一种历史的个案，在文集中似乎比比皆是，集中体现在《酒店的看与读》、《艺术家们的建造梦想与实践》、《我宅之我见（建）》。一个人观看、读取和参与的历史，对于一个学者或者常人而言，只是一次个人的经历，而对于一个设计师和一个教授，他的个人经历又通过自己的设计实践，化作一种公共经验。因为他具有把个人经验转化为公共经验的可能，因此，对于公共经验的陈述，又成为映照他的个人经验的反省。正如他所描述的"看酒店的经历"贯穿着上世纪80年代到本世纪初的二十多年的时间，而他的"看"又是那样的充满戏剧性，从门童的盘问到大堂经理的焦躁，惟妙惟肖地衬托出观看行为的演进。而一封介绍信或一本画册的编辑，又从细节上把我们带进了一个情境，似乎我们随着苏丹经历了从一个青涩少年到名教授的成长历程。而他的谦逊和耿直，总是使他处处"碰壁"，这个艰涩困难的行径使我们生出很多感慨，因为其反面就是得体、圆滑和轻浮。有时候我甚至觉得他的宿命的结论就是一代人的表征：

"后来突然意识到这恰恰隐含了一种东方人特有的认识世界和解读对象的方式，也恰恰是东方建筑的理念……我的设计中缺少一种'杀生夺命'的手段。风格中总有犹豫、妥协、躲闪的影子……一生中终于迎来了一个自我实验的机会，百般选择的结果却又无可奈何地归宿于原点，而在回归的过程中自己始终能感受到一种亲切、自在与逍遥，亦说明'千百年'以来我始终是个汉人。"《我宅之我见（建）》

一个设计师的思想是用手做出来的思想，关于思维的方法，苏丹有一篇精彩的文章《设计师的手》，这是一篇手的礼赞，评点着劳动，却又对本体充满好奇，因为还有什么创造性的思维可以比手的存在更为完整？

"而手形却远远出走了。我们的手指从以手掌为中心向外极力拓展、扩张，手指各关节之间的距离被拉长，而这关键的拉长使我们的每个手指不再是简单的一字形，而是可以摆动、弯曲、触击到空中一个弧状的每一点上。"（《设计师的手》）

但是，手只是设计的一半，对设计的品评，还在于对作品的观察。一本书处处都有品评的睿智，尤其是对于几件杰作更是显得极其精致。如对矶崎新的中央美院美术馆外形的一段品评：

“扭曲的界面又在内部创造出一系列变化和冲突，传统几何学的明确性和分形几何学的模糊性在此对抗，直线统率产生的效率至上性和曲线表达的任意性、洒脱性也在此对抗。种种对抗挑弄起室内空间此起彼伏的变化高潮。对抗双方的相互作用在空间中引起的视觉纠纷产生了巨大的能量，然后这种能量又以一种当代的方式在空间中传递，它旋转、升腾、汹涌、激荡。”（《主流院校的“非主流”美术馆——中央美术学院美术馆》）

而对另一个日本的建筑师的作品，他却看到了功能上的另一种意味：

“一方面要创造公共空间的活力，吸引富有活力的人群，同时亦在创造一种隐匿空间，完善私人领域的归宿感……在东方哲学中，平衡是一种技巧，技巧的出色与否，即是我们所称谓的艺术境界。无论是艺术家也好，设计师也罢，想入境上层的领域就必须强化自我的平衡能力。但冲突常常扮演平衡的前提，没有冲突的存在，平衡也就失去了意义。”（《重要的是细节》）

品评自然会深化到对文化背景的追索，即使对一件具体到女性用品的分析，追索的深度依旧宽广：

“这款梳妆台可以折叠，形体秀丽典雅，展舒开来后的梳妆台令人吃惊地展示出许多皮革折叠而成的容器、口袋，这和女性精细的生活态度和从容的风格是相适应的……脑海中浮现出意大利家庭主妇优雅的举止和宽怀的神情……这样价位的家具一定是终生受用甚至世代相传。于是设计就超越了消费品的概念而有了永恒的可能。”（《逆流而上》）

文化分析上升到永恒的追问就已经进入了设计的哲学，为什么设计？为什么需要设计的品质？

“建立于永恒目标基础上的设计是优秀的、坚实的和友好的设计，这就是上游应有的品质。这样的品质在传播的过程中，本身是内容也是载体，传递着科学和幻想相结合的方式和力量，传递着理性和浪漫相交织的精神。”（《逆流而上》）

设计的本体被揭示之后，就可以从设计思考一切。

“和西方其他国家一样现代性是意大利的主要特征，我们忽略这一点也就不会去追问这个历史悠久的民族向现代化转型过程中最有趣最精彩的部分，而这些恰恰是中国当代最为迫切借鉴的问题。”（《米兰设计和制造》）

“在这里比形式更重要的是技巧和智慧。技巧表现于对材料性能的发掘和应用，对结构的创造，以及对不同部位连接的方法创造上，而智慧则表现在对新生活方式之下新的使用方式的想象之上。它们的形式因循这两方面原因而生，没有刻意地沿用一种审美的惯性去造型。参观者也都在津津有味地体会和解读这种设计者使出浑身解数去诠释的设计核心价值，可以看得出这仍然是西方当代设计的主流语境。”(《计中设计》)

从而构成对现代化的反思：

“人类发明了诸多省力气却消抵精神的工具，这些工具助长了人类的野心，促使人陷于日益无情的忙迫之中。这些表面的速度和进步实则是对于事物之表象的涔溺，是回避真实和存在的技巧。”(《威尼斯的道路》)

“看得出来当代建筑不但保持着现代建筑注重空间感受的特点，并有将这种特质进一步异化的趋势。这种异化的方式具体来说就是把空间的表现进一步从形而下的体验之中解放出来使之更具主动性、侵略性。”(《“偷凉”》)

在文化的分析和哲学的追索之后，进入了对于全体的分析，当代艺术对设计的作用在字里行间逐步展开：

“我们也看到艺术曾经给予处在婴儿时期设计的滋养，也看到茁壮的当代设计对艺术的反哺，二者像日月对于地球，像共生的海葵和螃蟹，像货币两面意义象征的图案和价值表现的数额……” (《计中设计》)

“新的艺术思想和新的艺术形态必将通过设计活动来发挥它的价值，同时设计必须通过当代的艺术来预测社会的文化走向……这些艺术家在户外空间和自然领域的创造产生了震撼人心的景观，它们是艺术向设计转化的雏形，如同生物进化过程中狼和狗的血缘关系一般，也是城市当代景观的近亲。”(《当代景观的艺术之道——论当代艺术与景观设计的结合》)

“中国的景观设计迫切地需要当代艺术的注入。当代艺术精神中的智慧性、现实性、使命感，以及对伦理建构的理想主义都是将当代景观文化从腐朽和麻木中拯救出来的良药。当然对于当代艺术中惯有的批判性所表达的荒诞和调侃，在景观设计中应适当回避。因为当代景观之于人民是生活的具体环境，潜在地起着培育全民道德情操的作用，犹如维持身体健康的五谷杂粮，自然的才是健康的。而批判性如同治愈沉疴的猛药，虽会产生积极的作用，但滥饮滥用亦会培育出一大批偏执狂和

病态的后辈。”（《当代景观的艺术之道——论当代艺术与景观设计的结合》）

“真正的结合乃是中国景观设计师通过不断的和当代艺术的主动接触，进而形成思想上的自觉。”（《当代景观的艺术之道——论当代艺术与景观设计的结合》）

然而最难得的是，苏丹的品评和思维，他对历史和思想的展开，最终又归回到作为艺术家的人。这个人，他是一个教师，一个工匠，一个思者，又是一个作者。但这一切综合在一起，他又是谁？我们无从言说，只能说他是一个艺术家吧！他对于所有这些设计中的现代性的陈述，是对现代化在先行发展的国度所取得的成绩的肯定，也是对正在现代化的国度——我们的祖国——在现代化的进程中所遭遇的艰难的警醒。一部书稿，既标识着一个专家对设计现代化的专业推动，也标识着现代性在这种艰难和歧义中的精神历程。

这已经不是一个设计家的呈示，而是人生在遭遇痛苦和幸福之后的反思和觉悟。哲学和思想已在翩翩词藻中荡漾出复杂交激的涟漪，在文字沉积的水面之下，心灵的雷声正沉闷地滚滚而过。

朱青生

2010 年 6 月 5 日

| 序　言 —— 我们如何从被“一流”的困境中突围？

米兰“一流”是同类事物或群体相比较出类拔萃且处于上游的说法，它（他）们占据某个系统的高端，有着清晰的价值导向，甚至左右着社会发展的进程。究其公正性而言，任何事物或群体是否“一流”，往往取决于公共场域中他者的判断，是由无数他者（公众）的评价形成的社会共识。简言之，好坏都要有口皆碑才行，因此但凡自己说自己一流而无视客观评价，都有老王卖瓜式的广告之嫌。

工艺美院被合并十年来，“创一流”的口号一直不绝于耳，虽然有了气派的教学大楼和各种新式的装备，且也毫无悬念地通过教育部的官式评估，但学院的影响力却日渐式微，无论是国家重大项目的参与（如奥运和世博）还是艺术思潮的引领，昔日翘楚早已不再。我从不否认学院要进入“一流”的终极目标，但我始终怀疑流于形式的口号下的不作为，更看不到卧薪尝胆式的集体反思。水木清华人杰地灵，并入之后的学院一直不曾分享清华大学厚德载物的人文传统，只安于维持现状，何来自强不息？现状即困境，梅贻琦先生曰：“所谓大学者，非谓有大楼之谓也，有大师之谓也。”反推梅校长的断言为：只有大楼而无大师，此非大学；我的理解为：大学即大师，大师即思想，思想即灵魂。

这使我不禁想起了老院长张仃先生，他的离去让前来追思的校友络绎不绝，大家缅怀的不仅是逝去的大师，也在回望那个思想活跃的年代，因其有了张仃先生的带头，才有了中国改革开放的标志性产物——机场壁画，因其有了张仃先生的批评文章，吴冠中先生的立论才可能在当时引领风骚。张、吴二位都是具有同样思想强度的教授、艺术家，那时没有人会将忽悠“一流”当作饭碗，在众多学术前辈们的共同努力下，原中央工艺美院成为了中国改革开放时期现代艺术和现代设计的大本营。时下，众校友的感受是：昔日的教学大楼比不上现在的摩登，学术思想的活跃却是公认的一流。由此我难以想象，在一个没有思想碰撞的地方，在一处因缺少阳光而归于沉寂的迷宫里，“一流”如何能够实现？

因此，我以为一所学院是否具有自我革新能力，并非依凭领导在台上说什么，重要的是作为学院主体的教师们的生存状态如何，是他们的思想水平和创新能力决定了学院的未来。

我的同事苏丹教授就是一位在“创一流”的口号声中坐怀不乱的人，他对官场的宏大叙事持有距离，但却以天生的敏锐和严谨的态度一直在观察和评论学院艺术教育的当下情境，并将体验和感悟点点滴滴记录在案，如今斐然成册。本人读后的第一感受是：作者论事胸襟开阔，语气平和，从自身经历和体验入手，无论是梳理社会经纬，还是放眼大千世界，均能融会贯通，善于透过现象看本质，既揭示了学院艺术教育所存在的问题，又让人不得不去思考这些问题存在的根源，让人感到一位勤于动笔的，看重心智的，实践与理论并行的知识分子情怀。

其实情怀为表，思想为核，苏丹教授的文集更让我看到了自由的思想如何从当下的困境中突围。何谓之突围？我曾在798组织过雕塑系和绘画系学生的新锐作品展，以展示近年同学们突破成规的实验性创作语言，该展在社会上和同行中引起了积极反响，但该展筹备前期所遇到的重重阻力则来自这个被简称为“突围展”的策展文件，是“突围”二字让领导不高兴。在此，我所理解的突围，并非知难而退或逃避，而是如同苏丹教授那样在以自己的方式履行责任，在抵抗思维的惯性中彰显存在，在追求学理的过程中获得自信，在倡扬生命的言说中积蓄力量。如果我们都像苏丹教授那样为学院的教育发展建言，以实事求是的态度面对问题的存在，我们就有望突破矫饰的“一流”虚幻，回到艺术的原点，让事物的存在是其所是，让理性的精神是其所是，让学院的教育是其所是。至少，突围二字还包含了另一层意义：虽然天地有大美而不言，批评的话语可以不去审美，但却直面我们的生存语境，打破沉默，提示我们在当下的迷惑中保持一份清醒。

苏丹教授的文集是工艺美院被合并这些年难得的一份真实的个体思想见证，在字里行间，我感受到了一所曾经辉煌过的学院当下尚存的人文关怀，当然，还有凤凰涅槃的一线希望。

包林

2010年4月30日

目　录

2008 JAPAN

辑 1 | 盯着看与走着瞧

计中设计

米兰家具展是世界著名的商业设计展，至今已成功举办了46届。米兰国际家具展被称为世界三大展览之一，每年一届，从1961年米兰家具展创办到2007年已经有46年的历史，形成了米兰国际家具展、米兰国际灯具展、米兰国际家具半成品及配件展、卫星沙龙展等系列展览，它是全世界家具、配饰、灯具流行的风向标。米兰国际家具展是现代家具时尚设计的前沿，不仅是向意大利出口家具的平台，也是全世界家具业界人士每年都热切期待的盛会。我对其每年的盛况早已有所耳闻，它展览规模的浩大，设计视野的开阔，以及诱发的商业价值在世界同类展览活动中都是首屈一指的。每年大量的经销商、厂家、设计公司或个人，以及痴迷于现代设计的发烧友们，甚至艺术家都云集于此，采集信息，交流经验，接洽商机。中国的参与者首先是那些勤勉的生产厂家的管理者们，他们懂得看世界的价值，但学习的方式却是令整个西方世界哗然的。COPY！ ALWAYS COPY！是西方人对中国家具设计界的抱怨，后来这种口头的抱怨变成了行为中的回避与拒绝。比如禁止拍照，不给佩戴中国字样胸牌的参会者资料等。即使这样，展会后一周内许多尚在设计推敲状态中的家具方案会在中国广东等地的厂家中生产出来投向市场。这是一直流传于中国家具设计界的笑料，也是关于展览的一点想象的线索。

去年我收到米兰家具展组委会的通知，曾组织师生参加了上一届卫星沙龙展，但遗憾的是自己由于舍不得放弃职称评定的机会而丧失了一次绝好的观摩机会。今年我们参加的是外围展，即中、日、韩三国历时一年的ODCD课题的汇报展。表面上看我们远离了“所谓”的核心，但和当代的许多事理一样，外围和边缘却常常是最具活力的场所，在这些领域组织的松散性使得参展者在思考和表达的自由度上获得了极度的放纵。米兰理工的同行们也对我们介绍说，往往在外围展可以看到更多激情的火花和智慧的灵光。

我们的展区位于米兰市东南部的传统工业区中，现代工业的发展为这个区域留下了许多工业设施，现在这些设施和城市的街道、商业、居住已完全融洽交错在一起。同时由于艺术和设计活动的介入，这些区域并未因经济和生产的衰败而形成城市活力真空的场所，转而由过去的批量生产工业产品变为“生产”个性化的艺术作品、设计作品和文化活动，“批量生产”的结果只剩下乐观主义了。米兰工业区的艺术和设计文化介入城市的方式很亲切，很普遍，也很深入。厂区之外的街道两侧的商业完全退让给了画廊、艺术家工作室等，艺术区和城市的边界是模糊的，完全不像当代中国城市中的艺术区几乎是一个个的孤岛模样。一度北京“798”的艺术家们戏称自己是文化动物园中的动物来被世俗们当作另类观赏，在第四届大山子艺术节来临之际，厂区的金属围栏依然屹立，只是把大门精致化处理了一下以示对即将到来的“动物狂欢节”致意。

展厅的具体位置是在 studio 13 的一个中等规模的展厅，面积大约在 300 平方米左右，除了中、日、韩三所院校之外，还有米兰理工学院、Domus 学院、中国台湾实践大学等十几所院校也派出了设计专业参加本次名为“That’s Design”的展览，如此众多的名校和如此之多的展品挤在这个空间中，展览更像个设计创意的直销超市，空间中所有的界面都被最大程度地利用了。从顶棚到地面再到墙角无不充斥着令人吃惊的设计创意，从建筑到家具，从交通工具到轻工五金，从实物产品到观念表达。此时这个方方正正的展厅像是一个包容万象的神奇的宝盒，早已不是一个物理概念的空间了。看得出除了中国的院校，欧美、韩、日等国家设计专业的学生均是“动手”的行家，布展期间大家各守一方，热火朝天地工作着，尽管当代设计专业的学生中以女性为主，但这群人的战斗力却出奇的强，地上趴着聚精会神张贴图样的，顶棚上悬着挥舞钉枪组装结构的有不少也是女生。就连平日里注重仪表、温文尔雅的韩国女生此时也是不爱红妆爱工装，尽情地工作着。韩国国民大学此次派出了庞大的参展队伍，从校长、教授到学生共达 40 余人参加，同时朝鲜日报也派出了二名随行记者跟踪采访。在作品制作和陈设方面，亚洲国家下的工夫也丝毫不逊色于欧美国家的院校。加之国民大学资金上投入的巨大，因而在展厅中，中、日、韩三校展区在形式的拓展方面上显得极为突出，把一个简单的问题复杂化是主要的展示语言。反观欧美国家院校在态度上则要把复杂的问题简单化，大多数直接拿作品说话。丹麦皇家艺术学院的参展作品是八件椅子，每一件都造型别致，制作工艺复杂，技术含量极高。米兰理工则展示了他们工业设计领域众多的产品，没有过多的描绘、表现、渲染。这一方面说明东亚文化和西方的差异性，另一方面也是设计

● 由世界各国十几所设计名校参展的“That’s Design”主题展布展现场，米兰，2007年

实力差距的真实反映。布置完毕的展厅由于缺乏统一的策划，在视觉上显得有些混乱，没有统一的表达主题，完全呈现出一种自发表达的状态。但这里依然吸引了大量的参观者。攒动的人头中不乏一些著名的评论家、学者，也有一些商家，更多的是来自全世界的设计院校的学子们，大家带着不同的目的来到这“超市”之中寻找素材，寻找思想。

相邻的另外一些展览却表现出完全不同的状态，这些展览中大多是著名厂商的产品推介或产品性格推广展，主题鲜明，资金充足，并借助了明星设计师的想象力、创造力和表现力。展览效果在视觉冲击力、设计主题性阐释方面与学生作品相比要出色得多。mooi 是一个家具方面的奢侈品牌，这次在米兰居然在三个不同的展厅中看到了三个它的展览，每一个展览都策划得十分考究。有的展览是一群明星设计师的作品荟萃，有的则是一个超级设计师的作品专场秀。Marcel Wandars 据说是欧洲正在崛起的一位设计新秀，评论家们对他寄予了厚望，在一个制作各式各样舞台背景的厂区中，我们看到他的作品展览，虽然是在一个车间内进行，但展览布置得十分精致，水泥地面上专门铺上了深色底子浅色花纹的地毯，顶棚上悬挂了数十盏别致的吊灯，展场气氛如同一个即将开幕的盛宴大厅。Marcel Wandars 在此主要展示的作品是一系列的纹样特殊繁复的柜子和瓷器，以及超尺度的台灯。家具的图案中悄悄插入了设计者的头像，他玩世不恭的面孔隐藏在看似古典的花纹之中，嘲弄着那些熟视无睹者。有人认为“艺术的个人化是艺术在社会中的价值所在”，当代的文化认同个人的影响和价值，当代文化的宠儿也尽是些自恋的狂人，他们以本色介入产品或空间场所中，窥视着那些沉迷于此的发烧友们惊讶的表情，同时他们的表情通过新闻媒介的不断复制，空间媒介的不断放大，又不断生产出更多的迷幻者。

另一个给我留下深刻印象的展览是日本“凌志”汽车公司策划的名为 luxy 的展览，这个展览完全突破了大多数的设计展的传统模式，而是以当代艺术的惯用的新媒体技术和装置艺术相结合的方式来表现“凌志”汽车的品牌价值观念。展览分为室内和室外两个部分，参观者经由狭小的门厅先进入一个可以互动的多媒体播放厅。穿越这一充满动态的暗厅之后来到展览的第二部分，这里是整个展览的高潮所在，一个完全由银色丝带铺饰的院落中泊着一辆银色的凌志牌汽车，银色涂满了轿车的每一个局部，包括玻璃和轮胎，由于无法透过玻璃看到轿车的内部，车子本身表现出一种神秘的气息，功能性十足的工业产品完全变成了一个豪华的“壳”。“本

● Marcel Wandars的作品展，展览布置得十分精致，如同一个即将开幕的盛宴大厅 & 纹样特殊繁复的瓷器。米兰，2007 年

来无一物，何处惹尘埃”，但不可否认我们的生活中的确出现了异化的志趣，出现了太多的奢侈品，也许人对奢侈品痴狂追求行为本身就如同这梦境中的梦游者一般，浑然不觉是因为你已深度迷恋。黑色和银色的反差，喧闹和静谧的对比把展览的氛围推向了极致。据说去年同样是“凌志”公司的展览素材和构思大体相同但却采用了纯白的色调。可以看出这些世界级品牌的展览是计划周密、长远的、连续的刺激才会在如此多元的设计嘉年华的场合中给人留下深刻的印象。我注意到汽车的外部细节均被抹去了，因为梦中的细节都是模糊的……

核心展区位于米兰市郊区西北角，是一组超尺度的当代建筑群，从地图上一眼就可以分辨出它的特征，体量远远超过老城区内的建筑体量，有一线地铁可以直达这里。因为展览规模巨大，这样可以避免聚集和离散的人流给城市的交通体系形成过于直接的影响。家具展是一个彻底的商业展览，世界上各个品牌公司在此时此地集中把自己的品牌精华呈现给商家和买家，同时由于商业经济的要求，这种品牌的推介一定程度上也反映出家具时尚的动态。它的展览内容大致由一般性品牌家具展示、特殊品牌展示、学术性较强的卫星沙龙展和一个名为“梦想成真”展四个部分组成。对于我们这些没有商业目的的参观者而言，后三个部分是具有较大的诱惑力的。因为特殊品牌展中参与的设计者往往是世界级的设计大师，比如菲利普 · 斯塔克这样的人物。展示设计也是独具匠心的，而卫星沙龙则是展会为全世界设计院校学子们和市场中尚未成名的职业设计师提供的一块“胡思乱想”和“胡作非为”的天地，这里陈列和展示的想法不乏新奇，大胆甚至看似荒诞。不着边际的想象力是没有约定成的规则使然，是社会和商业的宽容造成了这种设计创作中万类霜天竞自由的态势。而这种设计文化的常态乃是设计文化高度繁荣和发达的一个重要原因。对于个体设计者而言，这是一个宛如 NBA 选秀的时机和场所。所有参展者都在努力推介着自己。紧邻卫星沙龙展区的是“梦想成真”展区，作品均是那些往年卫星沙龙中选秀成功变为现实的作品。两者相邻也极大地刺激了年轻人创造的欲望。这恐怕是策展者的一个小小技巧罢。卫星沙龙看似没有任何约束，实则现代设计的理念是其潜在的游戏规则，这也是一个设计创造的语境。大家会不约而同地沿着这个方向去探索，因此在这里比形式更重要的是技巧和智慧。技巧表现于对材料性能的发掘和应用，对结构的创造，以及对不同部位连接的方法创造上，而智慧则表现在对新生活方式之下新的使用方式的想象之上。它们的形式因循这两方面原因而生，没有刻意地沿用一种审美的惯性去造型。参观者也都在津津有味地体会和解读这种设计者使出浑身解数去诠释的设计核心价值，可以看得出这仍然是西方当代设计的主流语境。

由于中国特殊的设计文化背景，造型的情节是难以割舍的。因而尽管我们努力地靠近现代设计的思想，身体力行地来参与现代设计的活动，一旦偶遇和纯粹造型艺术发生密切关联的设计作品，我们立即会沉湎于这种造型的游戏之中。在一天晚上 21：30，我们来到米兰市中心大教堂广场南侧的一所古典建筑之中来参观意大利百年艺术和设计展（1900–2000），这个经典性的历史回顾展把意大利百年以来的不同时期的代表性艺术思想和作品与同时期的艺术作品以及代表性设计作品并置组合出现在由时间顺序串联而成的空间中，并配以不同时间的音乐以烘托展览氛围，诱导观者的情感。在这里可以欣赏到 Vitdorio Grassi 于 1910 年设计的孟菲斯风格胡桃木手椅；可以欣赏到 Antonio Sant’Elia 于 1914 年创作的风格派画作；也可以欣赏到 Michela–ngelo Pistoletto 2003 年的作品，名为 love differ ence 的异型桌。这个展览的效果是令人感动的，因为在这么典雅的氛围之中，我们看到了如此之多的经典，并看到了百年以来的设计发展历程，同时我们为百年以来意大利的艺术家和设计家们孜孜不倦的探索而震撼，我们也看到艺术曾经给予处在婴儿时期设计的滋养，也看到茁壮的当代设计对艺术的反哺，二者像日月对于地球，像共生的海葵和螃蟹，像货币两面意义象征的图案和价值表现的数额……

夜里 12 点了，Tortona 大街上仍然灯火辉煌，成群结队的年轻人游荡在酒吧和展厅，像中国人过去的拜年一般，充满表现的欲望和期待的思念，窄窄的街道上人流、车流相互混杂又相安无事，更有一些设计者把作品搬到街上来凑热闹。由大街去往地铁站需要跨越一大片的铁路区域，一座草绿色的铁桥凌驾于其上，桥的一边是散将而去准备搭乘地铁的人们，桥的另一边却是刚刚搭乘地铁而来此地参加狂欢的人们。两股人流在铁桥相遇均被改变成了喇叭口的形态，中间部位人流的行进几乎停滞了，但从每个人的脸上你看不到任何焦急的神情。有的恋人甚至还在不失时机地拥抱、热吻，因为这是他们的节日，每一个时刻都是美好的。在家具会展中心闭馆的时候则是另外一番风光。坐在场馆之间的草地上观看散场的人流，像是节日庆典游行的队伍中角色的分层。率先是以用眼睛观察的人的方阵；然后是手中拎满会展资料的设计师方阵，他们一个个收获颇丰、心满意足；再后是西装革履、气

● 在米兰设计展期间，就算夜里 12 点，Tortona 大街上仍然灯火辉煌，成群结队的年轻人游荡在酒吧和展厅。米兰，2007 年

宇轩昂的买家方阵，他们是展览中最受尊敬的人；最后是参展商及服务人员的方阵，他们笑容可掬、形象惹眼。这一条人的长流沿着建筑组团之间那条长达近千米的通道向城市散去，足足持续了四十分钟。若以战争的模式来描述这个设计盛典，这里是主要战场，是核心，规模和数量是惊人的。但你也会发现其实此时整个米兰早已遍布“战事”，那些高潮迭起的外围展，那个把米兰理工学院的校园搅得沸腾的大型聚会，似乎整个城市都在进行为设计狂欢的活动，所有的活动都借用会展的时机和名义进行自我推广，而且众多的展览之间分工明确、条理清晰，核心展区主要解决设计转化的问题，外围展区则重在解决设计的文化思考，哲学思考。这个庞大的展会附有一本厚厚的导则手册，上边详细介绍各种活动的时间和地点，这时你会突然醒悟，原来这是一个精心而为的计划，若仍以战争的模式来概括，手段有点类似“围点打援”，有点“项庄舞剑意在沛公”的味道。策划者通过丰富多样的展览活动，向全世界展示这个国家、这个城市的设计文化底蕴与活力，并试图建立一个如罗马帝国般的辉煌的设计帝国。全世界的人从陆地上和空中聚拢而来，为当代璀璨的设计文化的光辉高唱赞歌或顶礼膜拜，还有一些像我们这样来自发展中国家的致力于推动本土设计文化的人在付出高额的学费自以为偷艺成功，殊不知左右时尚的方向盘永远在这里，因为评价的精英在这里，评价的场所亦在这里。我们像一群衣着寒酸的跻身富人 Party 场所中的穷人的孩子，极力模仿阔少名媛们的举止和谈吐而试图转变为游戏的主角，但却不时因为游戏规则的改变而迷失方向。另一方面，在米兰设计文化的生态是优越的，一方面设计消费成为设计发展的持续动力；另一方面，丰厚的设计文化积淀是当代文化生长的稳固根基。这使得我们一方面醒悟已中计，却又无可奈何非得入套。同行的涂山老师一日里拍案大怒曰：“真他妈的不公平，话语权全在这里”。他算是看到了根本之处，但不知他可曾想到这也是另外一种公平的体现，因为我们在罗马曾被那些伟大的建筑触动过，还有那些壮丽的废墟。我们在 Domus 旁的展厅中被 100 年中恢宏的艺术和设计历程震撼过，在米兰理工学院 Pardova 教授家中被年迈花甲的老人对现代设计的痴迷和执着所激励过……今日的一切成就不都源自一代又一代人坚持不懈的努力吗！

在米兰时，有一种迫切的愿望就是：回国，闭门思过，明年再来。

2007 年 5 月

米兰设计与制造

应朋友弗朗切斯科之约，我在八月之前赶到了米兰。因为一旦进入八月，米兰这座城市即进入其休眠期，几乎所有的人都赶往山里或海边度假，一切都无法阻挡生活中美好的诱惑。这种感觉只有在儿童时期的记忆中才有，当我成人以后，太多的欲望和责任感挤掉了对生活最真实最有质感的追求。在所有意大利人的注意力逐渐转向阳光、树林、沙滩、山谷这些自然之物时，我却不识时务地来窥视设计之都所盛装的艺术和设计这些人工造物的光芒。

Tortona 大街此时已沉沉地睡去，居住和工作于此的设计师、手工艺术家们大概比常人更早地奔向了西西里，几乎所有的窗口和店面都紧闭着，拒绝着一切问候，仿佛是对我这个不热爱生活的不速之客的集体羞辱。偶尔会有一辆轿车或摩托飞驰而过，巨大的轰鸣由远及近给这个寂静的区域带来一点苏醒的假象，然后又匆匆而去，像熟睡者的鼾声。你才意识到这也是逃离的一种状态，分明带着恐惧和急迫，逃离和求生欲望原来是如此相似。又一辆敞篷的轿车从街的端头驶来，它放肆地在空旷的街道上走着 S 形，经过我时，一个女人从车内探出头来冲我友好地大笑，展示着自己放纵的情态，像是顽皮者在撩拨整个熟睡中城市的胡须，妄图搅乱这过于沉寂的氛围。但一切都无济于事，马达声很快便融入沉睡的鼾声中去了。

我们入住的酒店就在 Tortona 大街附近，是一所工业建筑改造而成的时尚酒店(Nhow 酒店)，酒店的入口隐没在一个长长的黑暗过街楼通道的深处。一个钢结构的挑檐舌头一般轻盈地从厚重沉闷的入口处伸出，得体地向路人透露出后面的暧昧信息。酒店的入口正对过街楼的入口，橘红色的玻璃穿透了阴暗向城市公共领域闪烁示爱，仿佛一个隐秘的手势召唤着即将寄宿的人们。若在夜间这种召唤会更具温情，如同黑夜中穿越荒野时看到的灯火。Tortona 街区的历史是米兰工业区的历史，这里遗留了大量的早期工业遗迹，从上世纪 60 年代后期，这里的工厂逐步被废弃。第一个迁出的是安萨尔多，其他制造业也随之迁出，留下了巨大的厂房和空旷庭院。曾经一时这里成为城市的真空地带，政府只得为这里寻找出一个新的用途。如今这

● 酒店的入口正对过街楼的入口，橘红色的玻璃穿透了阴暗向城市公共领域闪烁示爱，仿佛一个隐秘的手势召唤着即将寄宿的人们。Nhow 酒店，米兰

里已成意大利设计、制作、艺术创作的基地，工业生产和现代设计之间密切的联系，使得时尚在此生长成为一件顺理成章的事情，手工业悄悄地渗透至这个大工业时代的空间之中，改良了它的存在状态，一个后工业时代的话语开始启蒙、启齿。

几年之前我在一次全院大会上曾向学院介绍我系的学科规划，其中我强烈地表达了对重建家具设计专业的愿望，但院长们认为专业大可不必分化得那么细。在他们看来若继续容许家具专业的独立性存在，那么我们学院的专业将多如牛毛。我对这种看待分类的态度哭笑不得，但也毫无办法。其实近年来多次来欧洲参观交流，我深切地感受到家具学科对于整个艺术设计学科的重要性。家具设计的意义是普遍性的，它对培养设计师平衡功能、结构、材料、形式的能力具有基础性教育的作用，因而我们看到在现代设计的历史之中，绝大多数建筑师和工业设计师都曾沉湎于对家具的研究和创造中。同时家具设计亦是一种媒介，它连通了设计者和对象以及服务对象之间的情感，在这种相互认同的复杂过程中，设计师亦实现了自我的价值。我此次米兰之行着重于考察几家家具设计公司，同时观摩一些相关的家具展，于是在我四处搜索的触须之中，更多地注入了关于家具的神经元。每每看到家具的展厅或橱窗都会令我兴奋不已。这次入住的酒店本身就是一个庞大的家具秀场，门厅、咖啡厅、休息厅、庭院以及每一层楼梯间的过厅之中都精心摆设了超凡设计的家具，看到这些有灵性的物件，我心中涌现无数的爱慕、嫉妒之情，但我能做的只有不断按下快门。

在米兰的专业展览场所中是禁止拍摄的，十年前中国的家具商们疯狂的拍摄就曾让洋人们付出惨重的代价，一些尚在推广和征求业内意见之中的设计，在闪光灯闪烁之后的半个月内已经在中国南方一些家具卖场出现了。洋人们多年来形成的一些市场契约，甚至市场法规在中国人眼中完全失效。痛定思痛后的举措之一便是更为严厉地限制拍摄，甚至不给中国参观者资料，当然也有一些识时务者开始反思这种荒唐的现实，并试图找到破局的良策。意大利商会的弗朗切斯科就是一个勤勉和识时务的商人，他想把意大利优秀的品牌推介到中国市场，但在困境之中也意识到文化差异对品牌推广的巨大阻力。他想通过一种方法来一环一环解开束缚文化交流和商业推广的绳索，首先它认识到中国社会大众对名牌高校的全方位迷信，想以和中国一流院校的合作来推广意大利设计文化。在他的引领下我在米兰参观了意大利皮制家具的传统企业 Frau 的展厅，这个展厅位于临近米兰大教堂附近的街区里，共有地上地下二层。该品牌以擅长皮革工艺而著称，它的皮革处理、皮革加工技术很有特色，可以看出这种因时间延续而形成的技术、经验积累建立的优势。Frau 品牌有自己的设计团队，他们在不同的历史时期方面坚守着自己的特色，一方面把特色和时代精神结合起来。而且这种结合并不是仅仅停留在表面形式的推杯换盏，功能方面的挖掘和技术上的革新乃是其产品升华的实质。比如 Frau 的一款沙发椅的设计，形式稳重、尺度适宜，它的特点是在扶手的处理上，利用皮革强度方面的改良使其替代了扶手椅木材或复合木质材料的作用，同时在厚度上大大简约。这个设计核心理念是想解决皮制家具手感的延续，以及家具和欧洲中产阶级以上居住空间尺度之间关系的问题，这两方面问题的不断推敲和演化，实则是一个品牌文化发展的两条重要脉络，如此不动声色的处理恰恰是点中了脉络上的穴位，达到气脉通畅的效果。另一方面我看到一个历史悠久的品牌已经拥有了自己的一个稳定的客户群，每一个客户群都具有他们独特的口味。Frau 家具形态内敛，但设计极为精细、周到，每件家具中最上眼的和最应手的部分就是皮艺的炫耀，在这方面设计师们充分表达出该品牌的传统。

当意大利的家具行业人士向我询问中国市场对意大利家具的反应时，我有点迟疑，因为我觉得中国市场和消费者甚至相当部分设计师都误读了意大利设计。在我的印象之中是国内高消费阶层对意大利古典或新古典风格的家具是趋之若鹜的，在同胞的脑海中只有凯撒、米开朗琪罗、达 · 芬奇这些早已化为风或沙土的名字，而对现实版的意大利我们实则远远没有理解。和西方其他国家一样，现代性是意大利的主要特征，我们忽略这一点也就不会去追问这个历史悠久的民族向现代化转型过程中最有趣最精彩的部分，而这些恰恰是中国当代最为迫切借鉴的问题。

人的生活状态决定了家具的使用状态，而使用状态又决定着家具的设计形态。处在生活巨变过程中的国人眼中，家具的含义是比较简单的，空旷的居住空间要靠家具来充实、填补，这时家具的身份有点像戏剧中的群众演员，缺少不得，但又无足轻重；还有一种更为常见的情况，家具已经走向道具，只有形式还保存一息生命的迹象，家具已经失去了容纳、承载的功能，不信的话，你可以拉开中产阶级家庭的抽屉进行一次抽样调查，绝大多数的抽屉一定像酒店中的家具一样是空的。个人和任何家具的关系已经蜕变得如此简单，家具不再作为收藏个人生活的物品，不再和主人有更为频繁的肢体接触，仅仅是个人的视觉趣味决定着它存在的价值。而一旦当个人的兴趣发生转移，等待它们的便是易手甚至抛弃。这是我看到一种人和物的不友好关系的极致状况，它带来的更可怕的影响是严重的挥霍、浪费，以及人性中欲望的无度膨胀。几年以前曾有人和我谈及如何启动中国家具的二手市场，此人极力鼓吹二手市场存在对于家具市场的发展之良性作用。当然，如果站在消费的角度来看，这是一个不坏的主意，但若从设计和消费伦理的角度来看，这种市场的存在是对设计的亵渎，它宣告人和设计物品最为直白赤裸的使用与被使用的关系，也为所有鼓吹设计价值的人无情地展示了人和设计短暂婚姻的悲观结局。

六月份的一个周末，我在赫尔辛基大街上闲逛，看到一些家具的二手商店，那些昔日里设计师和使用者的骄子们，灰头土脸地堆积在昏暗的狭长展厅里，如同一群等待认领的遗老。庞大的机构和机器一旦启动，它就不能够停下，社会必须为这种现实寻找到疏通的渠道，但这个现实又是一种病态的表现，它将带来更多的严肃话题。在 Frau 的展厅几款柜橱和一个梳妆台引起我无边的遐想，表面看上去这几款家具保持了 Frau 的传统风范，雅致、精细、尺度得体，但在其内部却蕴藏了巨大的空间和内容，它们利用 Frau 擅长的皮革制作工艺把一些功能折叠并收藏起来，它们会随着使用的要求被不断解放出来。这几款家具的设计令我想到了钱包的设计，表面简练，内部丰富，可以满足多种层次的要求。从这种家具的设计我们也可以对其使用对象有一个概括性的描述，一个精细对待生活的家庭主妇群体。家具中折叠和隐藏的空间都包容着一种对待生活和自我的品质要求，都代表着一种品位。反过来也可以认为正是由于这样的使用者的存在以及以一定规模存在着，产品的设计才能不断进步，这是相互促进的两方面原因，缺一不可。在我们目前的社会组成中，这样的以家庭主妇为主的阶层基本上是不存在的，在男女平等的倡导下，女性阶层几乎在所有的领域都在和男性争雄，社会刚性有余而柔性不足，也是脆弱的一种表现。

来米兰观摩设计还有一个必去的地方是三年展展馆。展馆位于米兰中心公园的一角，建筑风格朴实，但却包容着精彩纷呈的设计大展。去年的此时我曾在此观看了伦佐 · 皮亚诺的建筑设计回顾展，在两个小时的逗留期间，我不断地去管理人员的视觉盲区内按动快门，试图把那些精彩绝伦的片断记录下来，以便增强我记忆的准确性。但回国后发现效果不佳，原因之一是因为视角不佳，原因之二是因为做贼心虚，手抖得厉害。今年来米兰我故意把时间安排得松弛许多，希望能以更从容的状态去学习和观摩，结果是我和涂山竟在此消磨了整整一天的时间。但这一天又是异常充实的，在死去一样的米兰城里，这里却依然不断有设计的发烧友来拜访，这些发烧友如同深夜中游荡着的失眠者，眼中释放着寻找、搜索、好奇的幽幽荧光在展场中用犀利的目光翻弄着各种各样的展品，而我和涂山则更像两只冬眠中过早醒来的野兽，眼中燃烧着艳羡和贪婪。

小的时候，邻居家有一顽主，比我大五岁，他曾向父母宣称自己能吃掉一头整猪，那时他的年龄也就是十一二岁的模样，由于没有充足的营养，枯瘦的身体在成年人改装的衣服中自如地晃动着，他对食物，尤其美食保持着甚为强烈的欲望。今天的我也像他一样想活吞这个盛满智慧和作品的整个展馆，然后再慢慢品尝、消化。一个孩子吞下一头猪是一个物理概念，欲望和胃的容积以及咀嚼的能力要有一个合理的匹配关系，但一条蛇吞下比自己大的活物却不是什么新闻，只是吃相太难看罢了。从 1996 年第一次走出国门游历发达国家以来，我的“吃相”一直很难看，到一个地方就不顾一切地拍呀拍，也不辞辛苦地更换胶卷。从胶卷到数码，从二百万像素的相机到一千二百万像素的相机，抓拍、抢拍、偷拍，直至放弃拍摄。最早的放弃拍摄是出于绝望，感觉信息量太大，作品反映出来观念上的差异太大，以及文化上的积累和思想上的准备差异太大所致。记得那是在洛杉矶的西萨 · 佩里设计的号称“蓝鲸”的太平洋设计中心，看着橱窗中难以计数的令人赞叹的设计作品，我干脆放弃了拍摄，因为争分夺秒地抢拍会影响自己眼睛的记忆。在米兰，展厅“看守”们严厉的呵斥与游动哨般的走动断绝了我所有偷拍的念头，这样完全以眼睛和思想来记录这个庞大的展览群就有点吃力了。于是我们放慢了节奏像个本地人一样，看一看、转一转、歇一歇。一天的参观时间里穿插了两段逛书店和一顿午餐、两次冷饮，好逍遥的感受。放慢了节奏，就会更有了领悟的状态。这一天我们一共看完了四个大型展览，并在此书店中买了三本极厚的专业书籍，那感觉真像我们常常说的那样——吃不了，兜着走！

在意大利看展览是一种美妙的享受，这其中除了展览内容精彩丰富以外，还有一个重要的原因就是这里展览设计的水准极高。在意大利的设计院校中多有展览设计的专业，而且该专业和舞美设计有着密切的联系，十分注重内容和形式的结合。展览中的手段多样，灯光、音乐、场景布置都很到位，有时还会结合新媒体技术或电影手法来营造氛围，令人过目难忘。每一次来意大利，主要的活动就是看各种各样的展览，有纯艺术的，有纯设计的，也有艺术和设计结合的。信息量巨大，我又很贪心，幸亏有如此生动的展览形式方使得我下咽之时依然充满快感。

2008 年 8 月

逆流而上

逆流而上是一种苦难与折磨，但万象之中不乏热衷于此类方式行走的物和人，马哈鱼喜欢洄游产卵，运输的船只在纤夫的牵引下逆流而上，出于各种目的的逆流运动也产生了许多极为重要的结果，比如繁衍物种、重复获利等。

北京距欧洲中心的距离是11739.17公里，飞行大约需要10个小时左右，而距北美的距离是15000公里，飞行时间约为12小时左右。在经济发展和文化观念变革的年代，许多中国人在这种巨大的尺度间不断往返飞行穿梭，我想其目的亦如马哈鱼和货船一般，不外乎一种现象，两种目的。

每一年的四月大量的中国人涌至米兰，因为设计周盛大的展事，而这其中亦同时并存着两种目的，不同类型的人做着不同的比较，呈现着不同的表态。更早之前是大量的中国家具商出现在米兰Fiera的各个角落，用相机贪婪地、无遗漏地摄取着展场中所有展品外在的形式，回国之后的个把星期内，许多欧洲人尚在研讨、调查中的款式就会出现在中国广东地区的专卖店中。这种不讲规则的学习模式在西方人看来犹如盗窃，这使得他们付出高昂代价的研发成果大大贬值。依据共同契约所设立的界限在一个外来人的观念之中形同虚设，因而这种盗窃在堂而皇之中进行，成果可谓丰硕。早在十几年前如同雨后春笋般出现的中国本土家具制造商们就在这种勤勉的奔波中建立了自己的阵地，他们有生产的设备，但是几乎没有基本成型的设计力量。那个时期我曾拜访过深圳龙岗区的若干生产厂家，惊讶地看到他们所拥有的设计力量，薄弱得令人难以相信，但他们依旧在笨拙和勤勉之中勇往直前。后来有了“山寨”一词，我觉得这借鉴而来的词汇用以比喻这荒诞的现象甚是恰当。一是因为他们身处规则、法律的地理边缘，也处于心理的边缘，无拘无束，仿佛当年黑旋风李逵对皇帝身份的质疑，惊天动地，直入人心；二是因为这种群体一方面拥有最新的设备，同时又用技术素质低下的人操作这些设备，简直如同山寨之中的土匪在笨拙地使用缴获来的洋枪洋炮；三是因为他们克隆的产品只是一个表面相似而已，内在的性能却相差千里。

● 逆流而上，在“上游”熙熙攘攘人群中的苏丹。米兰，2009 年

无可否认，技术、时尚这类现代或当代文化的上游就在欧洲的中心：柏林、斯图加特、苏黎世、巴塞尔、米兰、巴黎这些城市源源不断地创造和生产出令下游人民追捧、痴迷的事物，从香水到服装，从汽车到家具，还有手表等等。自上而下的文明之中有许多类别对技术的需求和设备的要求是刚性的，来不得半点含糊，无法超越，于是模仿的方式就由表及里而进行。风格、样式这些东西的移花接木在照相技术和数控机床普及的年代是一件轻而易举的事情，于是更多的商人、老板、技术员怀揣着相机奔赴米兰。由下游至上游的旅途漫长遥远，需要时间和资金的耗费，有时为了节约时间就要耗费更多的资金，比如乘上海直飞米兰的飞机，住在米兰市区内的酒店，此时市区内酒店的价格比平日里高出了几倍之多，但为了方便只能如此。而有时为了节约资金，又要耗费更多的时间，比如提前半年预订机票和酒店，或者乘坐阿联酋航空公司在迪拜中转的飞机，那飞机宽敞豪华，椅背后的电视可以欣赏超过 400 部的大片，但飞行和中转的时间加起来要二十个小时之多，且多在半夜登机、转机，昏昏欲睡之中享受着阿拉伯世界华丽的微观世界。今年这样的机票往返费用只需四千多元，而友人易介中向我炫耀他的飞行费用居然降至三千一百元，令人瞠目结舌。为了逃避酒店高昂的价格，有时我们不得已住在距米兰一小时火车车程的小镇之中，每日里更是早起晚归，赶赴那外观尽是涂鸦的列车。欧洲出租车的费用高得惊人，2007 年的一个深夜，地铁和火车已停开的时候我们才结束在皮娅迪教授家里的晚宴，不得已只能租车回位于 Leccoo 小镇的酒店，半夜里到酒店时，把我从昏沉中惊醒的是计时器上红色的数字，95 欧元，相当于北京到上海的飞行费用啊。因而在米兰我们尽量使用的是公共交通，公交、地铁、火车，还有自己的双脚。仿佛洄游至此时尽情游动的鱼儿享受着上游优质的水质，浸染于彻骨的欧洲设计文化的原浆和沃土之中。

原浆和沃土的混合物是什么呢？应该是沼泽么？从表面上看，米兰确实像一个巨大的沼泽，这个城市曾经的特质是其庞大的现代工业基础，完全不像意大利的罗马、佛罗伦萨、威尼斯、博洛尼亚等城市以其历史悠久的精美建筑驰名天下。这个位于北部的城市拥有强大的现代生产力，它的表征是街道和建筑的相对冷漠感，而这些在当代则又呈现出工业衰败的痕迹，众多冷落萧条的工业设施掺杂在略显呆板的居住区之中，野草从驳落抹灰面层砖墙的缝隙之中顽强地挤出身来，又用野花灿烂的笑脸数落这些昔日里不可一世的宫殿。流浪者和涂鸦者用咒骂和想象的图形试图唤醒这以机器和生产而炫耀的城市。发达的铁路线像人身上的血管，铺散开去，紧紧纠缠着城市，铁路对城市缝合的边缘尽是些残破的仓库或工业设施，如同一个个小型增压器永不停息地为城市增加着活跃的动力。米兰城市的外表没有优雅和抒情，它是工业化、世俗化和历史文化的混合物，然而，正是这种混合，才生发出它独特的内涵和外在气质。这里地处意大利北部，靠近瑞士和奥地利，北方文化的特质写在众多米兰人的身体上和面孔上。2007 年夏天的一天，我惊魂未定地从意大利南部的城市那不勒斯回到米兰时，米兰出租车司机的面孔都令我温暖，那修剪整齐的胡须和沉稳的眼镜边框告诉我这里人具有的良好教养。也许正是现代工业的发达，对这里的人民进行了新文化的启迪，从而孕育了一种新的价值取向。

工业化产生的先锋性和时尚感弥漫于米兰城的大街小巷、广场和院落之中，私有经济的性质对工业形态产生着巨大的影响，米兰的制造业发达，但工业区的景象和国内司空见惯的制造业大相径庭。工业厂房和工人宿舍、小型商业设施混合在一起，形成一种复合型的城市景观，于是城市的尺度就变得较为细碎，街道并未因机器生产的效率性而极度地改变自身的尺度，沿街的即使是体量庞大的厂房，其立面依然划分得当，拥有基本的细部形式，精致的窗套、门楣，以及丰富的檐口处理，这种外在的形态和其内部的生产方式保持着高度的协调性。意大利制造业所生产的产品，以其质优、精美闻名于世，它们在发展工业的同时并未丢弃手工业，传统的手工业和工业的特点相结合形成独树一帜的产业格局，同时这种方式回避了工业生产的许多诟病，比如冷漠、单调、产量巨大带来的风险等等。意大利的工业设计是建立于这种基础之上而不断发展的，其在设计中始终表达人的情趣。高度精良的工艺和动人的细节相结合形成了米兰人骄傲的关于现代设计的记忆，从产品的使用中感受到的是现代工艺在材料处理加工方面的天赋；另一方面从形式、色彩中又可以感受到关于天真、质朴、友谊、爱情等诗意的表达。从上个世纪 30 年代至今，米兰的设计界就这样持续不断地为自己的人民，也为全世界创造着工业设计时代的神话，一代一代设计师的艰苦又快乐的工作诞生了无数颗闪亮的作品，宛如苍穹中熠熠生辉的星河，又如河流上游湿地朦胧之中点燃的五彩缤纷的野花，引得无数下游之人来此捡拾、瞻仰。

● 工业化产生的先锋性和时尚感弥漫于米兰城的大街小巷、广场和院落之中。米兰，2009 年

意大利发达的工业设计和其骄傲的建筑能力和荣耀的建筑历史有着血脉之缘，这个善于建造的民族在历史上开创了一个建造的帝国，这个帝国至今在人类建造的文明史中仍然占据着至高无上的巅峰。过去我们常常提及一句话来引为骄傲的凭证——“建筑是艺术之母”，后来我慢慢意识到这个“之母”概指载体，即我们可以这样理解，建筑是孕育和包容其他门类艺术的物质载体和空间。但在当代，设计却又同样渊源于此，意大利的独立设计专业的出现据说也只是上个世纪末之事，并且在此之前从事设计研究的人员完全依附于建筑设计的教育机构。近年来，由于米兰已经成为世界设计之都，新型的设计专业作为新贵开始和传统的贵族——建筑设计专业之间出现分歧、对抗。米兰理工大学的设计学院和建筑学院尽管在发展建设的历史上曾经同根同源，血脉相承，但近一段时间听说开始相互清洗，由于现在活跃于意大利设计界的许多大师级的人物，几乎无一例外均毕业于建筑设计专业，于是建立历史不长的设计学院将这等元老请至本处，重新授予设计学位，一时闹得沸沸扬扬。但从这件事情我们可以看到新型的设计学科对自己的无比自信的状态，它们极力要确立自我，要摆脱母体的诉求。这是现实给予这个学科的力量，亚平宁半岛自罗马帝国建立以来，建筑风潮此起彼伏，生生不息，优越的历史积淀为建筑设计这个古老的学科不断输入新的知识、新的理论。但有限的地理资源却限制了已形成的设计思想的实践和转化，在现代主义来到之时，它虽幸运地躲避了两次世界大战的洗礼，但却造成另一方面的更为局促的现实，即无论建筑或是建筑师在意大利的建筑历史之中难以插足。现实促使受过良好教育的人将自己的工作领域转入衣食行乐等琐碎的但是无处不在的领域，同时这些领域又是关乎生活品质的。这种看似无奈之下的转向，却使具有优秀设计习惯和技能的民族发现了原本处于现实缝隙之中的巨大的世界，仿佛体育运动之中的网球和乒乓球之间的转换一般，表面是遗传，实则是变异。

每年米兰设计周之中的几个重要展览总是在向当代人介绍其悠久的设计历史以及灿烂的设计文明，向人们宣读遗传至变异的艰辛过程，并最终为变异的未来描述着无穷的希望、梦想。今年在老城堡举办的意大利家具设计五百年年展，皇宫举办的未来主义展以及米兰三年展，设计博物馆举办的series of series展，恰好精彩地为我们展示了其设计历史的三种状态，即传承、冲突和超越。三个展览令人叹为观止，从内容到形式都是极品，它感动了我，折服了我的学生们。

这三个展览亦如京剧表演名角出场的几个标志性的又颇见功力的动作，引来一片喝彩，证明了米兰、意大利无愧于设计文化的中心，时尚传播文化上具有的盛名。

从这些华丽无比的展示之中，我看到结果差距背后所隐藏的全方位的差距，这其中有的涉及生活习惯，有的涉及信仰，有的涉及价值观。意大利设计中透着一种沉静、乐观、激情相混合的性格，其中民族的信仰带来了安详、沉静的生活状态，这种生活状态又决定着物与我之间的关系，因而意大利设计生动、有人情味的普遍性绝非偶然，另外民族性中浪漫的气质也在设计形式上有所表现，这种浪漫主义的表达有时会将其理性和逻辑感遮蔽起来。记得 2008 年夏天在米兰随弗朗切斯科参观 Frau 的展厅，一款售价约为 9000 欧元的梳妆台是该品牌新上市的产品，Frau 的品牌历史已有百来年，它以皮革处理和加工的精良著称。其百余年产品种类在绵延传统中不断产生新的形式和新的种类，但不变的是对皮革工艺的炫耀，Frau 的这款梳妆台可以折叠，形体秀丽典雅，展舒开来后的梳妆台令人吃惊地展示出许多皮革折叠而成的容器、口袋，这和女性精细的生活态度和从容的风格是相适应的。我看着这款产品，脑海中浮现出意大利家庭主妇优雅的举止和宽怀的神情，我想这个以设计用品骄傲于世的国家若没有这些女人，也未必能斩获着许多成就。同时在意大利生活并不富裕的中产阶层，这样价位的家具一定是终生受用甚至世代相传的。于是设计就超越了消费品的概念而有了永恒的可能。

建立于永恒目标基础上的设计是优秀的、坚实的和友好的设计，这就是上游应有的品质。这样的品质在传播的过程中，本身是内容也是载体，传递着科学和幻想相结合的方式和力量，传递着理性和浪漫相交织的精神。这种优秀的文化在传递过程中也常常在不同的区域被误读、被曲解，因为传播之物一旦脱离了文化的、地理上的母体，它的形式就具有了一定程度的独立性，不同文化区域的观赏者、使用者，就会依据自己的思维定式会判断它。有时这种误读在实用性的结果上也会有创造性的发现，但却丧失了许多有价值的线索，使得受用者无法理解它产生的缘由和基础。而自上而下传播的距离愈远，这种讹化的可能性就愈大。近些年来媒体的开放以及网络的普及使得这些传播在表面上看似乎改变了方式，地理位置、距离、空间这些因素似乎显得不太重要，于是国人中的一部分迅速地自信起来，认为我们离上游并

● 米兰设计师法比奥·诺沃伯（Fabio Novembre）艳情万钟的个人展。米兰，2009 年

● 米兰设计师法比奥·诺沃伯（Fabio Novembre）艳情万种的个人展。米兰，2009年

不遥远，从而在向西方学习的态度上呈现懈怠。依据高清晰度的照片进行模仿，在设计领域最有可能收获的就是造型上的启发，于是我们中的许多看了菲利普 · 斯塔克的作品，先是惊叹其手段泼辣大胆，然后就截取片断拼贴于自己的作品之中。后来欧洲出现了马塞尔 · 万德斯，其风格也很快出现在中国的设计市场中，近年米兰设计师法比奥 · 诺沃伯（Fabio Novembre）艳情万钟的个人展令人瞩目，估计不久亦将在中国出现山寨版的作品。

今年在米兰街头看到许多熟识的华人面孔，绝大多数是同行或相关媒体的朋友，据说横行街头两辆巨型巴士之中也尽是我等兄弟姐妹。但走马观花似的在此一游，又加相机频举频落，哪里还有给眼睛和大脑的时间。相机的抓拍仿佛抓住果实的手，得到了又未必真得到。回国之后我就迫切的敦促《缤纷》杂志在广大赴意人员中倡导一次交流，其一是信息共享，其二是感想汇集，论一论是非曲直，因为作为一个设计师阵营中的一员，我们理应为世界欣欣向荣的设计状态而兴奋和骄傲，但作为一名中国的设计师和设计教育者却有肩负千斤之石的沉重感，这原因简单、道理直白，我不想做设计文化亚种的一员，我不愿总处于从下游向上游洄游之尴尬境况。我想咸鱼翻身，想我脚下的土地直接转化为上游，让“洋师爷”反过来朝拜我们。

冷酷的现实把我从痴人说梦的境界中唤醒，我看到大多数的同行羡慕的只是意大利设计周疯狂、华丽的表象，他们想模仿、复制的也概为表象之物，走进意大利只是一种证明或是为抽象的图形增加感性的因子，是为了更假而乱真，像每年十月中国餐饮界涌现出无以计数的阳澄湖大闸蟹一般。这种乱象很难让人辨别真伪，毕竟是同一物种，长相差不太多，加上它们或多或少都和阳澄湖有点沾染，如“短期集训”或身临其境“游泳”若干，这种概念上的模糊性在信奉混沌文化的华夏子孙眼中简直如同儿戏，谈笑间大功即告成。在中国也有追求真理的好事之徒依据阳澄湖特殊的地质条件造成的蟹脚机能之特殊性来辨别真伪，即观察那蟹能否立足于倾斜的玻璃面上，据说此法灵验，可屡试不爽。但无论怎样我们的创造力和创造激情大部分用在了作伪和辨伪之中，缺少真正的能推动进步的创造。

真正能推动进步的创造的产生是需要长期的学习和努力，学习西方思考的方式和践行的方式。而学习的态度也是影响学习最终成就的决定性因素，这一点对我们尤为重要。因为同样作为有悠久文化历史传统的民族，能以五体投地的态度去向另一个民族学习是一件感情纠葛极为复杂的事，我们的学习中狭隘的民族主义文化观是制约彻底性的枷锁。这一点邻居日本是我们的学习榜样，作为东方文化代表之一的日本，他们对西方学习的态度是极为诚恳且坚决的。2007 年在米兰 Tortona 大街就看到众多的日本设计师活跃在各个展区，一日在和日本 INAX 公司董事长吃饭之时，几位年轻的日本设计师也在其间，据说他们在意大利都已待了八九年的时间，八九年的时间绝对是一种态度的证明。我想我的同胞恐怕没有这般耐心，匆匆地来又匆匆地去，只在米兰留下淡淡的背影。今年在米兰三年展展馆（La Triennale di Milano）中日本的一个以纤维为主题的名为“觉醒的视觉”展在设计周期间产生了巨大轰动，这是唯一能和欧洲顶级水准抗衡的来自下游的展览，它的内容，它的主张以及它展览的形式都是惊人的，看得出来日本在学习西方，但在有些方面已经比起学习的榜样走得更远。这个展览令我激动和骄傲，也令我惭愧，我在不长的时间内四次来到这个场地来观摩，驻足良久，不忍离去。日本的当代设计发展的状态使我看到一个似乎悲观的未来格局，也就是历史也会以另一种方式重演。我们逆流而上，希望从上游寻找到第一手的素材进行包装、演绎，然后传播的时候，发现一个邻居比我们更早地抵达了现场。

也许最终的一张可以为难世界的牌只是市场了，但市场不就是一种下游的表现吗？若作为商务部的官员，市场可能是一种资源，但作为设计

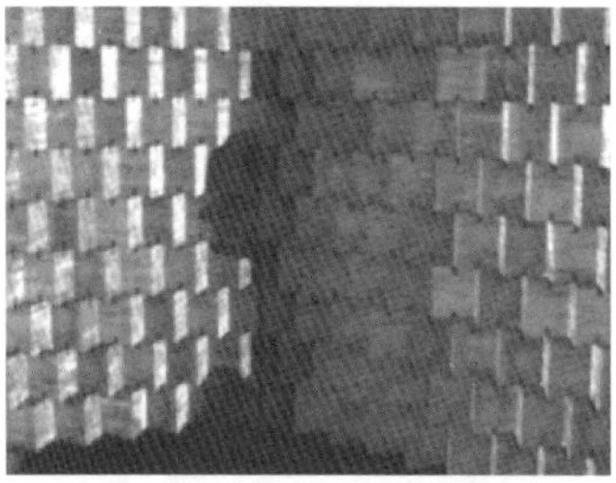

●日本的以纤维为主题的“觉醒的视觉”展。米兰，2009 年

工作者，我不认为它是骄傲。或许还有另外一种可能就是中国地理格局和文化的差异性导致的结局，如同亚洲的另外一个邻居印度。中国与其说是一个国家，不如说是一个世界，一个拥有上游和下游的世界。

2009 年 8 月

布展

今年在米兰布置的两个展览算是2006年以来连续参加设计周的升级版活动。而这两个展览是由一个展览或者说是一个主题裂变而来的，这个主题是“榫与卯”。

但凡中国的艺术家或者设计师在国际舞台之亮相，均是要沾染一点传统文化的，这虽说是一种炫耀，也可以认为是一种悲哀。因为我们并非没有向前看的欲念，只是没有向前看的能力。向前看需要一种基础，一个坐标体系，这个坐标体系既是空间的也是时间的，若没有这些还有一种可能能使我们的目光穿越遮蔽的迷雾，那便是勇气与耐力。但我们又深知勇气和耐力是天分，它比空间基础和时间基础还要重要，也还要难得。

因此，向后看是我们的一种习惯，也是一种不得已的选择。习惯来自于对历史无比自豪甚至是愚蠢的荣耀感，在中国人的眼中，我们只能看到自己的历史，似乎其他的文化在我们历史光芒的阴影之中都无比自惭形秽地埋着它们的头颅。中国榫卯的历史据说始见于河姆渡文化的废墟之中，已经至少有着7000年的历史，而后建立于榫卯原理和认识基础之上的建筑史和家具史就一脉相承的延绵演绎，派生出时而灿烂辉煌，时而繁缛腐朽的文明。我们总是在向后看的起始状态中得到鼓励，似乎睿智的祖先化身附体一般，借此精神上的虚张开始向外发力，向西方叫板。

我们的两个展场分别位于米兰理工 Bovisa 校区设计学院门庭和 Fiera 展区的卫星沙龙展区。这一分为二的方法也是由阴差阳错的时间安排所致。由于经费的原因，原订的位于 Tortona zone 的画廊取消了，我们选择友好伙伴米兰理工的场地。这块场地虽说偏远，但也倒是位于学术话语和学术注视的核心，更重要的原因是这里是免费的。正当我们为这个展览准备的时候，米兰家具展组委会的人员给我打来电话邀请我们去核心展区的卫星沙龙布展，这个展也几近是免费的，因此获知这个消息，我喜极而泣，立刻决定两线作战。

我的分裂方法是这样的，首先继续围绕“榫卯”核心大做文章，但文章的分主题却变为一半以“榫卯”的历史沿革介绍为主的文献性质出现，另一半以学生们在

● “榫卯”作品展。米兰，2010年

当代利用“榫卯”设计创作实践为主的作品出现。它们既相互联系，又各自独立，在不同的空间得体地表达着“榫卯”的信息，又完整地反映出我们老调重弹的全部意义。文献展的场地选在米兰理工，符合学院人咬文嚼字、致穷至理的习惯；作品展的场地选在Fiera，这也符合商贾云集寻找商机、职业设计师猎艳的场合氛围。两块场地相距10公里以上，氛围、格调迥异，对展览的方式也提出了不同的要求。这种分置充分反映出一种智慧，即能把一份汤面变成一份面和一份汤来分开出售，赚取了两倍的利润。我们的展览虽无利可言，但一样也会赢取业内的声誉。

在意大利这个展览王国做展览是有很大压力的，但这里的展览开放性很彻底，即不论多么出色的展览还是多么烂的展览都一样信心十足，平等地出现在一个城市，一个区域，甚至一个展厅。这些年反复来访、活动我也练就了这样的平常心态，深知以我们现有的认识、经验、手段和资金条件，想惊艳米兰是不可能的，但总的来讲，还是想在可能的情况下，尽力达到自己满意的结果。但在眼高手低的阶段，令自己满意就是一个相当难达到的要求，因为每一年的学生都是新的，他们并未有我这样的经验和见识的累积，参与辅导的老师也会经常进行一定比例的调换。时间的仓促也是一个重要的原因，即使我们的创造力是巨大的，但概念向具体的形式转化是需要过程的，这其中包括概念的完善，向实体转化中的技术处理，展览的组织等，时间往往是形成对事物判断准确与否的必要条件。缺少时间的作品不会是成熟的、洗练的，缺少时间的展览也许会是精彩的，但不会是精致和经典的。因此，在我的目标中就是以把展览做得精彩为最高指示，可我亦深知精彩的内容是精彩展览的第一步，也就是说展示中的每一个个体元素的优秀与否是一个精彩的开始。在这一点上我尚有些自信，近年来的经验也告诉我自己要有一定的期待。

●“榫卯”文献展。米兰，2010 年

由于文化素质的提升，近年来清华大学美术学院的学生创作的方向上出现了一些共性的趋势，比如对复杂关系的想象和描述能力大大提高了，他们可以处理很令人费解的几何关系，这方面的能力和数学水平的提高是有明显的牵连的。他们甚至于乐于炫耀这方面的技能，这在去年的学生作品和今年的学生作品中都有所表现。比如 2009 年在米兰的学生作品展中，学生包佳、何为等人的作品“屏风”引人关注，其精彩之处在于技术细节和空间处理细节的巧妙结合与转换上。另一组作品是郭晓盼、张曼莹、李晓夏设计的可以叠合的家具，也是空间组合的巧妙游戏。今年由于“题目”的设定，空间高度复杂的组合以及实体变化间的交咬、配合上的技巧性就变得更加重要，于是学生们在此着力多多，所有的作品都在尽力探索，又在极力表达这种驾驭复杂几何关系方面的能力和技艺。因此今年展出的七件作品尽管形式上有着较为明显的差异，但在思路上是较为雷同的。

由于榫卯可以灵活地拆装，利用材料之间的几何形状而产生对抗，且不用其他多余的材料和构件，对于地理上大跨度的布展工作来讲是非常方便的。许多构件可以化整为零拆成合乎要求的尺寸随身携带，然后在现场进行组装。我把人员分成两组，一组近半的学生奔赴米兰理工，在涂山老师的配合下布置文献展的部分；另一组在周艳阳老师的配合下布置卫星沙龙展。人手众多和榫卯灵活拆装的结合使展览在半天的时间内就全部完成了，视觉效果还是能达到基本的要求。理工门厅的文献展由于现场条件有变，涂老师大胆地把原有的展览做了变更，图片占据了四个角，展厅中心是艺术家邵帆的近期作品“明式大便”，其余的实物用透明的亚克力展架在图片展架的下部托起，和文字、图片形成了良好的补偿。本次展览实物由南通永琦家具提供，均是由红木制作的代表性的榫卯构件，这些构件体现了榫卯原理在东方民族的智慧下产生的机巧性。同时这些构件参与性很强，旁观者必须动手开合方能领会设计者的独到匠心。这个展览的信息量和趣味性相互结合，规模不大但紧凑不失生动，单纯从展览效果来说是个精致的展览，然而当它处于一个完全不受我们控制的异域环境中时，却有令人意想不到的问题出现。“失窃”是一个在中国高等学府的展览中多年未曾听说的行为，没想到会在欧洲的高等院校中出现。皮亚迪和帕多瓦担心这些构件会被意大利好奇的学生顺手牵羊拿走。开始我以为是开玩笑，后来看他们严肃的表情方知这已是米兰理工习以为常的惯例。这种未曾预料经验也告诉我自己要有一定的期待。

由于文化素质的提升，近年来清华大学美术学院学生创作的方向上出现的一些事情令我大伤脑筋，因为我的学生们布展结束后就会兴致勃勃地奔赴罗马和佛罗伦萨了，没有人愿意把第一次珍贵的海外游学的时间消耗在一个小小的地处米兰郊区的展厅里。尤其作品“明式大便”是我厚着脸皮向邵帆借来的，白纸黑字的收条还在人家手里，若中途“大便”被盗或“大便”残缺是无法向朋友交代的。最后帕多瓦想出了一个不得已的办法，就是在原本搁置实物的展台或托架上贴条留言，引导读者去邻近的工房观摩实物。

沙龙展也遇到了一个令人头痛的问题，学生们习惯性地在展位的背景中用大大的手写体罗列出清华大学美术学院的字样,还有本次活动赞助单位“X 集团”的名称。在国内听取学生展示方案的汇报时，只是觉得把赞助单位名称放至过于醒目的位置会招致主办单位的责难。因为根据经验，欧美或亚洲日韩的艺术或设计展览中，赞助单位的名称一般出现在最不引人注意的位置。后来学生们把赞助单位的名称位置稍作调整，放到了和本单位名称相衬映的位置。但现场中当这块巨大的喷绘织物裱贴于展板之上时，手写体的“清华大学美术学院”字样显得极为生涩，更像是一面大旗向全世界爱好设计的人们喧哗——我们来了。这显然是一种不文明的举止，在全世界院校汇集的场所更显得粗鄙，因为这里不是奥运会，它是展示智慧和激情相结合的地方。设计作品是唯一被注意的事物，若没有这个内容，也就不会被任何人关注，于是我令学生把学校名称从背景画面中裁剪了下来。其实主办方已将每个参展单位的名称规范地侧立于展位门楣相垂直的一块红色的小标牌上了，这种方式很得体，既体现了对参展者的敬意，也体现了对参观者的尊重。但当我们把自己的扎眼醒目的名称剪下来之后，又一个问题出现了，原本位于侧向偏下位置的赞助单位名称就取而代之成为文字信息的主体。在实物和图形为主的展览中，文字就像一个不速之客、一个恶棍，直接、粗暴，极尽急功近利之能事。后来反映出我们手段不够彻底的结果是，对我们作品感兴趣的参观者常常误以为赞助单位是本展览的主办方。

撤展时一位学生问我说既然我们已连续参加了近几届的展览，为什么还会有如此多的意外产生呢，这个问题我心里清楚却没法和同学们解释，什么是制约我们快速接近理想化境界的最大障碍。

2010年4月20日

消化不良

14日晚，我和涂山搭乘easy jet航空公司的班机奔赴向往已久的南部城市巴里。老朋友弗朗切斯科在机场以热烈的拥抱迎接我们。我们沿着意大利版图由北向南纵向飞行了一个半小时，终于到达鞋跟（意大利版图像一只踏入地中海的鞋子），在这个国家飞行如此之长的时间应该是到天涯海角了。

下飞机后发现这里的植物已变成了身体硕壮树冠紧凑的棕榈树，在车窗外这些崩客似的树冠在黑暗中参差不齐地摇曳着向我们示好，与此相伴的是南部城市生活化的建筑立面，它使我们这些由北部工业化都市而来的访问者顿时感觉到一种散漫的诱惑。广告和霓虹灯也远不如米兰的那样时尚、绚丽，如同渴睡人的眼睛一般昏昏沉沉。城市的格局不是非常的紧凑，这也是一种没有被完全现代化的证明。是什么在现代化的洪流面前充当了内在的中流砥柱作用呢？是传统也是民族性格。三年前去更南部的城市索伦托，就有一种恍如隔世的感觉，从车厢里人的脸上、服饰中可以感受到中国在上世纪70年代时给我留下的印象。慵懒、迟疑、生活在当下的快乐，这些自满的状态使意大利南部的城市在现代化的过程中拉大了和北部城市的距离。巴里也是如此，街头少了几分行色匆匆，多了几分闲散自在。

弗朗切斯科先带我们去海边吃海鲜，他的一位结构工程师朋友弗兰科在海边的一家餐厅等着我们。巴里的海边惺忪昏沉，那家餐厅的明亮灯火继续燃烧着白昼的热情，尽管已近十一点，这里依然宾朋满座，干练且穿戴整齐的侍者在不停地奔忙，送菜、结账和迎来送往。两位当地朋友为我们点了当地的鱼虾和蔬菜，并点了三种酒，尤其是最后一种酒，味道酷似中国的白酒，很多次看到弗朗切斯科在餐后点这种酒品尝，并且从其面部的表情可以看出这个结束时的小酌是多么令其惬意。意大利南部的饮食和北部截然不同，种类繁多，做法也丰富，有点接近腐朽的中国饮食了。上菜的层次复杂，而且菜量大，令我们两位长途奔袭而来且饥肠辘辘者大呼过瘾。弗兰科是一位文质彬彬的技术工作者，他是一家拥有七十余名雇员的专业公司的合伙人，他的事务所曾经协助伦佐 · 皮亚诺事务所完成过一些重大项目，于是在美食和酒精的作用下我们深入地探讨专业领域的问题，直至午夜。美食的余味尚在口腔中回荡，入住的酒店环境又给了我们第二轮的刺激。弗朗切斯科驾车驶离灯火阑珊的都市在黑漆漆的田野中猛开，约莫二十多分钟的功夫，拐进了一条狭窄的小路，路的尽端是古典花饰的铁艺大门，待车子驶近，大门缓缓开启，我们进入了一个安静的庄园。这是朋友精心为我们安排的田园小酒店，修剪整齐的绿篱和碎石砌筑的墙体引导着我们曲折前行，虽然已是夜里12点多钟，但主人依然在前台笑容可掬地恭候着我们，所有的空间，所有的建筑体量都小巧而且精致，洒脱地散落在疏松的田园中。静静的泳池水面纹丝不动，倒映着室内迷离的灯火和夜空中半轮残月，植物的芬芳和泥土潮湿气息从脚底升起将我拥抱、撩弄，将我带至四十年前乡野行走的记忆当中。我们的客室是当地民居的标准范式，石头砌合的圆锥形构筑物，室内相当独特，厚实的墙体向上延伸收合，形成一个尖，吸引着人的视线，给居住的空间带来了某种既原始又神秘的氛围。在这封闭的客室中一觉睡去，不知东方既白，雄鸡报晓。15日弗朗切斯科带我们在周边看了四个城镇，白天的游览使我们对这一区域的风土人情又有了更深入和更具体的了解。从古罗马时期开始，巴里是意大利通往希腊、埃及的口岸，至今海岸边尚留有旧时的道路遗址和建筑废墟。工业文明并未能在这块土地上引起瞩目，它只是间接地改变着景观的细节，田野、乡村、小镇依旧那么恬静、安宁和质朴，道路窄窄地在这丘陵状的田间蜿蜒，两侧均是碎石砌成的矮墙，墙内是种植和农庄。据说这矮墙的原材料来自土壤，这里的人民用了几百年的时间从土壤中清理乱石用以建造，同时提高和改良了土地的品质。这种一举两得的方式既优化了人工景观也提高了自然景观的精致程度，因此车在曲折迂回的路上飞驰，丘陵状的地貌尽将这精细梳理过的景观捧送至眼前，整洁的草、苍劲的橄榄树干、白色的梨花。意大利的汽车多为两厢的家用小型轿车，实用、小巧，造型上注重细节，这样的车跑在这样的路上很贴切，很和谐。今年的气候并未像科学家们分析的那样全球变暖，进入四月了，南部意大利依然阴云密布、冷风袭袭，这是别样的南方风景，少了几分奔放和激越，多了几分隐秘与矜持。弗朗切斯科打开汽车音响为我们播放安波切利的歌曲，他向我们解释说安是一位盲人艺术家，他虽看不到日光，但他的歌曲中有阳光在闪耀播撒，因此阳光并非是天赐的唯一，它更在意于人心。这样富有哲理的话一讲，顿时使我和涂对商人弗朗切斯科肃然起敬。

午餐在弗朗切斯科住宅附近的小镇上，这位老兄为我们精心安排了一家他熟悉

● 进入四月了，南部意大利依然阴云密布、冷风袭袭，这是别样的南方风景，少了几分奔放和激越，多了几分隐秘与矜持。巴里，2010 年

的餐厅。今天中午他想让我们品尝意大利南部的面食。中国和意大利都是善于摆布和卖弄面艺的高手，据说意大利面食的历史还和中国有着不解之缘。但在意大利生活过一段的中国人都会认识到二者的食面观还是存在很大差异的，中国重视面的佐料，而意大利重视原料本身。因此每上一道面食，主人都会为你介绍面食的产地和加工工艺。弗朗切斯科也是这样，他总是在每一道菜上来之后为我们详尽介绍，然后充满期待地望着我，希望看到我脸上绽放出惊讶的光芒。丰富的知识和丰富的美食一道把我贪婪的求知欲和食欲彻头彻尾地驱逐了，因此当最后一道 passta 带着浓重的番茄味道和色泽端到我面前时，我只能望其兴叹了。

南部风景和美食的盛宴在晚上达到了巅峰，此时浓雾从海上登陆向内地的深处蔓延，车子在这没有尽头的疑惑和迷茫中向高处驱行。一座沉寂的山庄在雾霭中隐隐浮现出其优雅古朴的轮廓，如海的深处静默的古董，长满着缠绵的丝状生物，但门窗洞口内的灯火却将如炬般的目光穿射出来，在雾气中弥散，营造出热情的拥温。高贵的殿堂内友人安吉拉和她的丈夫衣冠楚楚、笑容可掬地向我问好，安吉拉不久前生平第一次拜访北京，东方的好客和烹饪的高妙令其难以忘怀，因而她在这潮湿的夜里精心而设了极富形式感的夜宴来答谢我在北京的盛情。这顿美食足足持续了近三个小时，三个小时内不同种类的生鲜和烹饪熟食不间断地由温文尔雅的侍者送上，越到尾声，菜的出台就会伴随着一阵高过一阵的惊叹。这是我在意大利享受的最为奢侈的一顿大餐，它使我对南部人炽热甚至几近失去理智的热情有了一个痛并快乐的认识。

近几年来我的饮食习惯开始有了明显的变化，晚餐总是在七成饱时作强制性的终止，这是物质生活极大丰富的一个征兆，也是生命力渐衰的一个警示。美味已不能穿透我身体的防御体系在欲望的感知中掀起狂欢，我优雅地保持着表面和深层，物质和精神在饮食方面的平衡。但今晚的破例却产生了可怕的结果，回到宾馆中，突然胃中有一种前所未有的感觉，似乎那个生理容器中被填满了与食物和享乐不相干的异物，它已成为身体的一个沉重的负担，我试图调整身体的卧姿来摆脱来自内部的困扰，但它又用窒息感来逼迫我拿出解决的方案。终于在半夜，我将那荡漾在胃部上端的甜品残渣和美酒与胃液混合的浓汁呕吐出来，以此换取的短暂舒适将我勉强带入梦境。那是一个令人辗转的夜晚，白日里的美景被过量的食品粉碎，如印象派绘画迷离的色彩和形式的交织，反复映射在自己昏沉的梦境之中，将安眠的意识袭扰得天翻地覆。

2010 年 4 月 29 日

威尼斯的道路

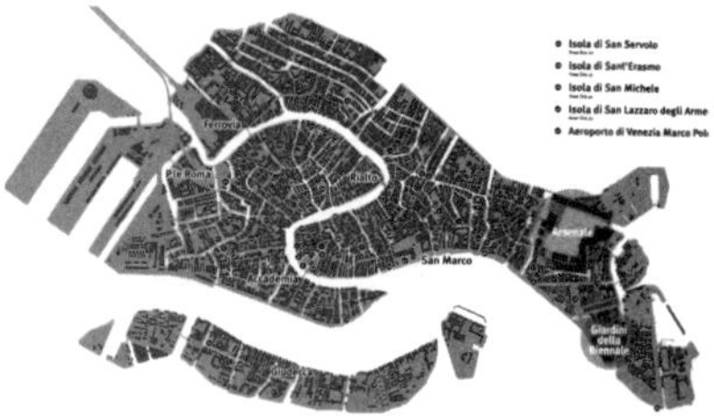

● 威尼斯的版图像一个牛形图腾的局部

威尼斯的版图像一个牛形图腾的局部，整个牛鼻由中部断开。由陆路伸入的铁路使其和大陆保持着一丝一缕的联系。这头被肢解的牛如同葬身于印度恒河中的那些肉体，在（亚得里亚海的）波涛中沉浮荡漾，无比快乐又无比忧郁。据说水城威尼斯正面临海水上涨的巨大威胁，但我却从未感到。每次来到这里，印象里尽是笑脸。划船的水手在笑，餐馆的服务员在笑，画廊里的小姐在笑，玻璃店的、帽子店的老板也在笑，还有来自世界各地五颜六色的游客们尽在笑。与充斥街巷的无数灿烂笑脸相衬的是它那密细如织的街巷和水巷的阴郁、潮湿、晦涩与昏沉。威尼斯除本地人之外几乎没有从容的散步者，因为外来人几乎都是陷入巨大迷宫的彷徨探路者。

第一次拜访威尼斯的人，其首要的目标就是已预定的酒店。虽说这在其他城市绝对不应成为问题的事情在这里却绝对是必须面对的首要问题。因为这里没有可以令人依赖的识路的TAXI，所有的地理坐标都要靠自己的双脚和双腿去接近和辨别。人们常说“条条大路通罗马”，这个规律在威尼斯全然无效，因为城市中有大量的极具欺骗性的死胡同，它会令人吃尽苦头。因此第一次来威尼斯时，我就围着酒店所在的区域拖着沉重的行李打了近两个小时的转儿。最终不得不放弃寻找而就近选择一个宾馆休息。后来和国内一些朋友谈及此奇遇，竟然发现这并非自己独特的经历，而是多数人都有过的尴尬。到后来索性就不再预定，凭感觉信马由缰，随手拈来似乎更有效率。因为这座城市不缺游客，因而更不缺酒店。威尼斯小尺度的街道和细密的路网决定了这里酒店的规模，小巧、亲切并且精巧。聪明的经营者们想尽一切办法改造旧的建筑。于是客房的空间就变得更为狭小。除了运河两侧的酒店以外，大多数酒店客房景观不佳，没有视距，无法远眺，满眼都是斑驳的墙面和郁暗的阴影。这样的酒店客房迫使人尽快地涌向户外，向圣马可广场和海边进发。

顺着没完没了的街道行走，途中有无数可人的小型礼品店、酒吧、餐馆，还有无数的迷途笑容可掬的等待着你。人与人不断的擦肩而过并相互友好地点头致意。复杂的道路体系和更为复杂的水路体系叠加形成一个无比迷乱和丰富的感受空间系统。它们断裂、聚合、交叉、穿越，带给游者无数的惊喜。入画的景观太多以至于相机镜头不停地举止伸缩。人们在威尼斯留影希望影像永久地为记忆证明，其实影像永远无法代替记忆。因为只有在移动中才能真正认识威尼斯。这个城市的格局和尺度就是让人们不停地移动。不论在陆地上还是河道里，街或岸的两侧向人压迫而来。即使是充满善意和热情的表达，之中的行者仍然能感到一种置身室内的压力。威尼斯城中道路长度直线很少有超过 200 米者。道路在转折迂回中向圣马可广场延伸。而道路交会的地方也常常布局出小型的广场，如围棋中的眼位是彼此存活的依据；而在城市空间中，这些空白之处也会使人第一喘息，驻足。

● 威尼斯复杂的道路和水路体系叠加形成一个丰富的感受空间系统

用图底交换的方式观看威尼斯城区的地图，这是一个线段构成的画面。斜线、直线、折线、曲线把城市分割、裂变、肢解，又把各部分区域连接、缝合、糅合。而大运河（Grand Canal）则是一个粗大的 S 形线段把城区分为两大部分。人是在这线段中流动的粒子，他们赋予这城市勃勃的生机。圣马可广场虽不在城区的几何中心，但它依然是这个城市的心脏。各个方向的人流汇聚于此的结果，却处处否定着道路。人们愿意长久地在此停留，享受着开阔，享受着二维和三维。街道所形成的单向压迫感在此画上句号。人的走动顿时变得从容和自由。开阔在威尼斯是一个美好和奢侈的词汇，它代表着冲动和热烈，也蕴含着更为全面的开放性的交流。人们把热烈的掌声慷慨地赠与乐手，也把祝福的目光投向忘情的舞者和接吻的恋人。

● 圣马可广场虽不在城区的几何中心，但它依然是这个城市的心脏

● 威尼斯的水道

一个由街道空间构成的城市，它的高潮却不是街道。街道和水巷、拱桥只应当称之为特色。人们为特色而来，却并未在特色中癫狂忘我。为之陶醉，为之铭刻在心的却是那一大块空地。欧洲是盛产广场的地域，每一个城市都有许多广场。市政厅前、教堂前、商业街、居住区，它们行使着信仰、制度、世俗情趣的多样态度之下的聚集功能，以强化共同的价值观，又形成各种差异之间交融的场合。因而广场的价值和意义在欧洲是普世性的。无论基督教文化背景还是天主教、东正教，甚至伊斯兰教的文化背景，广场文化不可或缺。但广场和街道有如此辩证关系的城市却只有威尼斯。街道孕育着广场，广场在极度自我表达之中又对街道做着反叛和感恩的双重情感宣泄。

当代的中国也盛产广场。而且这些新诞生的广场均是具有超大尺度，具有宏大叙事的主体性雕塑和装腔作势建筑的空间场所。但在我们的印象之中偌大的中国又似乎没几个广场。这是一个令人困惑的现象，也许原因之一是我们没有街道感的街道。

威尼斯的广场令我流连忘返，令我可以依赖几瓶啤酒呆坐在酒吧户外的坐椅上几个小时看着广场上川流不息的人流，看着此起彼落的鸽群傻笑。威尼斯的街道也可以令我从早至晚没完没了地游荡，这其中首先是因为街道的趣味性（神秘性）。街道和人性的关系体现在哪里呢？它体现在微妙的尺度变化上，体现在连绵不断的起伏上。这两个原因，使得现代交通工具永远无法进入这个城市。于是城市中的人和街道的关系就建立在一种最为原始的状态之中。城市中的人完全靠双脚来使用街道，感受街道。这时候街道的距离、质感、起伏变化在双腿双脚的不断迈进和蹬踏的动作中被反复感知，乏味也罢，趣味也好，总之这是人切身之感受，知觉。现代的城市离不开汽车等现代交通工具。交通工具如同人附加的外在骨骼系统，它极大地扩大了人的身体能力。于是与之相适应的城市也就越来越背离了人和城市原始的但却是自然的关系。人类发明了诸多省力气却消砥精神的工具，这些工具助长了人类的野心，促使人陷于日益无情的忙迫之中。这些表面的速度和进步实则是对于事物之表象的涔溺，是回避真实和存在的技巧。在华盛顿、北京、洛杉矶、巴西利亚等城市，徒步走在城市干道时，我会产生自卑和被丢弃的感觉，因为这些城市是为汽车而设计。在威尼斯的街道行走我却油然而生一种自信，因为这个城市中每一处边缘，包括像 ASENO 这样边缘性的地方，却尽在我的脚掌控制范围之内。我认为这就是一个城市和人友好的基础。一个城市的发展建设，规划至关重要。道路规划是城市规划中重要的部分，它决定着城市的功能和景观的关系。而理性的精神在规划中的表现就是对效率，对功利主义的控制。大运河（Canale Granda）是威尼斯城重要的景观轴线。这条河自城的西北角贯入，在城中划过一条潇洒的 S 形，又从城的南部流出，汇入开阔的亚得里亚海。这条宽约 30 米左右的运河在城中行使着交通枢纽的职责。当地人和旅游者每日里乘坐大型水上巴士奔赴自己的目的地，小型的快艇和贡朵拉也载着游客快乐地穿行。各种吨位的船只忙忙碌碌地停停靠靠，不时掀起阵阵波涛。从威尼斯火车站一下车面对的就是这样的景观，它也是人们对威尼斯水城的第一印象。一座满弓一样的拱桥凌跃于河道之上，站在“弓”的顶端，看到的水域明媚、鲜活、疏朗，S 形的走势使得远处景观含蓄、妩媚，若隐若现地展示着夹岸建筑群多姿的风采。这条运河是全城的景观缩影。因为无论在河道之中激流勇进，还是在河岸边缘舒缓前行，眼中的景观都异常的饱满和连续。两岸建筑风格变化丰富，建筑功能也是混合多样，反映着城市的风格特征。然而威尼斯滨水道路并未如习以为常的那样贴在河岸的两侧辅佐前行，路与水有分有合、分合有序，表现出对变化的理解和控制。水路与陆路的这种纠合方式是产生形式美和景观美的内在结构。抽象地看，水路是一条实线，它连续、明确；陆路如间断的虚线，断裂形成轻快的节奏感。同时实和虚相应相生产生美妙的和谐关系。滨水之路的迂回柔绕使得许多建筑林立于水的边缘。形成的倒影和实体共同产生一条条纵向的构图要素，美妙地切割着视觉画面。游船激起的波纹又不断粉碎着这些元素，使之如破茧而出的彩蝶或惊鸟般散去，又如萤火虫般聚合。道路走向的变化也产生滨水空间的变化，使得水上景观层次丰富。

每一年来威尼斯看展览，从宾馆到双年展展场的路都是独一无二的，因为我没有能力去重复上一年的老路。穿越这迷宫般的格局，感受透明和昏沉交织的路网，我如同网中之鱼，快乐地向着城市边缘那个公园游弋。我想来这个城市的每一个人都像这样一些必定会漏网的鱼儿，逃掉的身体，网罩住的是“心”。

2009 年 7 月 26 日

● 威尼斯印象，摄影：郑曙旸，2009 年

“偷凉”

“在地球上创造一个天堂是设计师的任务”，这是芬兰乃至世界著名的现代主义建筑大师阿尔瓦·阿尔托的一句名言。地处北欧的芬兰冬季漫长，日照时间非常短促，在这块土地上熬过沉睡的冬天是令人十分压抑的事情。我的一位同事几年前去芬兰观光，却非常不合时宜地把时间选在冬季，我问他对芬兰这美丽国度的认识，只能听到一声长长的叹息，因为他的大多数时间都是在旅馆中度过的，然而也就是因为这种特殊的地理环境使人与建筑的关系变得异常密切。芬兰以建筑而闻名于世，是世界现代建筑设计水平最高的国家之一。芬兰的建筑一方面吸收了现代建筑的精华，注重内部的功能合理。朴实无华的外表常常包容着一个异常明亮、开阔、舒适的内部空间，另一方面，芬兰的建筑又与当地环境紧密地结合在一起，充分利用自然地形的变化与绿化条件使人工创作与自然景观相得益彰。因为如此我对这方土地向往已久，直至中年才有机会踏上芬兰的土地去一睹传说中的风景和传说中的建筑。去年一位朋友的绘画作品“桑拿天”刻画的是北京近年来愈来愈热的夏天，画面沉闷的灰色中隐约透着像长满菌毛的建筑轮廓，其中的人物形象均呈煮熟的螃蟹一般橘红。后来有一次吃一道川菜叫“桑拿虾”，褐色的木桶中盛满滚烫的灰色的石子，瞬间倒入其中的本是玉石般半透明的虾子也立刻变成了橘红色。这菜算是人对温度和湿度特殊认识的一种表述，极为形象，由此我也更深刻地感受到那画家对生活观察的精细。从北京的盛夏之中偷出一段时间来到芬兰避暑是一件令人惬意的乐事，一方面看这里的湖光山色，森林草坡；另一方面就是来欣赏这里的现代建筑。对于中国的民众而言对芬兰最为熟悉的便是“桑拿”、芬兰是桑拿之国，这不是指恶劣的气候，而是指遍及每一个家庭的桑拿设备设施，以及生活中不可或缺的“桑拿”健身活动。深入一点了解芬兰的人还会说出音乐家西贝柳斯和建筑师阿尔瓦·阿尔托的名字，因为他们都是芬兰现代文化的杰出代表。

对于中国的建筑设计专业工作者而言，芬兰的现代建筑并不陌生，一说到这个话题：卡雷住宅、珊纳·特赛罗文化中心、帕米欧肺病疗养院以及岩石教室，蜗牛图书馆等长长的一份现代经典建筑的清单会列出在你的眼前，如数自己的家珍一般。芬兰

● 格尔贝拉设计的蜗牛图书馆 & 蒂莫与图奥莫兄弟建筑师设计的岩石教堂

的建筑文化也正是在人类走入现代工业社会以后抓住了历史的机遇创造了辉煌。对于那些曾经出现于建筑历史教科书中的著名现代建筑，前人之述备矣，在此我不必再去介绍，我要谈的则是两个芬兰当代建筑。当代的芬兰延续着现代主义以来的建筑设计的荣耀，继续以沉着的理性态度和务实的工艺风格来创造着一个又一个的新建筑。现代建筑运动用几乎半个世纪的时间完成了对建筑社会性、技术性和实用性的理论实践和理论思考，为当代建筑在空间形式上的突破打下了坚实的基础。我们常常描述芬兰的现代建筑是充满人情味的建筑，朴实无华，绝少刻意追求外在的形式变化。有的评论家称芬兰的建筑是追求一种“无形之形”，这其中前一个“形”指的是我们视觉所感知建筑之成像，是趋于物理的形，后一个“形”大概指使用者内心对建筑的感受，是一个心理的形罢！如此说来芬兰的现代建筑虽是现代主义典范但却有不够完美之嫌，因为在世界范围内建筑的意义早已超越了一种形而下的实用价值体系，当代的建筑师们在寻求一种新的平衡和对称，试图把形式更大程度地解放出来。20 世纪 60 年代芬兰的另一位大师格尔贝拉在坦佩雷设计的蜗牛图书馆似乎就在做一种超越的尝试，该图书馆平面布局中采用圆形的母题来构图，在入口部分的台阶处理上由于摆脱了功能的制约，把弧形的动态形式发挥到了极致，但纵览图书馆的内部空间组织形式和功能的关系则稍显勉强。但蜗牛图书馆毕竟稍稍改变了芬兰北方建筑务实、拘谨的面孔，为城市带来了活力，给人们的生活增加了话题。

当代赫尔辛基最有代表性的公共建筑当属赫尔辛基当代美术馆“Kiasma”，建筑师是美国建筑师史蒂文·霍尔（Steven Holl），该建筑从 1992 年开始设计到 1998

年完工历时 7 年。“Kiasma”当代艺术馆位于赫尔辛基中心区域向西遥对议会大厦，向南紧邻应用生态技术的高技派建筑——报业大厦。议会大厦是一座全部由石头砌成的古典建筑，厚重庄严；报业大厦则是由钢结构、玻璃幕墙及精细的节点来构成的透明形式，它在炫耀着工业制造业和加工业的高超技巧，建筑的玻璃幕墙在建筑形体转折处有意穿插而出，似乎在强调着什么。“Kiasma”当代艺术馆形体的构成上就和反传统的当代艺术品一样另类，它是由一个长方体和一个扫帚形的变体相拥组合而成，而两个形体的间隙间形成了建筑入口及采光的中庭。看得出建筑在追求一种雕塑般的视觉冲击力，巧妙地使用直与曲，虚与实的对比手法。建筑东北向的部分屋顶采用弧形金属从天到地一贯而下，已难以说出究竟是墙还是顶了，但这种夸张的手法却十分贴切地把赫尔辛基传统建筑的屋顶景象表达了出来，因此尽管它形式看上去表面出类却不唐突。距之东 300 米左右的地方是老沙里宁设计的赫尔辛基火车站，车站的西侧广场上有一小型的建筑，其屋顶的形态似乎就是美术馆屋顶的母语。在建筑体由南向北贯通运动的间隙中，伸出一组红色的钢板巧妙地形成了建筑主入口的雨篷，由此进入美术馆动人心魄的中庭空间。优秀的建筑师均是善于声东击西的造型高手，表面看去，史蒂文 · 霍尔发力于建筑造型，通过有力的形体变化来表述这特殊建筑的气质，但进入中庭之后你会认识到实体之外以及实体与实体相含、相间之处才是大师心力所发、所聚之处。倾斜的墙面、扶壁，蜿蜒而升腾的坡道，单纯而使光线弥漫于此的色彩，共同构成了一种难以言表的当代艺术的既凶猛又优雅，既平静又充满能量的外在气质和内在精神状态。沿着坡道在大厅中游走像是走在悬崖上侧生出的栈道一般，既紧张又激动。看得出来当代建筑不但保持着现代建筑注重空间感受的特点，并有将这种特质进一步异化的趋势。这种异化的方式具体来说就是把空间的表现进一步从形而下的体验之中解放出来使之更具主动性、侵略性。

●赫尔辛基当代美术馆“Kiasma”建筑外景

“kiasma”当代艺术馆是一个充满激情的当代建筑，它给赫尔辛基温和厚朴的格调中注入了一组明媚的旋律，这就是芬兰在文化交流中不断发展变化的当代建筑。而芬兰本土的建筑师们一方面以宽容的心态接受着来自世界的当代建筑文化，一方面依然保持着这块土地上的人对建筑特殊的情感和理解。在赫尔辛基郊区的大学城中，我们参观了当代芬兰建筑界最有潜质的建筑师 Juha 的一个小作品。这个作品是一个木制

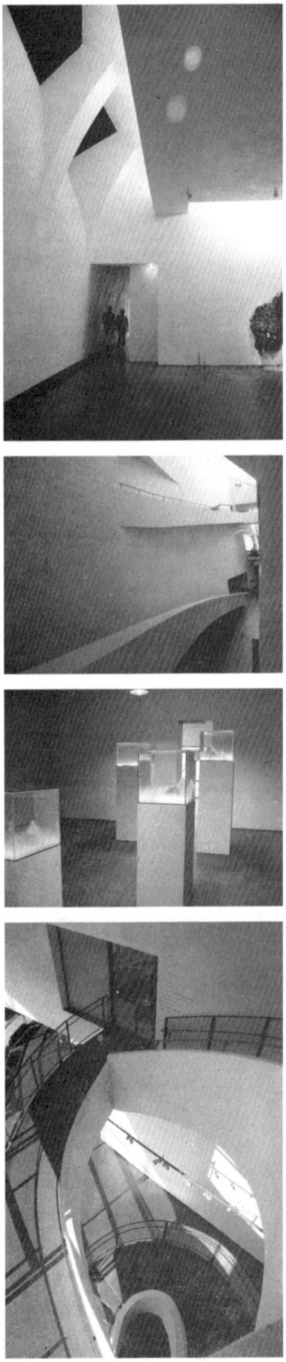

● Kiasma 内部空间和展品

的小型教堂 Viikki Church，完成于 2005 年 5 月。教堂是一个由一系列组合而成的呈“L”形的建筑，远远看去教堂像一个条状和块状建构的游戏积木，气质亲和，扁平状的方盒子组合而成的呈“L”形的建筑，若不是门口钟塔的提示，许多人恐怕会误以为是一般性的公共建筑。传统的教堂建筑体量或内部空间往往巨大，远远超出个人的正常尺度习惯，建筑师凭借非人性尺度来塑造神的意象，哥特式的教堂在此曾达到一种巅峰状态。现代宗教建筑的营造史上也不乏宏大尺度的力作，菲利普 · 约翰逊的水晶大教堂尽管一反传统宗教建筑玄迷的光环境而赋予一种透明和开放，但那空间的尺度依然是巨大的。这种尺度认识上的顽固缘于人们对宗教的认识和理解，这导致了一种态度，而态度会产生距离。在芬兰大厦前的广场上我曾看到过一个临时搭建的帐篷，里面聚集着几十个听众在听一个信徒传教，这种平民化的方式是否是当代教义变化产生的结果？我不敢断言，但眼前这个小教堂却的确是一个洋溢着温情的精神场所，建筑使用了木瓦一样的建材做外饰面，所以建筑被鳞片一样的肌理包裹着像个有机物。进入建筑的内部是一个进深大于面宽 1.5 倍左右的一个前厅，层高 3 米左右，空间平易近人。管理人员要求访问者脱鞋进入，因为该建筑内部也使用了大量的木质材料，从地面到顶棚，墙面使用了穿孔的吸声复合材料，因而这个空间非常安静也非常洁净，木质的出现快速地完成了建筑由室外到室内的转化。芬兰的森林覆盖率是世界上最高的，木材也是建筑中使用最多的材料之一，这种方式也常常被我们这些来自缺少树木，土地沙化严重国度的人误以为是奢侈，其实这才是一种因地制宜的方式呀。木材选用的好像是橡木，浅浅的木色传递出教堂少有的温馨感，中国人对这种木色的感受更多是来自是日式餐厅或日式家庭中的材质印象。教堂的主体空间(Church hall)是一个复合型的空间，圣坛在靠西的位置，它背后的采光方式也很特别，墙体如同被轻轻地侧向掀起了一个边让光线溜进来，侧身进入的阳光顺着墙壁逐渐衰减，映照着墙面的壁画形成生动的视觉效果。壁画的图形好像是一个花繁叶茂大树的一个支干的局部，银铂把叶子、花瓣的轮廓勾勒了出来，轮廓以外的部分是木材涂上的一点浅浅的藕色，东方的感觉很足。Church hall 的主体空间是一个东西向浅，南北向宽的矩形大空间，高度约15米左右，木构架形成的装饰从顶上垂下形成一个模糊的界面，增强了建筑室内顶部的丰富性。教堂中的灯具形式也是经过精心设计的，由一个个U形的发光片组成，像飘浮在空中的船。这一个个灵魂的载体容易令人进入到一种催眠的状态，也可称之为忘我，这即是宗教场所氛围营造的成功之处。在一个个人得到充分肯定和尊重的时代，宗教场所也开始改变原本固有的形象，试图创造一种人和神之间新的对话方式，在这个教堂里我看到了上帝对世俗近乎平等的态度。在空间的组合上我也惊讶地发现教堂也在用灵活多变的方式处理空间之间的组合，这个教堂并不完全是对称的形态，它的后方复含着另外一个扁平的祈祷空间，而且之间有推拉隔断会根据不同要求来分割空间，可以形成多个场合下的多种模式。而从这种轻松处理手法的背后我们可以领会到一种对待仪式态度的转变，应该是人对永恒有了新的认识吧。

● 建筑师Juha的作品，教堂Viikki Church建筑内部空间

教堂南侧的墙面下部是通透的玻璃窗，坐在坐椅上可以看到窗外美丽而平和的风景，或许因为芬兰本身就是一个天堂，500万的人口，33万平方公里的沃土，18万个天然湖泊，这令人羡慕的数字的现实表现就是明媚、清爽、洁静、自由，它具备了天堂的物质条件。那么人到教堂之中为的是净化灵魂，平视的时候看到的是自我，仰视的时候看到的是他我……

2006年9月10日

● 赫尔辛基芬兰湾附近的景色，芬兰，2008 年

国际会议

赫尔辛基市文化局承办的一个中国和欧盟环境艺术家交流活动的筹备会议于2008年6月12日～6月14日在芬兰赫尔辛基市举行。一个半月前，我即接到会议通知做行前之准备。此次会议共有芬兰、瑞典、爱沙尼亚及中国的艺术家和相关文化机构参加，按常规的会议经验来推断，会议一定会在旗幡招展、号带飘扬的声势中进行。于是我带着一定的思想负担对讲演文件进行了精心的准备，同时亦准备了正装和休闲装二套装束，以应对和享受习惯中的会议与观光相混杂的模式。

6月12日晨，赫尔辛基文化局的官员来酒店接我前往会场，同行四人挤在一辆不算宽敞的出租车内向海边驶去，模模糊糊得到信息说会议在一个岛上进行，那岛离市区的内陆边缘其实也是不到200米的距离，岛上树木凌乱、野草丛生，一座略显破败的二层小楼立于岛的最高端，远远看去不像有人类活动在其中。如此近的距离依然要穿行长长的栈桥，在码头上等候摆渡的小船，这过程和空间形式显然和目标有一定程度的反差，但同行的老外们一个个都兴高采烈，仿佛在等待一个惊世骇俗的远足。一群像是参加夏令营的儿童在颠簸和马达的轰鸣中驶向近在咫尺的彼岸。儿童的时代看过罗马尼亚电影《巴布什卡历险记》，记得电影开始两名孩子和名叫“教授”的匪徒登上了一个荒凉的小岛，那岛上发生的一幕幕恐怖惊险的场景至今历历在目。这个岛的视觉景象打开了我记忆的盒子，勾起了我对荒岛的不良记忆。一个懒散的水手在系着缆绳，一群好奇的孩子在老师的看护下涌上简陋的码头，也有一位道貌岸然的教授拎着一个包，充满疑惑地向岛上伸出自己的右腿，不同的只是电影中的教授手中的皮箱中满载毒品和细软，而现实中的我则是手中拎着装满文化知识的电脑。岛上没有像样的道路，

● 《巴布什卡历险记》剧照
图片来源：http://www.verycd.com/topics/252763/

一些碎石自上而下铺撒，只是让人在行走中摆脱了泥泞的纠缠，无序的树木和野草簇拥在砂石的边缘，阻拦着我们这群不速之客，而那些正处于哺育期的水鸟们却个个仰脖怒吼，对我们的闯入表示抗议。好在那天天气很好，阳光为我驱散了聚集的疑云，为怒放中的野花和海风中的建筑抹上了几丝热情的笑意。

我们的会场就在刚才从对岸看到的那座灰色的小楼里，这种式样的楼房在哈尔滨读书时见过很多，甚至和我们当时的教学楼颇有几分相似，坚固厚实的墙壁仿佛自然的用以绘画的坚实画布，随着岁月不断留下涂抹的痕迹，狭小的窗户躲在阴影里逃避着风雨还有阳光。这种建筑于冬季和夏季、艳阳高照之日和阴雨绵绵之时会给人完全不同的感受，像一位不苟言笑的父亲，对抗与呵护、排斥与包容、冷漠与宽厚，拥有如此之多自相矛盾的性情与品格，而今天这建筑的功能也在发生着重大的变化。进入楼内狭小的门厅，一股暖流扑面而来，我竟意外地发现这里的室内环境陈旧但整洁，这是有人类使用的重要迹象。昏暗的走廊两侧的木门上镶满了各种各样古怪的图形卡片，还有扮相奇特凶猛的人体照片，为这个老楼的今生传递着一种诡异的神情。文化局的一位女士为我们推开了一扇虚掩着的门，期待中的腐朽木质和尘埃相混合的气味并未袭来，表面油漆斑驳却擦拭洁净的桌椅摆放整齐，像是正在期待一群即将来此开会的客人。周墙的书柜原先陈列之物已被置换成一些败落的植物照片和另一些如同自然科普书籍插图般的手稿。另一个空间中的书柜里则摆满了洁净的饮用器皿，在一个长桌上放着几具类似化学实验那样的煮制咖啡的器具，还有一个设施齐全的厨房。此时我那伶牙俐齿的翻译尚未到场，一切全靠自己依遁旧有的经验和知识来猜测。但无论如何在我的记忆里都无法打捞出类似的影像，而同来的艺术家和文化局的官员已经开始工作了。赫尔辛基设计与艺术大学的教授哈库里在隔壁的小型阶梯教室准备投影设备，文化局的几位女士在煮制咖啡或红茶，还有一道点心。我惊喜地发现这里居然一应俱全，甚至还有一架钢琴，琴盖开敞，琴谱规矩地翻开，似乎余音袅袅、余热不熄。这鬼地方到底是什么，为什么来此，和这群头发花白的老外来到这个古怪的场所倒使我想起了儿时看过的一本苏联时代的连环画——《铁木儿和他的伙伴》，难道我们是来进行一次铁木儿式的游戏？

● 故事书《铁木儿和他的伙伴》封面

和室内昏暗迷离的氛围相反，窗外的景象却是令人心仪，杂草和野花在海风的摆弄下使劲地甩动着腰肢和脖颈，海鸥在明媚的空间里翻飞穿梭，云朵在气流的作用下聚合又弥散，在为或许将至的春雨做着积蓄。北方建筑宽厚的墙体形成了分外明确的外部和内部的界限，造成昏冥暗钝和苍冥空阔的强烈反差。没有言语交流的室内环境真有点监禁的味道，大仲马小说《基督山伯爵》中的主人公是从比这还狭窄的孔洞中窥视大海吗？这难道也是他出生入死勇气的来源？而在我看来，这种对比恰恰是在此停顿的另一个理由，对于这个场所以及即将上演的节目，我充满着好奇，如同走进一个二手市场，希冀能有一些意外遭遇。在我有限的会议记忆里，人的海洋、横幅的海洋、潮水般此起彼落的掌声、电火花般频闪的照相机，以及百听不厌的运动员进行曲混合成一个对开会的感性认识。握手、微笑、着西装、蹬革履也形成了习惯性会议综合症的举止。而此次国际会议全然出乎我的意料，会议的形式完全消解了，看不到仪式，感觉不到严肃，这国际会议像是一群上年纪的人进行的一场游戏，因为在这个场所中捉迷藏、过家家是再合适不过的了。没有了形式的循导，稍微显现出一点迟钝，但也就是在我怀疑、失落的刹那，国际会议已经开始了。会议没有主持人，没有程序表，没有拎着暖壶来回走动的小姑娘，除我之外也没有一位身着正装者，这会议显得另类，而我的正襟危坐更显得极为另类。这会议在专题发言的时候，任何人都可以随时插话、提问，会场氛围轻松。每一个主题结束后还会有一小段休息时间，大家喝茶，小用一下点心。还有一次休息时，文化局的人领着我们去小岛上散步参观，借此机会我才得以对其概况有了一个较为粗略的了解。这个小岛原来是俄罗斯人建立的一个军事基地，除了能看到的地上建筑之外，还有大量的地下设施，甚至还有能和大陆通行救护车的通道。后来芬兰相关部门接管了它，仍然是用于军事项目的研究，通过室内大量的水池和特殊家具可以断定应当是化学方面的研究机构。和平年代，这个小岛整体移交赫尔辛基文化局，用于扶持先锋艺术活动。许多空间以廉价的方式提供给艺术家进行创作，一些会议空间提供给社会进行一些文化交流，还有一些独立的小木屋被改造成科普知识展览馆，为少年儿童进行自然科学的教育工作。而早餐同船登岸的那些着装鲜艳的孩子，此时正聚集在一张长桌周围，在老师的带领下进行涂鸦。

原来此地是一种类似国内正在大张旗鼓培育和宣传的“创意产业”基地的场所，但和国内愈演愈烈的粉墨浓妆式秀场相反，这个岛屿表面看去平淡无奇，甚至感觉

● 赫尔辛基的小岛，芬兰，2008 年

●2009 年 5 月在瑞士巴塞尔 IRAT 公司开的小型学术会议

有点荒凉，而正是这种荒凉感才是现代都市密不透风网络的孔洞，生命的种子唯有嵌在此类地方可生根、发芽、生长、壮大。海鸥孵化的幼鸟在岛上草丛中不断闪现，大雁领着孩子在觅食，而艺术家们则深居在大楼中的那一个个表面看上去死气沉沉的房间里创作。在文化局 A 女士的带领下，我们叩开了一扇紧闭的房门，一位年轻的女艺术家正在实施自己的创作构想，她想利用大海波涛起伏的节律来绘制作品。那简陋的小屋里非常狭小局促，桌上堆满了材料和声控电子装备。她工作的状态不像我周围的艺术家们豪情万丈般潇洒地生活，倒使我想起已故数学家陈景润当年在不足 6 平方米的小屋中攻坚哥德巴赫猜想的状态。我曾向 A 女士提问道："文化局是否对驻地的艺术家有什么关于保护建筑的要求"，她说他们完全没有要求，倒是艺术家们一致提出控制个人行为，保护建筑遗产的建议来。因此这个创意产业集中的岛屿并未因内容的更换而呈现出全新的面貌来。在欧洲，历史记忆是被充分尊重的，想要摧毁一种记忆是非常困难的事情，因为记忆就是历史，是生命的一部分。一个城市的全部是由各个场所包括记忆组合而成的，我常常被一些城市感动，正是因为它依靠遗迹折射出历史，这种历史正在不断生长之中，如同有生命体征的事物一般，可以借此来感受它的脉动，感受它的存在。此时我恍然大悟，明白了组织者安排我们来此开会的目的。

这其实倒真是一个名副其实的国际会议，与会者一共 11 人，却来自四个不同的国家，从统计学角度来看国际化率是很高的。第一天会议，四个国家的代表分别就自己国家环境艺术的现状和自己的观点进行了阐释，内容很丰富，期间没有任何相互吹捧、表面谦让的客套成分。一天会议结束后，既感觉充实，又感觉茅塞顿开，对已经习惯的会议模式也有了一个重新的认识。以往我们许多的国际交流或国内交流大会普遍为形式所累，片面地认为只有规模盛大、庄重、威严才是成功的标志，若再有几位高级别的领导出席，那就是锦上添花。这使得

●2005 年 1 月，国内某次学术会议的众多奖杯

大量的精力投入到会议操持的事务性工作之中，难以全神贯注于会议的内容。这种状态下会议与结果和内容之间的关系如同婚礼和爱情与爱的结晶一般，已经是个无关痛痒的符号而已。造成的结果往往是会议的形式和其内容及成果之间没有过多的联系，表面虚热、场面浮夸已是众人皆知的事情。许多学术会议完全沦落为一种类似社交和团拜的场合，握手寒暄接管了争执辩论，合影留念覆盖了笔记心得，会场充斥着一种喜庆祥和的气氛。我对此类会议已很少抱有一丝幻想了，因为这样的大会上，个人的观点要想获得多数人的掌声，就意味着必须向大众妥协。当然有时候也会有一些针锋相对或石破天惊的声音抛出，但也仅此而已，一声呐喊然后杳无音讯。大会的场合已经摧毁了对话的心境，讲演者和听众已经丧失了相互倾听的诉求，大会提供的言论像是快餐店里的把戏，色香俱全而滋味不足，经不起咀嚼和推敲。

● 草堂对谈，《三国演义》之“三顾茅庐”剧照

● 西柏坡七届二中全会会址。邵逸农＋慕辰，大礼堂系列摄影

其实回顾一下历史，许多重要的纲领达成、重要的决议出台、重要的事件产生都和大会无关，相反，许多政治迫害和学术荒诞剧的上演却和规模盛况的会议结下了不解之缘。三国时期刘玄德三顾茅庐拜访贤士，二人的讨论是小型会议的一个典范，那流芳千古的“隆中对决”即是一个佐证。简素的草堂之中，竹影、清茶、童子、方案，一切都和宏大没有关联，但讨论内容却是涉及全国的政治、经济、地理等最为重要之事。两年前曾随同系支部的中共党员去西柏坡参观，看到那个产生影响中国近代历史的会场、居室、院落等空间都是狭小、昏暗、局促的，但会议在此召开却决定了此后中国的发展进程。想象一下当时的场景，那批元老从各自的平房、院落甚至窑洞中出来，笑呵呵地步入会场，如同街坊邻居之间的一次聚会，而后，电报从这里传向全国战场、传向国统区、传向解放区，在信息到达的每一个地点，不是群情振奋，就是惊慌失措。西柏坡会场和一般的民办小学教室规模相仿，在这里会谈基本上不用扩声系统，人和人的对话去掉了中间介质就亲近了许

● 哈库里的环境艺术作品

多，通过声音可以触摸到对方的思想。相反，现在一个处级单位的会议室圆桌上，只要物质条件允许都要安上扩声设备，人和人的对话仿佛戴上了面具一般，若是那扩声设备质量再有些问题，嘶嘶啦啦，则会把彼此的空间距离在心理上进一步放大。

在各国艺术家所介绍的案例中，可以感受到北欧地域中人所特有的一种平和安静的心态。这里艺术家理解和建构的环境艺术是自然主义语境下的艺术，多数艺术作品矗立于人烟稀少的纯自然地带，雪野、河流、麦田、岩石是作品的背景，而艺术家作品的艺术取向也是多元的，基本上看不到宏大叙事类型的东西，有许多艺术作品甚至是暂时性的，随着时间的延续会逐渐消失于自然之中，也会随着人类活动的进一步参与在一把火之下化作腾空的烈焰和浓烟，为北欧过于平静的原野和森林增加一点暴力的色彩。艺术家在自然之间进行着镜像和提示性的工作，艺术作品像匍匐于大地之下的极擅变色的动物，一方面和自然极度和谐，吟唱着天籁一般的曲调，另一方面似是而非，高唱着人本主义的颂歌。哈库里的一件作品是在与高速公路相垂直穿插的河流之中，把连续间断的白色条状漂浮物置于河流的中央，和高速公路开着一个善意的玩笑，如同中国相声在演出中的说学逗唱，表面看是一丝不苟的模仿，实则是对目标的变形走样，令人在思维的惯性之中驶入一个意想不到的迷途之中。他的另外一件作品是一根用松木杆仿造的芬兰国旗矗立在一片翻滚的麦浪之中，最终他用一把火点燃作品，使之化为一个带有强烈形式感的木炭造型。后来造访他的居所，看到他院子的入口处立一复制品——一个完全炭化的国旗静止在空中。据说当时做此作品时曾遭到邻居们的一致反对，但艺术家固执和无所顾忌的心态把矛盾化解了。

北欧艺术家们如同童话中的精灵，在生活中扮演着制造趣味的角色，完全不像中国许多艺术家背负着救赎的使命步履艰难的样子，他们会在一个冷清的街道中心用着装怪异扮相奇特的方式来为无聊的街区引入一些话题和活力，也会为土地上的一块草坪镶上编织而成的纤维花边，在欺骗和误读之中令自己和公众相互取悦。似乎并没有什么巨大的物质利益来驱使艺术家来从事这些工作，但在这片土地、城市中的许多角落，每天都在上演这些事件，无聊的艺术家出题给无聊的观者，然后又自我破解。而更为可贵的是那些作品中的多数会在秋风中散落，在烈焰中蒸发，艺术家真是些活雷锋。没有商业艺术机构来收藏这些作品，纯属一种以自己的方式回馈市民社会的善意行为。

会议结束之后，我又几次顺着沿海的公路经过那个小岛，它还是那么荒凉、宁静，从最近的地方看去，大陆离岛竟然只有几十米远，仿佛借力一跃即可登上彼岸。若在中国当代，一个人或集团或政府相关部门一定会在二者之间架一座桥以方便通行，而这里的人们依然要站在袭人的海风中等待颠簸的渡船。这其中也反映出一种态度上的迥异，折射出文化上的隔阂。一座桥的连接或许会改变一个小岛的"天然命名"，"彼岸"会不复存在。把问题过度简化也会改变一座桥的属性，即使它修得再精巧，技艺上再无与伦比，也会显示出粗俗的嘴脸。在过去的历史岁月中，人类热衷于改变自然为万物赋予的属性，把大海填成陆地，把平地堆成小山，有时又把土地开掘出没有源头的河流。塑料大棚中冬季长出的浆果令人对季节产生了怀疑，但我们也饱受这种创造带来的困扰，自然戴着被我们涂抹过的面具悄悄潜入，开始有条不紊地实施报复。

会议也是如此，那种常出现山呼海啸般口号或掌声的大会令人心悸，因为其中充满有意或无意的大话和谎言。每一个淹没于这激昂情绪之中的个人都会解脱理智的约束而冲锋在风险的浪尖之上。不可否认，人类历史上许多大会是危险和罪恶的策源之所。但我们却又一再忽略史实，给大会冠以无限的荣耀，于是规模变成了成就的符号。工于心计之人又开始利用权力或金钱来收买"规模"，不是么，许多大会主席台上就座者的行政级别、学术身份都是影响会议规模的砝码，不是么，许多大会最终竟以抽奖的方式结束，以至有人归纳曰："无奖不成会"。

2008 年 7 月

● 和室内昏暗迷离的氛围相反，窗外的景象却是令人心仪。芬兰，2008 年

裁缝般的建筑师

上个月在横滨，陆志诚老师带我们拜访了他过去的一位老朋友建筑师池田先生。横滨是个港口城市，据说这里的人思想开放，但给我们的感觉这是一个很安静的城市，高层和超高层的建筑不多，欧陆风格的建筑有不少。这些显然是开放早期留下的痕迹。建筑师池田的居所和事务所混杂在一起，在中国大家都知道这叫SOHO，但这只是性质上的相似之处，至于性格，我看二者绝无半点相似之处。中国的SOHO模式处于城市腹地，是一种流行和时尚，池田先生的SOHO却很本分，隐没在一片低密度的山地住宅之中。

横滨有一些略带起伏的山地，山上已遍布私人的小住宅，住宅之间公共的部分就是那一条盘山的仅可对开双车的小路，私人建筑的边缘就压迫到道路的牙石处。满山的住宅风格各异，显得有少许杂乱，但建筑的空间形态却有许多共同之处，内部设置院落以求得和城市公共空间之间形成一个缓冲带。建筑依山而建，空间竖向变化丰富等。这些形态上的共性应是私有化的土地制度导致的。建筑一方面向公共空间极力扩张以求在私有地段之内达到极致的占有，另一方面尽力使用不多的外部空间进行处理，即形成一个灰度的暧昧的领域。这方面在芦原义信教授的《外部空间组合论》中叙述和总结得颇为详尽。池田先生的房子建成已有二十五年左右的时间，带有鲜明的职业特征，材料以灰色的素水泥、黑色的木材为主，建筑形式简洁，空间变化远比一般的住宅更丰富一些。它的入口有两个，从同一标高平入和下行分别可进入居住和工作空间，池田把进入居住部分的入口设在平层，看来他更注重居住的效率，而下行的路线上则穿插了前院、内庭等小空间，追求细腻丰富的空间体验。这种选择和我们经验中的模式虽有不同，但其理由依然充足。因为显然丰富感和新鲜感之间的联系被表现出来了，对于工作部分，来往的人员往往有新的客人或员工，这种丰富的刺激是有效的，而于己则熟视无睹，在此“不为”和“为”概同理了。

池田先生是那种典型的日本人，表情木讷、个头矮小，他的房子的空间尺度处理和他本人的尺度非常和谐，小巧、精致、贴切，材料的使用轻松透气，我这样身

● 池田先生工作室，日本，2007 年

高的人进入之后稍显局促，但我想他这里来来往往的人像我这样的恐怕不在多数吧。由于是山地建筑，进入房间之后空间起伏变化较多，且视线的隔和透的变化亦多，因此觉得这么大的建筑并不简单。在工作室的一侧地面抬升了约 60 厘米是一条连接餐厅和小会议室的走道，在两个空间的界限之间一根圆形的清水木柱顶起一根横梁支撑起了上部的卧室。这个局部的处理令人联想到东亚传统的木构建筑的细部意象来。会议室也是池田先生自己的工作间，在工作台上散布着几个小型建筑的模型，看来他主要工作的方向就是设计像他本人住所一样的小房子了。日本土地私有程度很高，加之中产阶级在国民中的比例也很高，这种小住宅类的业务是大多数职业建筑师的主要工作，由于这种建筑业主非常具体，设计师的工作是既十分明确又十分复杂的。建筑中所有的内容诸如空间变化、功能组织、材料应用、建筑技术等等都是为业主量身定做的，因此建筑师的工作很像传统裁缝的工作。而中国的情况和他们截然相反，客户往往是一群人，这群人的性格模糊，惟一比较清楚的信息是他们财富的量级，因而建筑师只需把概念做得模糊一点即可，若一厢情愿为人民服务到底，恐怕结果事与愿违，最终将被广大用户们各种独创的改造方式把设计者个人的理解抹掉。据了解池田先生一年之中只设计两至三套别墅，但设计工作却非常深入到位。我随手翻看了一下摊在桌上的一本某幢住宅的图集，竟那么厚，连许多室内设计的细节都已完成了。再看他自己的房子小巧得体，没有一丝一毫的浪费，会客室上方有一块类似天窗的东西，池田先生解释说那是他的晾衣间，除了空间上的构

●“蓝鲸”位于横滨码头，是一个集交通、商业、公共休闲于一体的景观建筑

筑精巧之外，他对材料的要求和把握也很到位，通向南端阳台的金属门据说使用了耐腐蚀的锈板，因而表面看具有锈蚀之后的肌理和质感，但绝不会因继续深入地腐朽而损毁。这种方式设计的建筑很像因人而异量体而裁出的衣服，穿上合体舒适。建筑师也具备裁缝一样的细心和耐力。回想一下国内设计机构所做的设计，往往是针对一群人的设计，缺少对个人的设计关怀。但国内的建筑师往往因此而自命不凡，他们觉得为人民服务是一种荣耀，为个人服务是一种可悲，人民既是伟大的又是抽象的，因此在这两方面他都找到了满足感。可是对于购买和居住于此的设计受众者来讲，这种待遇却是不公正的。当然消费者也没有付足设计的费用。尽管是为私服务，设计费依然是昂贵的，这也许是设计精良的另一个原因。1996 年在美国纽约第五大道上，有众多的服装品牌后，价格奇贵，原因就是个性化的服务所致。

从池田家出来我们来到横滨港，那里有另外一位建筑师在等候，这个人个头和池田差不多，面色黝黑，着装随便，若在中国绝对不会把他和建筑师的职业联想起来。他的事务所就在横滨码头边上的一幢房子中，是三个建筑师合作的事务所。办公室很小，大约 50 平方米不到，靠窗的一侧是三人的办公隔断，远窗的一侧是资料存放库。空间虽然很小，却安排得井井有条，三个人的办公隔断各拥有一个可以远眺码头的窗口，算是捕捉到了这空间中暗藏的玄机，创造出一点令人心动的景象。隔断中有一位建筑师已经谢顶，他专注地坐在桌前投入地工作着，这脱光毛发的颅顶，这平和的工作神情以及窗外的流变的景致，极生动地表现出变化和静止、时间和空间的相生相衬的关联来，我不禁想起禅宗文化中常常提及的一首诗：“空手把锄头，步行骑水牛，人在桥上过，桥流水不流”。

横滨是受西洋文化影响较为深刻的城市之一，该城市中几个主要的高龄建筑也都是西洋风格的，如海关大楼、税务大楼等，还有一个由原有码头仓库改造而成的商业设施。虽说这建筑过去是仓库，现在看来其细部处理依然是可圈可点的，内部顶棚处理依然保留着当时仓库使用时的模样，丰富度和细致度远胜过许多现代建筑。如今这里已变成一个城市中的开放系统，是市民活动的中心，在建筑之间甚至浇了一个冰场供人们嬉戏，白色的冰场和深红色的建筑令我想起了二十多年前在哈尔滨读书时上溜冰课的情景。从“仓库”所在地向远望去有一巨大的像鲸鱼一般的建筑，这里人称之为“蓝鲸”，是当代横滨最有激情的建筑了。

“蓝鲸”位于横滨码头，是一个集交通、商业、公共休闲于一体的景观建筑。

从外表看，它建筑的特质并不重，仿佛是大地自然延伸过程中几下剧烈地扭曲而形成的形态，它和城市交通相贯通，和大地起伏相连接，并不断地把行走于其上的人推向波峰、抛入谷底，真正的建筑完全被这起伏的地势所包裹所掩盖和遮蔽起来，只留下几处玻璃幕墙为建筑呼吸所用。建筑的材料由木板为主，连续折动的木板使人对施工技术叹为观止。“蓝鲸”这个项目是1995年国际招标竞赛的中标方案，由英国的Farshid Moussavi（伊朗籍）和Alejandro Zaera Polo（西班牙籍）赢得设计。这个项目想象力超常，手法出格、大胆，是横滨这个海派城市新时期的地标和未来精神的描绘。在建筑的顶部的草坪上坐下来，你会感觉自己根本不是在建筑之上而是在城市的一个高地，远处是大海，眺望会给你想象，归来的船舶会给你期盼，这也是一个港口城市最令人激动之处了。

我们的下一站是箱根，告别之时几位日本朋友依依不舍挥手，车子启动之时我望着那几位淳朴的同行，心中浮想联翩，平常心是一种境界也是一种福分，在这个安静的城市之中，不知有多少像池田这样本分平静的建筑师如裁缝般默默地为他人做着嫁衣。然而沉默中的爆发却往往是惊人的，就像“蓝鲸”它给城市带来了活力，给建筑界带来思考，如国人所说“厚积薄发”在此非常恰当，这是一种合力，既是物质的，也是心理的。在“蓝鲸”庞大身躯的背影之下，那几位挥手的日本朋友身体愈发显得渺小，二者之间似乎对称感不算很好，但壮举毕竟是在这群貌似平常的设计者手中完成的，这倒很像生物界中常说的超个体行为所拥有的巨大能量。在日本同行的眼中，东亚的中日韩三国风格是有差异性的，他们总用“宏大”一词来描述中国的建筑形态和建设豪情。不知他们讲的宏大是否包含有其他意思，我却认为当下“宏大”是一个稍带贬义性的词汇，尤其是我们在历史上已经做了许多既简单又宏大的事情，追求的是量的积累，却忽视了量累积之间的技巧性，忽视了智慧对物质的巨大反作用力，久而久之终使得我们这个历史悠久的民族在智力进化的历史上产生了一些问题。若现在我们不再片面追求“大”，改之追求复杂性的辨析能力，这似乎才是一个扭转前行方向的良机。

2007年1月10日

南亚风情

10 年前从上门的书商那里买了一本名曰《Tropical Paradise》的专业书刊，其中精心为读者展示了一些位于印度、泰国、缅甸、印度尼西亚、马来西亚的度假酒店的环境设计。在此之前我只对中国、日本、伊斯兰和欧洲古典的园林有一些印象，对于南亚这个地理区域中的景观形态从未有过任何关注，在我的印象里那里不过是以上那些“中心”地区辐射影响的边缘地带罢了，就像餐桌上的拼盘实用但性格不清晰，缺乏原创。但翻阅这本书之后却极大地改变了我的观点，我开始为我的武断和冒失感到惭愧。

后来我反复翻阅这本书，每一次都被其中丰富的景象深深痴迷，画面中一切都和水有着或远或近的关联，庭院中静谧的水池中绽放的睡莲在讴歌着水的哺育滋养之恩；景象的朦胧是因水升华为缥缈的雾气而生成的羞涩图形，南亚人精瘦的身影在这雾气弥漫的深处隐约闪现，暗喻这庭院无限的生机；室内的窗口望出去，肥厚的芭蕉叶慵懒地舒展着她丰腴的身姿，妖娆地遮拦着来自公共空间投向房屋深处窥视的眼光，是空气和土壤中丰厚的水分才把这少妇般的植物蕴养得如此迷人，或许在微风忽来时她更会一丝丝地颤动，宛若南亚的舞娘在沉着地摆动丰满的腰肢，展示着高超的节律控制的技艺。充沛的降水成为一种资源，热爱生活的南亚人又将之演绎为生活中各种各样的景致和细节，平缓如镜的泳池隐藏了它的边界，使倒映着天光的水与远处的天相衔接，形成一片纯净风景的折页，南亚的庭院中多有观赏的水池，它们高低错落，穿插衔接，有的宁静，豢养着缓慢游动的锦鳞，蔓生着沉着浮动的圆形的植物叶片；有的旋流激泻，欢快地鸣唱着感恩的颂歌。动物和人物的身形被善意地演化变形，成为水体的源头，永不停息地喷涌着明澈的泉水。这些画面深深印刻在我已开始健忘的大脑深处，又不定时地散发出来，成为我“意淫”的偶像，在空闲时我常常沉浸于此，全然不觉窗外的风沙肆虐和气温的变化无常。

1998 年我曾去过一次泰国，2003 年和 2008 年又分别去过印度，匆匆的旅行中并未见到我梦中的“天堂”，只是在斋浦尔市郊的一个酒店外的泳池和热带植物以

● 前面乘客的后脑勺就像机窗外面的岛，去往巴厘岛的航班上，2009 年 2 月

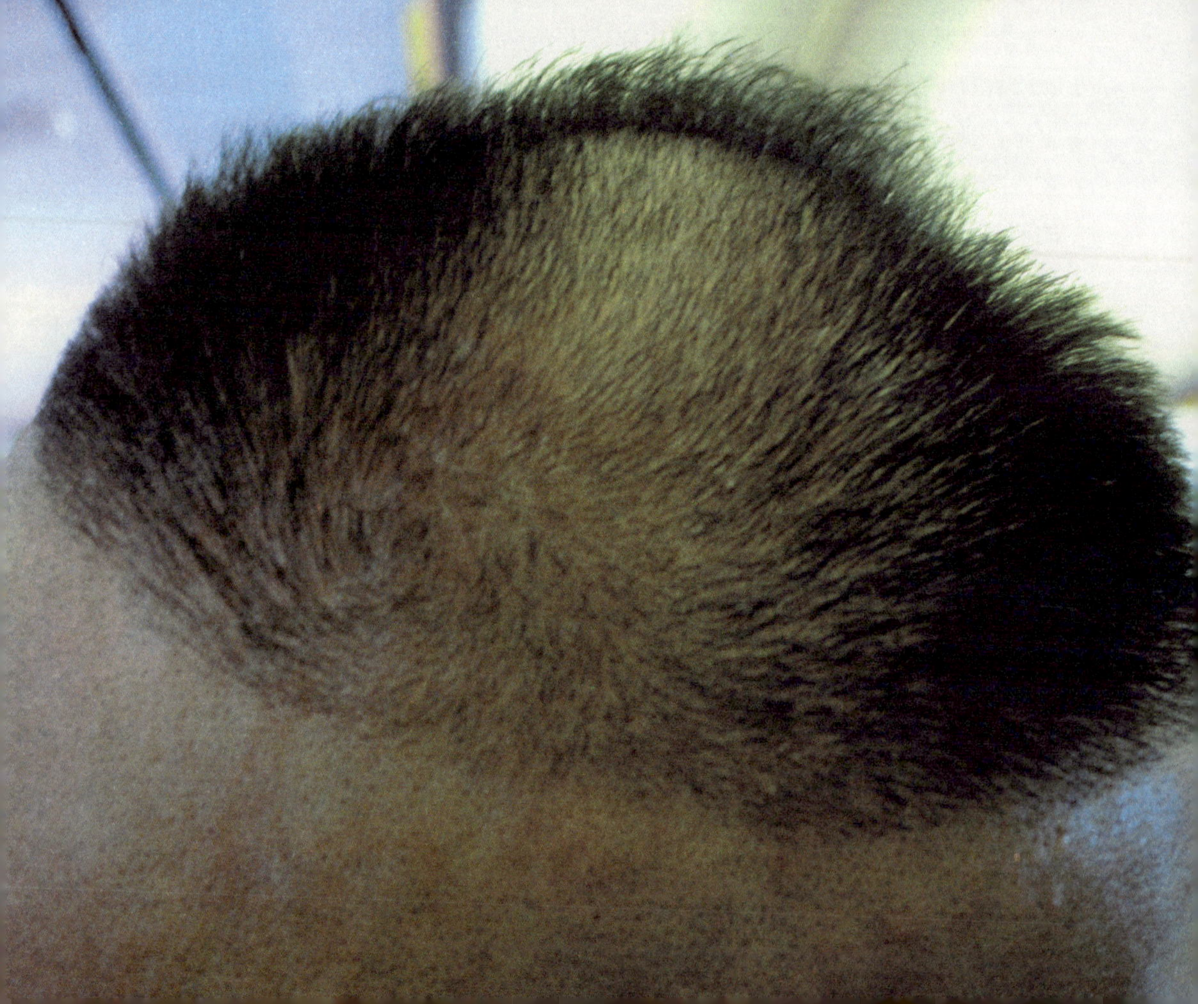

及色彩浓郁的当地服饰形成的几处精彩多姿的色彩搭配微微唤起记忆中的情结，但也仅仅如同闷热季节里下垂旗帜微微颤动了瞬间的一角，无法掀起持续涌动的激情。但印度风情中的悠闲依稀为我暗示着那暗藏于心中的梦境和这个文化的血缘关联，于是预感到离那个被水滋润着的土地不远了。从 1998 年到现在的十年里整个中国的室内设计界都受到了南亚风情的影响，景观设计也难以避免这股来自东南方向的风尚之感染，从色彩到饰品到装饰纹样的选择应用，许多设计师鼎力推荐这种浓郁的、丰富的混血的格调，街头也不断有销售来自南亚的生活装饰用品的小店开张。但这种模仿只是表面性的，它永远不可能在我们这块土地上，在这个时刻真实地复制出一种恬静安逸的生活，模仿的结果往往是一夜间万户千店转变为一幅简陋的电影布景一般的景象，你的眼光一不留神就可以轻易地将它看穿，使它露出寒碜的马脚。中国的普通人，中国的设计师喜爱南亚风情是因为南亚风情的装饰或景观设计中充斥着生动的细节，繁缛的细节反映出一种平和的心态和悠扬的生活节奏感来，这种舒缓的节奏变化暗合了存在于我们血液中的情趣需求。像是我们找不到北时，终于在布满乌云的缝隙中看到一颗闪亮的星斗，在我们饥不择食之际叼住了一只肥硕的饱满的乳头。可以说在我们这个以悠久的园林艺术文化骄傲国度的今天，中国的公共或私有的庭院的相貌正在发生着令民粹主义者汗颜的转变，而南亚的景观恰是一面镜子，反衬、折射着粗鄙自大的物证。

印度尼西亚的巴厘岛是生产这种风情的老巢，印度教和伊斯兰教丰富灿烂的装饰艺术遗产，独特的自然景观和温润的气候，加上当地颇具世俗精神的信仰，使得这里很早就成为西方人度假的圣地，又因为把西方精致的生活方式融入其中，这多样混合的因素终于产生了奇特的旅游文化，也产生了瑰丽多彩、精制细腻的物质遗产。今年二月初始，我组织了一个四十余人拖家带口的旅游团队登临了地理上接近赤道的巴厘岛，进行了短暂的五日逗留这种中国式的度假方式，这种以家庭而不是情侣为单元的旅游模式和中国家庭至上的文化极为吻合，因而大多数的中国团均是这样，要么扶老要么携幼，要么以机关、企事业集团为模数，总之是团队活动。如此一来当大量的中国团队空降于此时，温情脉脉的巴厘岛立时变得异常喧闹起来。中国团往往下榻规模较大的酒店，于是这种酒店也就变成了国中之国，难怪我的儿子反复对我说“爸爸我怎么感觉没出国呀”，孩童对国外的想象就这样被同胞们出国旅游的热情毁坏得一塌糊涂了。其实受伤害的也不只是孩子，包括我这样的成年人，周围的朋友常常谈起对巴厘岛的感受，谈起这里的友善、精致、安静，还有十年前出现在我生活中的那本书，图形的、语言描述的、行动的种种给了我一种强力的暗示——巴厘岛是情侣的天堂，也是设计师、艺术家的天堂，总之是多情者、善感者的天堂。

我们下榻的酒店位于巴厘岛市郊名曰 Nava 的酒店，实则是类似钓鱼台式的酒店群，大规模的绿化使它和城市完全割断了联系，因此回到酒店基本上不愿意长走一段去逛街了。这个酒店规模巨大，外廊式的客房体量将空间分化为若干庭院，这些庭院很好地解决了视觉和通风。热带的建筑对于我们北方的人来讲，多少有点诧异，建筑的围护部分是极为随意的。围护和结构部分截然分离开来，因而单纯的结构美就成为建筑审美活动中重要的部分，结构美是干栏式建筑的特征，它的工艺要求也较高，在这种技术基础之下，暴露才可以转化为一种主动性的表达。站在酒店的大堂里我们所有的人都不由自主地仰头观望，看屋顶、屋架和柱、梁的富有节奏的组织关系，看屋顶覆盖物细密地排分和精致地绑扎，这就是技术美、结构美。印度教派生出来的装饰艺术是丰富、优美的，纹样的题材和造型透露着一种快乐自在的心态，它一方面融化着大都市人的紧张麻木的神经，一方面将这种幸福的表露偷偷地塞入你随身的行囊，和随行的思想之中。清素的木雕以细腻的工艺和流畅的线型令人赞叹，而有着鲜艳粉彩的雕刻更具有一种既原始又现代的艺术张力。此外这里形式繁多的家具也在不断吸引着我的眼球，使我们对这种纯粹外在的美惊叹不已，这种事实无情地分裂着我们早已建立起来的现代主义设计观，迁移着我们的立场。巴厘岛丰富感极强的室内设计和景观设计和其活动家具的多样化是密切相关的，透过巴士的玻璃看到沿街两侧尽是各种各样的家具店，有巴厘岛当地以装饰雕花为主的，也有西方现代主义的家具店。即使是户外的家具往往都拥有极为精彩的细部，令人不得不佩服当地人对生活品质的关注，以及卓越的控制细节的能力。

记得在《Tropical Paradise》那本书中最吸引我的是其中展示的几张工程表现图，这类图纸在中国被功利性地称之为效果图，其目的主要服务于不懂技术语言但又事事都要定夺的中国领导性业主。因而在中国无论是在手绘年代还是电脑图文制作时期，都尽力把这种图向写实照相般的效果进行描绘，好使作决策者能一目了然或者身临其境。但这种习惯容易使绘制者产生惰性，为了效率产生程式化的标准，最终完全丧失了其表现的快乐和艺术性的价值。而我看到的那几张图纸却使我终生

● 孩子们在海边玩儿，巴厘岛，2009 年 2 月。& 日本东京青山街上可爱的眼镜狗，日本，2008 年 3 月

难忘，绘制者不仅仅是把图纸作为一种工程表达用的技术语言，同时也在其上附加另外一种语言，一种发自内心的对未建成环境的美好的想象与颂扬，绘制者在场景中加入了凡·高的笔触，用以表现大海波涛之汹涌澎湃，为太阳添上笑容，为庭院点缀上孔雀、麋鹿之类祥和的动物，他们想用自己的手创造一个理想中的天堂，这时的图纸已不再是服务一时的垃圾艺术，而有了可以永生的灵性，因为它已成为人类理想的图腾记录。我经常想象这里绘图匠们工作的场景，脸上一定总是浮现着自足的微笑，心一定很沉静，手一定很精准，这就是信仰产生的作用。信仰使人对崇拜之物以外的事物会保持一种淡泊平静的心态，不以物喜、不以己悲，人的使命和目的明确是一件很重要的事情，惟有此心，人才可以真正做到象毛主席告诫我们的那样要“全心全意地为人民服务”。

我来巴厘岛还有一个深藏不露的目的就是想寻找一个画廊，求购一张类似曾经看到的图画。对印度尼西亚的绘画印象来自几乎是同时期不同途径收购的两本书，其中一本是印尼前总统苏加诺私人收藏画，那本厚厚的画册中罗列了世界各国元首赠与总统的名画，同时亦有一些印度尼西亚当地的绘画作品。印度尼西亚绘画风格比较独特，题材怪异，色调灰暗，其中一张当地画家勤吉所画名为“青蛙跳嫦义舞”的就是巴厘岛的风情，据说巴厘岛的舞蹈有很多种，如：格比亚尔舞、面具舞、列刚舞、嫦义舞等，嫦义舞是群体的舞蹈，该画面共有各色青蛙三十余只，身着彩妆，合着一个中央的舞者翩翩起舞，中央的舞者动作夸张，神态极为生动。另一张是画家苏拉尔迪绘制的“拉哇纳和拉玛之战”，是依据该历史传说的皮影戏而创作的，画面以线为主，绘两辆战车迎面相击，阿加国的国王拉哇纳被拉玛一箭射中脖颈而亡……传统的印度尼西亚绘画则强调装饰，画面丰满，色彩艳丽，有细密画的影子在其中。记得苏加诺在扉页上曾写过“活跃的民族的生命，是永不曾停止过前进的。活跃的艺术也一样，从不曾停止过前进的。”这是一个国家热爱艺术的总统对民族精神和艺术精神的高度概括。那时我就认定印度尼西亚是个沉醉于幻想和历史中的民族，他们总是把当代的生活重叠入绚烂的史诗中来，快乐并凝重着。在库塔的 Discovery　Hotel 看到一个画廊，主人是当地的原生态画匠，他的画无一不是在赞美当地繁茂的森林，隽秀的峰峦以及穿插其中的富饶的水田，还有快乐劳作的人民。画面色彩沉着，风格图案化，人物造型和脸谱也程式化了，但却因此透着纯朴的地域风情。快乐的生活常常使得生活中的话题简单而重复，人们不仅重复着当代也重复着历史，和历史的连续已在不断重复之中绵绵延延。经简单的示意性讨价还价之后，终于购得一大两小三张油画，这样的图景今后将悬挂在北京这个干旱和繁忙的都市中一个拥挤的办公室中，它将提示自己在这个糟糕的世界尚有乐土和天堂的存在，并告诫自己不要迷失于物质捕猎的快感之中。

巴厘岛的阳光钟爱赤足人的脚面，在云雨飘忽的日子里，我并未在意阳光的力度，甚至不顾朋友同事的警示对抹防晒霜的行为发出嘲笑。但这种无知加无畏的行为在一天出海的行程结束之后就收到了效果，晚上当浴巾习惯性地掠过自己的额头时，从未经历的一种火辣芒刺的感受袭击了我，这是皮肤在死亡之前对自己的鲁莽大声的抗议，几天之后在北京的浴室里我惊恐地看到自己如同一只烤熟的白薯，表皮在上半身绽裂，然后不规则地卷起，像巴厘岛海岸不断冲击的海水的边缘的泡沫。巴厘岛的阳光杀伤力如此之强绝对出乎我的意料，它也从另一方面告诉我这个世界上还存在少有雾霾和浮尘的空间。

巴厘岛人生活的状态令人羡慕，从容地工作，从容地生活，廉价地享用这造化的恩赐，阳光、沙滩、植物、云雨，这是令所有富豪向往的生活，是生活品质本质性的东西。

2009年2月11日

惊天动地的小水滴

● Kring 外表皮立面，韩国，2008 年

位于首尔江南区的 Creative Space Kring 是韩国设计界近来引以为豪的标志性新锐建筑，这个建筑以水滴的形式为造型的原点，并在不同的尺度范围内和不同的时间状态下给予表现。这种独特的形式推广和演绎方法在视觉上取得了巨大的成功。生活中平静的水滴在不同的时间规范和空间规范之下表现出了律动、平和、变幻、交织、激荡，甚至是吞吐吸旋的多样表情。这种相互和谐与相互矛盾的景象在空间处理、界面装饰和建筑造型上不断出现，展示了当代审美的一种重要视角，令人叹为观止。

Keum Ho 建设公司投资并建设了这个非凡的文化创意建筑。它于 2008 年 3 月向公众开放，它的创意不仅仅体现在变幻莫测的形式语言的组织上，也体现于其新奇的功能组织上。Creative Space Kring 建筑面积 7741 平方米，拥有多样的功能：包括艺术品交易展览；时尚的推广和发布；还有一个小型 Creative Cinema 上映艺术和独立电影。这个影院由韩国一个名为“为了艺术的电影公司”来经营，而电影院的收入全部用于帮助韩国电影业发展新的电影语言。在电影院的二层设有一个开放型的咖啡厅，由首尔一家著名的“咖啡名家”品牌来经营。其收入也全部用以资助韩国当代艺术活动。建筑二层拥有另外两个独立空间用于展览、讲座和推介时尚的多功能厅。建筑三层是投资和建设方 Keum Ho 建设公司的推广中心，以样板间的方式来介绍和描述未来的居住风格以及高格调的生活方式。建筑顶层建有一个大型的空中花园（SKY GARDEN）。这个花园是开放性的，标志着未来建筑和城市进一步通融的发展趋势，私有领域向公共性蜕变的可能。这个花园为市民提供了晚会、音乐会、露天电影和婚礼等多种活动。Creative Space Kring 的功能组织开创了一种新兴的文化空间类型，积极地反映了当代市民文化中艺术的存在状态。“感动”、“分享”、“交互”是用以概括这种综合、复杂和流变中形态的关键词。

Creative Space Kring 的设计师是“韻生同40”设计集团的代表人物，韩国国民大学教授 Jang Yoon-Gyoo，同时它兼任 Gallery Jung Mi So 的馆长，他的合作者是 Shin Chang-Hoon。他们共同努力创造一个不仅是地理意义上的标志性建筑，还想留给人们永久记忆的心灵标志。同时他们试图在这个项目中集中表现伦敦泰特美术馆、巴黎蓬皮杜美术馆和纽约 MOMA 美术馆的感受。本设计中应用了分形几何学的一些原理，取得了震撼性的视觉效果。同时他们还大量应用了新媒体技术和空间相融合，丰富了空间的表情。甚至艺术品直接融入界面变成空间的一部分，这些先锋性的建筑观点和技术为这一建筑永远铭刻于人们的心灵奠定了物质和精神的基础。

每一次来韩国，朋友们总会给我安排一些特别的参观项目。在 2000 年我首次随旅游团来到首尔，自己始终被封闭在空调巴士之中隔着玻璃感受着韩国。只有在购物和在景点观光留影时才得以离开那个可移动的牢笼，转而进入另外一个真空于韩国现实的空间中。那次短暂的旅行对韩国没有留下什么太好的印象，反而是满大街模仿欧美名牌汽车样式的本国汽车和只许外国人出入的赌场给我对韩国预设的想象加上了更厚一层的定影剂。我那时以为韩国社会的设计不过如此吧，也只是有一些如 1988 年汉城奥运会主体育场、乐天世界等好大喜功的项目，我甚至以为韩国文

● Kring 内部与屋顶花园，韩国，2008 年

化不过是介于中日文化之间的一种过渡形态罢了。

2002 年以后突然出现了大量的中韩在设计方面的学术交流机会，我开始频繁地往返于首尔和北京之间。这种交流首先使我摆脱了受困于旅游巴士的状况，可以徒步长时间、大范围地在这块土地上行走，可以自由地徜徉于广场、街道、小巷、博物馆、艺术区、民居、集市、乡村、小酒馆等空间场所，几乎完全韩国国民待遇。我还可以乘那种黑色出租，在国内我从未见过那么彬彬有礼的司机，只是费用高得惊人。公共汽车和地铁等交通方式也使我能更亲密地拥挤在韩国群众之中去零距离感受这个国家的气质、品格。还有几次我有幸乘高速铁路，由首尔向韩国南部进发，直至最南端的光州去看光州双年展并品尝光州美食。同时由于交流的对象由抽象意义的韩国人民变为具体的学术团体，包括各个设计协会、各层次的高等院校。这使我得以踏上一条认识韩国设计的正大光明之道，而他们带我参观的第一个专业项目就震惊了我。

2002 年韩国 27 所院校的室内建筑设计专业和中国的相关院校进行了交流。来到韩国后，两国学生相互混合分成若干组，每组再由各一名中方和韩方教师相互合作来辅导一个课程作业。在工作的间隙韩方安排我们参观韩国“Space Studio”。走至近前我才猛然想起 1992 年时我曾看过专门介绍这个项目和建筑设计者的外文资料，这个体现现代主义建筑风格和韩国民族特点的建筑出自韩国设计界教父金寿根之手。正是这位英年早逝的建筑师把现代建筑的观念由日本引入韩国，同时他在国民大学创立了韩国第一个造型专业，从此开辟了韩国现代设计教育的先河。空间研究所建成于上世纪 70 年代，如今灰色的建筑立面已被浓密的藤本植物覆盖，使其显得低调和久远。建筑空间构成精巧，尺度宜人，这种尺度使人联想到韩国传统的民居和皇宫中的建筑元素，以及人和建筑的关系。建筑空间的布局变化丰富，极具匠意，惜墨如金，对空间的利用非常充分。建筑内部使用的大量的红砖是从一个被毁坏的教堂废墟上取得的，这种方式将建筑的时间性给予恰当的表达。由外观望去“Space Studio”最大高度不过 4 层至 5 层的模样，但其内部却包容了二十七个不同标高的工作面，这足以传达出现代设计中多样的空间组合方法，也反映出东方独特的场所观。这个建筑在韩国建筑史上的地位是显赫的，它标志着现代主义设计思想已经和韩国民族建筑观开始融合；同时它在手法上表现出的成熟起到一定的示范作用，极大地推进了韩国建筑向现代的转型。20 世纪 90 年代初中国建筑师崔恺先生设计的外研社获奖不断引起各方瞩目。这两个建筑尽管规模上差异较大，但手法上、气质上相近，只是时间上差了足足 20 年矣。

后来我又看到了马里奥 · 博塔、里伯斯金、库哈斯在韩国的作品，体会到这个国家的开放态度。更为令我吃惊的是韩国本土建筑师成长的速度。在首尔向北，邻近三八线的地方，从 2004 年左右开始兴建一个艺术家村名为黑里艺术村，至今已成为韩国艺术和设计界的骄傲，因为其中的建筑大都是由本土建筑师或艺术家完成设计。我虽然是间歇地，却也算完整地见证了艺术中心成长的过程。第一次来到这片空旷的洼地时，只看到不到二十座的单体建筑零星地散布于其中。但建筑个性的突出以及完成度之高令人赞不绝口，从这些单体中，我们依稀可以看到在空间概念以及组合方式方面金寿根时代的影子，但这种价值已经由先锋性转化为当代建筑的一种普世价值了。无疑现代设计的文化为韩国建筑当代的发展建立了良好的基础，理性主义具体表现在了设计和建造过程中的各个方面，比如技术和艺术、功能与空间形式、传统与当下等等。再后来的多次造访艺术基地时每次都感受到它所发生的巨大变化，直到 2007 年最后一次来到这块土地上时，恍然误以为自己走错了地方。艺术基地已经变成一个周末市民们携家旅游的热闹场所，原先冷落的艺术书店楼下的餐厅居然宾朋满座，空位难觅，现代建筑文化和大众文化之间并未出现像中国这样的鸿沟。设计精英、平民大众扶老携幼从容地消费着建筑师们创作的作品，建筑师们则从容地注视着大众川流不息的身影，脸上挂满了自足的微笑。

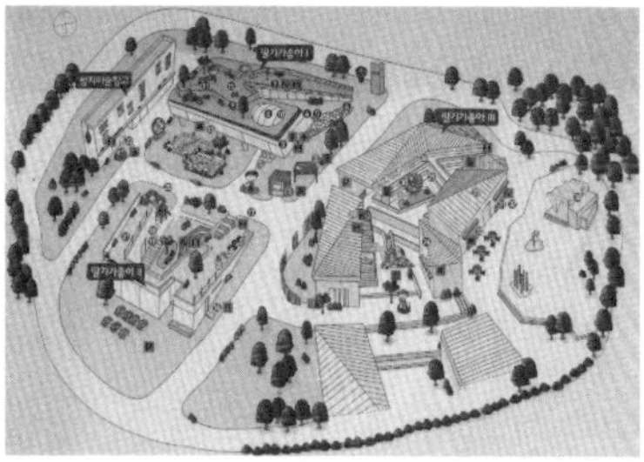

● 黑里艺术村平面图，2007 年

● 黑里艺术村鸟瞰，2007 年

● 市民携家旅游，2007 年

现代主义在韩国扎根和近代以来政治格局的变化不无关系，站在北美和欧洲体系之中的韩国是世界上一直存在着的两大政治体系割据的前沿。正如其国旗上的来自中国的阴阳鱼图案之中的小圆点，虽然身处东方但其态度却一直靠近西方。这种政治态度决定了其文化大规模的接受着西方现代文化的浸染。在设计文化方面也是如此。我所接触到的韩国教授们大都有着西方现代设计教育的背景。他们有的还有在西方长时间工作的经历，并且保持着不断跨越地理隔断的密切联系。他们在设计教育方面的主张是非常鲜明的，远远走在中国的前面。说到这一点我以为我的态度是很客观的，并没有自惭形秽的感觉，只是有着非同寻常的焦虑。因为我看到这种状态并未引起国人的高度关注，大家无视我们身边这个版图不大的国度，总是隔过这块土地望向遥远的彼岸，这其中不乏一个大国在邻居面前所保持的雍容般的傲慢。不知为什么，看到中韩设计方面的状况总使我想起两国的足球历史。我以为足球上的差距是一种理念机制下的必然，设计亦如此。在韩国设计界和艺术界是各自独立的，但我并未看到设计和艺术之间的巨大隔阂。他们对于中国设计专业和美术之密切关系也表示出漠然，但我似乎看到他们在背后窃喜。我以为设计的独立性乃是一种标志性的觉悟，它的独立并非是意味着本体系的封闭，而是意味着对设计本体存在的认同。相反虽然韩国设计体系独立于艺术体系之外，但其教师、其学生、其职业设计师却保持着良好的艺术修养，尤其在现代艺术方面。韩国设计界对劳申伯格、波依斯、安迪沃霍尔、库宁这些艺术家很熟悉，并且他们自己也有跻身其中的英雄，如白南准等。这是一种文化转向时的基础性理论，若没有这种认同，韩国社会很难出现真正的当代实验性建筑，并且这种实验性也很难在大众层面广阔开展。

2007 年我曾受邀参加韩国文化空间建筑研究会举办的一次大学生建筑设计的评审工作。我很吃惊于两点，其一是韩国大学生对参数化设计以及对社会学的痴迷，他们在疯狂地模仿扎哈·哈迪德的作品，而且这种模仿已经不再是表象的抄袭，已是方法论层面的效仿。其二是韩国设计界的状态，参加评审的评委大多数是 40 ～ 50 岁之间的建筑师或教授，当我和他们谈起韩国建筑师承孝相在中国的成功时，评委主席笑着指着这些人对我说，他们都是和承孝相一样优秀的设计师。那位评委会主席年龄已至古稀之年，却斗志十足，据说刚在江南区完成一个令年轻人倾倒的项目。同时通过评审我感到这个领衔建筑设计界的群体所具有的学术水准和朴实无华的工作作风令人钦佩。

韩国当代的设计已经很顺畅地进入到一个和欧洲几乎同步的境地，这是同一个体系的政治格局所产生的文化所决定的。对工业文化造成结果的反思和对当代数字技术应用的探讨是当代韩国建筑设计的一个特点。2002 年在国民大学交流时非常幸运地看到当年设计专业的试卷展览，试题题目是“浴缸破裂之后”。这个命题有至少三个层面的问题要考生给出答案。一是解决问题的技巧性，二是对解决方式的表达方式，三是潜在的制约方法的伦理觉悟。从这个试卷中我们看到设计教育的入门测试已经开始要求人们回答方法和制约方法的伦理之间的平衡问题。后来我接触过该校设计专业的一位教授，他在韩国是一位极具传奇色彩的人物。他以身作则反对使用任何电器，甚至一直拒绝使用私用轿车而以自行车代之在这样一个超大型的都市穿梭。这种现实的文化现象说明韩国设计界已经开始真正地进入到一个后工业时代的文化语境之中。在这个时代的设计中创造本身已经被重新赋予一些意义：个人与公共之间的平衡，民族和个人身份的认同，可复制的和复制中的差异存在之间的关系等等渐渐变成一个重要的话题。2001 年威尼斯双年展韩国一位艺术家的作品叫“壁纸 2000”，用 2000 个韩国民众脸谱制作一张壁纸，以这种方式来反思工业文化之下的民族和个人的认同话题。韩国的数字技术产业在全球的位置越来越重要，他们对此的开发应用也越来越广泛。在 W 酒店和三星美术馆中我们都看到了新媒体技术的巧妙应用。

● W 酒店，韩国，2008 年

在对待传统的问题上，韩国设计界比中国设计界的思路似乎也要开阔许多，表现在传统文化的传承不仅仅是从复杂形式到简约形式的简单提炼，而是从多方面、多层次来解释传统，并保留了精华的部分予以再应用。据世界一些权威研究而得出的结果，世界上最聪明的人在东亚，即中、日、韩三国，东亚人的想象力是非常伟大的。自古以来睹物思情的超凡能力使这个地域的人们创造出灿烂的文字和文字的表达，这方面的成就远远超过了在物质方面取得的技术性成就。东方人认同“坐地而日行千里”，“见瓶水之冰而知天下之寒”这样的道理，并以此为价值标准来衡量人的智慧。反过来看这种价值观也促进了东亚

● 三星美术馆，韩国，2008 年

人的想象能力的开发，一方面无边无际的想象，一方面又能在各种关照的尺度之间任意遨游。新近落成于江南区的“Kring”大厦即是一个典型的案例，“Kring”的建筑类型是很奇特的，它是当代文化和经济模式发展的新的综合体，是自上个世纪80年代以来文化空间不断演变的当下状态。这种状态的驱动主体已经由国家转为民间行为，而民间行为可以被看作一个社会成熟的表现，因为民间行为的背后即是一种觉悟和自觉意识的萌芽与成长。近些年来在韩国看到的新兴的倡议文化空间投资的主体几乎全部来自民间，2005年完成的三星美术馆是由三星集团投资，W酒店是由华克尔山庄投资而建，黑里艺术村是由各个艺术机构或个人投资营造。“Kring”是一个艺术格调出众的创意建筑，同时也是一个文化艺术的载体，是各种的新锐艺术形式推广和展示的场所。和我们合作交流已六年的景园大学的教授们不断强调我们之间继续合作的成果明年将在这里进行展出。商业的和艺术的、私有的和公有的、机会主义的和理想主义的价值观和行为方式在对立之中不断进行相互渗透，终于达成了谅解。“Kring”的建筑气质也反映出这种特质。极端自私的“白色”和不断流动的空间所传达出的“公共性”构成了建筑内部空间的主体格调，对雨滴的个人体验和公共认识亦是通过一种主观意象和客观景象的放大同时呈现出来，以形成对观赏者情绪变化的影响、诱导。

●Kring 对公众开放的屋顶花园，韩国，2008年

●Kring 夜景，韩国，2010年

项目的策划者和建筑师提出的“感动、分享、交互”的建筑空间主张，既表达了面向当代文化的设计者对空间的理解，也表达了非公共性的社会机构走向公共和开放的一种心理变化。在传统的城市之中，建筑像个堡垒一样维

护着主人的利益和隐私，个人透过厚厚的墙壁上所开的孔洞窥视着公共领域中的活动，而公共区域中的路人对那些隐蔽在窗洞后的生活和面孔施展着丰富的想象、猜测。人是城市的主人但却不是每个空间的主人。城市被私有的境界所分割，然后将民众驱赶至所谓的公众领地，比如广场、公园和街道。城市法定的公共空间保护着公共性诉求的底线，因此虽然表面上街道和广场上挤满了看客，而人和人、集团与集团之间界限戒备却在不断的建造活动中被强化着。显而易见的一个事实是建造总是将一块土地一个空间的公共性转化为私有，只不过更多的人对此熟视无睹罢了。“Kring”在建筑空间的公共性气质的营造和公共性质的转变上进行着有效的尝试，在建筑的顶端设置了一个宛若花园和广场般的公共空间——“Sky Garden”这个庭院在建筑末端向天空敞开了胸襟，也向所有的城市公民敞开了大门。所有的人可以自由出入这个空间，在此游览、留影，驻足仰望或孤坐沉思。碰巧我看到一个年轻的家庭在此合影，母亲携幼子如娇凤相依择枝而立，父亲在左顾右盼前俯后仰择机而拍，这种本属于街头巷尾，广场公园之中的行为举止在此焕发，使人真正地意识到这个空间的成功转型。这个广场的营造构筑了一个新的有关建造伦理结构，私有的建造活动并未剥夺土地的公共属性，这种属性在空间深处得到归还，如同一面高高飘扬的旗帜，向城市大声宣告着公共和私有之间所签订的协议。

引导我参观“Kring”的项目者——我的朋友暻圆大学申洪京教授向我透露，他在为首尔江南区做一个未来的城市振兴计划，他向城市的管理者建议，把建筑底层从金融保险等机构中置换出来，还给属于更多人的商业项目，以此来拯救荒漠般的城市夜晚，同时把被资本挤占的城市公共特质重新唤醒。这个计划预示着新世纪中人类将从现代主义建立的生活模式中觉醒，城市从效率、专制和功利之中得以复活。

我个人深切地感觉到韩国的设计在向着一种高度的复合型发展。

2008 年 12 月

辑 2 | 窃窃私语

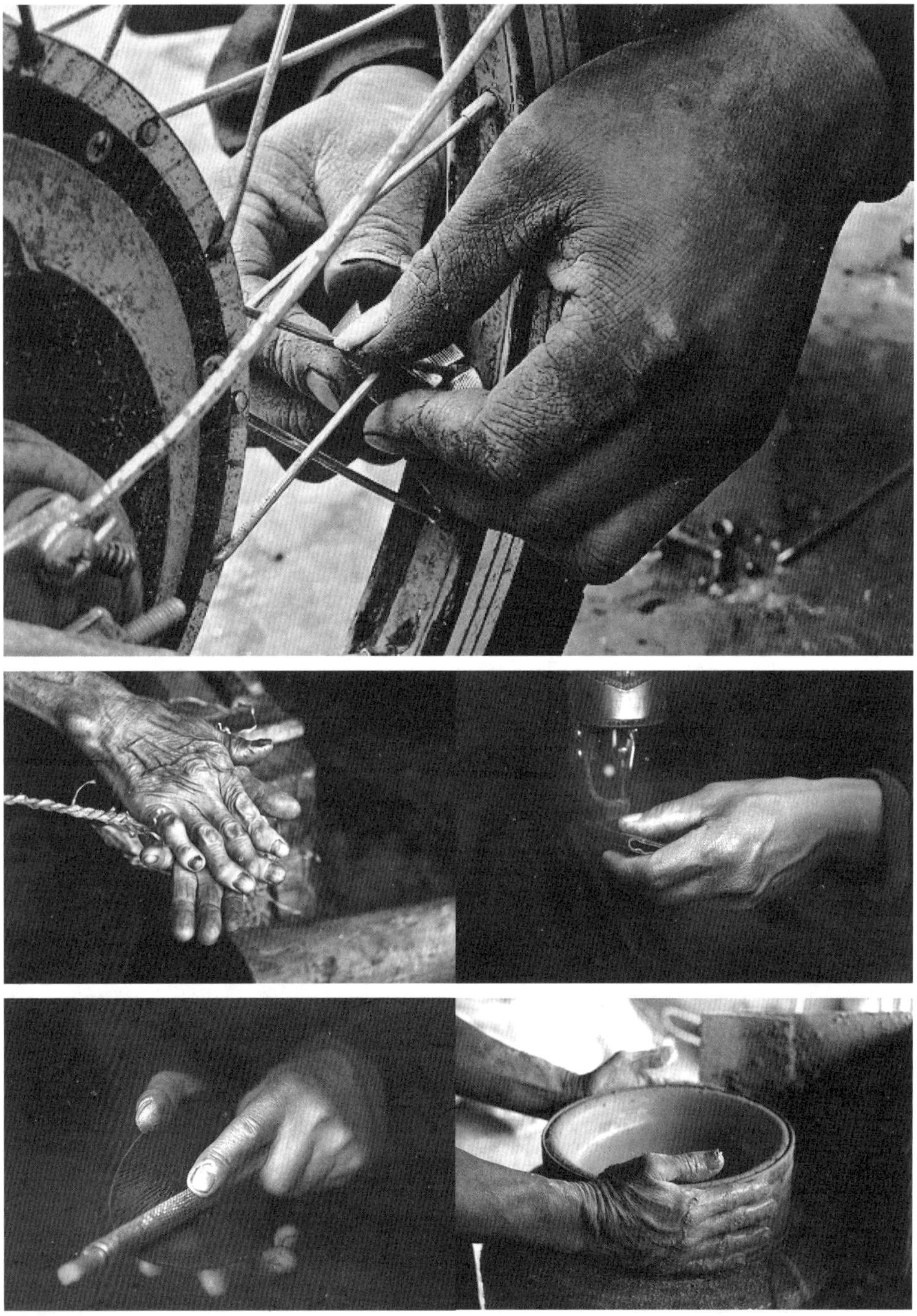

● 劳动者的手。编绳、修理、缝纫、打磨、制陶中的手

设计师的手

中国人认为读书能改变命运，因而相书中常常有“一命，二运，三风水，四手相，五读书”之说，这或许是对人的一种鼓励之底线，令人对未来充满一种希望和等待。

如同面容所传达的信息一样，手相也是信息的载体。有些信息是可视的，有些是可读的，另有一些则是需携带“密电码”来译读的。我们经常从一个人的音容笑貌来判断一个人的特征，友好、强悍或谨小慎微等。懂些相面知识的人会根据一些面部的“地理特征”来获取更为准确但异常隐秘的信息，比如长寿、忠厚、执掌财运、权力、性欲等。人们热衷于面相、手相、风水等，一方面是对本体充满好奇所致，想预卜自己的未来，想穿越人生之迷雾，尽早看到胜利的彼岸；另一方面则是想钻宿命规则的空子，逃避一些过程之中能为肉体和精神带来磨难的机缘，同时扩大获取快乐的机缘比率。人体所有的外在器官和肢体之中，最为善变的当属五指叉开、伸握自如的双手了。人的五官天生定型，无论内心愿望如何，它却不为所动，迫不得已之时非得借助外科手术方能彻底改变容颜。在成长的各个阶段的环境中，不断有对父母赠予的相貌产生不满情绪者求助外科大夫，以手术刀、麻醉药品、合成材料来粗暴地解决问题，暴力的结果却是美丽的容颜。最为神奇的故事是朝鲜反特影片《原形毕露》中女特务白桃花在美国专家妙手“毁”春的医术下换上了一张穷苦丫环的脸。现在韩国整容术享誉全球不知是否和这段历史有关，但现在韩国首尔江南的一个街区的确是生产美人的圣地，我曾亲眼见到模样极为雷同的两个年轻美人款款从诊所中步出。但双手的改变却无需花费这些银两，概因双手也是进化最为明显肢体之原因。同样是四肢，我们的脚的模样依然和一些哺乳类动物的四足保持着相似性，而手形却远远出走了。我们的手指从以手掌为中心向外极力拓展、扩张，手指各关节之间的距离被拉长，而这关键的拉长使我们的每个手指不再是简单的一

● 电影《原形毕露》老海报

字形，而是可以摆动、弯曲、触击到空中一个弧状的每一点上。而五个手指的联动就产生了极为多样的动作，可以把控周围的许多机关。

在人类学的研究论著中，手一直被视为劳动所致的优秀的进化产物，因而手的改变的动因是不断地被大脑支配去改变环境的劳动，它是完成由猿到人进化的最重要的环节。社会的分工继续促使手向不同的方向进化，而且的确产生了越来越微妙的差别，劳动人民的手很显然和资产阶级的手有着巨大区别，一个粗糙宽大，手掌布满老茧，一个纤细光滑。“文革”时的影片《决裂》中校党委书记龙国正高举拖拉机驾驶员赵大年一双铁钳大手在招生现场大声疾呼“这就是资格！”的极为煽情的情形至今在我记忆中萦绕不去，因为他道出了一个真理，手是劳动状态的见证。而电影《永不消逝的电波》中，中共发报员李侠被捕后故作糊涂，但在日本特务头子的眼光下一下就从手指上道出了天机，那该死的老特务抓起李侠的手看了一下手指即轻蔑又肯定地说道“噢，原来是老资格了嘛。”当时我的心一下子处于一种极端绝望又慌乱的狂跳之中，仿佛自己隐藏的一个天大秘密被人揭穿一般恼怒不已。手就是这样诚实地反映着一个人的过去和现在，有时也会决定将来。从小我就对自己的手充满绝望，我的手是再普通不过的那种龟背竹状的手，手掌不够厚也不算太薄，手指不粗也不细，不长也不短，总之没有一点过人之处。童年的时候正赶上“文革”后期，社会上一片莺歌燕舞，歌颂毛主席，歌颂社会主义，歌颂农业学大寨、工业学大庆。会耍弄点乐器是一件能影响未来的特长，但传说中乐手的手指都是修长的，因而我自惭形秽始终没有向教音乐的妈妈说出这个愿望。我的哥哥手指修长，他长在手掌前端的四个手指比大多数同龄人长半个指节左右，另外他大拇指的位置又特别的靠下，这使得他手指之间的跨度大到令人发指的地步。如此优越的手形使他享尽了被重点栽培的幸福，他拉提琴，敲扬琴，还摆弄手风琴，几乎无所不能，他的手还有一个特殊的用场，就是小时候玩弹玻璃球比赛，丈量时占尽了优势，令他人自叹弗如。哥哥的手是我对外炫耀的一个骄傲，手的特点也促成了他好动手的习惯，直至现在。

● 电影《决裂》老海报

● 老照片，小提琴家马思聪。牛畏予摄，1956年，北京
图片来源：http://news.sina.com.cn

当然由于认识肤浅，人对手的判断也有错误的时候，比如弹钢琴的手，我们想当然的认为应该是纤细修长的，我们甚至幻想那种秀气的手在琴键上舞蹈的美景。儿子的手形生的比我要有些特点，加之从半岁左右即对节奏敏感起来，我想这家伙或许是个弹琴的料。后来夫人为他找了一位算是资深的钢琴教师，前往面试的时候，那教师拿起儿子的手略作端详便下了结论："条件一般"。冷冷的一句话彻底击碎了我和夫人对儿子的幻想和对自己基因中音乐天赋的赌徒式的猜测。后来在电视音乐节目中我每次都特别留意那些钢琴演奏者的手，这才发现几乎无一不是手掌厚实有力，手指粗壮刚劲的模样，而这样的手在琴键上击打滑动时，虽显得钝拙却非常有力。

手是容易被改变的，它最终的形态和其长期操持的工作紧密相关，因而江湖中摸骨算命者认为工作可以改变人的骨相。我们生于上个世纪60年代的人，有从小帮父母做家务的习惯，那时国家经济总产值很低，但父母们在单位不知为什么那么忙，以至于没有时间调教子女，也没有太充裕的时间操持家务。因而儿童和少年时代相当一部分记忆是关于劳动的，许多家庭的兄弟姐妹们几乎为父母分担了所有的家务。我家也不例外，父亲忙于搞技术创新，母亲忙于文艺宣传，我和我的兄长平分了家里除了挣钱以外的全部活计。而对于种类繁多的工种，父母又给了我们更为细致的分工，我从小身体还算健壮，又在农村生活过两年，因而其中的与体力相关的工作交给了我。在所有的体力活中，拎水是一件频率很高的工作。我们居住的生活区地理位置偏高，水压不足，一楼以上经常停水，因此每天要从楼下往上拎水多次，有时整个生活区都停水，则需步行1～2公里的距离去其他生活区拎水。为了能在前进、力量和重量之间取得平衡，我得把水桶单手拎起然后向左前方和右前方不断做成钟摆状，然后脚步紧随着水桶的惯性以外八字的方式前进。这种苦涩的健身方式对手的摧残是相当严重的，原来稚嫩的小手紧紧勾在水桶粗铁丝握成的拎手上不断地承受周期变化重复的拉、坠、摇的力量，每当到达目的地放下水桶伸展小手时，看到血液立马会充盈整个手掌。

● 老照片，20 世纪 70 年代的体育课上，小学生在练习跳高

这样的磨练之中，我的手在肿胀之中快速地生长着，很快几处老茧生成了，手背上青筋暴起如一条见尾不见首的恶龙。与此同时握力也得到了加强，体检时那个合金制成的握力计在手中被挤压得发出嘎吱吱的声音，仿佛《隋唐演义》中的裴元庆拉开了硬弓一般。此后的岁月里愈来愈多的强手健身活动融入了我平凡单调的生活，记得初中阶段自己还苦练了一段单手开红砖的活计，砖一块也没砸断过，手掌的侧下方倒是着实生出一块肌肉来。大学期间为了改良自己稀松八懈的身子板，又苦练了一段健美，肢体通过手把力量传到各种器械上，令那些沉甸甸的家伙重复着上下舞动，在这手中近似自虐性的活动中实现着身体形式美之训练。因而 25 岁之前我的手很像一个劳动者的手，宽大、结实、血脉喷张，看不出一点知识分子苗子的模样来。即使手和面孔形成了截然不同的气质，眼镜和双眼的姻缘使自己的脸看上去已呈现出一点设计师的气质，但手拿笔的时候依然无法摆脱用力过猛的惯性，因而那时我手书写的痕迹难看得一塌糊涂，一位同事对此曾百思不得其解，直至仔细观察了我执笔的方式和书写的过程之后恍然大悟，他说我的书写像是在用力刻画，是劳动使我如此吧。

大学毕业后不久一次散步，遇到一位看手相的江湖人士，自称麻衣相法的精通者，看样子是刚进城不久的乡土人士，他捧起我的手端详良久，口中念念有词，仿佛在背诵中搜集相关的信息，片刻之后该人开始了诊断，除去一些不疼不痒的辞令外，竟然断言我有官运。他说“你将来会当个科长的。”这倒是自己头一次遭遇如此点拨，心中不禁一阵狂喜，“天生我材必有用”之念顿时萌发，对自己的未来闪现出无数猜测。那汉子盯着我，看着浮现出来的喜悦之情进而又进行更为大胆和细致的推断，表达出了明确的预测。我仿佛被人抽走了脊梁骨，顿时垂头丧气，败兴而归。不过那小子当时也的确有点眼力，二十年后我果真官至正科，出任清华美院环境艺术设计系主任。我想自己当时的手形因为长期不从事体力劳动，骨骼和皮肤大概发生了脱胎换骨般的变化，让人看出了一点端倪了罢。此后的日子里我的手因久疏劳作而日渐单薄、柔软、纤细，增添了许多阴柔之气，手的色泽也由青少年时代的树皮状趋向茎叶状，润泽、白皙。和人打交道时，我不善于直视朋友的双目，端详他人的面孔，感觉那种对视中包含了太多的质问、怀疑、索取的意味，因而我更注重审视别人的手，来获取对方的信息，通过基本形态来判断对方的阶层、教养，通过纹路变化来窥究对方的性格、品行等，有时甚至喜欢推测对方的未来。

●老照片，上海控江中学的物理课上，1972 年，上海

由于自己从事设计工作，身份是教师，笔成了手最亲密的朋友，各种规格和材料的笔执掌于拇指、食指和中指之间，传递或描绘着自己对这个世界的认识、感受、态度、策略等。粉笔是教师最为符号化的工具，“拿粉笔者，教师也”，这是人们对教师的传统印象。过去没有电脑和投影仪的时代，教师的知识和思想是一定要通过粉笔来书写表露的，教师的体力工作（不包括体育教师）一方面在于站立，另一方面在于书写，还有就是讲话。再纤弱的教师长时间站立的能力也不一定会输给身强力壮的士兵，长时间喋喋不休却口不干舌不燥的能力不一定败于歌唱演员，而在黑板上、笔记本上和试卷上的书写能力就基本上没什么对手了。书写对于手而言主要是食指和拇指发力，并且用的是巧力，微微调动两个手指端部就可以驾驭各种各样的书写工具纵横上下左右。在整个运行过程中手掌是不吃力的，关节也从未强硬地抗击过外来的巨大力量，手指的端部也不会触抵物体，因而教师的手基本上是在近乎静止的状态下涵养的，往往手掌不会日渐厚实，手指不会日渐粗笨。二十多年的教学时间，终于彻底改变了我的手型，儿时手掌上磨砺而生的茧子早已恢复为婴儿时期的手的原状，原先手背上暴露的青筋由于长期缺乏压力的充实、逼迫，也逐渐隐退而去，像缺水滞涉的河床变成淡青色的潜流的印记。我有时偷偷观看同事们的手，几乎个个如此，这种手形、手姿、手态就是一种优雅生活的写照，忠实地反映着中国知识分子们自足的现状。

由此看来，中国的知识分子尽是一些从事一些摆文弄字的工作，不沾风雨、不近刀斧、不事烟火，终于绝大多数出落得文质彬彬。那么设计师的状态如何呢？无疑在中国对职业的分类之中，设计师被归于知识分子的群落，职称也冠以工程师、建筑师、工艺美术师等属国家人事部管理的范畴，这从一方面说明中国社会层面对设计师职业的定位、认同。中国的设计教育也在不断地强化这种群体意识，在启蒙

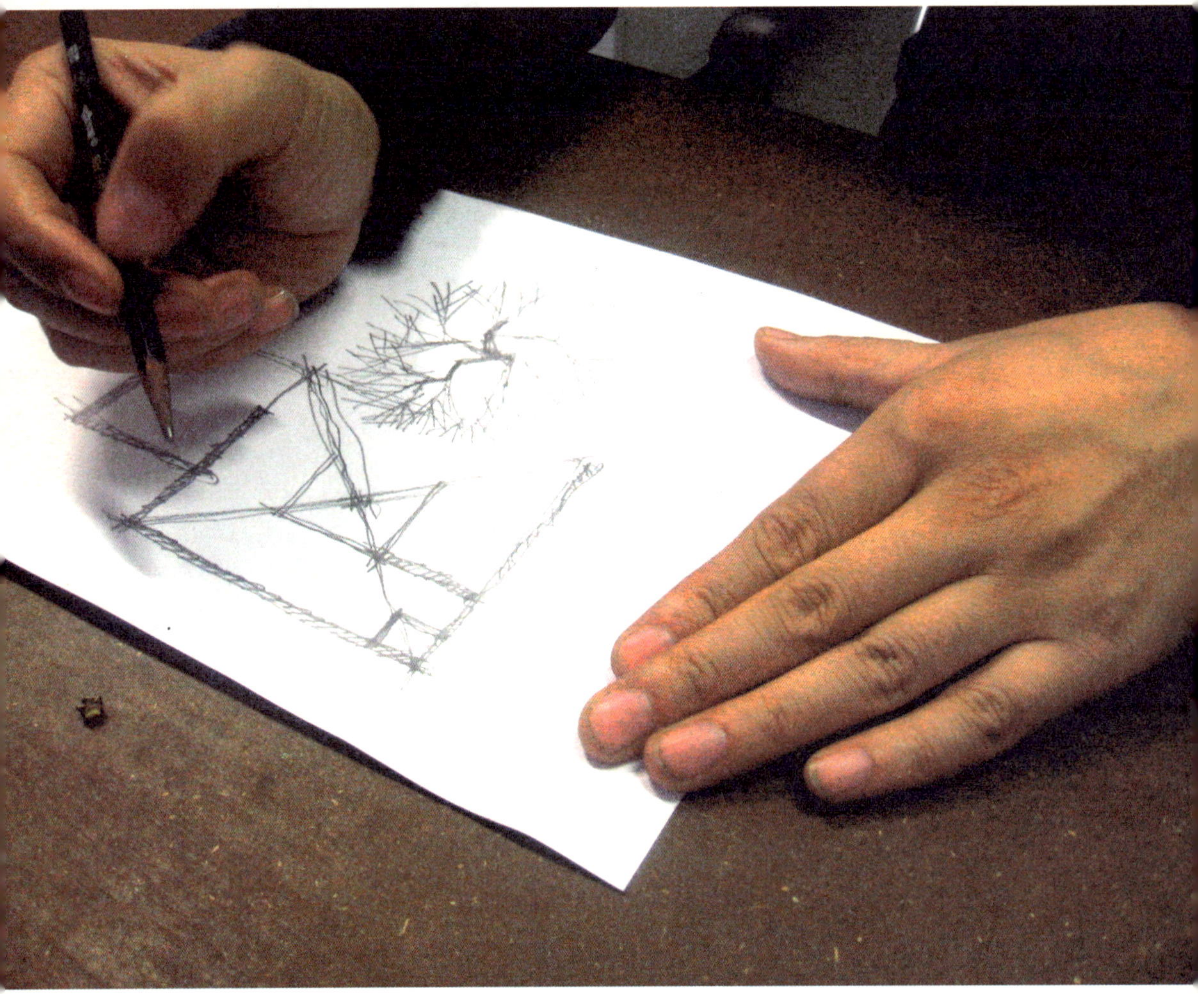

● 苏丹的手——“绘”，2009 年

● 苏丹的手——“锤”、“剪”，2009 年

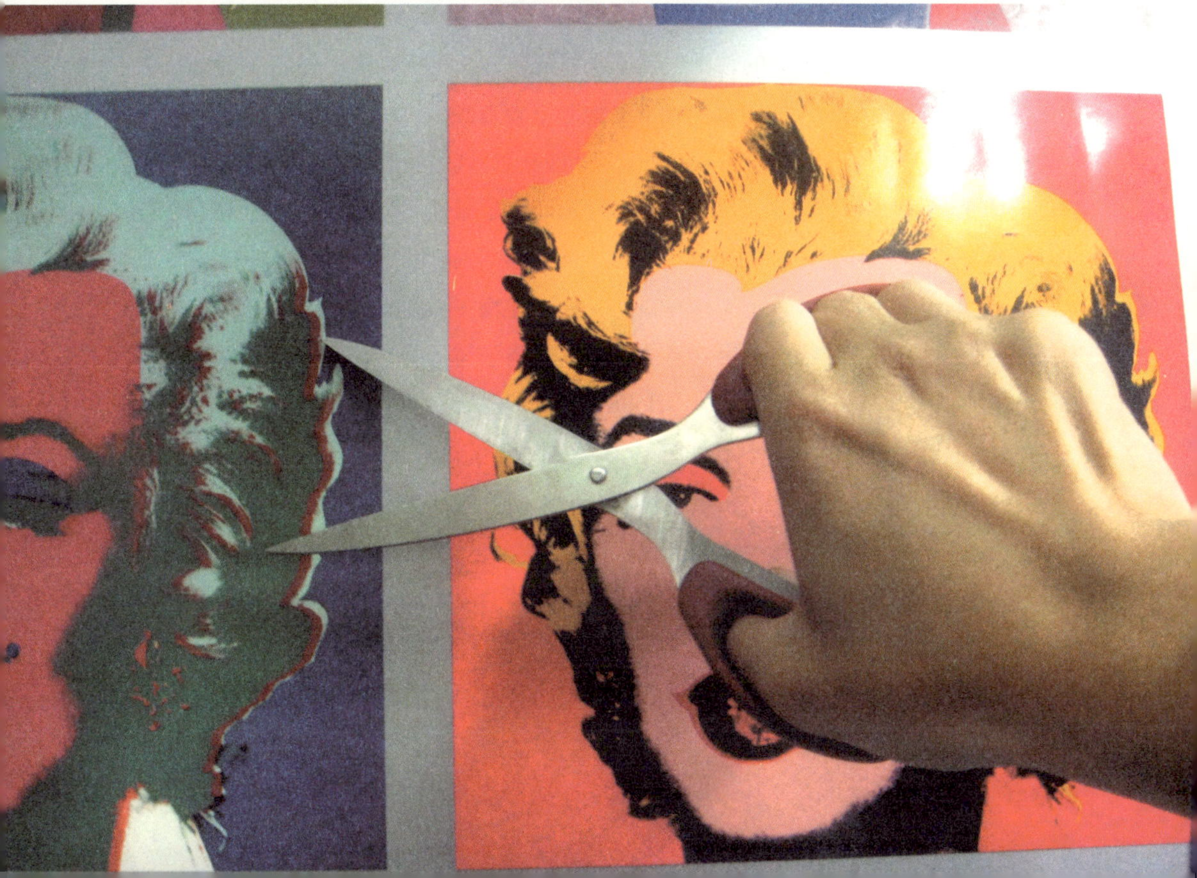

阶段就开始提倡勤于思考、勤于读书、勤于动笔，在设计界“动手”等同于“动笔”，久而久之，设计师在工作习惯上迅速的和文人、科学工作者、画家拉近了距离。其实设计师是一个古老的行业，这种行业和匠人的职业有着血缘关联，应当是一个善于动手的群体。在今天的欧洲和日本，设计师依然保持着动手制作的工作习惯，并把这种能力看作设计师本色的部分，在欧洲和日本设计教育界，也极为强调在工房内的课堂教学，引导学生对动手制作产生亲切感。这和中国的设计教育反差巨大，我们的设计教育的方针是培养纯思想者的设计工作者，驰骋文化艺术领域的全才，艺术与科学结合的杂种。我们看到自己的学生口若悬河地引经据典时会开心地大笑，会引以为豪，我们的评价标准几乎全部是纸面的，论述、名词解释、绘制、电脑图文等等，因此学生的技能中已丧失了对工具、材料的控制能力，这种习惯将一直延续至职业的尽头，因而进入设计学科，也就意味着手开始和形而下的劳作相分离。我见过无数的设计师（中国的），高的、矮的、魁梧的或消瘦的，但他们的手无一例外的洁净、白皙、细腻。

远离动手操作和实践的设计行为少了几分阳刚，而多了几分阴柔，设计的结果也必定如此。表面化的设计就是阴柔的，无病呻吟的设计是阴柔的，拼凑的设计也是阴柔的，因为它没有强势的基因遗传迹象。而以上几种类型似乎是主宰着我们设计市场的成果的成色和性格，这种结果也绝对不会走向另一种极端，比如我们通常认为雄性的对立面是雌性，那么缺少阳刚之气的设计就等同于柔美的充满关爱的设计。这种推断是缺乏头脑的简单化判断，因为即使是雌性，也会呈现多种多样的表现状态，柔弱凄美的林黛玉是一种状态，母夜叉孙二娘般的悍妇也是一种状态，还有花木兰等不胜枚举的多种类型的存在。手和设计物在过度的疏离中终将产生一种情感之间的割裂，设计物品和设计者的关联如同孩子与母亲的关系一般，脱离爱抚的关爱是抽象的母爱，它将培育出冷漠的情种。

制作过程中的手是传递情感的手，尽管在劳作的过程中制作本身会对手起到一定的破坏作用，长期的制作会磨损表皮，使骨骼变形，手的形状会变得“难看”。但手的审美观中饱含着尽显病态的“美”学标准，是一种男扮女装式的奇异诉求，设计者一定要努力扭转进而确立健康的、阳光明媚的准则，因为他们的手的责任是创造、改变的天职。北欧的伟大建筑师阿尔瓦 · 阿尔托的肖像中引起我注目的是他那双肥大多毛的大手，这手是他捕捉和探索的触须，是思想忠实的践行者。后来阿尔托的同乡家具设计大师库卡 · 波罗来我的办公室交谈时，我不经意地看了一眼他的双手，这也是一双不平凡的大手，和他文弱儒雅的气质格格不入，据说就是这双手营建了自己的房屋，还曾制作过一把精美的小提琴。读研究生时，雕塑系的同学说罗丹有抚摸模特的习惯，当时听得自己热血喷张，但现在才明白那行为绝对无关猥亵，而是通过手来调动意识对创作的激励。我想这样的手不但是通向大脑的通道，还是意识输出的通道，情感最终经由它附着于作品之中。我经常想象米开朗琪罗、达·芬奇等历史人物的双手之形态，必定是结实但灵巧无比的，它们不断地在思想的指令下触及现实，同时也在努力地改变着现实，这就是巨匠的手该有的模式。

工业化时代机器的出现使手和创造的关系发生了变化，人的创造活动和创造结果之间被机器所隔离，设计有滑向隔山取火的危险境地。工业文化产生的人与人相互协同工作的方式，使得一个人的目标和工作可以由一群人来协同完成，而设计者在实现目标的过程中扮演的角色往往是大脑而非执行指令，解决众多困难过程中的手。计算机对环境和过程的模拟也使得手进一步被闲置，通过手指在键盘上的不断敲击，设计者构筑了一个虚拟的世界，并通过进一步敲击解决了其中出现的问题。但这种解决问题的方式在实际中并不是每每能产生巨大效能的，因为在建立虚拟世界的过程中，人无法把现实中的一切因素输入程序，因而这个虚拟的建立也只是建立了一个虚假的（或类真实）虚拟。一种传统的协作方式在工业时代也继续存在着，在设计领域它得到了比纯艺术领域更大的弘扬，这种方式就是助手的沿用和扩展。在中国传说中有许多拥有数量繁多的臂和手的神灵，观音、哪吒……手的数量明喻着个体能力的大和小，长着许多手的偶像就是超人的化身，它代表着人类对手的崇拜和拥有的欲望。但现实生活中长着两个以上手的人是罕见的，若有，他要么是造物主疏忽之中的残品，要么就是人们对小偷的“尊称”。于是“助手”出现了，助手是智者对他者在身体支配方面的剥夺，这许多的手虽然长在其他人的身体之上，却忠实地服务于拥有智慧和权力的人，并且一切成果归发号施令者所有。人类文明

● 六臂哪吒。动画片《哪吒闹海》剧照
图片来源：http://image.baidu.com

史上绝大多数出类拔萃的艺术家和设计师都有众多的助手，借助于这些身外的力量和技艺，伟大的思想得以放大，产生了巨大的物质呈现。有一个奇怪的现象是助手的作用和其数量并不成正比的关系，一个拥有众多助手的人并不一定能取得骄人的成绩，我们常常把这种现象归结于助手的不得力，那么什么才是得力的助手呢？得力的助手不一定是安在自己身上的假肢，它与身体的归属关系并不十分重要。时至今日，人类利用最先进的技术创造的假肢尚不能和天生而就的手在灵巧方面相媲美，更为重要的原因在于手和心之间相互默契的程度，乃是手的价值所在。因而人并不羡慕水中的螃蟹和章鱼、墙角的蜘蛛、泥土中的蜈蚣，因为它们没有人的大脑。而长着许多手的神灵却拥有着和智慧息息相关的手，它们可以分别执行着思想多维度的指令。我们寻找助手的标准恐怕也在于此。

助手成为一种职业，也是现代主义文化的一个成就，它确立了一种新的价值观，也形成了一种社会阶层，它的目的是使思想家们横行于世，大当其道。助手的出现使得人类践行的力量有了巨大的发展，但是以牺牲和抹煞众人的思想和实践机会为代价的。“助手”的成功掩盖了它所带来的问题，这些问题在忽视的阴影中迅速成长，并将产生对现代文明最为深远的威胁，这种威胁就是人类在进化过程中的退化，有一首老歌唱到对未来的幻想和推测“……小小的身体，大大的头”，助手泛滥的年代正是我们快速向这悲哀的图景坠落的时期。思想和实物之间出现了助手这样的媒介，也必然导致传递过程中的损耗和衰减，并且在生产的过程中可能被注入了异质的成分。手和脑的高度统一的活体在当代已经濒临灭绝，现代文化中的协作方式无疑是谋杀的元凶，这使得巨匠已经日渐成为一个抽象的名词，溶解于历史的烟雾之中了。

设计创造者对手的背叛的确很大程度地提升了创造的效率，今天一个普通的职业设计师一年的工作量产生的结果恐怕是历史上一个巨匠的几倍，几十倍，因为并非所有的转化都是经过他自己的双手变成的。助手、机器、熟练的产业工人替代设计者分担了繁重的工作，分解了繁杂的程序，这些进步使得双手远离了劳作，使得创造中缺少了感性的认识。在艺术创作中，有一些领域因为这种“分解”和“分享”的出现正导致作品水准的降低，如壁画和雕塑。一些艺术家已退居小稿创作的境地，助手们在协助最终作品的完成时，依据小稿的指引和自我的经验来完善作品，这种方法在作品的细节控制上是完全失败的，它缺少连续性和统一性，因而将很大程度地影响作品的艺术水准，现实生活中常常看到拙劣的公共艺术品就是这种原因的一种结果。

● 熟练的产业工人。老照片，正在制作大头娃娃的工艺美术劳动者，杭州
图片来源：http://image.baidu.com

上一个星期去韩美林艺术博物馆参观拜访，在附属的工房中，韩美林先生向我们介绍了一位跟随了他二十多年的助手，一位朴素内向的工匠，看得出来此人对这位工艺美术大师成就的伟业的重要性。我想真正的助手或许就是这样才为最佳境界，其一是忠实，唯此方能完整地执行创意者的意图、构思；其二是辅助时日久远，唯此方能彼此深入地理解、沟通，而不会产生过大的偏差。在韩美林先生送我们的一本书中，有一张照片极为感动我，是大师在劳作中被腐蚀、磨烂的手指，我想这应该是传说中的巨匠在当代折射出的影像吧。因此当大师自诩可以把一条鱼的图案演变出上千个不重复的图形之时，我深信不疑。那么是否可以这样认为，即使在现代文化浸泡之当代，手脑的分离已成为一种普遍存在的客观事实，但创造的主体依然应当坚持用手去探索，去思考。这是一种对创造性的现实版的感受方式，也唯有如此才能更好地驾驭他人的手来为自己服务，因为这是建立在对手的尊重、崇拜基础上的理解。

2009 年 12 月

● 面孔清瘦，留着花白的山羊胡子的三爷与摆设在三爷家里的棺材。李笑寒绘

三 爷

第一次见到三爷大约是在四五岁时的一个秋天，三爷的院子在奶奶院子的南边。一次和秀贞姐姐去三爷家里玩，我还带有许多城里孩子的顽劣习惯，结果由于坐姿过于随意，坐翻了老爷子家里靠北墙的一个腌菜用的大缸，人仰马翻，盐水把裤子泡了个透湿，朦胧中记得我还喋喋不休地大声抱怨盐水太臭，结果被恼怒的三爷赶出了院子。老头蹦脚跳骂时手中挥舞着的拐杖的形象在我的脑海中打了一个定格，时隔三十多年仍记忆犹新。

三爷的样子很凶，清瘦的面孔上留着花白的山羊胡子，一辈子孤身一人，因此家里的陈设很简单，但炕头北侧的一件摆设却给我留下了深刻印象，那是一口像是被漂白过一般的棺材，没有上漆，是木的本色，那东西是留给三爷自己的。这事情和今天的年轻人讲，成了极传奇的遭遇，可在那个年代却是极平常的事情。读三国演义时看到庞德令人抬着棺材大战关云长，故事在此并未像描述马超战许褚、张飞赤膊战马超那样详细描述鏖战的细节和惊心动魄的情景，但那一口棺材被人抬着上沙场候着主人的描述却足以胜过千言的笔墨，因为棺材总是死亡的归宿。战后的伊

● 我坐翻了老爷子家里靠北墙的一个腌菜用的大缸，被恼怒的三爷赶出了院子。李笑寒绘

拉克每天暗杀和恐怖汽车炸弹袭击不断，但谁也没有想到棺材店的生意却格外火爆。庞德和关羽对决，二虎相争必有一伤，他对死的结果已做出了预设和充分的准备，他是利用倒装的方式去重新塑造一个过程，希望把死的过程演绎得轰轰烈烈，也就是这一仗使得庞德声名大振，也使得关云长不得不使用水淹七军的下策去解决一个原本没有放在眼中的小人物。战场上那黑沉沉的棺材集愤怒、紧张、激烈与从容于一体，因而显得很悲壮，古人云哀兵必胜，此时的棺材解决的是一个个人心理的问题，在此受益者是庞德，受损者当是关云长了。三爷的那口棺材却出现在一个农夫平淡的日常生活中，折射出一个凡夫俗子对死亡的态度。一个人对死亡的态度很大程度上反映着他的人生观和世界观，古时许多皇帝遍寻天下僧道方士，炼丹制药以寻求长生不老之道。帝王们生时享尽人间荣华富贵，因此他们害怕死亡把这一切尽将夺去。而三爷却不怕，他在寂寞的晚年生活中平静地等待着死亡的到来，那口小小的棺材是他的归宿，大约过了十年之后，有一次我向奶三哥询问三爷的事，他说三爷很健康，但活到 97 岁时上吊自杀了……

后来我偶尔会想象三爷入土时的情景，是谁为他换上寿衣，又是谁把他和那个硕大的木匣子一同沉入深深的地穴之中。那匣子盛放着三爷的肉身和少许的随葬物品一定显得极为拥挤吧，但灵魂是不需要太大的物理空间的。

当代的人生活得极为快乐，商品社会利用一切手段去使一个凡人体会帝王们奢侈的生活水准，因此他们分外惧怕死亡，甚至干脆回避死亡的话题。十几年前有一款皮衣品牌名为“凯撒”，把中国消费者的情绪调动得格外高涨，在中国东北一些地方，许多人不惜一切要穿上“凯撒”，于是又有擅于造假的商家仿制名衣大发横财，中国内地也旋即出现了成千上万的“凯撒大帝”。当代的餐饮业所谓御膳、仿膳、官府菜纷纷登台亮相，一方面满足着广大平民的好奇心，另一方面也通过对帝王将相们消费品的复制来满足着群众的虚荣心。更有些酒店的顶级包房竟分别冠以“皇帝包房”、“总统包房”、“主席包房”的称号，与时俱进地表现不同时期社会权力巅峰执掌者的生活水准，同时把这种水准的符号大肆出卖。当代的人被物质所麻木，醉生梦死，他们把死看做一种极度的恐惧。阿拉伯数字的发明是人类伟大智慧的表征，从 0 到 9，十个数字经过不同的组合竟可以确指千万、千千万，人们用数字来编门牌、车牌和电梯轿厢中的楼层编码，但其中的“4”和中国汉字“死”的发声相同而被认为不吉利受到冷遇，有一些建筑中干脆取消了带四的楼层编号，别扭地称之为13B或23B等，足以看出大众对死的惧怕心理，每每这时，三十多年前三爷的行为就显得极为伟岸高大，三爷视死如归。

人们因为害怕死亡所以抓住生的时光及时行乐，过去的人注重阳宅更注重阴宅，因为他们相信有来世，今生的行为被认为会对来世产生影响，所以今生的生活状态是有节制的，纵欲是一种罪恶。唯物主义否认有灵魂、否认有来世，阴宅变得没什么意义了，人们在现有条件下拼命营造阳宅。当代豪宅的概念早已不是过去的四室两厅了，面积并不能完全代替品质，中国人除了追求房子的宽大，还注重风景环境、室内装修、物业服务等，近年来北京超出人们经验价格的楼房越来越多，二次置业、三次置业者也越来越多。前一段时间在芬兰参观一个居住小镇，住宅产品基本上以联排别墅和独栋别墅为主，但房屋面积都不大，最小的联排别墅面积仅120平方米，房屋格局紧凑，没有一点浪费，相比之下，中国的设计师们出手阔绰，业主们也出手阔绰。许多开发商总用终生住宅来吸引消费者，所谓终生住宅是指建筑格局符合终生受用的标准，建筑的设施可以令人老而无忧。人们坐在一个比一个更大更高风景更好的起居室里消磨时间，以为这就是归宿，因为他们不相信会有来世。

上小学的时候（1976年的夏天），我的祖父苏德煌去世，父亲从安徽老家带回

● 上小学的时候，父亲从安徽老家带回了一个精致的骨灰盒。李笑寒绘

● 杜宝印，家庭暴力系列，手稿，2008 年

了一个精致的骨灰盒，骨灰盒的前脸是块透明的玻璃，玻璃的后边是人们依据世俗的理解打造的来世的场景，用象牙雕成的仙山楼阁，还有一颗摇钱树。在那个贫穷的时代，这个骨灰盒安静地放在桌子上占据了家里本已十分局促的空间一角，它的形式和另一张桌子上的红灯牌收音机一起成为家里最生动的景致，以致有一次邻居家小孩对他妈妈说“那里（骨灰盒上的画里）真好，我们去那里吧”，结果把家长气个半死。我守着这骨灰盒一直到自己考上大学离开，这情景和三爷守着自己的棺材安度晚年的境况有相似之处，但又很不纯粹，因为三爷的行为是自觉的打造自己的归宿，而我完全是因为偶然并带有几分被动。而今，骨灰盒这种东西已有地方集中存放，只有在清明或某些特定的日子才会看到它们，更不用说棺材这种东西了。这时我们的房屋成为一个完完全全的自我生活的容器，一个单一的空间，这个“单一”的概念并不是指三维的组合变化，而是一个心理的场所分层，没有来自另一个世界的眼光之监督，这个场所中的景象变化也就缺少了几分节制，从而失去了法度。一个星期之前去看一个朋友的房子，一个户门竟高达4 米，他只是为了追求个人的体验并非是留出某种悬念的巧设。尽管如此奢华豪迈，鲜活生动的世界在我看来却是扁平的，单调而乏味。

阳宅就是为这个扁平的世界打造的，生活在这个空间中的人的世界观是扁平而狭长的，他们不对或真或假的未来抱有任何想象，只关注今生今世的幸福或苦难。同样，这个空间中也没有过去，越来越多的是为当代人而建造的当代住宅，很少有几代人共同居住过的房子，即使有，最为时尚的装修也把历史的信息彻底抹去而不露一丝痕迹，整个社会都在向往新的生活，住新的房子、开新的交通工具、用新的物品等等。

阳宅的另一个显著的且不断向极致发展的特征是采光程度，这和世界上所有动物的巢穴比起来确实有很大的不同，且不说蛇蝎和上食埃土下饮黄泉的蚯蚓，就是熊、狮、虎、狼、豺、豹、猴、猿这些东西的巢穴也是处于深不可测的山洞之中，苍鹰搏击长空视力可洞悉几公里之外的草木蛇虫，但其巢虽高高在上，不也是隐没在悬崖峭壁上的孔洞之中么？人却不然，阳宅之中的阳光是健康、是品质、是身份、是财富，住宅规划之中楼与楼的日照间距被极严格地规定，目的是保证前后楼中的

● 吴小军在苏丹设计的“上下班书院”里做行为艺术，找一个盲人读有关灵魂的文章

每一间屋子的自然采光要有基本的保证。20世纪90年代之前人们选择住宅时计较的是住宅的面积和楼层，其中楼层的选择以多层中的三层为上品，因为这层次的房子对体力的要求适中，而当代则不然，多层或高层中每上一层，房屋的销售价格也如水涨船高般扶摇直上，原因也是高度对日照时间的消长产生着直接性的影响罢。当代的人们还认识到房屋的面宽和采光有关，和视野有关，于是大面宽的房子纷纷出现，几年前北京有一款住宅，其销售宣传的口号为“宽HOUSE”，意指该住宅的面宽超出常规的阔大，光线进入宅中的光通量也就超乎寻常的多。有一些大进深的建筑，阳光很难达到中段，聪明的建筑师就为其设置了天井，使得阳光直入屋心。20世纪中叶，美国建筑师密斯凡·德·罗为一单身女医生范氏所设计一纯玻璃的盒子住宅，算是为这种类似趋光性的居住习惯树立了一个极致的榜样，但作为居住者本人并不买账，反而把这种设计方式诉诸公堂。一时间使用者和设计者针锋相对，狗仔队的战士紧锣密鼓立耳听风，好不热闹。我的现在居所虽然面积不小，窗户数量多达11处，但由于楼层低，小区容积率过高，采光严重不足，即使是夏天太阳高度角最佳的时节，朝向最佳的几个房间，阳光在此逗留的时间也不过半个小时。于是为了阳光，我倾囊而出置办了新宅，独门独院的新宅中阳光充足，房屋的空间结构在阳光下表现得也分外充分，院子、厅堂、后院，站在未完工的房中透视这房子，心里很满足，因为视觉效果较为生动。这时我也突然意识到阳光的魅力也许是在于它能使物质在人的眼睛中更为清晰具体，使你能更为明确地相信自己对物质的拥有。因为阳光和视觉的相互依赖的关系，因为信仰的原因，我们对生活空间的要求也变得越来越贪婪，三室一厅、四室二厅、联排住宅、独栋别墅等等越来越豪华阔绰的房型进入我们的生活，人生苦短的认识又使人更疯狂地去抓住物质感受。明眸善睐的我常常幻想盲人对空间的感受，也许在我们看来的奢侈带来的幸福根本就是不需要的，不需要为之花更大的成本，艺术家吴小军一次做行为艺术，找一个盲人读有关灵魂的文章，他说因为灵魂是看不到的所以要盲人来读，我想当我们对灵魂有所想象时也许就不会过分在意被过度物质化的阳宅了。

2006年8月16日

粉 饰

前一段时间正慷慨陈词书写一篇“檄文”——“建筑暴民”，抨击当代建筑物和建造行为给社会和个人带来的种种伤害。突然收到《室内》杂志社寄来的杂志一本，并看到有关北京百子湾住宅区中学和幼儿园建筑的报道，这无疑又是自己收集到的“建筑暴民”的新的活体和物证。看完了作品以及赞美性的文字介绍，心中不快，想骂人、想投稿，因为心中抑郁，不吐不快。表面看去，这个建筑还是蛮有气质的，有手起刀落般的麻利与果断，主导作品的“白色”又试图传递优雅抒情的心境与洒脱的性情，但幻想其中充斥着成百近千名成长中的儿童，又隐隐感觉到其中暗含的残忍与冷漠，心中不断涌起一种去撕开这虚假粉饰的欲望，即使露出内衬的不够齐整的红砖或砌块。我想起艺术家安德里安的作品——鲜肉瓷砖系列，瓷砖在表层，鲜肉的质感在底层，但表层的瓷砖纹样并非服务于底层的鲜肉质感。安德里安在作品中把瓷砖撕脱露出内部的鲜红肉体，激起一种关于矛盾的惊诧。人们说当代文学盛行以下半身写作，粗鄙有余而生动不足。那么当代建筑设计则充斥着过多的虚伪和粉饰，令人想以粗鄙的口吻给予斥责。相信简单做几个动作剖析一下这个表面平静却充满无法调和矛盾的建筑，相信被这高傲之“白色”包裹起来的炽热的岩浆即刻会喷涌而出毁坏这个虚假的壳，也毁坏设计者的声誉。

“粉饰”是中国民间惯用的建筑装饰手法，是一种朴素的审美价值驱动下的劳作。时下的新农村建设运动中就正在流行“粉饰”以消除“丑陋”的红砖乡土建筑，在北京的乡村半个月的时间粉饰就彻底改变了代表贫穷、落后、涣散的形象。在工程方面粉饰又绝对是一种事半功倍的方法，在造型方面粉饰的效率也高得出奇。我曾经眼见一个拥有近千户家庭的村落用刷灰色涂料压白线的方法生愣愣地在短时间内把原本纷乱鲜活的众多当代民居拉回到五十年前沉闷的氛围之中去了。

白色是“粉饰”工作最终常常选定的颜色，概因白色有洁静、高雅孤傲之基本的意象，所以在不同的场所中，不同的建筑上，不同的意图下及不同层面的喻意里，白色百用不厌。用得好或用得巧者，白色就是集抽象与丰富于一体的语言元素，会随着环境随着观者的心境而转化它的语义。儿时在北方农村乳娘家生活的日子里，对生活空间环境残存的记忆就是一片白色，白色的空间中隐约蠕动着人的影子，弥漫着灶台上升起的水汽和烟雾。那种白色是生动的，它可以呼吸，它充斥着滋养生命的雾和了化生命的烟。那时北方农村家居中大多使用白灰来饰墙，并在炕沿沿墙的上部漆以鲜艳的油漆，素材是明艳的花卉和披戴绚丽羽毛的鸟。这种方法一方面美化生活，更为重要的一方面是保持上部白色的纯洁，因为人人都知道白色亦是娇贵之色，一旦掺杂尘垢效果就将大加贬损。安徽皖南的建筑白墙一片，深灰色的瓦在端部勾勒着群体之中的变化，前与后，上与下在一片白色之中依据这悬浮着的横向的灰带在律动中生发出东方建筑独特的魅“韵”。画家们一方面着迷于白色，另一方面又沉痴于白色中的杂质，多少人在醉心表达其中杂质的美，利用笔锋的变化、利用纸的肌理、利用颜料的覆盖与渗透的差异。其实江南白色建筑的下部并不纯洁，水和尘淀在此结垢，菌类在此繁殖，因而形成了自上而下由浅至深的肌理变化。说实在的，生活在其中的感觉在这方面并不一定舒服、惬意，它只是在画匠们创造的视觉游戏中一个多余的话题罢了。因而白色是一种似是而非的理想，它既脆弱又昂贵，一旦换一种视角对其感受将会大相径庭。不知长年生活在皖南西递村、宏村或浙江金华诸葛村的人们对白色的切身体会究竟如何。

● 皖南宏村，古民居建筑

现代建筑师们偏爱白色，从勒 · 柯布西耶设计的萨伏伊别墅到阿尔瓦 · 阿尔托设计的芬兰大厦再到理查德 · 迈耶的一系列的美术馆和住宅项目，大师们都在使用白色。但这时白色的粉饰是一种追赶时尚式的目的，只是一种手段，因为他们要表达空间的抽象和微妙之美，他们生怕色彩的绚烂和复杂会夺去空间律动微妙之音。所以他们的设计中一方面使用减法，一方面使用加法。减的目的是为了增加，比如空间组合的丰富性，视觉张力的压迫感等等。大师们的白色建筑的确好看，一个人影都没有的状态是其最为理想的状态，摄影师躲在镜头的后边从各个角度偷窥建筑外和内的状态相貌，有时摄影师就是建筑师指使下的手和眼，这种方式颇有点孤楼空阁中浓妆淡抹或略施粉黛之后的对镜独赏，不断搔首弄姿以寻找最好的扮相。

独裁者，阿道夫 · 希特勒就这样做过，通过摄影师连续性的记录以确定其最有煽动力的姿势。对于建筑师而言纸面草图阶段的推敲和想象就有这么点味道，至于结果产生之后镜头移动、等待，最后喀嚓一声完成表达一个定格，只是在纸面上阅读方能产生一种力度。因为人必须在建筑中游走、移动，静止赏酌方能领略建筑的精神，所以阅读建筑与阅读小说有着根本和表象的差别——重要的是现场。在现场中一切是赤裸裸的突显于眼前无法回避，无法裁剪，无法修饰，绝非美文中的模糊，巧妙地利用着想象之中的飞白，可删、可减、可沉、可浮，飘逸时若乘风驭奔，沉实时若潭中巨石，如寺庙中的洪钟。喜欢白色的建筑师如同有着洁癖的妇人，这不仅是现实中的一尘不染，更是心理上的对纯粹的妄想和偏执。在这块嘈杂、汹涌、密集、混沌的土地上，纯粹的白色是一种理想如同真空，一旦隔离的容器破碎，它将面临猥亵与强暴，污染与交混。王昀建筑师所设计的那个位于北京东部地块的小学和幼儿园建筑顽固地采用纯白，令我既对其固执产生同情，又对其具体的行径表示一点不满。东郊那块土地的过去是北京的工业区，亦是货场和集市密布的区域，这块土地上最为活跃的交通工具是人力三轮或各式粗俗笨重的货运汽车。十七年前到北京求学时在东郊货场取行李时，那人流车流狼奔豕突、道路尘土飞扬的景象至今记忆犹新，这就是这块土地的气质或血统。上世纪 90 年代末期这里土地价格飙升，各种地产项目如雨后春笋般出现、生长，这些项目大都冠以非常浮华张狂的称谓如“沿海赛洛城”、“金都杭城”，还有什么“金海国际”等等，但这里的气质却很难令人把高贵、雅致、静谧同此地联系起来，因为尽管时过境迁，昔日的简陋货场已是高楼林立，风尘仆仆、汗流浃背的蓝领工人也换作衣冠楚楚、趾高气扬的白领，但场所的气息尚存，仍是一个适合交易的动荡之地。2003 ~ 2004 年我租用的工作室就在 SOHO 现代城 A 座 29 楼，每日清晨，人们行色匆匆从地铁出口、从公交车上、从地下庞大的停车场出来被满填在上下折返不停的电梯闷厢中送入工作地点，中午时分，楼底商铺、餐厅之中人声鼎沸，空座难觅。你若留意再看看这个区域里往来穿梭着的人的面孔，焦躁、亢奋、张扬之情尽写脸上，空气中弥漫着的是汗水、香水混杂的气息，耳膜上鼓噪的是人的心跳或车的喘息。在这样的场合中一个冷峻的白色建筑的出现的确有点大胆，有点唐突，有点令人匪夷所思。我行我素的建筑师希冀通过一层薄薄的“粉饰”来遮掩现实中粗放多变的肌理，试图消除场所中社会的、文化的、经济的质感。我想再过些时日，你且看它，这种没有根除式的遮掩会产生一种所有意想不到的奇怪的附着物。场所中的现实精神所表现出的生命会穿透这表层的粉饰，生长出一种被扭曲和异化之物质，就像现实中皖南白墙下部的那种东西一样令人不快。虽说现实生活的实质只是一种暂时的存在，但它毕竟是在一个时间段中有着稳定的形，稳定的态，而这一个时间段相对于建筑的使用周期或寿命而言已经足够长的了，或许就等于它的寿命。对这种“存在”的忽视必会招致无情的报复，在这个报复过程中受到最大伤害的除了建筑师本人，无疑就是那些无辜无助的使用者们。北京的西四环有一个以联排别墅为主的小区名曰“Wehouse”，建筑由四位国际建筑师联合设计，四位坚守现代主义主张的建筑师精心地为中国的业主们献上一份“顶天立地”的厚礼，可居住于此的富人们并不买账，他们看中的是建筑师理想之下留出的飞白，这飞白在贪婪逐利之人眼中就是获利投机的机会。于是一场私搭乱建之风开始蔓延并已造成令建筑师和开发商痛心疾首的后果。当然百子湾中学作为一个公共建筑不存在过度无政府主义泛滥的可能性，但它和环境气质的格格不入却是不争的事实。另一个更为严重的问题是它是否会伤害在这里学习的儿童和少年们。

● 巴西利亚大多数建筑都是白色

首先我以为白色的建筑没什么不好，世界上许多城市都偏好白色。在雅典，站在高高的卫城废墟之上环视四周，白色建筑形成一道独特的景观，令人松弛；在巴西首都巴西利亚，奥斯卡 · 尼迈耶设计的这座城市中绝大多数建筑亦是白色的，色彩结合流畅的曲线，典雅的线角收分也给人一种激情。令人心醉的白色建筑，白色的城市太多了，这些城市中的建筑粉饰以白和城市独特的气质有关，和城市的气候条件有关，和城市的历史沿革有关。但白色绝不是一种好的“标准色”，成年的男人、女人们，寿终正寝的老人们喜欢白色，因为白色的简单令人平静。人是长寿的动物，阅历的丰富需要单纯的白色加以反衬，可儿童却相反，他们的阅历浅薄，需要的是积累、丰富。我想儿童并不会像成年人见到白色一样那么从容，像个别建筑师那样在见到白色显得那么豪情万丈，除非这白色是纵容孩子们涂鸦的画底，令喜欢涂鸦的孩子们兴奋，但别误会，孩子们喜欢的是五颜六色无形无影的涂抹，而非“白”本身。甚至我们可以反过来认为涂抹本身是一种对“白色”不满的潜意识表达。《id+c》杂志在去年 10 月刊第 32 页中一段文字这般赞许此白色建筑曰：“身处这样的环境中，感受到的是一种抽象的美。儿童在这样的环境中成长,体验到的是高层次的‘教育’”。这话讲得肯定,底气十足，似乎建筑师在此完全扮演着救世主的角色，然而这狂妄的说法却令我毛骨悚然，因为画面上的场景分明是一个冷峻十足而活力丧失的空间，瞧一瞧那建筑笔直的墙体和一气呵成的横向条窗，瞧一瞧那生硬有力的光影，再瞧一瞧他为幼儿所创造的封闭抑郁的天井，我只想说一句话——“够狠的”。在当代艺术界，艺术家为了表达一种观点手段都往“狠”和“猛”的方向发展，都想把话说尽，说绝，以表达立场之坚定，态度之果敢，同时伤害的方式使观者过目不忘。建筑师也是如此，他注重的是表达完全个人化情结之中的“白色”，而非一个具体的有功能有场所条件的建筑，更无视那些嗷嗷待哺的需要抽象教育更需要具象启蒙的孩子！看到这样的建筑，读到这段文字，我不禁想起鲁迅那句发自肺腑的呼喊“救救孩子！”好在这样的建筑并非是整个学术界和社会倡导的模式，不过是建筑师抓住的一次猛搞机会罢了。没办法许多建筑师就是这样，有些梦想虽然是被强制性给予的，但毕竟时日已久有了感情，渴望梦想成真。抓住机会猛搞一气，对精、气、神的调理自然有些好处，但却苦了使用这建筑的人尤其是孩子。当代艺术中许多经典案例中的伤害是以艺术家的自虐形式来完成的，可建筑师却连自虐的勇气都没有，他们把痛苦完全甩给了业主，甩给了使用建筑的人。不分青红皂白，把自己的主张强行施加于公众，也反映出建筑师浮躁的心理。“一万年太久，只争朝夕”，在中国建筑的青春期里，许多建筑师如同雄心勃勃的青少年，惟恐错过祖国的青春期，他们往往把“男女”之间的问题简单化了，以为只要把一种气势和见解表达出来就可以一炮走红。走红便是成功，

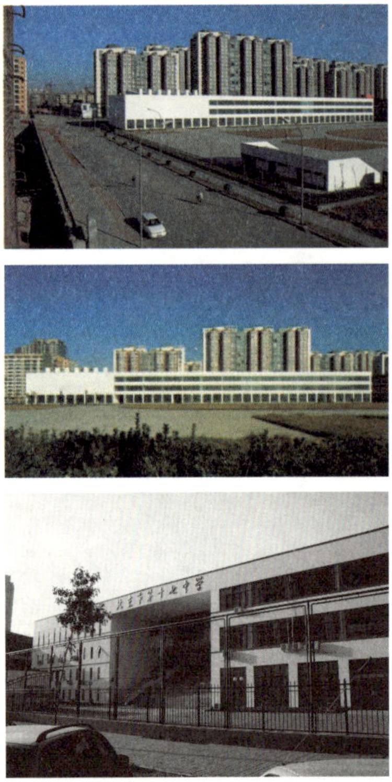

●《id+c》提到的北京东三环百子湾中学及幼儿园新建时的状态与在今日的窘态
图片来源：《id+c》杂志。

走红的标志惟媒体和公众的关注度。因此他们攒足力气等待机会，“白色派”也好，“高技派”也罢，统统沦为“粉饰”的幌子和面皮，戴着这样的面具出场，即使是施以暴行，面具的不动声色，甚至温文尔雅，姑且可以遮掩欲望支配下的丑行。至于生出的怪胎何人认养，摘掉面具之后可概不认账。但千万别忘了信息社会，信息时代，行踪万般诡秘也难以做到大雪无痕，何况此等才子须借媒体传播放大之功力方可名扬天下，于是乎恶行和恶名亦水落石出，尽人皆知。中国民间有一个略带黄色的调侃是关乎于“白色”的，此话这般：“冬天的雪，夏天的鹅，大姑娘的屁股和粉坨。”看来“白色”也不好玩，弄不好也会招惹一身是非。完稿之时，恰好一位居住在百子湾的设计师来访，他幸灾乐祸地告诉我，这个白色建筑已空置两年了——这或许就是建筑师所追求的纯粹性罢。

2007 年 12 月 28 日

● 位于 798 的苏丹 4M 设计工作室墙上的壁画，韩旭绘，2005 年

人文北京的空间及文化意义

人文北京在现实中的表现是多向度的，不同领域的人从不同的侧面来塑造北京的城市风貌以及特有的精神气质。因此从结果上看，人文北京虽然有其综合性的特点，但它的形成却是不同系统的叠加，是可以进行科学的分析，也可以进行科学性的培育。

方兴未艾的创意产业在当代中国城市的发展中对文化的建设，民众的科学与艺术意识的提高以及城市空间的品质提升等方面却有着不可忽视的作用，同时文化创意产业还会进一步改善城市的经济产业结构，拉动旅游业。据有关研究部门的预测，未来文化创意产业对中国经济的全面协调发展和产业结构的进一步调整将具有越来越重要的作用。对于第二产业在国民经济中占据重要地位的中国，适时地调整产业比重进一步推动第三产业特别是高科技支持的文化创意产业类高端产业群的发展是十分必要的。创意产业的知识密集型、高附加值、高整合性，对于提高我国产业发展水平，优化产业结构具有不可低估的作用。

一个城市文化创意产业的状态是该城市文化地位和竞争力的直接反映，它既是抽象的，又是具体的。其基础是从事文化活动人的素质、数量。在这方面北京在中国有着得天独厚的优势。元代建都以来，北京就开始成为中国广袤版图的政治中心和文化中心，皇家权威和院体的文化研究机构的结合在漫长的历史文化演变过程中不断产生着对整体文化提升的作用。近代以来这种文化优势由社会精英阶层继续向中产阶级蔓延，形成了北京优厚的人文基础。据相关统计，1990–2000 年的十年间，北京白领阶层人数增幅高达 13.32%，已成为中国白领比重最高的城市。2003 年统计表明，北京市 688.32 万就业人口中白领阶层的就业人数达到 397.35 万，已经超过就业人数的一半，就业比重高达 57.73%。同时大量的高等院校和科研机构在京设立，高级知识分子的比例更是在全国处于遥遥领先的位置。有数据显示北京在此占据了中国的三分之一多。这种优势除了表现在科技创新领域以外，还表现在艺术创作、手工艺创作、时尚设计、建筑设计领域等。这使得北京成为因创意人才聚集而拥有强大创造力的都市，将在未来继续深刻地影响全中国，辐射全世界。

2006 年 12 月 14 日，“北京市第一批文化创意产业聚集区”授牌仪式在首届文博会闭幕式上举行，公布了 10 个聚集区。而其中中国（怀柔）影视基地、北京 798 艺术区、北京潘家园古玩艺术品交易园区、宋庄原创艺术与卡通产业聚集区是以鲜明的文化特色为主体的文化创意产业区。其中聚集了大量国际文化机构和流动的艺术文化人口。这里一方面文化艺术活动潮起潮落、永不谢幕、永不停息，创造着人类文化艺术史中的奇迹和“神话”，另一方面，其活动、其空间形象和人物的魅力广泛地影响着市民文化，提升着城市的文化品位。据悉，2008 年奥运会期间北京市 21 个文化创意产业聚集区中，798 艺术区共接待国内外游客、媒体等各界人士 33 万余人，日最高量超过 3 万人；潘家园古玩艺术品交易园区客流量达到 65.8 万人次。同时许多文化创意产业园区也已成为都市生活的一个亮点，市民休闲的一种方式。这将是艺术先锋性向大众文化转化的一种良好态势，是人文北京建设具体进步的表现。

近年来，中国创意产业有很大发展，尤其是香港、台湾地区，创意文化产业正在以前所未有的速度迅速崛起。上海、深圳、成都、北京等城市积极推动创意型行业的发展，正在建立一批具有开创意义的创意产业基地。北京在大陆地区的创意产业发展建设中取得了显著的成绩，并已经获得了良好的社会效益和经济效益。然而从建设和发展人文北京的目标来看，过去的成绩只是一个全面的、健康的、特色鲜明的文化发展建设过程的一个短暂阶段。文化的复兴将跨越一个世纪甚至更长的时间，因此从过去总结经验吸取教训是制订未来继续发展策略的重要工作。

在过去，北京文化创意产业的建设过程中依然带有许多计划经济时期的特点，制订总体目标时和现实情况相脱离，管理介入过深过细等状况。这些对文化创意产业的发展往往起到事与愿违的效果，因为文化创意产业的重要特质是其中的关于独特性价值和差异性价值的认同，这也是文化发展中该领域强调怀疑和倡导批评的精神所决定的。因而在规划中既保持长远的整体性、全局性目标，又创造一种自由、平等、宽松的环境氛围显得颇为重要。只有在这种宽松的氛围之中，个体的人的价值才会得到充分的体现，由自尊走向自信，而自信是生发创造性的重要条件之一。创造力也是人类思想进步意识觉醒的一种表现，是理性和幻想结合的产物。因此，管理中过度的统筹、过度的精确都不利于文化创意产业的发展。

发展中的另一个显著存在的问题是文化创意产业的不均衡问题。它主要表现于城市之间、地区之间、城市区域与区域之间产业类型同质性过强，导致重复建设、资源紧缺、过度竞争等问题，比如北京当代的文化创意产业类型之中纯艺术类型的区域遍布京东城市边缘和市郊村落，如798艺术区、酒厂艺术区、环铁艺术区、一号地艺术区、宋庄艺术区等聚集的艺术家数以万计。而另一方面对国家竞争力有至关重要影响的设计类创意产业区却屈指可数。这其中既有现代文化的普及问题，还有深层次的传统习俗和文化价值观问题。这些存在的问题恰恰是制约一个民族文化不断进步的最为根本性原因，而这些问题的解决是很难依靠个体的觉醒去完成的，因为个体的局限性是欲望和个体生命周期所决定的，靠个体本身难以逾越。国家应当在其中发挥重要的作用。

开放性的缺失也是北京乃至中国文化创意产业发展和社会化受制约的重要原因，当下的创意产业园区之中，“园”是一个空间概念，但这个空间概念的社会性意义却有其消极性。这种字面的习惯实则是僵化思维模式的体现，它赤裸裸地体现着封闭性和保守性。首先“园”是空间概念上内向性的一种表现方式，它往往有着明显的边界，这种由围墙、栅栏、绿化、水体等物质方式形成的空间界限将城市生活隔绝开来，形成性格、功能单一的场所。这种类型的空间实则是对一个城市走向公共的巨大障碍，也是人文北京走向现实的阻隔。笔者认为人文北京在空间方面的具体表现，首先应当是城市公共空间数量上的绝对提升。文化创意产业园的形态一定要有所改善，这种改善就是破除人为的空间界限，将文化创意产业彻底地融入城市空间，如此文化创意产业的结果也将更为有效地影响大众文化。一度北京的许多文化创意园区被其中工作的文化艺术工作者戏称为“文化动物园”就直接地反映出这种消极状态。其次这种封闭性的空间会产生另一种不良的影响，就是强化的空间界限形成了所谓的圈子，使得其他领域的文化难以进入其中并发生反应，而缺少外来文化影响的内部交流模式已经被无数事实证明是一种巨大的误区，是“保守”思想产生滋长的沃土，它最终将导致文化创意产业失去内在的活力，走向平庸。

综上所述，文化创意产业是人文北京建设的一条重要途径和重要组成内容，但在实际实施过程中却要遵循科学规律，遵循各个行业特有的规律来行事。同时也要破除旧有的陈腐的观念，以更为包容的态度和开放的姿态去建立新的格局，使北京的文化创意产业真正地促进人文北京的建设。

2009年6月24日

酒店的看与读

现代的酒店作为一种普遍生活设施，丰富着我们生活的内容，同时也改善着都市或者郊野环境中的空间品质。这个对于中国内地地区不过30年发展历史的建筑类型，由于受民族习性以及中国多元而丰富的地域文化影响，在未来的时间和空间内依然保持着旺盛的发展态势。而在已经建立的相对丰实的物质积累的基础之上，回顾并思考我们过去对待酒店的态度变化，将有益于未来的设计和建造。

改革开放伊始，酒店作为一种和现代化社会相接轨的必要设施，对当时的中国城市提出了新的要求。这种有现代化特征的“新生事物”在管理、卫生、设施配置和形象上都建立了一种新的范式。同时作为一种先进模式，现代化酒店对中国人民生活的居住品质提升也起到了促进作用。然而对于中国设计界而言，对其认识是一个充满艰辛和愉悦的复杂过程。眼睛的观赏，注视，浏览，窥视是表现于不同阶段的特征。依据这多种多样“看”的方式,设计界完成了对现代酒店学习的第一个阶段。

“看酒店”贯穿着自20世纪80年代自本世纪初长达20多年的时间里，从国营的大型甲级设计院到个体的初出茅庐的小设计师都依靠这种方法，笨拙地踏上了现代酒店设计之路。80年代初建立于北京、上海、广州几个中心或者口岸城市的酒店是庞大的，它们如同城市中的城市。酒店的内容组成丰富多样，全面到位，从各种规格的餐饮，到满足商务需求的各种设施，还有娱乐和康体空间，它们的完整度和都市化程度俨然成为承载它的那些都市的榜样。其客房中的设备设施也是人们热议的焦点。精致、整洁、自动化程度都使得正处于半工业半农业社会转型之中的都市人羡慕不已。然而那个时期的酒店几乎无一例外都是封闭式的。门口站着时而威严时而殷勤的门童。大堂中的服务人员或经理会察颜观色，一旦发现有异样的情况立刻会像传统机

● 1980年6月，北京建国饭店工程开工，北京第一家中外合资的饭店于1982年开业

图片来源：http://forum.home.news.cn/thread/69668457/1.html

关大院中的门卫一般盘问那些闯入的不速之客。

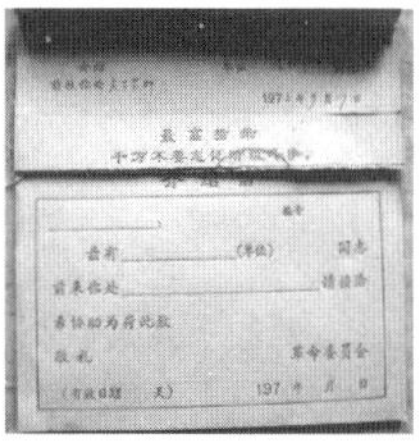

● 老介绍信

那时的不速之客基本上没有真正意义上的坏人，更没有当代南亚和中东频频袭击五星级酒店的恐怖分子。他们中的绝大多数只是对这个封闭之中的世界充满好奇而已，他们想跻身于此，感受不抽象的现代化。设计师也是这些被阻挡和防卫的对象之一，原因之一在于那时候的室内设计师境遇不佳，混迹于都市的平民之中难以辨识；原因之二在于酒店经营机构对抄袭的防范。然而对酒店这个堡垒最有求知欲望的也正是这些设计师。那时中国的世界教育之中几乎没有完整的室内设计教育的体系，也没有成熟的现代酒店样本。因而能身临其境用“看”的方式来学习，既是唯一的也是最佳的。然而威严的门童阻隔了大多数人便捷的感受现代化的途径。于是中国特色的介绍信就成为一种有效的媒介，这种始于红军苏维埃根据地时建立起来的凭证和信息传达方法，在中国现代化酒店和保守的公共社会之间搭建了一些类似浮桥式的临时性途径。因为那时的现代化酒店业都是中外合资的产物，红色的介绍信所代表的权威性在此依然有效。一些国有设计机构或者院校的人员在介绍信的指引下较为全面的对酒店外在的一些规矩、模式、形式进行了初步的参观学习。在介绍信发挥积极作用的十年左右的时间里，我本人亦是受益者之一。20 世纪 80 年代中期大学三年级的我在暑假实习时期登上了北京西苑饭店的顶层旋转餐厅，在装修一新的那个会微微转动的空间中环顾四周时心旷神怡的心境、情境至今记忆清晰。在那张小纸片的护佑之下，“看”变得肆无忌惮，可以大胆地提出各种要求，从材料性能到设备配置，这种看的方式如饥似渴不愿遗漏任何细节。但参观的时间往往是有限定的，因此那时的参观多停留在对空间格局、设备体系配置的了解上，比如酒店垂直和水平方向的功能安排，流线设计，电梯厅的位置，设备层位置，防火分区等这些属于建筑中的技术问题，而对于建筑中的室内设计专业问题，那个时代尚不十分清晰。更为普遍的认识是建筑设计涵盖一切，室内设计工作只是建筑设计的工作延伸而没有其独立的意义。但那时一些酒店中的细节元素还是极大地刺激了我们空白的大脑。北京长城饭店大堂中的那些尺度巨大但以镜面不锈钢装饰的柱子，为我们创造出生动的视觉感受，在那种迷乱的镜像复合的视景中，我们无穷的想象着现代化的中国未来。西苑饭店大堂的顶棚呈现出的几何形体富于韵律感的变化，其柔和多变的色彩组合令人从传统欧几里得几何学的立场透视宇宙奥妙的变相背后的真理。其实酒店对学习者真正的诱惑正在其内部，这些有逻辑性或没有逻辑性的细节组合，完成了对商务和旅游活动的全部功能，风格和设施相互融合最大限度地挖掘着客人们的消费潜力。它是一个复杂又由多样的行为模式，多样的景观，多样的细节组合而成的一个世界。酒店设计的学习初级阶段，每一个学习者就如同潜入体内的内窥镜头，瞪大的眼睛即是学习的全部。

● 北京西苑饭店大堂的顶棚

当没有任何有力的凭证能令门童们开恩时，学习者就聚集在酒店附近骏巡以寻找适当的机会。那时许多渴望学习的年青学子如同围绕在餐馆周围乞食的丐帮，顽强，坚韧，有时也闪现智慧的灵光。比如有衣着整齐，相貌姣好的女同学可以趁外宾团队到来时，以翻译的身份扮相从容地从门童面前走过，也听说过有个别相貌奇特的学生，扮作外宾进入宾馆大门。这些奇人异事一时在参观学习者中广泛流传。

20 世纪 90 年代初期，中国涉外的宾馆开始逐步向社会开放。这时期酒店的数量已达到了一定规模，风格多样化也开始呈现爆发的状态。国际化的酒店风格模式经过上一个阶段的普及，已经产生了一点单调感，这个时期的酒店设计开始表达地域文化，表现更加多元化的组成内容。这种设计思想和酒店之间的竞争也不无关系。经营者借助差异性来满足客人们多样性体验的要求，酒店设计中的创造性被提到一个新的高度的要求上来。社会上的酒店既为改革开放中的国家提供了一种设施上的保证，他们彼此之间组织又形成了城市的新景观，并且这种景观内向性的特点极为符合中国传统审美习惯，即人们常常对内藏锦绣的营造方式赞叹不已。客观上这些设计精彩的酒店的公共化还使它充当了推动和普及设计文化的角色。

● 老照片，北京长城饭店，1984 年 6 月 20 日摄，新华社发
图片来源：http://news.sina.com.cn/c/p/2008-10-16/190716467730.shtml

酒店的公共区域向社会开放，进一步掀起了“看”中学习的高潮。但此时在公共空间中摄影是被禁止

的。因为摄影的快速、便捷、准确的特点使“看”的实质已经发生了质变。它记录的准确性，为“读”打下了伏笔，同时也把剽窃的技术提高到了一个完全新兴的时期。每一个酒店出于自我的保护，严格地控制外来者使用相机。20 世纪 90 年代初期，我曾协助导师编辑一本有关室内设计风格精选的资料集，其中相当一部分内容涉及中国正在兴盛和发展中的酒店。于是我带着摄影师，揣着红色字印的介绍信前往那些酒店发达的城市收集资料。这是一个极为艰巨的任务，因为酒店这个堡垒此时的开放依然是个表态，它和现实社会巨大的反差，使它时刻保持着一种骄傲，也和陌生的闯入者依然保持着一种距离。和我同行的摄影师是摄影界的大腕，随身携带的专业行头庞大、复杂、扎眼。每当他拉开架式在酒店的厅堂内组装三脚架时，总会有酒店管理者来询问、阻止，于是我羞涩的拿出昔日威风八面的介绍信来搪塞，但显然在新的时期不知是因为介绍信泛滥还是因为酒店管理的成分发生变化的缘故，这种证明的方式已不再有效，我们屡屡被禁止拍摄，甚至驱赶。其实出版这类摄影集乃是一种把“看”酒店的行为扩大化、普及化的过程，每一个学习者都可以通过较为节俭的方式去在纸面上分享酒店设计师们的作品，同时在分享之中亦可适度提高个人的设计水平。但这种分享还是损害了、稀释了酒店现实的权威性，更为客观的一个可能就是它加速了酒店更新的频率，加大了其营运的成本。因此我们这些拍摄和传播者理所当然成为酒店管理者所痛恨的人，那次拍摄经历在我的记忆中留下的尽是不良的映像，它像阴影一样挥之不去，和记忆中对酒店的敬仰混合在一起形成一种复杂的感情经历。若干年后在设计过程中遇到一些酒店的经营者竟多是喜欢阅读那些介绍酒店专业杂志的人士，他们一致认为翻阅这种彩色的、摄影讲究的杂志是一种享受，并且这种阅读的确在丰富着他们管理酒店的经验。在图片的引导下，翻阅者可以走入一个虚拟的世界，在令人痴迷的各种风格、各种场所、各种细节中游走。另一方面，一些精彩的细节往往以特写的方式被摄影者捕捉，然后呈现于阅读者的眼前，这是一种对学习者、感受者的提示，它告诉这些人酒店的品质和细节之间的密切关联。

无疑在众多的建筑类型之中，酒店的娱乐性、复杂性、静止性都是突出的，它对设计师的创造力、观察力和生活阅历都有较为苛刻的要求，因此从事酒店设计的人一生都要不断地看酒店。“读”酒店是看酒店的升级，它暗示是在一种专业化的语境之中“看”，也暗示着观看酒店的方式和时间感发生的变化。专业类的酒店杂志或有关酒店题材的作品集是“读”酒店的一种良好素材，在这类出版物之中，编辑者按照一定的价值取向将之归类整理，为阅读者的搜寻指明了方向。同时任何一本品质良好的此类书刊在对每一个案例的介绍方面都是科学和艺术性完美结合的。它表现为对案例高度的概括力和深入的表达力，重要的空间、重要的细节都在影像中得以充分表达，有时这种表达甚至超越了现场感。因为许多完美的画面也并非酒店中的常态，它是对一瞬间的等待与捕捉，当这种成功的捕捉成为永久的画面时，空间中隐藏的那种迷离的、恍惚的特质就得到了放大。人类的学习就是在这种不断把对象放大的基础之上进行的，它既包括模仿也包括超越。

看酒店侧重的是对信息的浏览和搜集，而读酒店侧重的是对信息的筛选与分析。“看”和“读”互为前提，互为条件，有时还会相互补充。生活中常常有按图索骥的模式，当在阅读中发现令人激动的案例时，我们会努力在现实中到达现场，去感受画面、验证画面，更有价值的是去挖掘画面中无法传递的质感与气息，还有煽情的声音等，这时后置的“看”就是对“读”的补充。20 世纪 90 年代末进口的画册中频频介绍南非的酒店——失落的宫殿，这个以生动和复杂的写实手法堆砌的既残败又辉煌的酒店屹立于非洲荒漠之上，伪造的文明史和人类文明的印证和当代人高度消费方式、欲望相混搭、纠葛，无休无止地炫耀着传统艺术的表现魅力。模仿、变形将非洲土地上万类霜天竞自由之生生不息的景象或以立体又或以平面的方式镌刻于那个古怪的城堡之内、之外……这个酒店如同细密画一般的景象是阅读后留给读者的印象，那个年代许多设计师就是一边翻阅画册一边忘情地想象，又一边复制它在中国的摹本。至 2004 年夏，我终于有机会去南非旅游，而驱动力之一就是身临其境去感受那个废墟。现场的观看能有力地看穿变戏法背后的玄机，从而也使那神秘和那份悬念荡然无存。我用手轻轻敲击那由一束植物树干组合而成的石材模样的柱式，它发出哐哐的声响。这仿佛一个拆穿骗局的孩童真实的表白，回荡在“废墟”早已复苏的场地，宣告着一场华丽之梦的结局。然而当我们对故事的真实性产生绝望之时，趣味就会转移至故事本身。酒店中非结构性的细节

●《中外酒店》杂志封面，2009 年，第 5 期

是真实生动无比的，尤其客房中的细节会给人的现实生活一个真实的场景以抚慰一颗动荡又失落的苦心。

● 南非，太阳城

缺乏现场验证的“读”也会有其特有的价值，那就是所谓“误读”。因为没有真正居留的经验，简单的参观和纸面阅读会对形式的理解产生歧义，而这其中也包含着巨大的创造性，出版就是一种真空状态的表现。它出于建筑纯粹性表现的目的，鲜活的生命迹象被从建筑这个容器之中抽掉了。同时表象的摄取是对三维物体或者空间的折叠或压缩。而这种折叠或压缩一方面把动态转化成为静态，使局部放大为整体，具有一种使事物的物理形式变得清晰的功效，而另一方面则掩盖了许多非物质性因素而使得原本清楚的状态变得模糊，因此也为文本多样解读留出了空间。在我们个人早期学习经历之中，常常是先“读”后“看”，目的是用亲身现场的经历来检验知识，希望能和作者在同一作品，同一现场，同一视角之中、之下取得共鸣，以这种方式建立一种机制结构。但随着专业学习的深入，学习方式渐渐又开始向先“看”后“读”转化，因此作为一名专业设计工作者，或特定类型空间的研究者，更多的时间耗散于广阔空间领域的观摩、体验之中。酒店类型的空间因其特殊性格亦使得这种“看”极富物质和精神的双重诱惑，但此时的“读”依然必不可少并且在“读”的深度上有所升级，这是对“看”的归纳与升华。因此我们的学习过程中“读本”不可或缺。即使是图形为主的读本，它是信息的线索，也是设计工作的范本，等待我们临摹与超越。

2009 年 7 月 27 日

| ARCHITECTURE AND ART

下午，硕士研究生L和我谈近来他们组建学生社团之工作，该生很兴奋地把近期的成果一一展现予我，主要的内容即是美院的部分研究生和建筑学院研究生的一次联谊活动，以及由此引发的话题。在清华大学，建筑学院像个孤岛被众多的工学学科所包围，这造成了他们信息的封闭也强化了他们的自尊。美术学院的迁入为清华大学整个校园带来了活力，新美院的大楼就坐落于建筑学院的背后，她庞大的体量几乎是那个由白面砖包裹的建筑系馆的全部背景。

研究生之间的交流是近期以来两个学院各种交流活动的一部分，但我却感受到一种保守的力量和顽固思想所带来的问题。这次研究生组织的社团名为“设计联盟”，但英文名称却为“ARCHITECTURE AND ART”，这已经被印刷到文本上的字母暴露出一种狭隘的心理，美院的同学不以为然，而我却一眼将其中委屈看了个完全，首先是长期以来建筑学院某些人员固步自封自认为建筑是老大，建筑是艺术之母（其实这种认识是一种误会），把建筑与艺术居然并列相称。以前在多种场合中一些建筑师对室内设计或者说环境艺术设计行业显露出直接的蔑视，认为该行业门槛低，该学科理论体系不完善等，这倒是有情可原，因为环境艺术的某些不佳现状的确令人有口难辩。但是在整个艺术面前，建筑学怎敢如此猖狂呢？就如同说“声乐与音乐”或“足球与体育”，那“与”的两边完全不对称嘛，这么一个简单的常识性问题被人忽视，这其中必有缘由。缘由之一是中国建筑教育领域中工程教育的培养模式使人过早地确立了一种单一的参照体系（这个参照体系有时也会转变为评价体系），在这个体系中强调确定性的因素比如知识多少、比如计算能力、比如工作的空间范围大小等，因此拿这些几乎等同于为自己量身定做的标准去衡量其他体系的事情时就不可避免地产生优越感，当代中国某商业型建筑事务所的老总至今在自己的个人简历中顽固地注明自己是20世纪80年代初某理工科状元，即是一个例证。的确，上世纪80年代至90年代建筑学的学生的确是各理工类考生中的精英，但以此认为“革命已经成功”就未免操之过急了，其实高潮远未来临。现在看来，建筑设计专业素质本身和数理化的功底并没有必然的联系，就连艺术设计专业本身都在讨论和绘画基础之关联是否非常直接的这么一个问题了。改革开放二十多年过去了，看看建筑界的现状（包括建筑状态和设计师的状态）其实不难判定原来的参照标准和人才培养模式是有很大问题的，只是那些沉醉于进入专业学习之前的早期成功的人们尚未苏醒或者是在回避现实。

“ARCHITECTURE AND ART”也表达了一种站在从建筑的立场看待艺术的观点，即已经不自觉地把自己从艺术的领域中分离了出来，建筑和艺术之间的久疏产生了相互之间的神秘感，不是这样吗？一些艺术家争先恐后地参与建筑的讨论、评价，甚至直接动手参与设计，而一些建筑师也在努力接触各种各样的艺术门类，从传统的架上艺术到装置，到行为艺术都能看到一些建筑师的身影，这种趋势是令人欣喜的，但你又不得不承认这种现象也不过是一种脆弱的弥补隔阂的手段，因为目前来看这种努力是个人化的，并未能反映建筑界的整体反思状态。这个过程中亦出现了许多用力过猛的现象，因为一旦用纯艺术的视觉标准去检验建筑，建筑学就变得似乎更加简单了，其特定的专业规律受到强暴。所以我认为如果在观念之中我们把建筑的设计过程、建筑的社会意义依然看作具有艺术的性质，那么索性更平静地去设计，更自然地去接触艺术，而不是以一种试图表达一种新立场般地强调什么“建筑和艺术”。艺术已经被还原于生活，这时艺术的意义才得到社会化，艺术在建筑中的表现正变得愈来愈多样化，所以建筑并没有同艺术割裂，而是摆脱了沙龙艺术形式的局限，变得大众化了。比如除了少数公共性的建筑或地标性的建筑要表现经典式的艺术格调外，大量民用型居住建筑以营造符合人性的社区空间和居住单元来表现平民化的艺术观，商业型建筑以一种消费文化的艺术姿态来表达自己的快感。因而我们质疑这种认为建筑和艺术脱离的声音不论它出于什么样的目的。

的确在当下中国的国民生产总产值中，建筑业和房地产业已占到超过四分之一的比重，在国家的宏观发展规划中，城市化也是一个重要的目标。几乎所有的设计活动和艺术活动都在围绕一个城市化的主题或在城市化的背景之下来进行，建造活动为艺术提供了发展的机会。在每一个官员的升迁过程中建筑方面的成就也起到一个推波助澜的作用。因而我们说，瞧，建筑多么重要，建筑师多么重要。中国建筑业达到历史上一个巅峰状态，建筑师群体也逐渐摆脱了匠人的社会地位，成为公众人物。前一段看天津大学百年庆典电视直播的活动中，一位年轻有为的建筑设计工作者明星般地被请到台上亮相，因为他参与了奥运会主体育场的设计，尽管有爱屋及乌的嫌疑，但这个时代的确是中国建筑师最为风光的时期。这种认同感会增强一种自信，但不冷静的自信也会导致一种自我意识的膨胀，这种态度随处可见，从北京国际建筑双年展的遭遇到糟糕的城市空间、糟糕的建筑形象……尴尬的现实和十足的自信呈现出严重不对称的状态。

在许多场合中我都目睹了因建筑师的自信所带来的不和谐，一次在中央美院举行的名为“为中国而设计”的论坛中，一位所谓实验建筑师姗姗来迟，并且牵强生硬地讲与主题无关的实验教学；另有一次在上海的某室内设计论坛中几乎百分之八十的发言者都是建筑师在谈建筑创作；还有一次一位建筑设计者无视艺术家对纪念性建筑提出的各方面的建议等等……“无视”表面是一种骄傲的表现，实则它是导致无知的一个重要原因。如果一种不属于艺术阵营的专业在某一个群体的鼓噪之下试图割裂同学术同文化的关联，那么它必然是一种异化的行为和异化的结果。在建筑业大干快上的岁月里，冷静的独白总是被嘈杂所淹没，所以有时候真想回避这种动荡的现实，闭目三十年，坐等中国的一切问题都解决了的时刻。

2005 年 12 月 19 日

● “艺术是为建筑做表面文章”，这是多么浅薄的认识。潘飞绘

| 服装与建筑室内

十天以前英国布莱顿大学艺术设计学院来清华美院进行学术交流，交流的对口专业是服装设计系，在学院A区的展厅里举办了一个服装设计及室内设计展。在开幕式上我见到了几位英国教授，其中一半是室内建筑设计（室内设计）专业的，听他们介绍该学院室内设计和服装设计被揉在了一个学科内，这种组合方式我过去从未见过也从未听过，颇感新鲜。

服装设计专业人员面对的是人体和面料，充满温柔和关爱，因而从业者大多为女性，似乎只有女性才可胜任这种细腻的工作。室内设计专业人员面对的是建筑完成之后留下的毛坯房，粗粝生硬，他们要利用坚固耐磨、便于清洁的装饰材料来掩盖建筑本来的面目，使之符合人的生活接触。室内设计人员在公共建筑领域多为男性，但在家装设计领域多为女性。表面看来这两者工作性质差异极大，几乎完全是两种气质的人在做两种类型的工作，但你若再进一步思考放弃固有的偏见，会发现两种工作在工作方式的事理结构上竟异常相似。比如，同样是用人工或天然的材料在对一个主体进行重新塑造的过程，塑造过程中也同样要考虑主体的固有形式对塑造方式的限制作用。只是二者处于一种对称的状态，一个直接对人，一个直接对物；一个通过物来修饰人使人在含蓄中彰显内在的美，一个通过物对物的包装、覆盖来最终完成一个物的终极使命，现在的建筑没有这种覆盖几乎无法使用。人的衣物有两面，对内的面往往质感柔软、贴切，使人体穿着舒适，比如丝的面料、纯棉的面料都是首选之物，对外的一面则变化多端难以一言概之。因为人所处的场所是千差万别的，各地的气候也是气象万千。车间里干活工人身上的工装质地硬实、粗糙，它可以对抗环境中的粉尘、火花，还有金属的铁锈，“文革”期间人们管这种面料叫“劳动布”，意思是劳动时的服装专用面料。这种服装还有一个特点是适合搏斗，因为它结实，对身体有保护作用，武斗的时候配上柳条帽那就是一个彻头彻尾的斗士。后来街头、厂矿中好勇斗狠的青少年也很喜欢这种服装面料。睡衣的面料也完全是由环境决定的，生活水平提高以后，人们回到家中往往要脱掉铠甲模样的外套，换上质地柔软的宽松睡衣。睡衣是不分内外的，因为防御的功能已经完全由建筑和户门解决了。2005年大山子艺术节上韩国女艺术家扬阿实践了自己的行为艺术，她找来十名志愿者身着睡衣在798各画廊及道路上游走，试图依靠服装来对抗都市中的紧张感……这种状态着实令旁观者大吃一惊，并开始对自己着装、对场所产生怀疑，这种强制性的放松方式在苏联电影《夏伯阳》中的白匪敢死队用的是精神来对抗物质的枪弹。同样的，人在处理建筑内或外时亦是使用的两种方法。通常建筑的外墙，用较为坚实和粗糙质感的材料来围护建筑体，以形成对建筑结构、建筑中生活的人的保护，石头的堡垒是这样，混凝土的教室是这样。现代建筑中大量使用的钢板、铝板外墙虽然变得很薄，但仍然是这样，只不过它所要抵御的不是外力而是污染和腐蚀。对于建筑内部的装饰材料，和服装的里子一样多选择质地相对柔软、手感温和的材料，如木材、壁纸、壁布等，由于内外材料的价值指向不同，建筑内外气质上的差异性是必然的也是天然的，我们完全没有必要对此大惊小怪。建筑外在的气质往往庄重、冷峻，而内部则往往含蓄、亲和，二者对待的使用群体也大相径庭，对建筑外观评头论足者往往是使用者之外的人，这些人是从建筑对周边环境的影响的角度来看待建筑的，比如我们说悉尼歌剧院好是因为海湾的风景容易使人对建筑上那一组贝壳样式的屋顶产生联想，像白帆啦，像贝壳啦之类较庸俗的想象。我们说2008年北京奥运会的主体育场“鸟巢”好，是因为当方案评审时，人们审视建筑模型的尺寸和建筑设计者给评审团们出示的建筑观赏角度都是鸟瞰图，这时一个“鸟巢”的形象是完整的，可遗憾的是现场居然找不到一处可以鸟瞰的构筑物，未来的北京人将无法获得鸟瞰“鸟巢”的真实的视觉感受（相邻的另一个“富有想象力”的项目“水立方”则遭遇另一个问题，建筑外立面使用的材料难以唤起人们和想象相一致的印象）。建筑的内部是使用者的天堂；业主们根据科学、根据自己的喜好而疯狂地使用材料，你若有时间去东方家园、怡和建材这些材料市场走一走、看一看，就会感受到选择的困难，这不是材料种类单调贫乏而是面临的选择实在太多了使人无所适从。经常地我们从一个由花岗石建造的建筑的外部跨入满铺松软的地毯、墙面用壁纸和木板装饰的内部空间时丝毫没有不适应的感受，我们反而认为这是理所应当的，因为建筑的内部和人的关系理应如此。

服装翻里作外的事情常有，比如说带毛的羊皮制衣时，人们喜欢把羊毛的一端冲里，好让皮革抵挡强劲的北风和雨雪，这是由材料的物理性能决定的，非常合理。

但当材料的品质进一步变化，由普通的羊皮变成昂贵的貂皮时，情况就发生了颠倒，大都市的街头贵妇人阔太太们身着貂皮大衣招摇过市，皮为里而毛为外，气度非凡，看着一张张动物皮毛变成人身上之物时，穿者不是在炫耀勇猛威武而是在炫耀华贵稀奇。还有一类情况是现代服装中发明了一种里外均可的两用上衣，并且通过面料色彩和样式的微调来使人产生新鲜感，但这仅限于外套，若是内衣这般翻弄就会出现功能问题了。建筑比服装理性得多，服装设计常常有时装表演，看着身材修长容貌姣好的模特们身着奇装异服走着猫步轮流步入 T 台，许多人难以理解地问我这些服装有何现实意义，如何能够穿出来呀？我无言以对，因为服装从实用走向形式，在形式变化的路上又走向异化的消费引导、异化的审美等实在无法三言两语说清楚。中国建筑因为长期以来坚决秉承实用、经济的发展建设原则，被人抱怨的不仅仅是功能而更多是形式，城市里的人讨厌方盒子建筑把它称之为火柴盒；城市的领导反感平屋顶建筑愣要给他加上一个坡屋顶，并把这种运动称为“平改坡”；农民却厌倦了清水砖房给建筑贴上了白色的面砖，白色面砖这东西原本是用在私密性极高的空间比如厕所、浴室、厨房的材料，如今它在广大农村和城乡结合部被大量地应用于建筑外饰面，也可以看作是由内而外的革命成果。20 世纪 70 年代法国巴黎蓬皮杜文化中心远不止于在表面材料上做文章，而是更为大胆地把原本隐没于建筑内部的装备管线暴露在外部，也是一种异化的结果，源于对建筑设备的崇拜，像服装对纽扣和拉链的炫耀一样，这终究会导致一种审美的习惯。还是提一下“鸟巢”结构这东西外挂并成为装饰性的外罩，是不是也是另一种方式的翻里作外呢？

● 服装与建筑从本质上讲是无法分割的整体。潘飞绘

服装从生活必需品走向消费品是一个关键性的转变。若把全世界的购物中心、百货商店、专卖店、街道排档、地摊以及手工作坊中的服装加在一起的话，我想那“数量”一定够全球六十多亿人穿上几代的。但奇怪的是全世界的服装加工厂的机器仍然嗡嗡作响，缝纫机旁的女工巧手上下翻舞不停，一批批新款服装涌上货架替代那些上市不久即为陈货的服装。时尚的形成以及周期的缩短，使得功能对服装的意义在不断地衰减，衣服被淘汰被丢弃并不是因为它已经因破损而失去功能，而是因为它具有存在意义的时间已经不复存在了。这时若是经典的样式，尚可在陈列馆中或文献中留下标本或印记，否则都将是过眼云烟，以非物质的方式化物质为乌有。在许多人陈旧的观念中认为好的服装与差的服装只是在形式上有差距，面料是无所谓的，这句话的下边引申的一句就是较差的面料也可以制成上等品质的服装。形式是绝对的，材料是相对的。而现实中我们却看到昂贵的服装面料之讲究之极，并且新的服装必须借助于材料上的革新才能在市场大范围地推广，好材料变成一个基本条件，寻找好材料变成了一个基本问题。因为在商品社会中随着设计业的壮大和成熟，样式的模仿就变成了一个较为简单的事情，若想增强商品的竞争力，仅仅有创意、引领时尚的能力还是不够的，原料的控制、革新是重要的并且难以模仿，这使得当代服装设计和材质的关系不是疏远了而是更为密切了。建筑的复制几乎不可能，历史上宗教建筑有过复制的个案，但多多少少受地域性的影响以致出现技术变形、材料不准等情况，因而它不可能像制衣工艺那样精确复制。但毋庸置疑的是建筑的风格可以模仿，其中材料的模仿就是一种主要途径，一个特定类型的建筑用材往往是有共性的，比如教堂、音乐厅、市政厅等重要的建筑材料使用就是一种性格的表现。音乐厅因音质的需要常常使用大量的木质材料，所以许多部门或集团公司的多功能厅，也在使用这类材料，使得一个内部的场所具有公共性建筑的气质，市政厅的礼仪性要求常常使用大理石和花岗石作为装饰材料，那么许多办公场所也使用这种材料，尤其是低一级的行政办公场所几乎无一不是上一级或更高级的行政办公场所之翻版。当代的许多著名建筑师或设计师不再简单地使用材料，而是一方面使用一些未普及的特殊材料，比如说韩国建筑师承孝相善于使用金属锈板，日本建筑师安藤忠雄把清水混凝土工艺用得出神入化，这几种材料的模仿必然要求当地的整体建筑制品生产体系的水准以及施工工艺水准得达到一个较高标准，如果没有这两大系统作为基础，模仿的结果就是画虎不成反类犬。上一周去首都规划展览馆开会看到用水泥板伪装的清水混凝土墙面，有点想吐的感觉，因而当材料工艺及材料生产无法复制的话，那么这样的建筑在消费文化中就捕捉住了这个文化状态下的关键词，必定会吸引消费者的注意力。规划展览馆是由过去的一个百货商场改建而成的展览空间，设计师崇尚日本清水混凝土工艺所表现出的朴素、单纯的空间感受，用装饰的手法等再现这种材料工艺的表现力，结果这压根就不是复制而是造假，很容易激起观赏者的反感。但是一种无奈的事实是样式的模仿已足够可以满足大多数消费者的心理需求了，至于样式背后的技术含量大家无心去计较，所以真正的高水平难以出现，服装设计如此建筑设计界也如此。

人们都说建筑像音乐，建筑是凝固的音乐，我倒以为建筑更像服装，而不怎么太像音乐，因为服装和建筑一样产生于实用且在不断向形式靠拢，它们都受技术的牵制，受材料的牵制。服装和人体共同组成一个小而全的建筑，人体完成了这个建筑的结构体系，服装则在这个结构体系之外去按照人的意愿来完善人体，许多工作竟和风水中的补形式相当相似，比如对于过胖的人、过瘦的人、上身偏长的人或下肢不太发达的人都有一套办法来对着装之后的形态进行调整。说得更直白一些，建筑和服装尽管都有艺术性的存在，但本体却都是设计而非艺术，二者都因一个物质的现实问题而存在，没有这个问题它就没有了价值，并且这个问题自始至终在困扰着设计行为的发生、发展。它们的形式不是必要的，但却是本身成为一个优秀的本体的充分条件。而音乐却是地地道道的艺术，是艺术的尖端。当我们在发展一种事物时找到一种不合适的参照物时就会为这事物的发展埋下祸根，在我接受建筑设计和室内设计教育的各个阶段中，老师为我们树立的大多是个人英雄主义的榜样。即使在上世纪 80 年代整个社会都在学习雷锋好榜样的时期也是如此，赖特、柯布西耶、伍重……高迪、菲利浦·斯达克等，其实我认为职业设计师的榜样不应这般。当我们崇尚个人英雄主义的时候，就很难把态度摆正，去关注那些设计过程中的小问题，有时甚至是不齿于这些小问题，因此当我们在设计中谈论材料或构造这些细节时就会被认为是过于匠气，不够学术。其实设计的主体工作就是形而下地来解决具体问题的，往往是细节决定成败。这一点上我们倒的确应该向服装设计师去学习，因为如同服装设计师面对的身份不同、身材各异的业主一样，建筑设计和室内设计所面临的也往往是地域、地点不同、业主性格反差极大的建设项目，这时首要问题是先把这些具体而琐碎的事情解决干净。至于历史上出现的带着光环的伟大人物，就像优秀的体操高手一样，他们的平衡技巧和灵活性、精确性已超过猿类、猴类，更超过了人类，但他们还是归类于人，因此我认为既然是设计就应该找到合适的恰当的参考对象。

去年我在潘家园旧货市场买了一个已经洗得发白的“文革”时期的军绿色手提包，虽然很旧了，但包基本上还算完整，由类似帆布的分外结实的面料制成，书包一面印着大春和喜儿舞蹈的场景，并书写“毛主席的革命文艺路线万岁”几个字样。包的内容很简单，拉开铝制的已经发松的拉链就是一个没有任何分隔的口袋，我试图对它进行一番改造，但却发现这改造极为复杂就好像是对 798 工业遗产进行改造一样复杂。首先是个结构问题，包的结构虽简单但是存在，乃是由双折对扣的面料扎紧一端自然而成，我想新内容的增加一定不能突破它外观的界限，并应当扎根于原有结构之上，同时当我把过多的内容添加进去之后也许还要对原有的结构进行加固什么的。旧瓶装新酒形容旧建筑改造时内容和形式的矛盾现象，后来成了成功的经验，真是悖论。我曾经和服装系的肖文陵老师探讨过如何改造这个拎包的事情，因为尽管在改造方式上包的改造和旧建筑改造极为相似，但在技术上它却完全不同，一个用电锯、电焊、瓦工，一个用缜密精细的缝纫机，但相同的是我们都在被一种面层的材料所吸引，这材料是所有行为的目的，因为材料记录着时间、情感。建筑界在谈文脉时常用《红楼梦》中晴雯给宝玉补锦衣来借喻新旧脉络的衔接和传承，看来在各个方面建筑和服装都有极相似之处，只是建筑师们往往心高气傲不愿意与此为伍，他们总以为自己离政治的核心更近，离文化的核心更近，这种一厢情愿的结果使得建筑和人的关系疏远了，缺少了身上着衣的那种贴切之必要性。

2006 年 9 月 26 日

● Konstfack 瑞典国立艺术与设计大学服装设计专业的学生作品，瑞典，2010 年

“放大”、“复制”、“抄袭”、“设计”

●“放大”

“放大”是一种方法，是人类智慧的一种表现。人类生活在自己的视域内，一定的尺度决定着看到的一切，改变自己的感受可以在自己习惯的尺度中进行，也可以换了尺度系统进行深入改造。“放大”可以把平日肉眼无法体察的事物显现出来，从而发现本质问题，再予以切除、调整等措施。

● 望远镜下的星系。这张由美国航天局提供的照片显示了哈勃望远镜新安装的广角相机拍摄的斯蒂芬五重星系

“放大”需要技术，人类的放大技术是一种了不起的发明，它通过一种孔洞或缝隙使人逍遥于各种尺度之间，从而提高自己的境界。天文望远镜使人放大至天体的尺度，从而以平等于其他星体的态度来打量银河、打量宇宙；显微镜则使人类可以深入到精密细小的结构中去，分析构成外在视觉形态的根本，提高人类透析世界的能力。放大镜和显微镜是一种立体几何式的放大方式，它使人类在某些领域实现了超越自己的梦想。它的特征是技术的精确性。在日常琐事里，我们常使用平面几何类的放大术，这种放大倍数虽然也十分可观，比如建筑设计中常用的1∶100至1∶500，规划专业中常用的1∶1000至1∶3000，但这些关系都是在人的正常感知范围内的，和我们生活密切相关。比例是个了不起的发明，它像放大镜和显微镜的光学原理一样伟大。光学原理的发现离不开技术的开发与支持，它建立在强有力的物质基础之上，是科学！比例则是人类可以代代相传的智力成就，人类智慧的提升不断创造着其他类型的放大方式，比如麦克风的发明使得个体的声音流入成千上万听众的耳穴之中，电波的应用再将这个数字提升数十

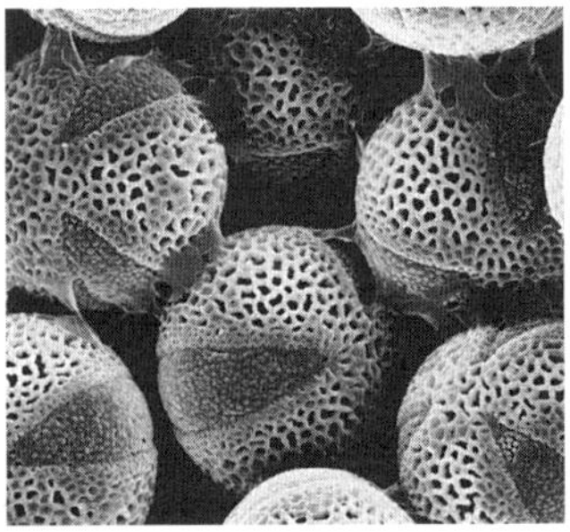

● 显微镜下的东方蒐葵花粉

倍、百倍、千倍。陈丹青的西藏组画之一《泪水洒满丰收田》不就是在描绘无线电波产生的效能吗！还有美国黑人领袖马丁·路德·金的《我有一个梦》的讲演通过电波使亿万人为之欢呼雀跃。与之相反，有时候我们却要将一些事物解体来分析和享用，比如苏东坡的《前赤壁赋》、欧阳修的《秋声赋》、毛泽东的《论持久战》，要一字一句地去体会它深刻的内涵。可以这样认为，从文言到白话即是一种放大的方式，反之文言也就是白话的浓缩。

● 马格利特，听音室，1958
图片来源：http://dhl.hlhl.net

"放大"并不是人类的最终目的，应当回归到生活的常态之中，刻意地追求"放大"是无益的。纳米技术的成果应用在洁具产品上大大提高了马桶的洁净度，伽马刀在医学上的应用解决了病人的痛苦，这就够了。目标不明确的"放大"会使人迷失在技术的漩涡之中。韩国暻园大学的一位副校长骄傲地告诉我，他们有一台能看清蜘蛛网分子结构的显微镜，目的是在建筑结构的技术中借鉴研发，从而提高未来建筑的结构性能。清华大学生物系罗永章教授利用显微镜来分析癌细胞的生长扩散过程，是为了研究抗癌的药物。但美院有些教授通过卫星遥感的地形地貌、显微镜之下的蛋白质结构的形象启发来作画，有些无聊，因为这种发现并不独特，只是他人未借用仪器罢了。这种描摹和借鉴的作用显得比较苍白无力，和描摹肉眼所看之物无异。

我们看到"放大"的目的应当是"公益"的，而自私色彩的"放大"要么无聊、要么有害。前些天在北大开一个关于创意产业方面的论坛，一入会场看到许多熟人的巨幅头像摆在四壁，一个个若有所思，或仰望、或目光凝重、或满面春风，把论坛主持朱青生搞得一头雾水，因为他的确不认识这些貌似公众人物的同志。我却深谙本行业的人物之心态：那就是"放大自我，影响市场"。不过这种方式出现在北大的学术论坛会场多少显得有点唐突，由于参会者大多只识得马恩列斯毛的伟大容貌，这种放大实在缺乏效用，事与愿违。因而我们必须看到"放大"也要遵循一定的科学规律，否则只能作为一种笑料。还有一种放大更为可怕，只是应用了"放大"最表面的形式，以此为己谋利，如名不副实的商品广告，铺天盖地而来的地产宣传等等，这只是历史上已结束了生命的高音喇叭的一种新的样式罢了。

昨天陪儿子看了电影《喜羊羊与灰太狼》，片中的"村长"研制出一种可以缩小的药物，缩小的结果是使人可以变成细菌般大小，从而进入另一个体的内部，去医治对方的疾病。现实中的情况通常是我们反过来通过放大物象从而达到上述同样的功效。这时“放大”和“缩小”是同一事物，只是主体观察的角度不同。比例是我们缩小对象的方法，它使现实难以掌控的事物在我们面前呈现出完整的形象，但在应用的最终过程又是一个放大的过程。还有放大和我们观察距离和观赏对象的时间也有关系，距离由远及近和时间由快放慢乃是实现“放大”的另几种途径，是我们观察物象、认识客观事物的方法。

2009 年 1 月 30 日

● “复制”

“复制”是模仿的最高境界，是标准的完美重复，复制的意义早已超越制作过程的再现那样简单，因为在人类的传统行为之中经常有过程的重复，或出于主动或出于被动，如眨眼、如呼吸、如奔跑时的腿和手、年复一年的刀耕火种、一个不听话的学生在先生的训斥下一遍遍地抄袭摹本……但以上重复的过程并未能得到完全相同的结果。每次眨眼后看到的景象不一定相同，同一块地耕种后的收成也不尽相同，学生抄写的笔记前后会有很大差别。标准的缺失是重复产生结果之间存在差异的重要原因，比如耕种，人总是对来年寄予更高的期望，因而看似简单的重复实则已包含了许多技艺上的改良或提升。在许多可以经常存在的重复性工作中，主体对未来的想象总是处于一个符合自身利益的动态结果中，所以重复往往包含着改造的意识，也就必然会产生较大的差异。

当技艺达到一定的极限时，标准就产生了。鬼斧神工的鲁班、妙手回春的华佗、神射手李广、售货员张秉贵，这些都是中国历史上在各行各业代表最高境界的人物，他们的技艺就成了当时该行业或领域之中的标准。因此鲁班之后的几百年里，中国所有从事营造活动的匠人都想达到他的成就，当代中国建设部不还设立了一个象征建造最高技艺的“鲁班奖”吗！汉代名将老李广壮烈千年之后的北宋，不也又出了个小李广花荣吗！如此看来，标准的荣耀使人类产生了复制的欲望，但由于标准并非一个绝对的东西，因而其复制的过程就相应的缺少了控制的参照物，因而我们对这种状态之下产生的复制最多称其为相似。相似是复制进化早期阶段的状态。

在农业时代复制只是一种遥不可及的梦想，是神话。《西游记》中就有关于复制的故事，真假猴王相争，连师父唐僧都难辨别。孙悟空的另一种绝活就是复制，他能将身上拔下的毛发变成千万个自己，这些假变的猴王几乎具备了真猴王身上所有的能力。神话中出现复制的事件足以反映出现实生活中对复制的崇拜。农业时代的造物，或出于自然或出于人手，大千世界中的同类，即使是孪生的兄弟或姐妹，在细节上亦有偏差，何况人所建造的建筑、制造的农具、雕刻的玉器、临摹的书法。尽管范本为同一，人乃一人，但人的心境却时时刻刻不同，因此同一范本“复制”得来的子子孙孙依然差异万千。印度莫卧尔王朝时期伟大的泰姬陵建完之后，国王阿克巴残忍地把所有建造者的双手砍去，他担心复制对原作的毁誉。其实这种做法非但残暴而且愚蠢，因为真正的复制不属于那个年代。

●《西游记》之“真假美猴王”和“毫毛变化身”，电视剧《西游记》剧照

机器是人类创造的怪兽，代表着人类对自身反叛的最高成就，它高效、冷漠、坚强，没有人类多愁善感的情怀，它是由物质决定着的生产物质的怪兽。机器具有人类所没有的许多性能，包括过去遥不可及的复制能力。由于缺少意识的参与，在相对稳定的物理条件下的生产过程中，它表现得极为稳定，能够造就相互之间无差别的个体。这种无差别的基础是质量的优良属性，机器生产的物品大多数在精细程度上都远胜过人工产品，这是因为它的模具集中了最为优秀的人工手艺，然后机器伟大的复制能力被发挥得淋漓尽致，使得后者也和前者一样优秀、经典。

创造复制使得机器开创了自然力未及的领域，是人类异化的极致。人们赋予机器忠实和精确的天赋，将精英所完成的优越、完美等性质廉价地扩大，使众人能够轻而易举地分享，从而在物质享乐的层面极大地提高了普通人的幸福指数。这是复制的贡献，也是机器的贡献，人类为机器所带来的平等的机会而陶醉、欢呼。复制也是一场随时惊醒的美梦，当膨化的物质和技艺将我们团团拥抱，把我们带入甜腻的美梦时，肉体和另一半的意识却依然裸露于现实坚实的大地之上，凛冽的空气之中。我们终究将苏醒，并告别这美梦，尽管耳畔复制的轰鸣喋喋不休，复制的果实如雨点般落下，但沉下去之后将紧随着浮升，我们不必踮起脚尖却将窥至那云朵的深处。

复制带来的幸福是稀释后的幸福，是对被稀释物的一种强力消解方式，于是中

● 刑丹文，绝缘，摄影
图片来源：http://www.danwen.com/

国的街头出现了大量廉价的劳力士手表，浙江义乌出现了塑料组成的潮水。塑料是对物体形式最为有效的溶解物，它给原型通过一种溶解，注入速成的过程，幻化为千万个形式的影子，塑料是复制粉墨登场的“帮凶”。稀释也是传播的一种高效率方式，它是分享的一种捷径。物品被复制，功能如同血缘遗传一般得到保存，稀释的只是精神。艺术品的价值全部来自对人精神领域的作用，因此它的复制只有稀释没有完整的保存。但毋庸置疑的一点是，艺术品的稀释也是其传播的主要途径，凭此艺术可以感染更多的人，像是佛祖涅槃后形成的若干舍利子，流向各地，成为佛的缩影。艺术的复制可以通过印刷、出版、电视等多种方式来进行，无疑，网络是信息时代最为强大的媒体，它拥有更多的观众，但它却终结了人们和艺术相互依存的传统习惯，即拥有艺术品的快感，这是复制艺术走向极致的副作用，于是在后现代文化的语境中，人们找到一种折衷的方式，如限量印刷、限量制造、作者签名、编号等方法来使艺术保存它精神的全部，同时亦获得一种真实的物质属性。

2009 年 2 月 1 日

● “抄袭”

“抄袭”在我们的社会中声名狼藉，它是家长、教师，以及优秀学生、优秀作者、伟大创造者永远诅咒的对象。抄袭者打着追逐、崇拜的幌子，在技术层面对偶像进行直接的模仿并将结果以同样的方式投放入和抄袭对象所处的同一境地，由此对偶像产生着“温柔”的伤害。抄袭是一种庸俗的方法，它简单直接，能在短期内使自己获得一种成熟的形式，并以此获得利益。抄袭是一种堂而皇之的劫掠或偷窃行为，它几乎遍及我们生存环境中的所有领域和空间中的所有角落。抄袭者像非洲草原上的鬣狗，不断巡游寻找被雄狮捕获的猎物，然后围绕其周围对雄狮进行无休止的袭扰，伺机争得一块鲜血淋漓的鲜肉。在文学上有它的影子，在艺术创作方面有它的作为，在广泛的设计领域亦能看到它频频制造的劣迹。上个世纪末始至首尔（那时还称为汉城），很诧异地看到满街奔驰、宝马、丰田模样的轿车在大街上踌躇满志地奔忙，和来前听说韩国人少使用进口车之说法相去甚远，问及导游方知原来均是韩国自行设计和制造的国产车……本世纪初，日本建筑师伊东丰雄在东京设计的 TOD’S 专卖店，立面形式借周边榉木形式简化结合结构设计而成形，在几个方向立面上转折延展，空间、结构、表皮一气呵成，甚为妙法。后至首尔江南区看到一规模和形象极似之建筑，我以为伊东丰雄在首尔的梅开二度，我的韩国朋友很反感地对我说这是个冒牌的……此后不久，中国各地亦出现大量的仿制粗糙的该类作品，观后脸上甚是发热。西班牙艺术家米罗在巴塞罗那奥运会的标识设计中使出其绘画风格的精炼笔触，可谓技惊四座，但之后不久这种独特的带有极为浓郁个人风格的创作方法在中国被各层次的平面设计师效仿，并应用于各种规格、各种层次的活动中……

抄袭的方法是在不断进化的，促就进化的原因在于相关知识产权保护的法律日趋完善，民众反对侵权意识日益增强的环境所致。当代各领域的抄袭已融入拆散、整合、偏差等多样化的手法，令人明知其犯却难以拿出确凿的物证对簿公堂。不像早期发生在考场上的抄袭祖先——作弊那般赤裸、明确。我的少年时代是个作弊成风的时代，那时中小学生热衷于造反，或生搬硬套学雷锋，对付考试多要凭借抄袭的本领。那时的“英雄”张铁生敢交白卷也不用此茅招，因此这方式是不雅之举，众教师每每在考场上眼观六路耳听八方，使出浑身解数来破此法以保护革命事业接班人的品质。可道高一尺魔高一丈，少年儿童们秉承了革命先烈机智勇敢的精神，在斗志和战术上不断提高，令学校防不胜防。在我的记忆中有关抄袭的宏大场面永远难以忘怀，校方令我们近千名学生在操场上露天进行考试，数十名教师如敏捷凶狠的警犬站立环顾，真是壮观。可当代的抄袭却闲庭信步，谈笑间已将对象肢解并重新组装完毕，然后从容地向雇主索取报酬，再将一些整合完的成果通过各式媒体公诸于众，甚至大言不惭地阔谈创作心得。如果没有获利的目标，抄袭当为不错的一种学习方法。建筑设计基础中的许多训练目标都是在抄袭中完成的，工程字体、制图、渲染不都是抄袭吗？在设计课程中，大家解读不同的范本，分析各自的偶像，然后将具有典型性的方法运用于自己的作业之中。教师往往对此还会给予肯定，因为在此过程中学生已独立地思考和推演了设计的整个过程，并且在此过程中学生亦通过对偶像的阅读确立了自己的价值取向。汽车系学生的一些重要实验课也类似，他们让学生对一经典的发动机进行拆装练习，使之对发动机的原理有一个直观的认识。小学语文的第一课就是反复抄袭一些字，英文的学习也如此——“口诛笔伐”的方式比较有效。有一些重要的成就已经获得广泛的共识，成为人类文明公共的知

● 寻求抄袭目标的眼。潘飞绘

识财富，具有普遍借鉴引用的价值，此时的借鉴也好，引证也罢，绝无抄袭之嫌，因为此时运用这些成就是对人类智慧资源的一种节约方式，但不可以暗示这些经典之说、之法是自己的创造，若这般，就是欺世盗名了。当代中国学术界许多学者贩卖西方文化的经典巨著，他们可以名正言顺称自己为译者，于是人们感恩这些传播文化的勤勉劳作之人，但亦有学者将西方学者论著译后直接以自己的名义出版，就成为了文化大盗。近几年学术的精英阶层屡屡出现“抄袭”、“剽窃”之案，令一些重要的部门因此蒙羞，皆因许多学者功名之心过于急切，不择手段之故。

也许同样的方式在不同的领域会得到不同的称谓，在技术、技艺范畴我们常常鼓励向先进的成就学习，如同鲁迅先生讲到的“拿来”。因为此时明知落伍却依然妄自尊大，只会日渐陈旧、破落，最终被淘汰出局。日本人就是这方面的抄袭高手，当他们知道自己落后于西方时，他们会谦卑地、五体投地地向西方学习，这种态度使得“抄袭”达到了一个登峰造极的境地。如今他们已在抄袭建立的牢固的现代化基础上，开始创造独具特色的当代物质的和精神的财富。因此我们至今尚没有听到有关在技术范畴抄袭的诋毁之辞，我们反对的往往是在文化成就方面的剽窃，如文学、音乐、工艺美术、艺术创作等涉及人的精神方面的领域，并且所指的行为是局部的、具体的形式语言。抄袭往往只聚焦于对象的表象，如形式的结构、形式的细节、风格特征等，当这种行为继续深入，触及内在的核心思想时，它就超越了“抄袭”的意义而升华为一种学习或创造了。

2009 年 2 月 2 日

● “设计”

“设计”一词最早进入我的知识体系是三十五年之前，我的父亲酷爱《三国演义》，并经常给全家人讲其中的故事。三国中的全部内容是由各种各样的计谋策略组成的，有文计有武计，有大计也有小计。每一个计谋都是一个独立的故事，它完全可以脱离整个故事而自成一个精彩的片段。三国中的“设计”是由“设”和“计”两部分组成，为动宾词组，前者为动词，指主体的行为，而后者指整个计谋的内容。

三国中的“设计”是一个智慧的游戏，是聪明人对其他人的嘲弄，有的人屡屡用计并屡屡得逞，自然成了历史上和书中的英雄，如郭嘉、程昱、周瑜等，更不用说神机妙算的孔明了。有的人却终生屡屡中计，如有勇无谋的吕布、自作聪明的蒋干，他们是计谋中表现的主角，按照施计者的规划按部就班地进行表演，是玩偶充当着历史中的笑料。因此和书中连绵不断的杀戮一样，设计也是一种暴力，是智慧者对愚蠢者意志和智力的折磨。中国自古有“少不看水浒，老不看三国”之说，因为《三国演义》全书充斥着硬暴力和软暴力，软暴力是对人性的摧残和异化。

● 三国演义宣传画《赤壁大战》封面

每一个计谋都是整体性的，顺延着时间的流逝，一个步骤一个步骤环环相扣，直至大功告成，并且每上一个环节必定是下一个环节的缘由和起因，下一个环节又是上一个环节的必然结果。这个看起来水到渠成的过程每每高潮来临总是杀声四起，人头落地。宫廷政变如此，结盟宴席如此，谈婚论嫁也如此。每一个计策也是精确的，它总是针对特殊的人物、特殊的群体、特殊的空间、特殊的环境以及特殊的时间来布置。王司徒利用美人计算计董卓时数次巧用了自己的私家花园，花园的游廊、池塘、假山、垂柳和美人的出落相生相映，达到了绝佳的效果。赤壁大战中借东风的突现是对天机的精确预测和把握。如此看来“设计”是一门和环境艺术有关的事情，讲求借力，讲求综合。此外每一个计策都包含着一个或多个独特的技巧，这个技巧是完成整个计划的技术保障，它在关键时刻实现了事物乾坤的转化。关云长单刀赴会凭借的是过人的勇猛和沉着的心态，老黄忠定军山大捷靠的是老当益壮的信心和扎实深厚的武艺功底，否则计划虽好但在现实中却不能得手，必定造个满盘皆输的结局。

● 新版《三国演义》之“连环计”剧照

今天的我从事着另一种“设计”，表面看来是一门极为具体的技术性工作，建筑设计师为不同的人或人群制订详细的建造计划、技术条件；室内设计是对每一个建筑内部空间的用途进行物质上的准备、布局、造型、材料、照明等等；景观设计是为社会建造一个开放性的外部空间环境而计划，选择树木、垒叠怪石、布置设施等等。以上种种总归是一门门的技艺，它们对个人在知识和审美方面有着非常详细的要求，因而大多数设计者陷入一种不可自拔的技术沼泽，一生“春蚕到死丝方尽”，默默地为社会奉献着自己的技能和年华。我却一直有将两种“设计”性质相混淆的欲望，因为我不希望自己毕生的工作雷同于传统营造者们枯燥乏味的境遇，同时，我想今天的“设计”应当包含一部分传统“设计”的精华，而绝不应当只是字面上的巧遇。

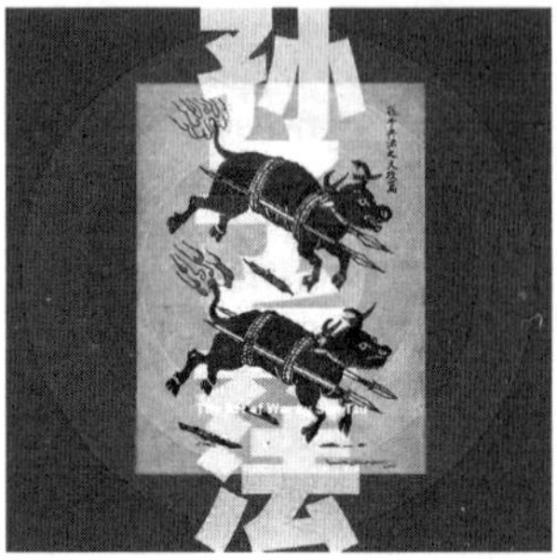
● 魏光庆，孙子兵法之火攻篇，布面丙烯，2005 年
图片来源：http://www.ionly.com.cn/nbo/zhanlan/

当代的“设计”实质上早已超越其学术上的范畴，它已经重新被附着了“计划”和“策略”的含义，它是限定在一个个圈套之中的规定动作。一方面它和商业密谋，制订了一个迷局，然后利用一些表面性的技巧将人类引入物质崇拜的殿堂之中，和商业一样共同维护着公众永不停息的物质索求之欲望。另一方面它又假借道义之名，打着“替天行道”的幌子游说天下，试图为自己塑造另一个殿堂中的圣像。设计的艺术性也不仅仅是流露于物质和过程的表象，而在于一个系统对人性利诱的筹划。如此，设计师之心亦早已超脱于意匠的作坊，纵横于这个社会顶端的话语疆界，宛如细柔蜿蜒的蛇虫对巨象的窥视与觊觎。当代的设计通过对生活的渗透，已经俘获了这个社会中群众的芳心，尽管我们已经解除了许多困惑（设计的实质是解决问题），但我们从未厌倦对解决方式无休止的好奇与追捧。这是“设计”策略的第一步，它俨然已大获成功，不然何以有“21 世纪是设计的世纪”之鼓噪，不然何以出现越来越多、越来越广的设计博览会之类的集市，出现数以百万计的设计为生的人口、职业。

当代的设计也是一场计谋连连、刀光血影的战争，它服务于不同的谋利集团，频频对同类“痛下杀手”，古代设计博弈战场上是累累的尸骨，今天设计之争的结果是对人类智慧累累成就生命的不断扼杀。迄今为止，我参加过数以百计的设计投标和竞赛评审，这过程无一不是一场未见硝烟的战争，各种档次的设计机构或设计师在设计过程中投石问路，如兵法中的疑兵策略，投其所好为兵法中所述知己知彼百战不殆之法。有时设计者不断否定以往的设计成就为自己获得认同的前提，甚至是自我的设计，这似乎又有一定“苦肉计”的味道。当代设计就是计中套计的系统的设计，是操纵他者的自私的设计。

2009 年 2 月 3 日

● 突破重围，奔赴未来。苏丹在巴塞尔的工业码头奔跑，瑞士，2009 年 5 月

生命的转换

从事建筑设计的相关工作多年，对建筑类事物的关注程度大概远远超过常人，对建筑的产生、使用、损耗、变更也具有格外敏感的意识，建筑在我心中早已从冰冷枯燥的物质转化为一个个鲜活的生命个体，我因爱自己所以也爱建筑，这种爱不仅仅是爱自己的房子，也爱别人的房子以及中国或外国的房子。

随着年龄的增长，生活的阅历已成为自己向未来挑战的坚定的基石。回顾过去既是一种生命衰老的外在表现也是一种重要的生活内容，时间的因素会把幸福的、美好的甚至苦难的过去进行精细的打磨再罩以虚幻的色彩，因此原本具象的、质朴的事物就以更轻更轻（light and light）的状态再现。你由于回忆才有历史的意识，因有与历史的渊源而骄傲。

建筑是有生命的个体，因为其除了具有生理功能（指能满足人类不同的物质生活要求而言）还有精神功能，这有点类似“灵魂”的提法。已经被人接受的是公共建筑可以有“灵魂”，如人民大会堂、雅典卫城、埃菲尔铁塔等，记得“文革”时期的一首令人肃然起敬的歌曲《北京颂歌》中唱到“啊……北京，啊北京，祖国的骄傲，人民的象征……”。建筑的灵魂一方面在于群体的人将自己的意识投射到公共象征性的建筑上，用材料、技术和艺术再现人类的情感，建筑因此获得了纪念性、庄重感、亲和力等复杂的表情。另一方面那些为普通人需要而降生的平民化的建筑也会因为时间的变化而获得精神，河南巩县的窑洞、安徽西递的民宅，更不用说因突如其来的历史事件而产生的颠覆性效应，如韶山的草屋、河北西柏坡的窑洞等等不胜枚举。建筑因为有灵魂的存在所以就打破了新与旧、高与矮、大与小、美与丑等外在的绝对差异，因此当我看到圣洁的印度泰姬陵前涌动的人潮时也不会惊诧于湖南韶山那名不见经传的茅草小屋里络绎不绝的参观者了。我拿毛主席的故居和泰姬陵的建筑在此进行比较，并非是想抹煞建筑艺术

● 老唱片《北京颂歌》封面

本身的差别，否认建筑师的伟大价值，而是想利用一种极端的反差来求证一个不为人所重视的存在——建筑的灵魂，在许多人的眼中建筑的意义和精神决非一个“功能”了得。

● 印度泰姬陵

如果我们确定建筑灵魂的存在性，那就要正视所有生命个体成长变化的规律，包括外在的变化规律和内在的变化规律。转化和轮回是宗教中的术语和看待事物的一种特殊视角，是建立于唯心主义思想基础上的诠释世界观点，也非常适用于建筑。“百年建筑”是时间和历史对建筑性质产生影响、作用的归纳和概括，同人一样建筑也有生老病死，生的过程崎岖艰辛，从计划到草案再到施工图纸，从细节的推敲再到调动社会生产能力去完成实现，这过程中常常掺杂着经费问题、文化冲突问题以及细节处理中的技术问题等，每一个矛盾的解决都是一个建筑顺产所必经之途。“建筑”首先是个动词，它的意义在于行为在于实践，然后才是一个视觉上存在的结果。再看建筑的“死”，虽为百年，那也只是相对于人的生命而言，一个建筑终究是要死亡的，建筑的寿命的终结有多方面的原因，一种是伴随着永恒不变的功能的延续而出现的机能的衰竭而导致的死亡，如历经千年的教堂、庙宇和居住用的百年老屋在岁月中不断风化的过程；一种是因功能本身的终结和转换而导致器官机能的调整置换。历史上曾经有许多重要的建筑都经历过功能的变迁，如帕提农神庙被改作基督教堂，伊斯坦布尔的圣索菲亚大教堂被改作了清真寺；在当代社会许多著名的新建筑也由于各种原因而改变了其性质，如菲利浦·约翰逊所设计的纽约电报电话大楼投入使用之后不到十年就改换了主人被日本索尼公司接管，门厅中主题性的雕塑都被换掉了。还有近期中国浙江某地斥巨资修建了一个大剧院，因门前冷落车马稀少竟用附属空间开起了海鲜酒楼和超市，剧场部经常被用来开各种代表会，观演的活动完全被庞杂的社会活动所取代了。当然也不乏化腐朽为

● 慕晨＋邵逸农，大礼堂系列－矿山，摄影，2003 年

图片来源：《始乱终弃——2006 中国当代的社会学图象》。

● 张大力，对话和拆，照片
图片来源：http://www.ionly.com.cn/nbo/zhanlan/

神奇的事例，如类似北京798工厂把生产机器设备所用的工业建筑调整为创造精神财富的艺术车间。还有一种来得更为突然和猛烈，那就是自然的力量，地震和飓风摧枯拉朽般地在片刻之间将人类建造的伟大殿堂化为乌有。

让我们在相对平静的环境中（指去除自然灾害和战争因素）来探讨一个建筑死亡和再生的话题吧，因为作为人类对建筑命运的左右能力也仅限于此。工业时代每个人对建筑都提出了自己的要求，所以社会必须造出大量新建筑以解决新问题，同时也必须终结一批老建筑为新生活的建设和展开腾出空间。建筑终结的方式有两种，一种是直接性拆除，中国当代城市化进程中遍布大街小巷的“拆”字即是一个有力的证明。据有关专家学者统计，如上海、天津这种拥有大量近代建筑的城市中被划归保护的单位少得可怜，比如上海仅三百余所，所以那些等待未被保护者的命运恐怕只有推土机的轰鸣声了。这是一种看似有效的办法使成片的老建筑不分良莠“统统地死了死了地”消失了。这种方法的优点是政策性强所表现出的高效率，它可以使得城市中存在诸多问题的老区域在短短的两年或三年中改头换面，但其致命的缺点是切断了城市的文脉，同时使一大批机能尚存以及具有文化影响的建筑消失了，有点像足球比赛中的“突然死亡法”，合理而不合情，这既是物质上的浪费也是精神上的“犯罪”。而另一种方法是改造旧建筑，在不破坏建筑主体结构或主体的情况下改变它的功能或改善它的形象，使之具有为新生活、新时代继续服务的功能。这种方式虽然程序复杂，但其方式温和民主，具有良好的经济和社会效益。

旧建筑改造的目的是什么？不同的人有不同的认识。首先作为个人来讲先是算了一笔经济的账，老的建筑去腐存真，起码节约了一笔为数不小的资金，同时也免去了一系列烦琐的建设审批手续。其次旧建筑由于其所具有特殊的历史背景，它的血统和后工业时代的建筑有着本质的区别，这种区别在不同的历史时期所呈现的优劣的属性也在不断发生变化。比如说在结构技术不是很精确的过去所设计的结构保险系数都很大，肥梁胖柱从技术上评价是一种劣势，但设计中无意识而存在的多余度又具有可持续发展的能力，又可以看做一种优势，可以给它增加新的负荷；老的房子墙体普遍厚重，除承重作用以外它的保温性能极佳，它不像新建筑必须依靠外来的能量对建筑的内部物理环境进行维护，那么在能源发生危机的今天和将来，这无疑也是一大优点；此外老建筑空间普遍高大，在现代人眼中具有“投机”的可能性。

● 中法建筑师在苏丹的旧建筑改造项目“上下班书院”里会谈，2005 年

以上是完全从功利的角度去看待旧建筑的改造，其优势是可以量化的。这是个人或社会对旧建筑起码的价值观，是一种较为初级的旧建筑改造观。难道说旧建筑的价值仅在于此吗？旧建筑改造的方法和途径也仅限于此吗？如果立足于前边我们所讨论涉及的有关建筑生命的观点的话，答案则具有更为复杂和深层的意义，除了对旧建筑物质潜能的开发利用，我们必须站在一个新的伦理角度去透视建筑的生与死的问题，以一种自觉去实现生与死的转化。宗教上有观点认为：“死亡是生理上一切的终止，而在意识上则是生命的转换……”。受该观点的启示，当一所旧建筑的原有功能结束之后，我们的使命即是为它赋予新的生命和新的意义。用对待生命客体的态度去对待一个行将就木的建筑是值得推荐的，因为态度决定一切。在建筑快速发展期间，我们的建筑师的主要精力投入在大干快上、多快好省地建设新项目的设计上，在对待老建筑的态度上甚至有点单调，有点粗暴，许多有悠久历史的老建筑被裹挟在动荡的审美变化的浪潮中，茫然而不知所终也。一方面建筑师们生产出大量在审美上处于盲目状态的大量新建筑，另一方面建筑师们不加任何思索地、轻易地将当代大众文化趣味转嫁于旧建筑之上，形成了新的艳俗建筑市场。但是否十年之后今天的建筑师的主要工作将会是以改良这一时期自己所造的建筑物为主体的事务呢？我们丝毫不必怀疑这点。欧美国家旧建筑改造的高潮不也正是二战结束之后第一阶段建筑高潮步入尾声之后出现的吗！那么我们今天所探讨的旧建筑改造的目的之中也含有为下一阶段的工作进行思想上准备这一含义的。

“历史上有更多的时代往往是缺乏历史感的时代，是人们缺乏对历史的自我意识或者说缺乏历史意识觉醒的时代……”，除去文献，建筑是最为具体的历史见证，也是视觉中最为有力的历史见证，对待旧建筑的态度可以看做是对待历史的态度以及传承文化的历史责任感。建立在对历史有所尊重的旧建筑改造另一个层面的意义在于培育一种自觉的历史意识，尊重历史一方面反映出认识世界客观性立场，另一个方面反映出对当代文化的历史定位的认识，这是当代人摆脱自大、自恋的一种进步表现。工业社会的来临形成的技术进步，导致社会物质财富的巨大积累，从而引发一种现代人在历史面前的盲目自大。对于中国来讲除了受工业时代文化冲击以外还有复杂的政治因素的干扰，因而在全民的历史意识里，“历史”是一个具有两面性的字眼，我们一方面自诩为在历史悠久、传统深厚的国度中成长的一代，另一方面在对待现实问题时又表现出对历史的具体载体的不屑来，历史只有在用得着的时候才被提出来大肆鼓吹和渲染。同时历史在当代被许多城市管理者当作发展经济的救命稻草，表面上也被当作衡量整体文化素质的重要标准。有一次《南方周末》评论华北地区某省会城市搞建城两千多年的庆典活动大造舆论的活动时称：“但令人疑惑的是能见证这个城市历史的物证除去少得可怜的几件文保单位以外，历史的印记几乎荡然无存……”，这时你感觉历史的意识在此其实很空泛，历史只是一个不断被人利用的字眼。而对于历史的确认似乎只有明清以前的建筑才具有历史感，这也是对历史的一种曲解。古人云“逝者如斯”，广义地去看当下亦即历史，因此我认为历史这个断代圈应向外扩大一百年，民国时期的建筑、建国初期以及“文革”时期的建筑都应引起我们的关注，否则再过50年我们面对的历史又将是缺失的历史。

旧建筑改造从方法上来讲有许许多多，不同的方法会形成不同的视觉效果，有具象、有抽象、有典雅、有艳俗，有保留老建筑形象后注入新的功能者被专家称为旧瓶装新酒，有保留旧建筑躯壳而通过改造结构来获取更大更自由的平面者被称为“偷梁换柱”，上海“新天地”石库门住宅改造就属于这种类型。还有一种方法甚为巧妙，旧建筑不变但改变它附属的环境，如澳大利亚墨尔本中心中庭内的老建筑，原本为一兵工厂的建筑，建筑师没有处理老建筑，只是加了一个高耸的锥形玻璃顶将其罩入其中，用建筑师黑川纪章的话来解释就是“共生”，指新、旧形态与功能的共存共荣。方法的基础是理念，在理念不确定的情形下，方法就显得很散乱，历史的意义仅仅依靠空间中细节的堆砌来获取，当细节和历史在主题上缺乏关联时连基本的技术性逻辑也就不存在了。功利主义思想在当代中国旧建筑改造中表现得很充分，对历史仅仅是提取而少有给予。将建筑视作生命个体去对待的伦理观就是一种新的理念，这时新与旧在功能和形态上的转换就有了“轮回”的语义，这是一切创造视觉活动的源泉。在上一轮生命结束之后，躯体随着岁月的流逝会变成一个躯壳，残留的躯壳是一种对观者的提示，它失去了血色之后表现出的是一种类似文献的精髓，而新的躯体在新功能的鼓噪之下，由内而外进行延展、开拓，因而新的混合体表面上看是一个半新不旧的事物，但合理的结果应该在外在的形态上表现出事物演变的层次关系来，这时观者站在另外一个世界可以看到该事物的前世和今生并存的状态。近几年来由于一批艺术家对工业建筑的改造似乎形成了一种普遍的认同并即将或已经转化为一种僵死的模式，苏州河上的仓库如此，北京 798 如此，云南“创库”如此，然后就有中产阶级在新置的房产上打上废墟的烙印，这多么荒唐可笑。对待建筑改造中的历史问题应当表现出紧张和松弛两种态度来，紧张源于对历史的尊重和责任感，松弛是保持能随时回归现实的心理状态，因为我们曾经目睹多少英雄豪杰因片面追求历史而踏上不归路。目前中国旧建筑改造大多数还谈不上精细，首先因为问题考虑的不够深入所以态度不够坚决，其次国家尚处于发展阶段，物质文明的重要性超过精神文明的重要性，对旧建筑改造尚处于“物尽其用”的层次。

● 澳大利亚墨尔本中心，在老建筑上加的锥形玻璃顶

● 巴西圣保罗新改造的美术馆

2003 年 9 月在巴西圣保罗，该地建筑学院教授 Pardvano 先生带我去参观了一所新改造的美术馆，该美术馆位于圣保罗原市中心老火车站附近的一块公共绿地中（Praca daluz，sao Paulo sp），原建筑是一所具有文艺复兴风格的红砖建造的古典建筑，建于 1896 ~ 1900 年，其过去的名称是 Liceu dcartes e officios(大概是一个艺术机构之类的办公楼)，建筑改造活动从 1993 年到 1997 历时四年。一个改造面积 1 万平方米出头的项目竟耗时四年，足以说明该项目的审慎的态度和工作的复杂性。原建筑最基本的建筑材料是红砖，建筑用红砖实现了欧洲古典建筑的几乎所有细节，壁柱、窗套以及各种装饰线角，因此建筑表现出欧式古

● 巴西圣保罗新改造的美术馆

典建筑之外的另一种气质——材料的单纯所形成的戏剧性。新改造之后的建筑魅力在其内部空间，原先的院落加盖了玻璃顶形成了现在建筑物的空间核心，这样建筑原先空间组织在层次上又增加了新的内容，室内空间层次得以进一步延伸。由于旧建筑围护体表面自然损坏程度较高，在局部视野范围内，你甚至会以为它是座危楼。新建筑的功能是现代艺术的展示，它的空间氛围追求的依然是简洁的博览建筑原则，但精致的细部处理和残破的旧建筑肌理形成的反差是生动和强烈的。细部设计集中于新旧两层壳衔接之处，新的设计正是通过这种细部表达了对新与旧的哲学观点。老建筑立面的造型由于自然的侵蚀和风化，棱角变得模糊不清，在室内空间这种模糊使得建筑构件的张力得以缓解，这时材料的单纯性暗合了简洁单一的空间性格，而小展厅及走廊中重新覆以一层白色涂料，清新的薄薄的感觉到窗口戛然而止，使新旧对比的关系节奏感清晰。穿过中庭的楼梯和连廊用彩色钢板制成由一个窗口插入另一个窗口，表现出和原有建筑立面没有任何关联，完全是新体系中的要素。无论建筑外观还是室内空间中老的建筑厚重的体量感完全消失了，转变为薄薄的一层皮，令我想起在开罗博物馆中看到木乃伊时的感觉，法老们的木乃伊很像蝉蜕，外观虽然饱满但五官的孔洞使你意识到灵魂或生命是从此超脱于外，法老们利用当时最先进的科学保留下这些躯壳是幻想生命或灵魂的回归以获得再生。在圣保罗的 Pinacoteca 我隐隐约约看到了生命的回归，一种新与旧的完美和谐和转换，旧的土红色躯壳在喃喃细语，叙述着过去，而新生的躯体勃勃生机散发着活力，拥抱着当代的智慧（现代艺术）。作为一个建筑本体，在短短的 4 年之中得到了生命的转换和升华，令我想到佛学中的一句令人深思的话语，“生即另一生命现象的死，死即另一生命现象的生，我们的生命是既生又死，也是不生不死的。”

2004 年 3 月

围之三十六突

围之一突——反己

古人云:“常看自家未必是,他人未必非,便有长进。再看他人皆有可取,吾身只是过多,更有长进。”我们在此提出的突围并非是针对广大同行的宣战而是一种自我的反省,更是一种向他人学习的态度。

围之二突——真理至上

古人云:“凡见识出于道理者第一,出于气质者第二,出于世俗者第三,出于自私者为下。”景观设计有自身的规律,它或宏大而牵连于规划,或灵秀精巧依附于艺术,又或质朴关怀于人性。是交叉学科之中的新交叉学科,作为其中一员,我们当下的任务是尽快探索、实践以建立一种相对稳定的具有指导意义的理论体系,同时在探求真理的过程中应坚持真理,切勿功利,切勿近利,切勿私利。

围之三突——身体力行

士君子高谈阔论,语细探元皆非实际。紧要在适用济事,偏爱高谈阔论是我们高校人的通病,我们引经据典,理论上讲得头头是道,却常有脱离实际的危险,我们应当勇于实践,善于实践,实践能检验真理,也能使吾辈加深对事物的认识。

围之四突——创造风暴

公元2008年是一个界面,彼时,中国北京之环境景观将全面展现于世界,吾等深感压力紧迫,是克隆是创新我们面临一个十字路口,中华民族的伟大复兴意味着必须创新,当然此时我们应当清醒地认识到复兴非复古,而是创新也蕴含传承。

围之五突——解构重组

从20世纪80年代初期我们开始玩弄魔方,魔方是一种建构和组合目的和过程,而眼下我们的战略和战术却应提出分解和重组,这是事物由单极走向多元的良好的开始。在此我等六人,人手执一方,扭曲,仿佛执导乾坤,惊天而动地。

围之六突——斩草除根

在中国的景观设计和景观建设过程中需要一定的革命勇气,在对待功利主义的铺张浪费,在对待外行指挥内行的官僚主义,以及对待个人表现主义而违反物理的倾向,我们应当毫不留情地予以根除。

围之七突——挑战权威

今年五月,一同事创作一装置艺术品——“卡尺”意味质疑权威的客观公正性,权威不等于真理。因而我们要挑战那些并不代表真理,而总以真理身份出现的权威权贵们。

围之八突——抵抗侵略

请不要误会,我们并非打仗,而是在文化上抵抗如洪水猛兽般的外来侵略。如今设计领域洋风袭人,洋派的设计,洋人的面孔,甚至洋学堂和洋事务所的背景都成为一种叫座资本,并非纯粹出于嫉妒,而是恐慌和担忧我们完全丧失本土文化。抵抗的方式并非排斥，而是我们安心地创作，多完成一些具有本土文化品格的现代设计作品来。

围之九突——拿来主义

“拿来主义”在文化上的态度鲁迅先生早已阐述得很清楚了，就如我们抵抗并非排斥一般，拿来也并非简单克隆，它有转基因，有进化的意思。

围之十突——产品主义

随着人们的文化价值观的转移，在建筑环境也都或多或少地具有产品的属性，产品的最终目的和使用者决定了它的评价体系与形成过程，设计者和使用者之间的尊重与被尊重的关系也发生了微妙的变化。产品主义是惊醒设计师自我意识膨胀的警钟，产品主义是指引我们走向人性关爱的明灯。

围之十一突——国际主义

围者何围？“地域”之围；突者何突？“国际主义”。国际主义何也？有曰：越是民族的、越是国际的。答曰：然也。我曰：非然也！钢材玻璃广泛应用，工业化生产的建筑无个性风格可言，于是产生“国际主义”。纽约联合国大厦，贝聿铭的中银大厦，北京现代化标志的京广中心均可谓之国际主义。此类建筑放之美国可也，放之香港可也，放之新加坡可也，放之北京亦可也，然祈年殿则不可，只能放于天坛，并只能置于三层汉白玉基座之上，而民族的国际主义者，在美国将祈年殿直接立于平地，建筑原有的气度、风韵荡然无存。民族化的直接运用如此，符号化的提炼也未见得好，大屋顶泛滥于京城，便给我们提供了更多的不是经验而是教训。而“国际主义”且不论其他优劣，单就通用性而言，可谓至善至美。

围之十二突——简约主义

分久必合，物极必反，日中则移，月满则亏，繁极必简。简单的生产形式向往繁缛的装饰风格，而今社会纷繁复杂，人们却转向对简约风格的偏爱。洛可可风格东西方均各有体现，而简约主义更将现代风格推向极致，人们对不同的风格的选择出现在不同的时代历史背景之中，可见其不是偶然的结果，因此多种风格的流行有其历史的必然性。

围之十三突——向政要致敬

劳动人民创造历史，而历史英雄等大人物更是劳动人民中的优秀分子，不是各类社会政要，英雄人物带领劳动人民创造的结果，历史进程大浪淘沙……只有规模巨大者、优秀者得以保存，可见劳动人民中的优秀分子——英雄人物在历史中的位置不可取代。

围之十四突——向农业文明致敬

农业文明无可奈何被工业文明所取代，农业文明不但在历史进程中，在现代文明中的价值也日益突显。“先进”的工业文明无疑改变了人类的生活质量，同时也带来了各类污染及环境的破坏，高速的社会发展带来高速的资源消耗，而自给自足、自我更新的农业文明成为可持续发展的优良代表。

围之十五突——节约用水

中国缺水，人均用水量仅为全世界人均用水量之十分之一，在城市和居住社区空间中营造水景，迎合了这种因水荒而产生的压抑已久的亲水性格。喷泉、人工湖、小型瀑布等各种类型的水景在今天的造园运动中屡见不鲜，且有愈演愈烈之势。由于中水处理系统的不完善及不普及，我们看到的水景之中流淌喷涌着的是纯净的自来水，着实令人心疼。我们在大讲亲水性的同时，应积极寻找并弘扬一种“旱文化”，这是真正具有环境意识的景观设计师的神圣职责。雨泽物润，万物之实也。

围之十六突——公共意识

当下公共意识的欠缺乃中国景观艺术发展的一大障碍，景观中必有人的活动参与，景观建设中民众的积极建议也至关重要，因而公共意识的欠缺使景观的存在和发展隐藏着根部的危机，此乃社会问题，而远非技术或手法问题。古人云：“变民风易，变士风难；变士风易，变仕风难；仕风变，天下治矣。”因此公共意识的培养关键有待于政府有计划、有步骤的耐心培育。

围之十七突——相互否定

辩学术、谈治理，真须穷到至处，让人不得，时下士风相捧为多，相辩甚少，一团和气换来学术腐败。突围是文人雅士之间的一种游戏，在于论理，在于相搏之中学问不断地长进。

围之十八突——新生活运动

从来没有设计者和设计理论者从社会学的角度出发，从倡导时尚入手，开辟一种健康的利于环境保护的生活习惯。新的生活方式的出现其产生的社会效应和经济利益将远远大于技术和法制的力量。

围之十九突——宽容

宽容是一种世界观，要容纳百川，要心平气和。“心平气和”这四个字，没有涵养做不到。这里的功夫只在定火，火定便使百物都照耀得清楚，什么事情都可以处理好。我们遇到偏执的人，遇到异己的人，要保持良好的心态，没有走不通的路。

围之二十突——待价在沽，怨尤悉泯

等待高价出售的美玉正在售出，一切怨便都消失了。怀才待用的才子如同席上的珍奇，有什么必要去奔走竞争呢！设计界的一大奇观便是人人都是“变脸王”，过分应从于市场的要求，服从商业规律也是导致“围城重重”的重要原因。中国缺少的是一批极有特色的设计大师，缺少的是各人风格的稳定、成熟。

围之二十一突——形式主义

功能与形式，孰主孰从，孰先孰后，孰是孰非论战已久，逻辑推理得来“功能决定形式”使得此言成为我们操行之中的指南针，设计界“克隆”、“单一”、“缺乏人性”等疾症盖因于此。好在“艺术科学”主题论战又给“形式主义”打开了透气天窗，功能主义道路走多了，未免自觉乏味，民众生厌，从形式出发走走，此路或通。

围之二十二突——向大众致敬

大众乃人类文明的创造者与享用者，之所以为大众因其“众”也，“众”者人多也，人多必有参差不齐，大众喜闻乐见，必为就其低而望其高所莫及，为阳春白雪所不耻。然，因其众而有势，积重难返，与其阳春白雪而无人问津，不若曲线救国，大让步异其小改变，逐渐蚕食，以一蝼蚁之力，溃千里之堤，社会进步指日可待矣。

围之二十三突——天人合一

中国人讲究适应自然，西方哲学要改造自然。改造自然成就现代文明，地球也因此遭破坏，自然资源终将枯竭，适应自然如水之因物随形，日久塑形，人与自然水乳交融，天人合一。

围之二十四突——自我意识

自我并非自私，必须正视。自我意识是个人、整个社会、环境的反映。传统的文化语境中，自我意识被社会关系异化，成为对应于阶级的文化现象；在后现代的语境中，自我意识不仅表现为一种大众的存在，更成为对自身存在的肯定，大声疾呼：自我意识万岁！

围之二十五突——公共意识

公共在空间上指的是一种环境构成，在时间上又表现为一种文化的舞台，公共意识既是一种道德的呈现，也反映我们把握文化的一种能力。处于后工业社会的今天，传统的小集体式的公共意识已日益扩展为一种人与自然、与社会，个人自身协调的、综合的道德行为和文化现象，每个人在不停地寻找着自身在这个意识范围中的角色，体会公共意识的过程就是个人深化的过程。

围之二十六突——禁欲

禁！禁！禁！禁欲，非禁万欲也，乃禁小欲以求大欲之举也。欲禁欲，则欲更有之，此乃纵大欲而禁小欲，非智者之道也。世本无欲，何禁之有。无为而无不为，无欲而无不欲，无欲则刚，有勇方成。

围之二十七突——谦虚谨慎

三人行必有我师。君子敏于行，慎于言，五千年东方文化之表征，与今之世界合否？曾疑之，求之，未敢言明，此乃万古不变之理。少年张狂，小人得志乃吾辈鄙之，可谓败亡之兆也。君子谨之，慎之。

围之二十八突——现代主义

现代环境产生现代主义，古典主义并行期间，世界因此丰富多彩，新古典主义，后现代主义，未来主义，超现实主义各行其道，各种主义并行本身可谓另一种现代主义。

围之二十九突——成于道

非常之道，出乎宇宙天地，变幻于人生万物之间，庄老无为，多少后人仰慕汉家河山永固，物丰民康；玄学清静，魏晋学子跳出围合，真正实现人格自由，老子云："无为无不为。"壮哉斯言。

围之三十突—— 脱于佛

很久以前,一匹白马将释迦牟尼的灵魂驮到了中原大地,从此中华文明多了一份含蓄、一份深沉。听，山间竹笋，雅士弹琴长啸着；看，江上小舟，东坡又寄情于山水。奥妙佛学，多少人忘却了自我，悟出了人生。

围之三十一突——后现代主义

工业主义之后有后工业主义，现代主义之后便有后现代主义。后现代主义之后呢，又有后后现代主义。以此类推，无穷匮也。什么主义并不重要，有观点，有追求，有价值，可实现方为至善。

围之三十二突——逆流勇进

子曰：知其不可为而为之。言之无奈令人反思，然其精神却乃历代之人所推崇并身体力行之，构成东方神韵之深邃，文化之沉淀与积累，于华夏之民族血液中奔流，于国家社稷中力挽狂澜。今之世界，儒去佛灭，然世事如一，勇者无惧，逆流勇进。

围之三十三突——继承

谈到继承，可悲！一直以来我们引以为自豪的是"五千年的文化，地大物博"。富丽堂皇的故宫、雄伟壮丽的长城、小巧玲珑的苏州园林……一座座艺术宝库无不体现出这条东方巨龙的独特气蕴。然时至今日，驻足于摩天大厦之围合中，无论如何也无法将眼前的盒子与传统文化联系在一起，我们心里不停地在问着："那是什么？我到了哪里？"

机器化的大生产的轰鸣声震撼了红瓦灰墙，一味的模仿使我们得到了应有的惩罚，迷失了自己。外国人喜爱京剧爱不释手，我们却对之不屑一顾任之自生自灭，难道不可悲！

围之三十四突——他们的花园

小娃子，卷螺发。

银黄面庞上还有微红，——看他意思是正要活；

走出破大门，望见邻家。

他们大家园里，有许多好花。

用尽小心机，得了一朵百合。

又白又光明，像才下的雪。

好生拿了回家，映着面庞，分外添出血色。

苍蝇绕花飞鸣，乱在一屋子里——

"偏爱这不干净的花，是糊涂孩子！"

忙看百合花，却已有几点蝇屎。

看不得，舍不得。

瞪眼望天空，他更无话可说。

瞪眼望天空，他更无话可说。

说不出话，想起邻家：

他们大花园里，有许多好花。

围之三十五图——扬弃

如同我们对食物一样，必须经过自己的口腔咀嚼和肠胃活动，送进唾液胃液，把它分解为精华和糟粕两部分，然后排泄其糟粕，吸收其精华才能对我们的身体有益。决不能生吞活剥的毫无批判的吸收。无论对内对外各色的文化都应本着实事求是的态度去粗存精，扬长避短。全盘否定或照搬都是不可取的，是对吸纳、继承的拙劣理解，以己之长比彼之能，非能者；以彼之长比己之短，非智者；大智大能之人，取彼之长，补己之短。

围之三十六突——深度剖析

什么是空间？原来意义的理解即指一种环境的构成。在信息社会里，空间存在"虚""实"两种形式，反映在三个方面，一为空间感，二为网络化的非物质交流，三为人的心灵的相互秩序构成，深度剖析不仅是一种普遍分析方法，而且越来越成为突破传统的有力工具。

2001年11月

● 2009 年 12 月 27 日，苏丹与儿子在上苑自宅中。刘亚明摄

我 宅 之 我 见（建）

建筑之实验最为灵验的方式大概就是自我实验，听说过去曾有蛇医为掌握起死回生的医术竟在自己身上试验。因为每个人都十分珍爱自己的生命，因而把自己的肉身充当实验的模型是一种能非常充分调动自我精、气、神的方式。

在诸多的自我实验中，建筑是一种复杂性极强的活动，它涉及经济活动、工程活动、肢体活动、审美活动，甚至个人和社会的价值观体系。现代建筑史上许多伟大的建筑就是建筑师自我实验的作品，同时许多伟大的建筑师亦是从这种自我实验中走向成功。在自我实验的初始状态中，创作主体和对象存在着高度的重叠，因而创作的复杂性有所减弱，由于被删减的部分处于创作核心的外围，这使得创作主体在思考过程中显得更为专注。作品最终也更为彻底和明确地对思想进行了反映和表达。

在设计过程中设计者与使用者或社会公共性的思维进行交流、进行对抗、进行妥协的历史在中国尚为短暂，设计者始终没有机会或勇气走入一个公共的话语体系去接受欢呼、接受膜拜或者是接受批评和质疑。甚至说许多设计者一生都被各种人群、各种势力所挟持，从而无法在实践中判断自己、修正自己，这是设计和建造领域莫大的悲哀。

正是以上原因，在一个不断进步和开放的时代，越来越多的个人开始进行建造中的自我实践。一个无比庞大的中产阶级在室内设计中疯狂地体验自我的改造能力和认知能力的活动已经持续了近二十年，却至今仍处于一种热烈癫狂的状态，绝对是一个有力的印证。同时社会文化界的少数知识分子则悄然展开另外一场自我实践活动——建筑，从城市到乡村都可以看到这种实验活动的影子。而且无论规模还是状态、手段都在不断升级，呈星火燎原之势。尽管目前中国的土地政策是这种活动最大的障碍，但有如灯蛾扑火，自取灭亡一般，不断有感情冲动的人加入到这个悬念迭生的游戏之中来。中国的土地上终于开始出现了多样化面孔的居住形态。早期一些实验是在守旧建筑改造的领域中偷偷进行着，许多老建筑在改造过程中原有的面目被涂抹得一塌糊涂，公共性被私有性大规模地强暴。这种现象预示着我们社会中单调的统一性表皮之下涌动着的个人化的巨大诉求。而在一块干净的土地之上彻底和勇敢地建造自己的梦想乃是这种诉求最为彻底的结局，尽管这个结局不一定完美。

北京怀柔沙峪口艺术基地是一个较为完整的文化人自我建造实验范本。这个项目始于2003年底，二十位艺术家选择这个位于北京北部（临近北京上苑艺术村）山区的一块坡地开始筹划自己的未来巢穴。由于若干职业建筑师的参与，整个基地的建筑设计水准与同期的许多同类作品比起来显得更为完善，也比较着调。在这个基地之中，业主根据自己的审美标准和使用要求来建造，职业的建筑师则为其制订基本的规划标准，同时建筑师们也把自己的职业素养不失时机地向业主推广，当然其中个别的职业建筑师或相关职业者也在为自己设计，我就是一例。

我的建筑选址于整个基地的西南角，这个基地呈平行四边形，南北两边正直而东西两边略倾。四十余亩的用地像切蛋糕一般被生硬地分为几十块，基地南低北高，其上遍植果木。南端的用地之中树木尽是树龄在百年以上的柿树。犀牛皮般的树干，记录着它们在这块土地上与自然抗争的岁月，曲折伸向天空的枝杈梳理着这块寂静土地的上空，每到深秋，橙红色的果实倒挂在枯涩的枝头，充满一种超现实般梦境之诗意，因而这块土地起始就具有某种令人敬慕的文人气质。庞大的建筑体量介入之时打破了土地原本的诗意和画境。在自然惬意的咏唱之中插入了突兀的人的声部。在多数人的理解之中，建筑是这块土地的主旋律，原本的“土著”必须向这些土地中的新贵和匪豪们俯首致敬。许多建筑在业主的授意指使之下贪婪和粗暴地排挤树的生存空间。一些树木由于被建筑体量遮挡而被剥夺了阳光或被建筑基础切断了营养而死亡。建筑一方面试图成为新时期人文精神的旗帜，一方面成为了自然中景观和生存权利的霸权。一群个人的霸权的集合和一群人的霸权相比更令人窒息，因为其中除了人和自然的争斗之外，还有彼此的争执。这种普遍存在于当代人文精神之中的病症亦在这个远离都市喧嚣的文人群体中或多或少地存在着。

在我接受的设计教育中，建筑和树木总是成对出现。大学一年级的第一个建筑设计基础的设计用地中，即有一棵不当不正的树木卡在用地最为黄金价值的部位。我的建筑处女设计不得不与之相妥协。因为任务书中明确要求我们不得采取强硬手段来解决建筑和树木的矛盾，违者不予及格待遇。同时教师们从另一个角度来诱导我们发掘树的价值，使之成为建筑环境中重要的组成部分。这种训练在我的设计思维习惯中注入了妥协、调和的精神，它甚至在不断鼓励我努力在妥协中取得平衡，

● 苏丹上苑自宅实景

并将平衡的技巧视为一种艺术创造活动。后来我当建筑系或环艺系的老师过程中也常常在题目中使建筑和树木同时出现来为难我的学生，因为我也希望把这种妥协的精神播种于学生们萌发和成长的价值观中。

我的建筑在这么一群特立独行的人的作品中显得比较温和谦逊，因为我妥协的态度决定了我建筑的气质。建筑用地中共有十四棵老柿子树，这也是促使我选择这块用地的重要原因。出于对它们的尊重，建筑选择了其中位于北端和西南端的两块不大的空地委屈而栖，靠北的部分以居住为主，靠西南的部分以展示和公共活动使用为主。一条扭曲的玻璃连廊在下端将二者相连，同时其上又形成了一条反向曲折的栈桥。廊和桥按照不同的使用习惯和方式将二者联系起来，在私密性和公共性中行使着转换的权力，而转换的技巧又恰恰形成了该建筑中最为重要的艺术特征。因而当这个玻璃和金属构筑物尚未修建之前，许多同行和邻居都在嘲笑我苍白的设计手法。但温和、谦逊并不是无力和匮乏的表象，其背后隐藏着张扬性格，通过空间不断转换和变化来巧妙实现，这在语法和修辞上符合了逻辑的要求。建筑、洞口、廊下、桥、洞口、建筑形成了空间和实体、空间和空间、明亮与暗淡之间有序的节奏变化，院墙和连廊划分的户外空间也赋予了空间自然和人工之间微妙的差别。而这种变化唯有通过时间因循着多变的流线行走方能体会。

树木分散于各个被分割完毕的空间，在室内景观和室外环境中扮演着重要的角色。人可以从各种角度和各种标高来观赏树、接近树。当我在三层阳台握住一枝观赏其叶、其枝、其果时，方知平日仰观习惯得来的认识竟也有许多误会。后来突然意识到这恰恰隐含了一种东方人特有的认识世界和解读对象的方式，也恰恰是东方建筑的理念。许多次我对自己能否做一名优秀的设计师表示过怀疑，因为我的设计中缺少一种“杀生夺命”的手段，风格中总有犹豫、妥协、躲闪的影子。曾经怨恨这种挥之不去的情结，多次幻想与这种纠缠不清的建筑手法做一个了断。但未来又会是什么呢？我能做到像许多西方同行那样创造出一个充满力量的实体或令人炫目的空间来吗？一生中终于迎来了一个自我实验的机会，百般选择的结果却又无可奈何地归宿于原点，而在回归的过程中自己始终能感受到一种亲切、自在与逍遥，亦说明“千百年”以来我始终是个汉人。

2008 年 7 月 24 日

当代景观的艺术之道
——论当代艺术与景观设计的结合

专业设计中的“景观”不同于字面的“景观”所包容的全部含义，它仅仅指涉及于其中人工营造之结果。自然的风景是自然的物质基础在伟大自然规律之中的一种表现形式，它的表征之下映射着一种不可抗拒的力量。美普遍地存在于自然景观之中，因为人类对自然力之敬畏心理和崇拜之心早已演化为一种刻骨铭心的记忆，深刻地隐藏于人类感知的基因编码之中，一旦激发和提示，必将产生强烈的情感反应。因此讨论自然景观之美显然是个多余的话题，一是因为它是一种普遍性的客观存在，二是因为它和人类的创造活动无关。专业领域中的景观设计极力在展示人的创造能力，即使目标仅仅是对自然的高度模仿，也代表着一种对本身能力的超越过程。历数人类历史上在景观设计领域的自然主义成就，无论其如何巧夺天工、谨慎从事，还是无法完全掩盖其功利之心和微薄之力冲突之下尽显的破绽。在极尽奇思妙想、穷形尽相的操劳之中露出端倪，想来这本是人类永远无法超越的局限，竟害得无数文人骚客、巨匠神工痴迷于对自然镜像的捕获猎取之中。英国风景园林中浓厚的自然主义情结，中国传统园林艺术中顽固的人文主义对自然精神的迎娶，都是在各自的文化体系下对自然的模仿和拟态。在模仿的征途之上二者似乎都经历一段磨砺之后，看到了遥不可及的疆界。于是在不同的阶段走上另辟蹊径的歧途，并且在分别的信仰之下和文化紧密结合，与时俱进地演绎出永不停息的关于创造、关于视觉、关于自然的剧幕。

1. 艺术与当代艺术：特定历史时期的精神崇拜

无数历史文献和文明遗址告诉了我们，人的创造活动是一种思想和意识支配之下的实践，它忠实地反映着不同时期的人类认识和思考的状态。建立在不同的知识体系、文化背景之下的审美活动是完全不同的。首先它的标准不同，美到底是什么？它是由什么决定？对这几个问题的解答是确立审美标准的坐标体系。同时它还应是一个动态的构架，尽管美的问题只是真理的一个局部，但人类的许多实践却在它的指导、引领下进行着不断的探索，壁画、雕塑、建筑、园林，当然也包括我们现在谈及的景观设计。人类自建立自己的文明以来，在不断地积累知识和不断反省、发问的驱动下，搭建着愈加高远的窥究真理星空的观象高台。同时在建立的知识体系和道德伦理的框架之下，人类也完善着对生命过程的影响和控制的规范。这种影响和规范在时间延续中确认着生命的价值和幸福的来源。它全部价值在于漫长浩瀚的历史长河中使人类对生命的自觉，并打开通向快乐的花园之门——这就是艺术。

传统的艺术更大程度上和技艺紧密地结合，“意”与“匠”如同连体肉身的生命个体，“意”的职责是对哲学的领会和传达，而“匠”则是把精神抽象和语言的阐述转化为图形和实体之高超的能力。其作用是使得精神获得了一个可见的、生动的形式，便于解读也便于传播。因此传统的绘画、雕塑讲求写实，唯有对现实的高超再现方能叙事，方能显示一种力量。高超的写实能力在照相技术产生之前是一种绝对的力量，把人带入一种超越的境界，既包括技能拥有者本人，也包括众多欣赏者。写意也属于传统艺术之中的一种技艺，若认为写实是一种再现，那么写意就是一种模糊的写实，是模仿的另一种方式或者说是写实的一个变种。中西方的传统景观设计中无疑都受这种艺术观的深刻影响，再现和抽象的手法反复使用。一时自由的布局、理水、叠石、植树，力求达到“虽由人作，宛自天开”；另一时以独木喻林、以孤石喻山、以一勺之水喻沧海之横流，力求写尽自然境界之大全、之精髓。明代谢时臣所绘“华山仙掌图”中依据实景绘西岳华山仙掌峰景色，画面重峦叠嶂、溪水潺潺，仙掌危峰兀立于中央，峭拔俊秀，山间古刹错落点缀，隐约山林云端，石径蜿蜒曲折引人入胜。画家依据现实奇绝的自然图景，在自身的审美构架之间巧妙地组合，客观和主观相辅相成，创造出云雾缭绕、气象幽深的神仙境界，而神仙境界又深刻地折射着中国传统文化中顽固的世俗精神。中国传统的园林艺术中，因循传统绘画艺术的理念和法则，既创造逼真的形态，也创造飘渺的意境。

工业革命产生了现代文化，之中也孕育诞生了现代艺术，在形形色色的现代艺术之中我们至少得到两种启示，其一是艺术的根源来自特定历史时期的各种精神崇拜。现代艺术一反常态地出现了大量线性的因素，不正是反映出对机器的高度颂扬吗，它隐喻着对效率的赞美、对协作的歌颂。同样在现代文化主宰的各个领域的设计中，我们亦看到这种形态无处不在。欧几里得的几何学从建筑学领域大肆侵入景观设计领域，人类极大地利用机器的力量在大地上书写线型的、几何的图形。其二是我们看到审美的转向所呈现的规律再一次出现颠覆性的变化，从而确认了艺术常变、审美无常的定律。因而更多的人相信，现代主义也同样不会是审美变化的终结，在不远的将来它即将遭遇新的挑战甚至颠覆。

2．当代艺术在中国：警醒大众的棒喝

在20世纪80年代中期，中国的主流艺术院校的课堂、画室和沙龙中出现了当代艺术的影子，这种新的艺术方式和形式的实践在学术界产生了巨大的影响。1988年中国美术馆举办了第一届中国当代艺术展（当时称作现代艺术），涌现出众多令人瞠目结舌的奇人和异事，如艺术家黄永砯的作品是将若干艺术史籍扔入洗衣机搅拌几分钟之后的糊状的纸浆，唐宋、肖鲁的枪击事件更使得美术馆中的乱象上升至悬念迭升的境地。另有一种现象就是现实主义写实风格，宏大叙事的艺术形式在美术馆这个艺术圣殿中难觅其踪，作品更多的是通过一种平民化的事件和现象，使得艺术话语如当头棒喝一般，令迷局之中沉溺之人警醒。这个展览在民间和学术界引起了强烈的反响，人们看到正在进行中的“美育”遭到一种异质力量的抵制而出现停滞，甚至断裂的可能。之后当时的一些艺术先锋代表人物如王广义、任戬、赵冰等人，已开始把这种艺术理念引入建筑学教育的课堂进行实验。但由于当时中国当代艺术尚处于一个启蒙和萌动时期，并未形成自己明确的主张和理论体系，同时设计教育领域正处在由传统教育向现代主义教育痛苦转型的过程，对于不期而至的当代艺术大家没有准备也没有期望，因而在设计领域的推广显然没有得到任何的收获。而那个时期中国的景观设计和景观设计教育尚处于孕育阶段，只是生命的储备阶段，它的降生尚待经济快速增长时日的到来。

进入20世纪90年代末期，当代艺术在中国又进入第二个快速成长和传播期，商品经济的诸多实体敏感地察觉到当代艺术所拥有的巨大潜在的争取群众的魅力，开始频繁地和当代艺术家接触。在产品的推销、信息的发布过程中，借用当代艺术的形式，以吸引公众的眼球，制造传播的话题。其中房地产界率先进行了多次的艺术和商业相结合的具体行动，如成都“上河城”地产项目，开发者在社区内建立中国民间的第一个当代艺术美术馆，并且吸引了中国一大批先锋艺术家、评论家在此居住，使得精英思想和行为以及创作实现和大众生活实现零距离的对话。这个居住区的建筑吸引了众多建筑师、景观设计师、艺术评论家以及房地产开发商的注意，一个先锋性的艺术机构在平民生活空间的扎根，消解了习惯性的以世俗精神为引导的物质营造方式，人文景观超越了传统梅、兰、竹、菊附加唐诗宋词和拙劣人物塑像的组合俗套，成为闪现于中国西南部具有示范性的社区景观。此后北京的搜狐现代城、宁夏的贺兰山庄等项目相继粉墨登场，掀起了一阵阵新锐、飘逸、古怪的既先锋又商业、既包含文人优雅又充满世俗欲望的集严肃与荒诞、沉重与浮华结合的当代建筑与景观艺术狂飙。在北京东部的搜狐现代城景观之中，艺术家艾未未果敢地在社区中塑立了一个令人匪夷所思的巨大尺度的混凝土构筑物。这个功能模糊、语义含混的构筑物粗暴蛮横地凌驾于承载“美好生活”的社区空中，为 CBD 愈来愈趋于女性化的生活风尚中，增加了充满野性的汗臭，一定程度上拯救了沉湎于经济活动的都市气质。同时这种强悍暴力的形态在另一方面又和当代经济活动中的贪婪、疯狂、争斗取得对话，像一语双关的俏皮话流溢着智慧的涎水。

时至今日，中国的当代艺术已无可争议地开创了自己的历史，并广泛地获得了社会的认同。798 社区已经由先锋艺术家聚集生活的后场，演变为充满时尚气息，集艺术、设计及艺术推广、设计服务和营销的秀场，每天这里有来自世界各地和全国范围的各色人等穿梭寻觅，发现的欲望和感受的刺激紧密交织，营造出集市般的喧嚣。

不甘做文化动物园中被观赏角色的艺术家们开始逃离，商业又飞速地填补了这一空缺。这个几乎是全世界最大的艺术社区终于完成了它的职责，走向它悲凉的归宿。过去 798 标志性景观是废墟和艺术家个人印记的结合，它依靠残破、粗犷、冰冷来反衬艺术信念的坚决、态度的乐观以及浪漫与激情。工业退却之后苍凉的旷野与废墟之中苏醒的是文化，是艺术。艺术家如小草般稚嫩却神奇地滋长。2003–2005 年这个时段是 798 作为艺术基地成长发展的春天。原本蛰伏于荒郊野外的从事当代实验和创作的人们纷纷回到了城市，开始介入荒芜的厂区各式各样的缝隙之间，让身体重新回到都市的拥抱中。出于各种各样的原因，废墟的特征获得了被工业和城市的永无休止建造本身束缚的人们的青睐。每一个到这里的人都会在废墟的游走之中获得宽恕，获得解放。而当艺术家们的印记不断出现并积大成山之时，废墟于是成为一种孕育自由生命的温床，798 景观中工业和文化、失落和新兴相互结合，获得了一种超现实主义的力量。798 另一个具有当代艺术特征的景观变化是整个社区由过去集体主义和国家主义的空间形态，向完全个人化表达的艺术社区转化。无数的个人又形成了一个具有同样潜意识表征的集体。艺术家们彼此的宽容引导了多元文化的诞生，他们在景观上对待物质的态度也对民众发挥了启发和示范作用。中国的许多个人开始因此对新和旧、完整与破败、结构与分裂产生了思考，并对传统的思维定式产生了怀疑，这就是重新建立艺术主张和艺术形式的关系。主张决定了形式，形式产生效应。

3．解读中国当代艺术：原创与思想显示

当代艺术经常被设计行业的人误认为是一种风格，一种流派，这种观点会接着形成下一个结论，那就是当代艺术表现在视觉层面的手法特征被当作艺术本身。其实，这种逻辑恰恰是对当代精神的反叛。比如，当代艺术是否就是乡土的，或工业的，或新和旧、中与西混搭的；在景观设计领域是否就是要再现宋庄的气质，或798的气质。现实中的当代艺术恰恰没有一种固定的模式，并且从事创作的一线艺术家十分在意形式的原创性，形式的符号作用等。如我们熟知的王广义的大批判系列，张晓刚的家庭系列，岳敏君的笑脸系列，刘立国的陶瓷系列，黄岩的纹身系列，金江波的大市场系列，以及苍鑫、赵半狄的行为系列。每一个人在寻找自己的创作符号时，会慎之又慎，偶尔的彼此撞船常常会导致艺术家们为捍卫各自权益的激烈争吵。更为重要的是在各自寻找符号的过程中，理性是至上的，符号的背后必定是铁一般的现实启示和厚重成熟的理论体系支撑。它们之间存在着或直接或隐秘的关联的方式也是艺术的一部分。比如旅美的华人艺术家蔡国强擅长用火药这种国粹进行爆破，以此形成一种既存在于我们习惯操行之中的，又异相的景观。另一位重要的旅美艺术家徐冰则钟爱文字，早在1988年的中国美术馆展览之中他就创作了文字系列的装置“天书”。2008年在中国驻美大使馆新馆中，我看到了他的空间装置“紫气东来”垂挂于走廊的尽头，形成别具一格的室内景观。这个作品是徐冰应贝聿铭先生之邀为新使馆创作的永久性陈列的艺术装置。这也是近几年以来我自己看到的当代艺术和空间设计相结合的一个典型范例。这时当代艺术作品开始承受更现实的责任，比如民族文化的推广，空间语言的升华等等，是一种令人欣喜的现象。但令人担忧的是当历史机遇突然出现时，艺术家们是否对此做好了准备，我担心这些奉行个人主义原则，已经习惯于“为所欲为”的他们是否能在公共空间中承受来自社会的大众和来自技术专业领域权威们视角完全不同的批评。

当代艺术的另一个本质特征乃是对艺术具有新的使命和责任的判断。艺术家们认为传统的艺术职责是通过技艺来对伟大的哲学进行诠释，而当代的艺术应当超越了这种局限，应当积极主动地进入一种对真理的探求和判断之境地。从而艺术对于人类和历史开始发挥更大的作用。艺术的核心价值不再只是技艺的显示，而更在于思想……这种认识将审美从表象导入内容，艺术开始追求高度理性，同时理性也成为解码艺术的钥匙。建立于这种认识之下的创造活动和审美活动否定了样式的权威，尤其是一代一代传承下来不断积累而成的习惯。因此许多当代艺术家在创作中不断尝试新的内容和方法，寻找新的表现语言，传统中的审美法则似乎在当代完全失效了。洪水猛兽般的当代艺术在艺术品市场、大众注意力、学术界全面性地向传统艺术发起进攻。尤其是中国的当代艺术家通过自己的努力在国际上屡创佳绩，不断刷新着拍卖纪录，世界顶级的当代艺术展中出现了愈来愈多中国艺术家的面孔。他们似乎在不断地把这个神话引向新的高潮。

4．当代艺术与景观设计：价值与文化走向

从艺术和设计之间关系的规律来看，新的艺术思想和新的艺术形态必将通过设计活动来发挥它的价值，同时设计必须通过当代的艺术来预测社会的文化走向。当代艺术在当代的建筑设计，当代的广告设计、服装设计和工业设计中都得到了推广，并且已经产生了一批引人瞩目的作品。许多艺术家在景观领域也进行了一些创作活动，产生了巨大的影响。如保加利亚艺术家克里斯托弗与珍妮夫妇在德国和美国的一些创作，耗资巨大，历时漫长，覆盖地域广阔，产生视觉冲击力强烈而视觉背后的意图更是令人深思。北欧艺术家群体也在近些年不断涉足于自然领域，通过自己的行为和作品在自然中留下深刻的印记，以此来表达建立在人类学研究之上的自然主义情结。如我的朋友芬兰赫尔辛基艺术设计大学的哈库里教授，他曾经在一条和高速公路垂直交叉的河水中放置一连串的长条形白色漂浮物，通过河流对公路的模仿，造成一种视觉上的误会。他还曾在广袤的雪野中随意抛弃几个由 1 公里长的带刺铁丝网线盘结成的球体，这种景象和北欧麦田里收割的草捆之间似是而非的发生关联。2007 年去德国卡塞尔观摩文献展时，亦看到艺术家亲自垦荒播种栽植的位于艺术博物馆前广场上的那一片盛开的罂粟花海洋。这些艺术家在户外空间和自然领域的创造产生了震撼人心的景观，它们是艺术向设计转化的雏形，如同生物进化过程中的狼和狗的血缘关系一般，也是城市当代景观的近亲。

如火如荼的中国景观建设已进行了十几年的时间，每一年都耗费着数以千亿元人民币的资金，同时吸纳着数以万计的设计师、规划师和艺术工作者的参与。但不容乐观的是这波澜壮阔的实践中，我们却鲜见有艺术实验性的作品，景观设计的当代性表现变成只是一个时间的概念。我们的设计内容奢侈的如同宫廷名菜佛跳墙，充斥着中国传统园林、欧式园林、美国现代主题公园式景观，以及东南亚格调的园林细节等从属于不同文化背景之下的景观符号，油腻得令人生厌。在景观的精神气质方面又过于单调，令人心生怜悯。主宰中国当代景观格调的艺术堕落成为复制的西方古典园林和中国传统园林粗制滥造赝品的生产过程。这些僵化了的体系进一步蜕变为一层简单的表皮，像狗皮膏药一样敷贴在所谓的市民广场、公园或社区的绿地之上，麻木着国民的神经系统，而近代以来历经苦难的众生却欣喜若狂地跻身于这绚丽的图景之中，脸上洋溢着幸福的笑容。

中国的景观设计迫切需要当代艺术的注入。当代艺术精神之中的智慧性、现实性、使命感，以及对伦理建构的理想主义都是将当代景观文化从腐朽和麻木中拯救出来的良药。

当然对于当代艺术中惯有的批判性所表达的荒诞和调侃，在景观设计中应适当回避。因为当代景观之于人民是生活的具体环境，潜在的起着培育全民道德情操的作用，犹如维持身体健康的五谷杂粮，自然的才是健康的。而批判性却如同治愈沉疴的猛药，虽会产生积极的作用，但滥饮滥用亦会培育出一大批偏执狂和病态的后辈。因此我认为在当代艺术向当代景观设计转化的过程中同样需要智慧，需要冷静。因为艺术和设计毕竟承载着完全不同的社会责任。设计中表现出来的艺术性和艺术本身有极大的差异，它更多的是一种在艺术使命感的驱使下的朴素性实践。设计中绝不提倡口号，需要的是细节。设计者的主张乃是通过对材料、工艺、植物和空间的组织来实现的，并且是靠使用者现场感知方能领会的。同时当代艺术与当代景观设计结合也绝不是当代雕塑或装置的直接介入，这只是一种直接和表面的结合方式，是艺术脱离生活的另一种表现方式。而真正的结合乃是中国景观设计师通过不断的和当代艺术的主动接触，进而形成思想上的自觉。这样当代的精神，一方面奠定了面对设计任务时的思考基础，另一方面会将艺术创作手法上的特征借鉴于此，从而完成一种独立的景观设计表达。

2009年2月27日

2005 SPAN

辑3 | 教导者语录

● 杜宝印，童年记忆系列，油画

| 好孩子与坏孩子

“坏孩子”的称谓是知识教育的主体对教育对象的一个暂时性评价，和“坏蛋”不同的是“坏孩子”之中的坏，并不是涉及品德方面根本性的东西。而更多指涉一个少年或者儿童在行为方面的不端。比如上小学的第一节课，老师就要求所有的小朋友要小手背在后面，眼睛看前方，这是维持日后教育秩序，乃至体系的最为基本的规范。但其要求本身是违反儿童天性的。我们常常看动物世界中的幼崽们无一不是欢蹦乱跳，相互撕咬打闹的，这是成长的必要要求。若不动儿下必是生了什么疾病。所有的儿童都从心底抵触这种要求，因为这是剥夺快乐的开始。但那些经验老到的教师就是厉害，他们围绕着一条通向未来的不断获取知识的轴线，设置了两种互相对称的典型，一个是“好孩子”，一个是“坏孩子”。

我们每一个人都是在这两个极端挣扎中而成长的。“好孩子”是驯化中效率的表现，是事半功倍的效果，由于符合老师的利益，“好孩子”总是屡受表扬。表扬看上去像一个不断向前滚动的梯子，令受表扬者蹬踏着，此起彼伏不断轮回地奔向一个个新的目标。在漫长的成长过程中，老师为受教育者树立了一个又一个阶段性的“好榜样”和“坏典型”。一方面诱惑，一方面警示孩子们制约自己的行为。仿佛马戏表演和训练过程中，驯兽师手中的食品和电棒。在这种完全不平等的诱导之中，受教育者的大多数成为了“好孩子”的追随者，千篇一律地打造自己的理想。

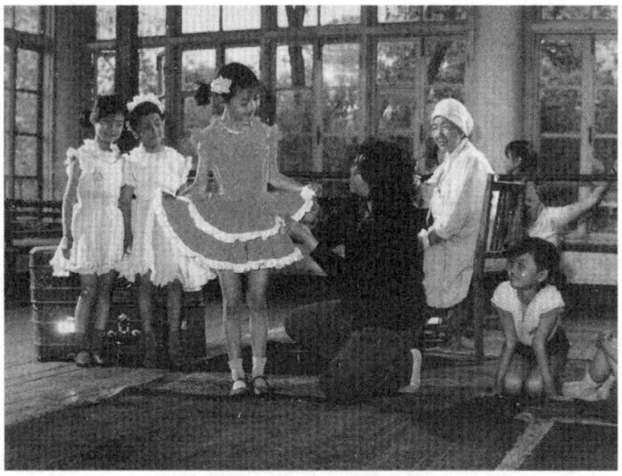

● 老照片，少年宫里，20 世纪 80 年代，北京

即使是在这么良好的学习氛围之中，居然每一个群体之中都会有“坏孩子”的影子，“好”环境对于“坏孩子”的成长而言无疑是一种可以用残酷来描述的客观条件。因此我们完全可以断言，“坏孩子”比“好孩子”往往是具有更为顽强的生

● 老电影《向阳院的故事》剧照

命力。他们如同出淤泥而不染的圣洁的荷花的副片，在大千世界中绽放着璀璨的生命之光。“坏孩子”的特质之“坏”主要表现在对现行的规范的怀疑和挑战之上，他们会利用漠视、破坏和羞辱等方式表达自己的价值观。如同一匹匹害群之马，颠覆着多数同类奉行的规矩和形成的秩序，令管理者咬牙切齿。在“文革”期间的儿童影片和连环画故事当中，“好孩子”总是充当着集体主义的卫道士。他们学雷锋、做好事、斗地主、抓特务，几乎无所不能。如《向阳院的故事》之中的少先队员铁柱、赤脚医生红雨等，总是集智慧、勇气和力量于一体的人小鬼大、难招架之革命神童。每每此时，影片和故事之中亦有一些“坏孩子”在阶级斗争的风口浪尖之边缘徘徊，当然这些“坏孩子”最终无一例外的在“好孩子”的帮助下，迅速改变了自己的思想，实现了角色的转换。“好孩子”如此伟岸，因而在造型方面也均给予浓眉大眼、身形饱满硕壮之扮，以此来俘获亿万观赏者的心。然而现实却是残酷的，在我童年的记忆之中，同班的“好孩子”总是在威风八面的“坏孩子”面前噤若寒蝉，甚至如过街老鼠。我那时的立场属于“左倾”，一方面心仪于革命故事的样板们，一方面又被班里几位好勇斗狠，一呼百应的“大王”深深折服，后来内心向往自由的我，干脆抛弃了偶像的诱惑，加入了“坏孩子”的阵列，混个“旅长”“团长”之类的差事。这时我突然意识到“好”和“坏”之道的乐趣实在有天壤之别，“好”的道上，我虽万般克制，却只能够成为一个平凡不起眼的小人物，三好学生没有我，班干部没有我，甚至班里几位相貌较好的女同学，也从未关注过我。自己付出自由的代价，却未获得任何荣誉，并且混迹于“好”的阵营之中却令自己坐如针毡，如百爪挠心。而加入“坏”者的同盟之后，我所有的创造力都被唤醒。我用练书法的毛笔在“大王”们的脸上创作，给别人自行车放气，在道路上埋设陷阱，甚至在语文课成绩单创劣迹的情况下，编造了若干黄色歌曲，风靡校园。

十分荒唐的是在每次干“坏”事时，我的脑海里总是浮现出电影中的革命英雄们飒爽英姿。而每次得手，我也竟以为自己真的化身为那些革命英雄了。

上中学以后，好的榜样出现了巨大的变化。学习型、神童型，甚至痴呆型的好样板，取代了小学时斗争型、机智型的人物典型。比如江西省13岁考上中国科技大学的神童宁铂；居住在不足6平方米的陋室中，攻克哥德巴赫猜想的数学怪才陈景润。于是我的同学中又立马出现了一批跳级生，因为这几位的父母从鸡毛蒜皮的家庭琐事上，发现了自己孩子超人的天分，但二三年后，这几位冉冉升起的新星，几乎无一例外的在升学考试中名落孙山又转向迅速陨落。这个时期所树立的榜样和上一个时期已经有了很大的差异。第一，这些人物均是当时现实社会中活生生的人物而不是早已故去的先人或烈士，有说服力；第二，他们身上所表现出来的能力是非凡的，并不是普通人所能够效仿的。但对这些人物的大肆宣传，的的确确在广大青少年当中产生了巨大影响，掀起了一股猛学数理化的狂潮。这时为了刺激学生们争分夺秒努力学习，每次中考或者期末考试结束之后，各班级将成绩和排名张榜于公众领地。于是又一些“好孩子”和“坏孩子”浮出了水面。此时，我仍然是“坏孩子”的典型，全班54名学生，我的成绩基本上在倒数十位之内游荡。但这次不同过去，“坏”不再给我快乐和满足，而是给予我无穷无尽的烦恼和压力。但事实证明，历史又一次嘲弄了我们，20多年后《南方周末》专刊报道了名为《神童到中年》的报告文学，详细叙述了我们少年时代偶像们千奇百怪的当下境遇。那个宁铂已经放弃了科大教师的职位，出家为僧，而我这个一直努力挣扎在榜尾的“坏孩子”则成了清华大学的教授。

我在近25年来，始终和大学教育交结，先是本科四年的学业，再是三年大学教学经历，又是三年硕士学业，然后一直继续从事高等教育事业。无论是在做学生还是做教师的过程中，都和对求学者的评价脱不了干系。对“好”和“坏”的评价，以及“好”和“坏”在时间中的不断变化，不断捉弄着一代一代的教育者，也调侃着每个阶段中所定立的好坏标准。其实就自己的切身体会而言，这些年尽管我们的标准在不断地变化，但“好”标准和“坏”榜样的类型却始终是比较单一的。在中国，大学教育基本上等同于职业教育，学生立志在大学学一门可以终身受益的手艺。教师的职责是传授知识和技能，这种师生关系很像传统手工作坊的师徒关系，明确而稳定。

● 老宣传画，少先队员

学生对师者的权威性忠心耿耿，笃信不疑，因而毕恭毕敬，言听计从，以为如此才可以取得真经。而师者往往在学生面前心高气傲，洋洋洒洒，指点迷津。他们大多喜欢看到学生对自己俯首帖耳，言听计从，因此他们制定了“好孩子”的标准。这标准首先是操行方面的，即对师者的态度，其次是在承接师者真传时的悟性（主要指技能的提高和知识的承载能力）。因此“好孩子”是在形态上也可以识别的，如大多时候他们在师者面前目光暗淡呆滞，听课时全神贯注，如饥似渴，仿佛饿汉闯入了食杂店，不论生熟冷热，一律囊入胃中。而在实践时，他们中规中矩不越雷池半步。如此这般在承接师者的知识和技能方面，“好孩子”的速度总是胜他人一筹，这也是对教师授课效率的一种良好证明。这些孩子们上课一定要抢在前排，课堂笔记秀丽工整，无一遗漏，作业定时完成，考试不作弊，但一定是作弊者窥视的目标，因为在窥视者心中，“好孩子”是老师思想和判断的一种折射。上大学时我们班有一批女同学就是这种“好孩子”，她们每次考试成绩全面开花结果，因此在奖学金评定方面总是令我们这些贪图自由自在的男生铩羽而归。没有课程自习时，她们可以一动不动地在座位上看书至深夜，令男生们心生嫉妒。那时我一直怀疑这种习性和女性身体结构有关，她们臀部上丰满的脂肪和肌肉一定是她们可以久坐不懈的物质基础。在设计课程方面，她们也表现出出色的均衡能力，时间合理分配，任务书中所有项目和要求得到了尽量满足，使得教师们无法给她们低分。所以她们几乎侵吞了大学为学生们设立的所有荣誉，三好学生、优秀班干部、保送硕士研究生等等。这种现象一直持续到现在，淋漓尽致地表现在我任教的每个年级，每个班级，每个专业，这是女性在男权社会中的“暴行”。然而当这一切“羞辱”完成之后，再步入工作岗位几年，她们择枝而栖，而后相夫教子，置过去的荣耀而不顾，令人惋惜，也令人生疑。

偶尔有些专业在历史发展的某一阶段，女生也并未能够持久地占有垄断地位。或者说是不同时期的认同方式在其中起着微妙的变化。比如一些应用性极强的专业，像我从事的设计事业，在 20 世纪 80 年代末至 90 年代末的 10 年当中，亦因市场行为的介入，导致我们形成了另一条潜在的评定“好”与“坏”的标准。1991 年以后我来到中央工艺美术学院攻读硕士，此时恰逢中国装修业蓬勃发展之机。许多专业内的学者和老师习惯性地把自己的专业称为“装修专业”，由于那个时期这个专业刚刚起步，市场上设计人员极度缺乏，中央工艺美术学院就几乎成了一个高端的劳务市场，每天这里装修公司的大大小小老板云集。他们在教室内外等待课堂的结束。而此时讲台上的教师，也一个个心猿意马，惦记着自己的自留地（装修工地）的收成和涨势。有的老师干脆变成了学员中的老板，把课堂演化为自己机动的公司。许多课题和商机完美地结合起来。各种风情、各种规模、各种档次的餐馆、茶社、商店、旅馆的设计项目堂而皇之地偷换了教学大纲的内容，整个环艺系沉湎在一片以手艺换纸币的热浪之中。这时段的“好”与“坏”的区别在于效果图技法的高低和绘制速度的快慢上，还有就是“活学活用”拷贝能力。学生对教师的评价是看哪一位教师项目多，路子广，有正在施工工程，有一呼百应的木工、瓦工、油工。教师对学生的评价标准是哪些学生画图快、画得像、拼得快（指风格的抄袭与拼凑）。这种态势之下，体力好、能熬夜、意志顽强、能吃苦、厚脸皮、敢张嘴要钱的男生占尽了风头。他们用尽了上帝赋予的各种身体上的优势，收获了丰富的物质成果，然后他们利用物质的回报提高自己的装备设施，BP 机、手提电话、外文版资料使他们拥有了信息优势；进口喷枪、吹风膜使他们提高了技术手段，这是设计学院历史上令所有男生肾上腺激素分泌的伟大时光。然而大江东去浪淘尽，仅仅十年之后，那个时代呼风唤雨的“好孩子”们今安在哉！近几年来我用了不少时间来历数当年骄子们沉沦的经历，感慨万千，我坚信这种过去昙花一现而今枝叶飘零的结局是那一个时期的标准所决定的，又是一个令人遗憾的“好”标准，还是不着边际。

● 唐志冈，《儿童会议》，布面油画

然而我也注意到在大学教育历史发展的任何一段时间里，总有一些与“好孩子”相伴的“坏孩子”。这些孩子的数量总是占少数，他们像是城市里闪烁的霓虹灯上的红色和绿色，虽然差异巨大，却相互补充、相得益彰。但“坏孩子”有一个非常突出的特点就是他们不受学校和教师制定的框架约束，不断挑战权威，张扬个性。同时我也发现他们的这些特点使他们受累，却使他们在另一个时间里获得认同，当一个专业内的学生都在效仿着老师们的行为时，那些顽固地持守着自己独立见解和立场的学生就是人们眼中的另类，当这些另类大胆地通过行为昭示自己的态度或思想时，他们就有可能成为“坏孩子”的胚胎。这些“坏孩子”多有不守纪律、特立独行、举止怪异、质疑习惯等特点。且一旦其行为具有了一定的破坏性，思想走向了异端，这就真正标志着这些学生成为真正的“坏孩子”。艺术和设计专业应当是个盛产“坏孩子”的场所，因为艺术除了技艺以外，独特的感受和发现能力是其核心的价值。设计专业的情况也类似人才的培养，最闪光之处在于强调解决问题的独特方式。强化技艺训练的教育，培养的是维持传统，逐步为传统升级的手艺人，这种类似于技校式的教育，根本上和大学尤其是皇家美术教育（指过去中央工艺美术学院“中央”）或清华大学当代所谓“高精尖”的培养目标相悖离。但由于在特殊的历史时期，手工工艺（指手绘）受到过分夸大的认同，使得这本属于教学辅助性的内容上升为主题，从而使得对思想的培育与解放的教育严重疏离。“坏孩子”在美术学院如同过街老鼠，处于人人喊打的恶劣生存环境之中。

我们的教学环境在不断提升和改良，窗明几净，地上一尘不染，物业公司管理人员衣着整齐彬彬有礼，学生们温文尔雅，这种中国大学教育最为理想的教育环境，使我们能在教育部的评估之中占尽优势。可我总是觉得这种氛围不大对劲。感觉这个环境像个巨大的温室，学生像温室里开放的花朵，尽管窗外夏日里烈日炎炎，冬季里窗外北风呼啸，春天里黄沙漫漫。这是童话和卡通故事中的森林，野性难觅，难道“坏孩子”真的如同“四害”一样被多种多样的教育手段斩杀殆尽了吗？20 世纪七八十年代的校园环境曾经像个真正的森林，学生们大多充满激情和破坏力，这使得学校产生了危机。在粉碎“四人帮”后的五六年内，国家下了很大力气在教育系统内拨乱反正，肃清“四害”流毒，一大批如《班主任》之类的小说和电影粉墨登场，开始说教以使广大青少年改邪归正。真正对野性的滋生构成威胁的是高考的恢复以及大学就业的诱惑，学校、家庭和个人的意识都受到了极大的影响，原本存在于青少年身上的野性被驯化了，同时校外肃杀严峻的环境也对野性未泯的青年人的幸福指数起着重大的干扰作用。和四川卧龙保护区的熊猫、东北大兴安岭的东北虎一样，圈养的数量多了，野生的难觅行踪，终于惹出了陕西猎户周正龙拍虎的闹剧，但这闹剧也有其局部的积极意义，那就是唤

● 老照片，少先队员和毛主席在一起

醒人们对野性消失的悲情。

我以为当代大学校园环境，以及学院走廊之中对野性苏醒的渴求同中国自然保护区中野生熊猫或老虎的发现欲望应当是一样强烈的。在自然界野生的大型活体的存在是该地生态健全、猎户良心发现、法制严格的一种体现。那么类比一下，我们认为学校中有保持野性的个体，乃是社会和学校文化生态多样化，律法严格又不失宽容的证明。宽容是一种气质，一种认识或即文化本身。多年以来我们口口声声呼唤大师的出现，汗流浃背地建设着培育大师的环境，打造大师的摇篮，但一个残酷的现实正在无情地显现，在艺术和设计领域严谨的职业训练，使得现实和理想越来越远了，因为真正的大师无需被无微不至呵护的摇篮。2008 年清华大学美术学院雕塑系的两位男生在拿到毕业证后，在中国培养道貌岸然知识分子的土地上裸体狂奔；另一位女生把自己脱去的裤子，茫然直面现实的形象，放大几倍置于现代化的氛围典雅、建造精致的教学楼中……一位院领导皱着眉头说，今年为什么这么多脱的，他们到底要表达什么？我沉醉在一片赤裸的形体中，因为自己隐隐地感受到一种反叛的意识开始萌芽冲动。野性以粗鄙的方式上演，应当认为是一种计策而非粗鄙本身，我在窃喜。但环境中分明有一些来自教师忿然的声音，他们认为此举频频上演影响了学院的口碑，我以为这种看法完全缺乏一种当代勇气和判断，像一个人过于注重仪表而忽视思想一般，虚假而脆弱。对这种“坏孩子”的出格行为，我们应用动态的视觉习惯去看待它，历史和我个人的经历告诉我“好”和“坏”是在不断变化的，有时会相互转换，十年河东，十年河西。若没有长远的眼光，你就会被这种“法无常法”搞得无所适从，最终失落万千。

基于以上观点，这些年来我一直在寻寻觅觅，在环艺系的各班级嗅吸着野性的体味，每每看到此另类的举动都会令我欣喜若狂，那份喜悦绝不亚于猎户在野外看到了老虎的粪便一般。另一方面我亦在小心翼翼地维护着偶尔发现的野性，试图不露痕迹地将其呵护、培育使其继续滋长，因为我深知在一个万里大造林的时代，野性的证明是一件多么艰辛的事情。若有，那便是上天的恩赐与造化的伟大。教育机构不是动物园，而是一个流动的野生考察机构，先是发现，再去追踪，最后综合总结以发现我们自身的问题，这些有待反省的问题是多方面的，有的涉及技术，有的涉及文化，而这些反省也是我们进步的唯一途径。

2009 年 3 月

● 杜宝印，家人系列，手稿

什么是我们的基础

● 埃及金字塔的基础即主体

古埃及的金字塔有许多耐人寻味的地方，近年来我所关注的是其形式中华彩部分的由来。金字塔的形式感很强，原因有二，其一是形式的单纯性，其二是超尺寸的高度和体量，而这二者都与基础有关。在结构方面，建筑的高度对基础的深度有一定的要求，基础的深度对主体的稳定性和因高度而带来的荷载累积的承载能力密切相关，这是物理方面的常识，因而我们常说，看不见的和看得见的一样重要。循着这样的结论，寻找思维的根源，即我们习惯性地以为凡是基础，它必和主体有着截然的区别。但金字塔的现象使我看到主体和基础存在着的另外一种关系，二者在其上的表现是浑然一体的，二者的关系又是相对的，一方面它简洁单纯的锥形使我们很难断定主体和基础的界限，它们在此处是高度统一的。每一处既是主体又是基础，它们会随着高度，随着对象而发生改变。在空间中处于某一位置的实体相对于其上是庞大基础的一部分，而相对于其下则是被托举而起的主体。

金字塔的顶部是绝对的主体，但却无法精确度量它的物质，无法描述它到底有多大面积、多大体积、多少重量，这个在物质上不存在的形式却代表着全部的物质的意义，它是对其下所有基础的肯定。我甚至可以偏激地把金字塔现象认为是基础至上的一种卓越表现，因为无论是审美上还是工程角度来看，都是基础工作、基础义务、基础表达不断重复，不断累加之后发生的质变结局。基础为意义而造，主体也是为意义而造，主体并非终极目的本身。这般看来，主体似乎只是基础和顶端之间的状态罢了，但是主体是在现象上更接近顶端的部分，因而人们常常误以为它就是全部价值所在。

在学科建设领域，基础的作用常常被忽视，我国是发展中国家，在现代文明建立的过程中属于后发阵营，许多学科的建立和发展模式都是模仿的产物，但即使是模仿，也存在高仿和滥造之分，仿造表面和仿造结构之别，方式的不同也会产生结果上的迥异。事实上我们对优秀文化的模仿常常停留于表层和个别的阶段，最终造成收获的结果仅是一个表象的外在的类似物，而不能获得一个具有机能的持续的结构。这里面的原因与迫切发展的心态存在着必然的联系，历史学家们经过对人类社会文明建设过程的研究发现进步也和模仿有关，发达和不发达地区文化的冲突会引发不发达文化对发达文化的模仿，因此对抗会趋于均衡。中国这样的文化大国在一个半世纪之前的文化对抗中饱受屈辱，这种失落又迫切的焦虑感恐怕是许多殖民地小国所没有的。这样的心态也导致近代史中我民族的一次次革命和呐喊，严复、张謇、钱学森等人类精英在理论上、实践上都进行了百折不挠的探索。

但我们这个苦难深重的民族对复兴的梦想渴望已久，只争朝夕的心绪不仅仅存在于字里行间或奋发争鸣的口号之中。“大跃进”时期，全民争着放卫星，一些人争着炮制亩产过若干万斤的理论依据，以某种程度上来说，当代教育系统争世界一流的计划，高速普及高等教育计划等等都可以看作是这种民族冲动的一再重复上演。今天中国设计教育领域的变化颇有几分儿时游戏的扮相，学科建设最为热衷的事情是盖房子、搞空间规划、扩大招生规模，首先在形式上满足自己对教育强国的想象。然而这膨胀空间之中上演的内容却依然是陈旧的把戏。对外交流方面也是忙于和名校、名师进行表面上的礼尚往来，门庭若市，不亦乐乎，但实质性的教学合作或研究却寥寥无几，像一出新版的三国演义空城计，唱给自己的同行以及自己的领导来听。当自我评价和内部评价变为一种目标时，这种模仿就已经产生了巨大的效用，进而放弃了真正的学习和进步的目标。作用之二会导致我们自身产生一种强大的模仿和“应变”的机制，好似川剧变脸的绝活，又似自然界中许多擅于变色的动物，但现实的悲悯之处在于川剧的演员绝非实际生活中真正的王者，变色龙也顶多是食物链中的二流货色。

一次大学领导和民主党派代表座谈会上，一位汽车系的教授慷慨陈词，批评当下教育和研究中对基础性研究的忽视，并以自己的经验告诫大家，真正的世界一流学校是高度重视基础研究的，其比重甚至高达 80%。当时听到这样的量化概括，对我本人的震动还是很大。后来和欧洲的一些著名教育、研究机构交流时，我在此处更为留意观察，发现那位仁兄所言极是，并无夸大其词之处，更有甚者认为，恰恰最基础性的也正是最先锋性的。这种现象非常符合金字塔的结构和现象，金字塔的形成就是一个不断强化基础的过程，强化和累加的最终自然形成了具有锋芒、具有强势、具有统治力的塔尖。

近来强调基础的呼声在本学院日渐风生水起，但接下来又出现一个棘手的问题是对基础的粗浅理解，即把基础理解为一种片面的知识、片面的技能，而忽视基础本身所应有的不断更新不断生长的特点。在这种理解之下，强调基础又滑向复辟的老路。一种乏味无比的陈词滥调就是教学研讨中一些同事以爬和走、走和跑的过程演化来比喻教育的规律，但他们忽视了一个既普遍又重要的现象，在生物界，许多动物生来会爬，但终生在爬行甚至蠕动，比如蛇，比如蚯蚓；又有一些动物没有爬的过程，生来会站立，站立片刻之后可以奔跑，比如马，比如鹿；还有一些动物没有走和跑的过程，直接由静卧向展翅奋飞演变。这些现象告诉我们具备的素质和天性与生长的阶段是有巨大差异的，不能张冠李戴。当我们要培养鹏程万里的物种时，没有必要从学步开始，要根据目标和对象调整训练的内容。比如说设计学科和设计专业领域，传统的工作目标是对技术上停滞、功能上稳定的衣食住行之器物进行视觉上的优化，在农业时代它的意义和价值是使物更加人文或更加自然的双重使命。因而设计者的素质之基础就着重于对可见的人文事物、自然风物的描摹和模仿能力，所以写实能力就是那个时代基础的特征，因为写实既是再现现实，也是变形的基础。在长达近千年的历史中，建筑领域的设计和这种变形能力密切相关，生活中器物的设计也是如此，刻画、描摹、抽象，在较为粗放地解决完基本的功能问题之后，工匠、巨匠们不辞辛苦地在装饰领域劳作，将外在的那个丰富多彩的世界，以及物种甚至社会生活在心中的映射转而折射至新创造的物品之上。这无疑是对认识能力的一种无休止的炫耀。

长期持续的这种工作性质和状态很大程度上遮蔽了设计的本质，从而使我们对设计的基础内容在判断上产生了误解。结构、技术、材料、生活方式紧密结合形成创造的方式，它们是创造活动中的重要因子。当其中的一方发生变化之后，带来的反应是链式的，古生代技术时期（借用刘易斯 · 芒福德的分类称谓），结构和建造技术的学习是先进生产力，材料和生活方式是基础，因为在那个漫长的历史时期，建造和制造的材料以及社会生活的方式是相对稳定的，突破只存在于对现有材料使用方式的突破上，因而材料的新的组织就是结构形式的创新，它带来了建筑形制、样式上的重大变化。与之相应的是实现重大变化的能力，即建造技术，二者相辅相成。新生代技术时期，因材料上的突破导致结构和技术，甚至生活方式的全方位变化，这就是基础革命的价值。若把当代称为文化新生代时期，那么这个时期的重要特点就是世界观因交流和冲突导致的变化对物质、技术的重大影响。它亦是在基础层面的革命，影响范围之大，程度之深是不言而喻的。因此我们可以通过对历史的简单回顾，可概括基础并非是僵化概念的现象。

对于我们的学科而言，基础的成分也是一个复合的状态，它包含着造型、空间、技术三方面，这三个方面的能力培养和知识灌输是通向人才培养的道路。其中，能力是程序方法与应用水准，程序、方法可以传授，但应用水准却很大程度上依赖实践中的不断重复。比如本专业的制图是基础中的基础，全国各院校使用的教材、执行的规范比较统一，但仅靠课堂对规范的讲解是不够的，这只能称为基础知识，但并非基础的全部，当我们看到一个学生在毕业之后在此方面表现不佳时，我们会评价说他基础不好，但并不能肯定他不具备这种基础知识。通常的规律是基础知识的反复应用才能真正转化为基础，另一方面它也说明基础和尖端在时间上并不割裂，是交织并行的，探索有时也是对基础的强化，基础的突变会导致新的进步。

基础和基因有着密切的关联，围绕基因建立的基础是有效的，我们甚至可以说基因决定着基础。基因是造就事物终极结果的原由，它是真理，是根本，也是素质，是不可见的、内在的，似乎既属于精神层面，也属于物理层面。而基础则是物质的，它是基因完成使命的物质条件，基础由可以量化、可以定性的事物组成。我们总是基于对事物发展规律的认识来归纳其基础，这其中起重要作用的是经验，但由于经验终究不是真理和规律本身，因此我们对基础的认识也往往是片面，甚至是有误的。在清华美院的众多设计专业中，对表象的记录和描摹能力与设计结果的关联就是建立于经验之上的，它和设计的规律没有什么本质的联系。当然在那过去的岁月里，设计的规律尚待发现，但结果却是真实的，它伴随着物质沉甸甸的质感和浮华的荣耀这两样极具欺骗性的东西，将我们的怀疑和杂念彻底去除，由此我们建立于对假象基础的高度信任。在假象的指引下打造的基础对基因产生的良性结果是无效的，它消耗了大量的时间和物质。因此建立基础之初更重要的是透析基因，否则盲目的行动只会造成损害。

对于设计专业而言，设计的本质是一个首先要澄清的概念，搞清楚设计的本质才能知晓设计活动和结果之中决定性的因素到底是什么。也只有在搞清楚这个问题的条件下才可以推断供其发挥作用的能量和物质为何物。但令人遗憾的是，设计为何物的答案在中国的设计教育领域中，始终是令人吃惊的，当时代已跨越现代社会进入到一个更为复杂和多元的后工业社会时，我们的权威机构仍然将设计活动、设计文化置于一个农业或半农半工业时代的语境中予以探讨。当我们的设计教育没有意识到设计已超越功能主义而成为一种社会中商业与人、人与人之间的媒介时，它应当拥有的信息载体作用，经济作用，维系人与人、人与社会、技术与技术、技术与自然、人与自然等多种功能就会被忽视。因而尽管我们不断强化造型能力，努力使设计的形式更加有变化、更加符合传统审美的惯性，或迎合当代流行的表面趣味，但是这种努力依然是冷漠的，因为它缺少对时代关键和敏感问题的关注。

因此我以为传统观念中的基础在当代已有相当比重的部分已不再适用，应当大胆地扬弃。当然大胆并非武断，而是建立于理性分析和实践验证的基础之上的。减掉的部分会被更加丰富的内容所替代，所以不必担心这样的改革会扼杀设计，相反会使设计变得更为丰富。

2010 年 2 月 24 日

● 杜宝印，家人系列，手稿

| 创意之都中的中国另类

从巴里搭乘经济航线 easy jet 回米兰的路途显得无比漫长和艰涩，回到 OrnalDo 大街上的 Mini·Hotel 时，我已耗尽了所有的体力，一头倒在床上昏昏睡去，18 个小时之后，我恢复了神志又走在了通往 Dumo 的路上。巴里的美食已经制造了一场噩梦，使我对所有的西餐开始反胃，我又开始惦念祖国的食物了，想找个中餐馆来帮助我恢复味觉。

突然想起 M，一个另类的中国在意闯荡的青年，一个招摇过市的传统精神反叛者。因为在去年的此时，当我被瑞士的美食大伤胃口，虚弱地回到米兰寻找中餐时，M 曾热情地约我去他的住地，他说要给我做个中式的汤喝。“汤”这个字眼顿时在我臆想的天地里创造出无限的荣光，它带给我对母体文化浓情的回望与眷恋地想向。而能给我在他乡异地熬汤之人，也就是我此时酸楚漂泊的境地向现实彼岸的摆渡者。

第一次见 M 时就把所有的人吓了一跳，2009 年一行师生赴米兰参观展览，从 Menphesa 机场搭乘巴士到 Lima 大街的酒店，一下车就看到那个犹如马戏团节目主持人一般的他，头戴一顶高高的帽子，穿一件猛一看有点像黑色礼服的长衫，下身是蛇皮状的镂空裤子，那裤腿随着他奔忙的步伐在剧烈颤动。M 受同学之托来接我的一位学生，同时也帮我们和酒店的经理、服务生在交涉和介绍着。同行的院长脸上立刻呈现出一种诧异的、鄙夷的神情，不断小声地发出古怪的惊叹。在他大声招呼中国学生时，我听出了熟悉的乡声，立时联想到青少年时期招摇、浪迹于家乡街头的那帮时尚青年，封闭的黄土高原之都往往会产生比滨海的开放城市更加狂放的爆发力，这种源于文化优越感与危机意识相混合的杂念恰恰是这块令人绝望和濒于死亡土地之上的最后生命力的表现。有时家乡的这种文化心态不仅仅表现于青少年群体，在中年甚至老年群体中也时有偶发。我对这种心态之下盛开的各种奇葩持一种中立的态度，一方面基于理解之下的宽容，一方面也是基于深入理解之下的调侃、嘲讽。在和 M 的简短交流中得知他在米兰理工大学设计学院攻读服装设计专业硕士，他是从上海借中意之间的马可 · 波罗计划来意大利学校的，他不时地大声

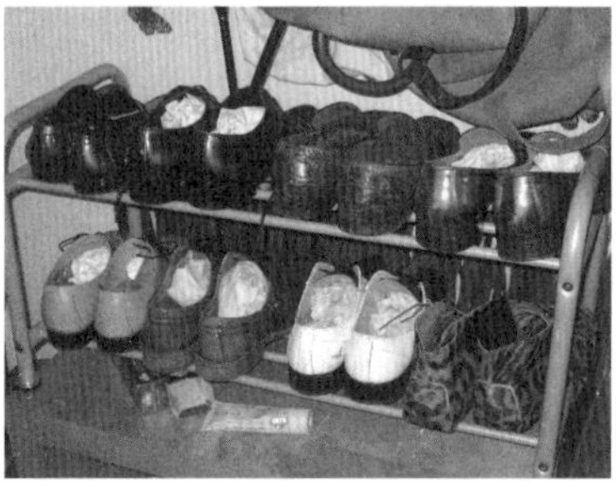

● M的户门旁的鞋柜里整齐地码放着色彩鲜艳的各式鞋子，米兰，2010年

抱怨米兰理工的教育方法，给我们这一大群满怀期待的中国学生当头一大桶冷水浇下，把是与非的泥泞与浑水搅动了起来。我当时对他的出现颇感意外，对他的言辞甚为反感，以为自己遇到了一个不求甚解的纨绔子弟。

第二次和M的交流是极为偶然的，但却颠覆了我对其来自表象的判断。几天之后的下午，我和来自宁波工业设计创意园区的领导以及弗朗切斯科要在米兰大教堂前见面，但宁波的朋友们从德国带来的是一位只通晓德语的翻译，而我的两位可以翻译的同事Z博士和L老师此时都在陪院长和米兰理工大学的外办以及设计学院的头儿正在谈判，情急之下我想到了M。M欣然应允，并约好片刻之后学校门口的广告栏下见面。十分钟后，远处的街头出现了一个奇异的身影，他足蹬一双粉绿色荧光感的尖瘦皮鞋，穿一件西装，但下身是一条紧身吊腿的仔裤，头上戴了一顶张扬曲线的小礼帽，从远处匆匆走来。为了尽可能保证翻译的质量，他还携带一本商务用的词典，这令我开始产生好感。M的这套奇异装束在繁华的米兰大街上招来了许多好奇的目光，但这倒给我的这次商务活动增添了相当的学术色彩，看到我带着这样的一位着装另类的翻译，来自国内的同行立时对我在米兰设计界的背景产生了莫大的神秘猜测。在这场商务活动中，我突然发现他工作态度极为认真，非常在意细节，有时会翻弄一下辞典来寻求一个更为精准、恰当的表达。同时神情严肃，生怕漏听一句双方的话语。这行为和着装表达出来的性格反差巨大，令我开始反思我们的判断习惯。

之后和M又有多次见面，发现他穿着越来越出格，一次在Tortona大街，他竟然戴了一副如同蜘蛛网或标靶状的眼镜，惹得迎面来的人们忍俊不禁，但他的神情依旧平静。这种平静乃由一种价值观支撑，并由一种良好的职业素养充实着，因此他不会因外界的反应而变化。

在米兰理工Bovisa校区设计学院的门厅又见到了M，这次他的目光似乎更加冷静，头上戴了一顶如同几百年前李时珍头上的那种高高的峨冠。听说要找上网的地方，他热情地邀请我到其租住的宿舍去。我怀着一颗好奇之心随他来到校区附近的一幢住宅中，因为我猜想他居住的地方一定是他出类拔萃扮相的老巢，一定充斥着千奇百怪的服饰。一个乱糟糟的两室一厅的小户型就是 M 和另外两位中国留学生的宿舍，小小的客厅里胡乱地堆放着打开的电脑、涂抹一半的草图、专业书籍以及各式生活用品，但户门旁的鞋柜里整齐地码放着色彩鲜艳的各式鞋子。M 喜欢穿那种色彩艳丽、晶莹可爱的皮鞋，那些鞋饱满的形体和色彩的搭配使我想起儿时在田野或花园中看到的飞舞或在绿叶上爬行的甲壳虫子们。客厅中的一件皱巴巴的单人沙发在夜里就是他的温床，他的卧室早已让位于他所钟爱的那些奇异的服装，他也和我说他是为那些挂在卧室里的宝贝们活着。M 说他整天都爱待在服装工房之中，他和工房的技师是最好的朋友。说话之余，他不断给我展示他自己动手制作的木制服饰。从他家里到大街再到大教堂广场，整整一下午的时间，我们都在谈论设计成长和设计教育的话题，他焦虑地和我谈及他此时的困惑，抱怨米兰理工的教育模式和方法不对他的胃口，当他把一系列的原因向我详细道出时，我开始惊叹他的判断力。M 比我整整小 20 岁，但能和我如此深入和兴致勃勃地谈及教育话题的这个年龄段的国内学生，至今我尚未遇到。

看得出他十分钟爱服装设计专业，他认为服装尽管有实用的主要一面，但在另一方面却是最为先锋的艺术，服装和人体、人性、人文的关系是天然的。他对米兰理工强调工程的教育，讲求数理基础的理念出奇地愤怒，尽管当代世界服装大师阿玛尼、普拉多都毕业于这所学校，但他却不能容忍那许多的刚性课程要求，他甚至认为这种理念之下的忠实学习就是被强暴的过程。比利时的安特卫普服装设计学院是他的梦想，那是个注重个性和潜质的地方，而且是个个性充分表达的学术机构，据说服装专业一年招收 50 名学生，但最终毕业者却是 10 个左右，即使毕业人数寥寥，但这个位数的毕业生举办的毕业设计展却是震惊服装界的。安特卫普现象是由一个办学机构的主张所决定的，这样的主张聚拢了一批有同样理想和判断标准的教授。而这样的教授团队又形成了独特的评价体系，最终像一块巨大的磁铁吸引着全世界的痴迷学子。M 的介绍和自我表达突然使我看穿了几年来始终困扰我和学院的迷局，即大学教育和专业性学院教育的本质区别，还有就是理工类大学的教育主张的价值和艺术类教育主张价值的巨大差异性，忽视这种差异性就会陷入困顿。大学要培养对世界有突出贡献的人才，精英式的大学更是应培养影响世界的人物，因而通识教育是这种培养目标的具体方式。而学院教育眼光往往是限定于某些专业领域，它强调的是专业性，即寻找、培养对某一专业有特殊素质的人才。大学教育注重基础教育，因为基础是未来向所有潜在可能挑战的决定性因素，但专业教育的目标则是明确和具体的，这其实也是它的优势所在，即专业教育可以比通识教育显出更大的效率性来。

米兰理工的教学主张我曾详细阅读过，这是一个强调技术基础对世界技术进步推动作用的教育机构，因此他们要求学习设计专业的学生也研修物理、数学方面的基础知识，我想这和他们对技术的高度迷信是相关的。但设计中的有些专业和艺术还是存在着非常模糊的边界，像服装这种专业，生活的、历史的、文化的、视觉的因素是决定性的，强化技术基础在这样的专业应该指的是具体的技能，比如设计和制作，面料与工艺等。M 的个人困惑似乎也就是我们学院十年来困惑的缩影，唯一不同的是他可以对抗和逃避，比如另择比利时安特卫普学院、英国圣马丁艺术设计学院这样的高校，而我们却别无选择，必须面对且要解开这个结。

在我看来，M 是那种靠感性来学习的学生，感性包括先天对某些事物具备的特殊条件，以及对某些事物拥有的特殊情感和兴趣。这应当被认为是专业素质，是无法替代的必要条件，有时这种素质可以克服经济、文化、环境方面的差距，即有超越的潜质和巨大的能量。而艺术和先锋设计领域的先锋常常是靠独特而敏锐的感知来行事，把其纳入理性的轨迹式的总结是理论家们的事情。他们身上和行为中表现出来的理性是断裂的、间断的和偶然的，但闪光和灿烂却是常态。临别前我对 M 说，继续坚持自己的主张吧，10 年以后我坚信你是享誉世界的一颗新星。

2010 年 5 月 12 日

实习检查

南通永琦家具企业是我系外设的本科生的实习基地，主要让学生们见习木工制作工艺和认识紫檀这种材料的属性特质以及顾永琦先生在此方面的工艺特色。今年是双方合作的第五个年头，渐入佳境，老顾已熟悉本科实践教学中的一些要求，教师之中通过多年来的了解对顾氏家具的特殊价值也有更深入的认识。这一次4位带队教师和38位学生来到小城南通，这对于南通城也是一个不小的事情，据说那天接站，老顾兴师动众般出动了一辆大巴士、一辆7座的奔驰商务车以及一辆老款的“虎头奔”来迎接大家，场面甚大，非常隆重。

待在北京的我很希望看看学生们实习的状态，也像检查一下五年以来教学的成果，因而利用周末和周六日奔赴南通看望老顾看望大家。

出了机场顾畅接了我和另几位老师汇合，果然那几位同事身处异地但绝对看得出比平日守在京城的状态要好得多，个个如出笼之鸟步履轻松又喜形于色，若有所得。因为此次几位带队教师中，B老师和Y老师是首次来南通，估计顾氏家具的精湛工艺对二人冲击挺大，L老师和C老师之前已来过一次，并且L前一日里在沈授博物馆中购得一张精美的苏绣，她的笑容更是实实在在的。笑容被有形有质的物所充盈着和那种纯心得之状还是有所不同的，纯心得似乎总有惦念，而物质方面的斩获已使人完全踏实了下来，松弛得很。席间大家争夸南通菜烧得好，顾氏家具好，因我在这两方面已是多次受用领教自然比他们更有体会，分明他们尚没有机会品尝这里的河豚、鲥鱼，还有那令人回味无穷的长江刀鱼。问及学生的状态，大家希望实地看看再作评价，言语表情似有想炫耀的成分也似有难言之隐。

饭后已近夜里九点钟，听说许多学生尚在车间，我拎着行李直奔那里。虽说已多次踏入这个车间，但借着夜色造访尚为首次，心情别样，有一种小小的期待，这感觉就如同自己去幼儿园隔着窗户偷窥儿子在班级的表现。老顾家具制作的车间呈一字形，便于工艺流程的安排，平时这里有工人20余人，而今由于家具声誉日渐显赫供不应求，队伍已扩大了一倍。而这次其中又掺和了几十名学生，因此生产和工作氛围显得出奇的热烈。若不是借助性别判断我这么远远看去已很难分清哪一处是学生，哪一处是工人了。紫檀木的粉末飞起来落在屋架上、灯罩上、地面的缝隙中，车间呈一种闷红色，灯光下、白天直射入的阳光中漂浮的粉尘也是红色的，现实空间被罩上了一种陈旧的调子，有一种戏剧性，像是放得发黄的老照片，只是身边的人冲你笑笑时露出雪白的牙齿才把你从想象的世界拽回现实。老顾的工人中没有女性，他认为这样在生产时工人们可以安心地对待手下的工作，像寺庙里修心的僧人，欲望的资源被断掉了。但一到每年的学生实习期间这里宁静的氛围就被打破了，尤其近年来艺术院校中女生的比例占到三分之二以上，女生们的到来往往会使工人们分心，这样手头的工作质量就受到了影响，这是老顾最为无奈的事情。

● 实习的学生在车间里工作

表面看上去学生们工作得很投入，坐在案前又磨、又雕、又锯，还时不时会向工人们请教着些什么。为了不影响工人们的工作状态和学生们的实习质量，老顾把工作和实习区做了一个简单的区分，工作区被压缩到了车间的西端，但好奇的学生总是闯入这个领域去窥探工人们的工作。本次学生的实习作业是每个人利用边角料做一些小的木作，由于作业没有严格的限制，做什么的都有。有的学生在制作刀、叉、筷子之类的餐具，有的学生在雕刻一份植物变形图样，有的学生干脆什么都不做，只是把一块"紫金刚"材料打磨得如同被抛光的石材。总的感觉学生们对这里的一切理解不够深入，过多地在关注表面形式，比如材质肌理纹路的变化，他们乐于利用磨工来进一步表现这种变化，还有的对图形比较感兴趣，把材料切、雕成传统的图形。在总结会上一位同学自信地声称："学艺术的人应该这样去做。"言外之意就是装饰才是艺术，艺术的全部即是装饰。最不能让我容忍的是一位男同学在利用紫檀制作一把拙劣的小匕首，小匕首也许代表着他童年时代最顽固的幸福感，但这个题材无疑对高贵的紫檀木是一种贬损和亵渎。

当然这个责任并不完全在于学生，老师在设置课程的目的上也存在一定的模糊性，比如这种实习到底是以看和听为主还是非得动手，动手的目的到底又是什么？或者是动手和倾听哪个为先？若在这几个关键问题上含混不清的话，那动手似乎只是为了感受一下工具，意义不大。若动手是为了深入了解工艺，顾氏家具精细的活计又对时间有特殊的要求，这么短短几天尚不能够通过动手而产生效果。还有一个问题就是没有一位同学在作业中表现构造的，而实则构造上的创新却是顾氏家具的核心价值，许多地方极为精彩，令人称道。据老顾讲这些知识在开始的讲解中均已涉及，只是我们美术学院的学生对此反应迟钝罢了。我以为来南通实习必然要带着极明确的目的，这种明确性应当建立在对顾氏紫檀家具的核心价值的深刻理解上。动手未必就是实习的唯一方式，生产现场的亲身体会，用眼睛观察的同时开动大脑积极思考是一种更主要的方式。由于对材料物理性能的理解，利用构造来进一步驾驭材料的方法是顾氏家具最有价值的东西，这种技术保证家具在使用中的牢固性能，能经得起时间的考验。至于紫檀材质的表现力及顾氏家具的表面工艺也是很有特点的东西，但这些特点是外在的，容易感知却不易达到。那么从培养学生思考、认识事物的角度，还是首先去发现内在的东西，这是一种方法论。对于表面一般人都可以看得出的问题，则重在通过时间去一点一点尝试获得，而这的确需要很多时间。因此对于短暂的几天而言应当做哪些工作，应当看哪些东西都是不言而喻的。

当然作为一名清华美院大三的学生，选择本身代表一种见识，不管怎么说，学生一上手选择一个匕首之类的小儿科的东西，表现出更多的是顽劣而非智慧也非知识，这是令我这个系主任汗颜的。这个现象说明即使我们教育方针正在努力转向通识教育，这其中需要解决的问题还是挺多的，因为看得出学生对此明显准备不足。后来在个别老师的干预下，该生钟情的小匕首没有做成，每提起此事学生羞愧满面，可见其有觉悟之心，我等也没有去揪着这小事穷追猛打。中国古语中有“图穷匕见”之典故，这话套在今日也非常贴切，只是2000多年前那个事件计划得精确、周密。今天这事却漏洞百出，荒唐尽现。

对紫檀木品质的认识不足倒也不能为难学生，这种昂贵的材料一方面因其稀缺，一方面则是其材质的硬度，分泌物的润泽和纹理的气质。但和任何一种好的材质一样，对“优质”的判断是和对“劣质”的判断分不开的，“劣质”、“平常”往往是评价感受“优质”的基础。缺少对一般性材料或劣质材料的感知，对优质的认识也无从谈起，因而尽管各位老师对同学大谈紫檀木的优良品质和高贵气质，但对于学生而言由于缺乏对材料基本的常识，对这种吹嘘显得无动于衷。就像富人的孩子生来就居住在豪宅之中，他不会有感动的突然冲动，反而是在长大后出门看到穷人的寒舍方觉自己成长的优越条件。而且我认为在这种情形之中，让学生使用紫檀来实践，会使他们对这份飞来的恩典视而不见，以为是理所应当，全然没有感恩的心、爱惜的心。我眼见在汇报作业时一个学生抱着一摞用紫檀木制作的各种形状的东西放到桌子上讲自己的创作感受，而没有丝毫的自觉——自己是否有点贪婪。

学生社会实践课的另一个目的乃是要求受教育者通过离开课堂走入现实社会中去认识和感知社会学方面的知识，比如在现实社会的生产关系、经济特点之下的人与人的关系、人和企业的关系等，我们之所以选择南通这家企业，也是看准了这个具有较为典型意义的企业特征。老顾的企业现在共有人员 40 余，年生产总值近 2000 万元，而且他像个厂区中的皇帝，也像个封闭、静养在荷塘、书斋、博物馆中的神仙，整日里虽忙但神气活现、精神饱满。他从不为市场而劳神，使用顾氏家具的是一个小众群体，由于年产量的有限性，一年生产的家具基本上被老顾客以及老客户带来的新客户争抢一空。所以他的市场行为和态度是既主动又被动的，这一切源于他对传统家具的深刻认识，以及在技术上的自信。但令人遗憾的是几乎没有学生关注这些，他们只是带着一定的求知欲望而来，只是希望在现实中重新温习一遍书本。在全国各美院纷纷大幅度扩招的情况下，清华美院坚持每年招 240 人的指标，而且未来五年内不会有大的改变。目前清华美院学生文化课的成绩平均分数已远远高出其他院校的学生，许多教师和领导者乐观地认为我们开办研究型教育的条件已经成熟，同时对这批学生寄予厚望，希望他们除了拥有扎实的基础之外，还应拥有宽广的视野和深入研究、认真思考的习惯和能力。对社会的认知其实就是一种宽度和深度的表现，目前的状况令我有点丧气，仿佛被兜头泼了一盆冷水，看来研究型教育的转变远远没那么简单，任重而道远。

2007 年 8 月 27 日

论设计速写的扁平性及隐藏的多维性

清华大学美术学院注重速写的训练，无论是造型专业还是设计专业，无论在入学前的考试还是在入学后的培养当中，速写都是不可或缺的内容。入学考试中速写是四门科目之一，但分数比值略小，相当于其他科目分数的四分之三，既说明其核心位置，也说明其虽处核心但未及根本。入学速写内容是人物速写，要求以线勾勒为主，不容着调，我想其意在于考核学生对整体结构的认识和把握。但人物速写和设计关系其实相当牵强，若是非说有，我倒是认为应当把动态之中人物的骨骼关系予以概括是更妙的方案。

建筑学专业和环境艺术专业的速写训练是重要的教学内容，目的是让学生掌握一种认识建筑的方式和表达的能力。这种速写的目的和绘画的速写训练已有本质的不同，绘画领域的速写无论是风景还是人物，客观的物像极大程度地被主观扭曲和改变着，这是一种主观意识和客观物像古怪的叠加、投射、结合的结果，它是加密之后的图形。而设计领域的传统速写则以客观对象的概括、记录为主，我想这在照相机没有普及的岁月是极为重要的一种认知、学习的方式。和绘画速写相比，设计中的速写几乎慢了许多，尤其当对象是中式的古典建筑或西洋古典建筑时，繁琐的组织和堆砌的细节，纵使你有三头六臂也很难快起来，此时速写的价值应当是辅助认识建筑的一种恰当的方法，就像记忆背诵讨厌的英语，手、眼、口的协调运动的效果方能更佳。由于建筑是生动的实物，描摹和记录时的快感大大超过了背诵英语的过程，因而速写有时虽然挺慢，但趣味横生，速写者的快乐会悄然地改变客观的物质世界，并且这种快乐会像瘟疫 SARS 一般由纸面去感染他人，这就成为艺术了。我这个年龄段学习设计的人，大都被何镇强先生的速写感染过，何先生的速写除了带给我们现代社会的信息之外，还赠与我们对“速”的惊叹和对“写”的感受。

在建筑现实世界和其他物质处于严重营养不良的岁月里，速写是极为重要的专业学习方式，通过使用廉价、简单的纸和笔对对象的描摹、记录，完成了心对建筑的细细历数，然后转化为珍贵的记忆文献。建筑速写的过程也强化了速写者和对象的感情，像是心理学中描述的母亲对幼儿的爱抚对情感的培养，像盲人窸窸窣窣对大象的触摸。这种情感的升华实则是一种朴素和现实主义的美誉过程，它改良了人和物的关系。由于中国进入现代建筑语境的时间较晚，因此描摹对象大多是传统的中式建筑或殖民时期的欧式建筑，这类建筑的特点是构件繁多、组织严密、细节丰富。速写此类建筑对学生梳理复杂的表象元素是很有益的，有一些表面看似乎是细节，但细节之间相互承接的关系却是美学和技术的逻辑反映。这种学习过程也很有趣，反复的细节强化了速写过程中的体力劳动特征，如同出家人诵经时手捻珠子，口若经轮般不断重复、轮回，以此来诱发一种潜在的巨大能量。

如果我们认定速写是一种学习设计的恰当的或必要的方法，那么就必须对其摹写的对象有一个明确的要求，即这个对象所确立的方向应当和专业学习的特点、性质保持着大致的统一性。话说得更直白一点，设计专业的速写对象应当多选择那些包含大量设计信息的素材，比如具有典型意义的建筑，有趣味的街道空间，形式生动的细节等等；甚至可以是设计精彩的工业产品，比如家具或交通工具什么的。因为好的东西才有必要去认识和了解，这种纸面记忆才会有价值。我认为适当保持一个专业的边界是好的，因为设计速写应当有其明确的目的，不是为培养艺术家而准备的。个别的设计师成为速写高手，甚至炫耀速写的技巧，这也是一种事实，但不能成为主流。就如同虽然果树下生出一簇美丽和美味的蘑菇，但它结出更多的是果实的道理一样。由于中国的美术学院是艺术设计专业成长的摇篮，"学习设计好榜样"，但更多的设计榜样都是艺术家，因此设计速写过程中应当警惕设计和艺术边界的模糊化。如果说艺术家速写簿中是符号，那么设计师的速写簿中应当是细节，艺术家在速写中可以施展抽象的技巧，设计师则是概括，艺术家可以描述残败箫肃，设计师则必须礼赞完整、精致。我们永远不要忘记，设计师的使命是生产和完成，艺术家的使命却可以在废墟中感叹、总结。

在当代世界之中，和许多其他事物一样，速写也遭遇来自各方的挑战，照相机尤其是数码相机的普及已改变了设计师依赖速写纪录的习惯，传统速写是从复杂的对象中挑选结构性的元素，而照相机却非常暴力，色彩地将对象全部撷取，速度却是速写高手的百倍、千倍甚至万倍。一个不争的事实就是当代多数设计师手上少了一个本一支笔却多了一个机器。极力维护传统速写尊严的人也许认为使用相机还是不能替代速写作用，因为速写是在反复用眼、手来打量建筑，便于认识建筑，但我们的专业课程中不是还有远比速写更为细致、慢条斯理般阅读建筑的测绘课么。许多人离谱地比喻速写和设计者的关系，说“拳不离手，曲不离口”，这个比喻漏洞实在太大，因为拳是武术搏击者的功夫本体之一，曲乃艺人的本色功夫，都是解决问题的直接元素，我想速写和设计师日后的工作关系倒没那么密切，现实的情况是许多设计师更是毕业之后便终生远离了那支笔和那本簿，工作成绩却未必逊色。

● 传统的优秀学生速写“谐趣园”

速写的权威性建立应当是在以手绘表现为主的那个年代，是表达方面的基础性训练。在一个崇尚写实和风格稳定时期，视觉的表达曾经牢牢地霸占着设计的话语，一个不成文的规则是你若想成为一个好的设计师，必须有一套过硬的手头功夫。于是前辈们示范，青年们发愤，全国的设计界在手头功夫的培养方面注入大量的精力。当室内设计领域进入飞速发展时期，速写能力又在物质上获得了巨大支持。众所周知，建筑表现多以渲染为主，而室内表现则多以淡彩为主，淡彩的设计信息主要依赖其中的线对造型结构的表达。依靠速写所建立的表达和造型的基本功在一次次投标的过程中发挥了巨大的作用，同时亦获取了巨大的商业利润。若问何以有如此成就，无他，惟手熟耳。当手绘高手们沉浸在一次次胜利之后的狂欢之际，来自计算机领域的一支暗箭已悄悄搭弓上弦，为其第二次重创进行着充分的准备。计算机辅助设计在设计领域的努力，使得手绘在模拟现实场景、刻画细节等方面全线溃退，似乎使人们看到手脑分离的曙光。如今在设计行业中手绘效果图已如大熊猫般地珍稀，速写生存的空间和促其生长的能源也在枯竭的边缘。

本次速写大赛是在向这正在枯竭而去的躯体招魂么？其实不然，我以为人的思维从来都离不开手，设计活动更是这样，手的活动乃心的活动之轨迹，高超的手会捕捉思想的精彩闪念并在纸面上记录下来，当一段思绪终结之后，思想又会回过头来在手留下记号之后进行反复探究。因而我们又看到笔和纸存在的价值，而且我终于明白过去附加在纸和笔身上那些多余的意外的价值，使其和思维本质的联系被遮蔽了起来，当这些附加的负荷在新技术手段的分解之下离散而去时，我们终于看到其本相，并将赋予其新的表现形式。从各院校交来的大部分作品中我有似曾相识的感觉，尤其是那些摹写依然屹立千百年的建筑文物的速写作品，这些历尽沧桑的建筑至今仍然担负着设计专业学生们漫漫行程中“驿站”的角色，大家驻足仰视，心录笔记重复着过去的精彩。在这种不断重复之中我有点昏昏欲睡的感觉，美丽样式过于单一也会有催眠的作用。但我并不甘心这样沉沉睡去，我希望能看到一些不因循守旧的作品，希望这类作品能引起大家关于速写的新的话题。当我们确信纸与笔在设计中的责任之后，也在为速度重新定位，台湾漫画大师蔡志忠所绘《禅说》中有一段关于速度的描述。智者发问世界上何物最快，凡人回答是奔马、离弦之箭，诗人回答是流星，科学家回答是光，这些回答都未能使智者满意，而他的答案是心最快，再遥远的地方，只要心一转念就到了。这是速度的极致性最为经典的表述。设计中的思维速度虽说没必要和光速去竞争，但却充满变化。快往往指的不是绝对速度而是变化的次数，因此我认为速写应当有新的价值取向。过去的速写注重技法，大家喜欢看繁杂性，也喜欢看简约性，喜欢线条单纯的艺术表现力，许多设计师功成名就之后出版一本速写集，让从事同样工作的人看、欣赏、学习甚至临摹。而我认为当代和未来的速写却主要是给自己看的，因为它是心和念的踪迹，是绘者深入思考的线索，只有自己方能认得。

赞同以上的想法时，就更坚信速写应当有新的形式新的领域。也许未来速写中细节仍然存在，甚至更细，就像本次展览中出现的个别作品，这时速写成为设计师学习和掌握知识的途径。也许未来速写中的具象形式会消失，只有文字和圈圈点点的符号遗存下来，它有如许多消失文明残存下来的文字碎片，诡异地记载了人类的建造史、设计思想史。也许未来设计师们的速写将不再像今天这般计较构图，计较勾线的技法，但只有这样，速写才真正地回归到其本源——“为设计服务”。

2009 年 9 月 22 日

判卷

今年考研的人数是环艺系招研史上最多的一年，达 203 人，是社会把机关以及院校任教者赶进了考场，是求职的压力把应届毕业生逼进了考场。考研对于大家而言如缓兵之计，可以暂缓直面社会的唐突和虚妄。社会的标准在学位的尺度上越走越高，但在纯学术的深度上却越来越飘。浮躁的原因在物理上可概括为自重不足或水底动荡，在社会学中文化的浮躁则主要来自社会主流的倡导方向，大学、研究机构、国家机关用人的学位门槛愈来愈高，这就是主流的动作样板。而更多的生产和应用部门对高学历的盲目追求和样板有关，我们的社会发展一直要靠样板的示范来指引方向，这到底是什么因素在起作用，我尚没有细心去琢磨，但个人和集团内心发虚也是一个重要的原因，不自信、不理智就会片面依赖于一些表面的硬性指标，用量的标准来武装自己。学位的高低其实不是绝对的量，它的起因是对社会不同的需求而作出的不同应对方式，但由于任何事物的内在原因总会在量上引起一些相应的变化，所以当我们的管理者无法判断人才的专业水准时，外在的标准却能够把这种复杂的问题简单化，既直接又有效率。

自从中央工艺美院与清华大学合并以来（另一种说法为加盟），美院研究生的招收名额有了巨大的变化，其实前中央工艺美院是以应用为主体的美术学院，教学方法上强调动手，学术影响上强调实践的作用，因此，传统的学历资源以本科毕业生为师资学历主体，传统的学位教育也是本科教育并掺杂少许大专学历教育。经过十余年的细细品味，我感到前中央工艺美院的气质中有一种女性的阴柔美，院领导和系主任中女性的比例极高。合并有如结婚，清华大学以其雄踞中国高教领域的资本理所应当地充当了一个丈夫的角色，而工艺美院合乎情理地充当着“新娘”。无奈在清华浓重的“夫权”的影响下，“新娘”迷失了自我，迷失的内因首先是因为“新娘”的身份没有得到自身的确认，即新娘没有认为自己是新娘，并不甘于做新娘，这导致美院争取的利益竟也是夫权，这种心理的外在表现就是在阴柔之美的基础上极力表现和塑造的“阳刚”，结果是把本来简单的问题复杂化了。回顾美院近五年来的重大工作措施，“创新”动作太多，且难度系数太大，第一轮狂飙就是“艺术与科学”之影响，艺术家们摩拳擦掌跃跃欲试，其结果不过是浪费了一些时间、画布、纸张，但教学体系的改革则带来了巨大的影响，浪费的绝不是物质，而是非物质之中最为宝贵的财富。

目前的研究生招收考试中提倡“宽口径”，方法的体现就是想抹杀专业之间的界限，所以设计专业的理论课竟是和专业深度关系不大的设计史和工艺美术史。其实设计专业之间的差异是非常大的，我在美院工作了16年，可我至今仍然是陶瓷专业的门外汉，服装设计的水准即使仅是欣赏也称不上好手，其他专业的人员对环艺的认识也一样，看似简单，一动手完全不是那么回事，贻笑大方的事情已经发生了许多许多。传统的美院建制中，系的独立性是很强的，但两校的合并在伦理上造成了一些混乱，系已经沦落为一个教研室级别的教学管理单位，在清华大学的教学管理机制中已经无力对招研甚至培养有太大的作为。其实我个人以为“宽口径”应当只是一种学术倡导，而不应在具体的学习菜单中进行过大的调整，因为“宽口径”的培养模式基本上剥夺了教师个人对研究生影响的力度。艺术的培养极为注重个体的感受，师承的模式是艺术精神中自由、差异的基础，个体对个体的感受太重要了，菜单式的普遍培养模式更像“养殖”。

“养殖”无论在农林牧副渔业，还是在教育领域都称不上一个好的词汇，它是一种迫于无奈之中的选择，并且众所周知的是，养殖中超个体的案例是极少的，因为养殖强调必然性而大大抹杀了偶然性。但养殖的突出成就就是产量奇高，203人的数量的确是惊人的，它创造了我系在此领域的历史。在教学楼A座434教室里，教务人员捧来四袋大大的牛皮口袋，里面塞满着200多考生的希望。今年的初试增加了专业基础，目的是测试考生的基本专业能力，以防进入复试的“选手”们过分仰仗英语和政治的得分能力，可以看出院方在目前不得已的情况下为了强化专业能力的考核还是煞费苦心的。这个权力对于独立性渐失的专业来说是一种心理上的补偿，因此我充分利用了这有限的权力，记得考试的那天，我独自在考场外隔着玻璃观望里面挥汗如雨、手忙脚乱的场景，心里暗暗发问，是不是自己太狠了一点，题量太大了一点。考试结束后，许多考生抱怨题量太大做不完，而监考的老师也说环艺专业试题比其他系的要难，这会带来得分上的差异……我心里也有委屈，想选择优秀者不就应抬升横杆的高度吗？有什么错，错在机制。当我们看完试卷的大致情

● 养殖场内景 & 清华大学紫荆学生公寓区域卫星图

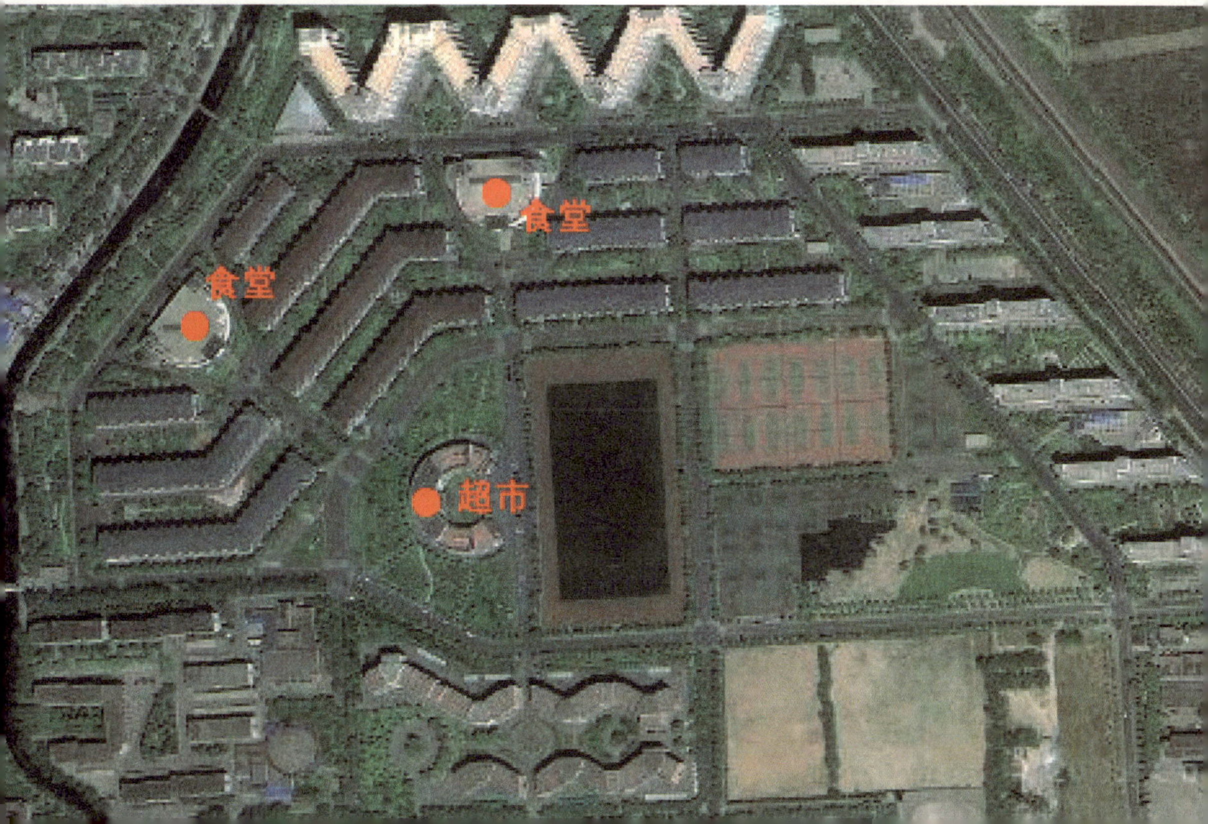

况之后我的心得到少许宽慰，因为虽然大多数试卷的设计和绘制表现仓促之外依然有约十分之一的卷面表现出较强的专业基础能力，由于考生基数庞大，因此这十分之一的数量依然非常可观。有四分之一的考生没有按要求画完，也反映出全国环艺专业盲目扩招产生的不良后果，有些试卷上表现出考者连基本的专业制图规范都不熟练，我想这种学生还是不招为好，否则研究生教育会沦落为本科专业补习再教育。我自己人格健全完整，绝没有虐待狂的倾向，因为在高等艺术设计大扩招的时代，教学质量江河日下、鱼龙混杂，甚至在传统优秀的学院中也存在着这种问题，是与非的判断条件变得更为复杂，唯有加大压力方能去伪存真，见到考者的学术本相。苏东坡在《前赤壁赋》中云："山高月小，水落石出"，这是抽象的力量和抽象的图景，爽哉。

2006 年 2 月 18 日

复查

清华美院新生入学仪式在 A301 举行，不太深的主席台上居然挤进两排人。头排有桌者为院级领导，后排为各系领导。各系领导是首次登台亮相，看得出来在原有的空间格局中并没有他们的位置。由于空间过于狭窄，系主任们几乎是紧贴着院领导的后背而坐，有点像侍者或警卫人员的架势。

坐在台上从院领导的肩膀间隙向观众席望去，240 名新生黑压压坐满了观众席。大概是为了突出主席台领导的缘故，工作人员熄灭了观众席上方的灯光。如此 240 位幸运儿光鲜亮丽，并洋溢着幸福感的面孔隐没于暗淡之中。黑压压一片的场景使我想起电影《暴风骤雨》中工作组开农会的情景。

几乎每一次新生代表的发言都充满着对迈入清华园的自豪与骄傲，没有人提及对艺术的向往及对偶像的崇拜。在大学的光芒之下学院精神荡然无存，这是我所疑惑和分外担忧的事情。我个人以为大学精神和理想是普世的，亦是抽象的，而学院的精神则是具体的，有特质的。学院是学科空间地理和学术围猎的领域的统一体，它是大学校园中的堡垒，既严格地界定着空间的限定又明确地区分着内外的气质。可以说学院的独立性是大学存在的根本，又是大学开放性的具体表现。学院之间的气质差异从现象上反证了大学的包容性。美术学院是清华园中的奇葩，它的学科规律和其他兄弟学科没什么联系，对美术学院的学习者来说，比理性、比知识更为重要的是情感与气质。失去激情的美院学子就会变成放在果盘中的苹果，将逐渐失去光泽。精、气、神在年复一年的入学仪式无法看到。学生们的言辞中没有触及关于理想、个性、自由、独立的话题，甚至在身上也看不到勇者孤傲的影子。

● 美院的复查制度在清华是有特殊性的。潘飞绘

新生坐席上三分之二以上又均是女性的面孔，当代的艺术院校中无论造型领域，

还是设计领域，20 多个专业正在全方位失调。环艺专业的室内设计方向男生只占五分之一，而装潢专业更惨，仅占十分之一。当全中国男女比例严重失调时，艺术院校却反其道而行之，男生少得如同大熊猫一样。并且在这种阴柔的环境中，仅有的男性亦有被彻底同化的可能，据说到四年级时，许多设计专业中的男生都变成了性格温顺的大猫，一些女孩常常会温柔地一边抚摸着男生的头发一边向别人介绍说“这是我们班的宝贝。”“宝贝”这充满爱意的称呼宣告了由阳盛阴衰向阴盛阳衰的美术学院的转型，因为物以稀为贵，残留的男性像火种一样成为这个群体性征均衡的符号。然而并不总是内容的缩影，由于男女生比例的严重失衡，课堂氛围和学院气质俨然已和过去有天壤之别。20 世纪 90 年代中的十年里，美术学院的课堂依然残留着 70 年代中学课堂的气息，那时艺术院校的考生多是文化课堂的叛逆和乱子，不缺少激情却缺少归顺、臣服的骨性。班级之间斗殴、文艺表演时台下出格的哄闹，课堂上的调侃是一幅永不谢幕的活话剧。老师要么扮演孤儿院中凶狠的看护者角色，要么就是混迹于学生之中成为哥们中的一员。那时各专业中非但男生比例高于女生，而且男生中高大威猛形象者不在少数。尽管校园内高音喇叭播放着主流的革命歌曲或美国乡村流行音乐，但从各班级教室和宿舍各寝室中传出的大多都是劲霸十足摇滚呐喊和玩世不恭的街头音乐的嬉闹。老光华路校区夹杂于嘈杂都市的缝隙之中，社会中的一切新生事物都难以阻挡地潮水般涌入校园。当时中央工艺美院的门卫眼光甚是厉害，那几位总是身着四个布兜儿干部服或军大衣的门卫尽职尽责，扼守着校园通向社会通途要道，阻止莘莘学子向自由世界的流动，但无疑这弹丸之地的“囚笼”如同沉入水中的泥丸被七色五味的社会汤汁浸了个彻骨。

环境艺术设计系在那个时代充当了学院精神向世俗精神转化的先锋，其重要的驱动力是物质，教师和学生频繁地在校园和 CBD 的界限之间往返穿梭，他们一方面实现了知识和技能的价值，一方面将物质的力量外化为一面鲜艳的大旗在光华路校园狭窄的天空猎猎飘扬，同 500 米外强行介入事业的京广中心一样霸气十足。这种霸气也是一种雄性的证明，汗臭、烟臭和铜臭混合在一起，弥漫于校园的各个角落，儒雅的老师开始转变为一掷千金的老板，技巧娴熟的学生就立马转变为江湖习气甚重的二道贩子。同时这种雄性在物质方面猎取的能力也极大地震慑着学院中所有女性。的确自古以来能在时代的洪流中出入自如叱咤江湖的女性还是凤毛麟角的，广阔天地大有作为者多为雄性。

因此面对台下黑压压一片的娘子军们，本人对美术学院的未来有些迷茫，因为无论造型领域还是设计领域，绝非和风细雨的境界。经济也好，创作也罢，尽是些与天斗、与地斗、与人斗之事，身体和勇气是必不可少的。比如造型专业中的雕塑，需要绑扎钢筋的手力、拎泥巴的臂力、攀登架子的脚力；设计领域中的环艺专业常常需要不间断地出差、连续地熬夜、加班，还时常要头戴安全帽在工地的脚手架丛林中穿越，在电锯的咆哮中对话，在焊枪火花四溅之下观测。同时声色犬马的世俗社会中的成功者，若为女性，她必定是有出类拔萃的征服世界的魅力与定夺江山的技能。尽管我们一再宣称女性能顶半边天的世理，但不可否认无论西方还是东方，人类社会的主宰依然是男性。女人称帝的事情中国有，外国也有，但这多与那个女人身边的男人有关。有时女人可以轻而易举地征服自己服侍的男人，从而在这个男人驾崩之后执掌世界，但若完全凭其微薄的个人之力从社会的底层搏杀至权力的顶端之人之事，至古及今，未尝闻之。甚至包括传说中的穆桂英、花木兰的事迹我亦认为纯属虚构。

当然我无意去诋毁在当代清华美院中占多数的女性的能力，因为她们毕竟是艰苦卓绝的高考过程中的最终胜出的勇者和忍者。我尤以“忍者”称之是因为30年来中国高考的漫长过程是对人记忆力、体力极限的考验，更是对“人性”的折磨与摧残。因而抵御人心中对于快乐的追求诱惑的能力虽不是在考试中“攻城掠寨”的实力，却又是这种结果的必然。

美术学院的入学考试可谓是万水千山关隘重重，能经历这个漫漫征途而达终点者着实不易。近几年来，除去专业四门课程的要求不断提高之外，文化课程的分数要求也在节节攀升。近两年美术学院设计专业文化课的平均分数已在530分左右，大大超过了同类其他院校。这似乎也是一种难度的证明，对应试者能力全面性的一种证明。中国的高考自1977年恢复以来，被公认为是这块土地上不算最科学合理，但绝对最为严格和公平的一种选拔人才的方式了。国家机器在协助这种庞大的方式运行，不惜一切代价以获取国民的信任。而这种信任也是对于所有公民唯一的公平竞争的机会，是所有人对未来充满信心的理由。因此，即使我们常常认为在选拔人才方面当下的高考制度尽管弊端多多，比如科目过于全面，又比如无法衡量人的特殊才能等，但对大多数成功者来说，这是一生中难以再觅得的最为可观的自我证明良机了。美院最终的录取取决于文化课分数和专业文化的总和，同时由于专业课考试只是由一个院校凭借自己的力量来控制和操作，就必然存在一些难以避免的管理上的漏洞。美院的入学之后的复查制度在清华是有特殊性的，而且通过这种方式的确能发现一些问题。

今年复查的方式倒是简单，就是让入学者默画一遍专业考试的试卷，素描、色彩、速写、专业设计基础这几门过去令人生畏的科目和试题，今朝重复更令人生厌，不光是考生生厌，考官们也生厌。为了证明正身，试着拿来最初的试卷和复试的试卷相互比照，看是否同一人所为之。成果是明显的，绝大多数试卷的过去和现在令人吃惊的相似。构图、题材、风格、色彩相似到了令人恐惧的地步，它达到了复试的目的，但也对考生们的应试能力的培养经历以及能力暴露无遗。我想这是复试之于我的一个重大收获，我获得了高考专业考试在人才选拔上完全失败的物证。

今年教务部门曾做过专业成绩与人才成长相互关联的统计和研究。抽取近年来专业考试前 20 名的学生，观看其经历大学四年教育之后专业成长的轨迹。结果令人尴尬地看到一组统计数据：原先前 20 名者只有 1/3 的人员继续保持在大学学习专业成绩前 20 名内；有 1/3 退居中游；更有 1/3 的人员坠入后 20 名范围之中。数据是事实的表现，它铁一般无情和冷酷，将那些迷恋高考成绩者给予当头棒喝。高考只反映出排队的顺序，并未能反映出被试者的素质和潜质来。入学后的复试在法律层面也有诸多有懈可击的漏洞，只是我们这个民族不懂利用法律的武器。同时复试在客观上似乎又是对高考价值的一种强调，告诉所有人强化记忆的应试方法的无比优越性。

2006 年 10 月

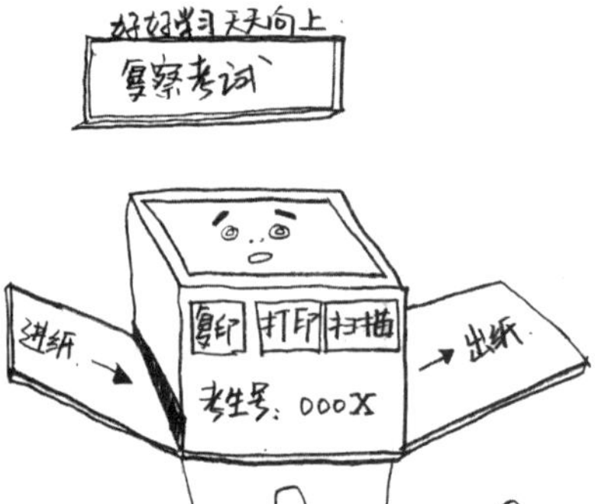

● 绝大多数试卷的过去和现在令人吃惊的相似，成为高考专业考试在人才选拔上完全失败的物证。潘飞绘

面 试

年轻时被面试是一件常常遭遇的事，每一次面试都是一次机会的降临，为了抓住这闪现瞬间的机会我们不惜一切去表现自己，有点像轮盘赌，被面试者只是一个个数字，有科学分析说人的意念也可以使概率差之毫厘，这更是个人努力的一个借口了，但毕竟年轻是以小搏大没什么资本，一切也只是一点了。

后来成了老师尽是面试别人的事情，且不说每一年的本科专业考试，还有研究生面试、毕业答辩等等。角色颠倒了之后开始还有点不适应，刚留校时本科面试中我对学生的态度谦和，没有一丝一毫颐指气使的神气，往往面带微笑、语气温和，因为意识之中自己的身份尚是一半师者一半学生不太完整。随着时间的流逝，我的学生气质愈来愈淡化，而师者所惯有的庄重表情和严厉的口气却大大加重了。螳螂捕蝉而黄雀在后，即使这样我充其量只是算得上一个“螳螂”，因为每隔三五年的时间，就会迎来一次职称变升的机会，而此次自己要竞争正教授的职务更是必须得经过院、校两级学术委员们的评审。蝉鸣得意，因为它压根就没有注意背后危险，螳螂自以为聪明天下之命运尽在掌控之中，殊不知自己亦受制于它物。比之二物人尤可悲，因为你是在众目睽睽之下试图走出这危险的境地。

参加评审对于一个从教多年的人来讲是残酷无情的，它将无情地剥夺你长久以来的养尊处优之感，活生生地将你打回原形。

这次院学术委员中参加评审的人约有 20 余位，黑压压地围绕着一张长桌的三个边呈 U 形正襟危坐，我像个弱小的秋蝉在这钳形的态势之下孤独绝唱。在规定的自述 7 分钟内我要把自己五年以来的工作成就做一个总述，谁知时间竟过得飞快，未等我进入后三分之一的话题，立于身体左侧的人事部门设置的闹钟就不留情面地闹将起来，听到这催命的铃声自己原本较为松弛的神经顿时紧张起来，因为未能在规定的时间内陈述完毕对于一般的人尚可原谅，对于职业的教师则是着实不该的事情，就像自以为强大的中国足球队在临近比赛结束时还未攻破南亚弱队的球门，令人焦急又令人绝望。于是我抓紧因情面而拖延的一点点时间来快速介绍，不过这种

● 参加评审的人黑压压地围绕着一张长桌的三个边呈 U 形正襟危坐，我像个弱小的秋蝉在这钳形的态势之下孤独绝唱。李笑寒绘

努力往往是徒劳的，正如中国队从未在这种绝境之中出现扭转乾坤的奇迹，我怎能在这几十秒中完全讲清自己过去几年的“丰功伟绩”呢！一位领导终止了我的挣扎，然后开始提问和回答问题的程序。好在各位学长都是熟人给我留了一些颜面，所问的问题不算刁钻古怪，给了我挽回败局的机会，我抓住这个机会把储备好的一些观点赶快抛了出去，那些被揣在胸中本想卖弄的包袱若如此这般草草的抛出，那效果必定不佳，但却算完整，因为程式化的考核之中完整性大概是首要的吧。

后来我发现许多答辩应试者，之前都准备了陈述的文稿。在此我有些大意。胜者王侯败者寇，也许答辩的状态就是委员门认定你教学工作水准的唯一线索和唯一标准了，我略感失落。原本认为自己“发动群众”若干几日准备的个人情况汇报版面已经足够了，看来远非如此。就像在饭店点菜，你若点完河鲜之类，服务员往往会把活物带入餐桌给你仔细看，你必须看到它活蹦乱跳方可安心，仅仅文字性的介绍看来对一个活生生的人而言不够说服的力度。但我毕竟从教 20 年且有据可查呀，那过去获取的荣誉，学生意见的调查，这些还不够吗？换位思考一下，方知这的确不够，在课堂上挥洒自如，声若洪钟，口若悬河，那只是公共场合，众委员关起房门听你介绍（更像是交代问题）确有堂会的味道。想起一次和某官员一起用餐，席间闯入一歌手，那首长要求该歌手在包间里为大家唱一首歌助兴，歌手欣然应允，但我感觉本来是公共场合引吭高歌的事物在这私密的氛围之中效果的确不怎么样，甚至有点尴尬，但领导们很是满足，因为这不仅是听歌更是待遇的反映。在向各位委员汇报的紧张和令人窒息时，那位歌手的形象不知趣地出现在了我的脑海之中，顿时涌起无限悲悯之情。

今年的职称评定较往年更复杂了一些，这次院内汇报仅仅是一个中级的评审程序，还将有一次是在大学由校内的各专业人士来听取，须小心对待方可度过这无涯之苦海。

2006 年 10 月 24 日

让位

让位之一

Z在米兰理工大学刚刚完成她的博士学业，应我的邀请回京向学院申请职位。她的博士阶段的专业方向是展览展示，两年前在米兰 Tortona 大街的小餐厅里她兴奋地向我描述了这个专业在意大利的发展状态—— 一个崇尚创造和充满激情的领域。

后来我在意大利的的确确看了几场精彩绝伦的设计展览，展览内容充实、丰富，展览的形式生动感人。2007年米兰大教堂南侧的展厅展出的意大利百年艺术与设计展，2007年8月米兰三年展——建筑师伦佐·皮阿诺个展，以及2008年米兰设计博物馆主体展给我留下了永生难忘的记忆。意大利优越的设计历史履历在一个个华美的情境之中缓缓展开，将无数文明的结晶抖落，散发出璀璨的光芒和悦耳的声鸣，仿佛拨开沉重的迷雾，仰望灿烂的银河，令我感到自己的渺小而卑微。这些看来对我的影响和刺激一方面在于它承载的内容之光辉，之深重，一方面又在于展览形式的自然与生动。

意大利的展览是具有相对独立性的，这主要指形式独立于内容之外的纯粹形式价值及其意义。因此这样的展览即使你完全了解其内容，依然对观看保持着顽强的欲望，我想这即是独立性的朴素表现。形式的价值是最直接的表现，是对感官的调动，它是表层的，但此时表层即是结构，即是全部。

Z在米兰理工大学的学习勤奋努力，并且这种表现完全建立在一种主动性的专业诉求之下。这是近些年学生中少见的一种状态，同时是我对其异常器重之原因。

我深切地感觉到目前的清华大学美术学院需要这样的"海归"，包括她的知识、见识和气质。由于我的专业定员已满，不得已只能将其推荐给展示专业。这倒反而显得名正言顺一些，因为展示专业建立时间不长，教学人员不足，并且近年来国际国内展示和活动愈见频繁，该专业是方兴未艾之朝阳产业。在以往和Z的交流中，我对其敏锐和悟性也非常欣赏，她几乎就是我对专业未来教师想象的典型。作为一名对学院的未来有责任感之人，我不愿意让这样的人才失于社会或成为我们日后的对手。我向学院和工业系举荐此人，经过接触，院长和工业系的领导和教授们对她也是深表认同，事情似乎向着积极的方向发展，我对此深感欣慰和乐观。当我正向周围的同事和学生兴奋地展望这事情的顺利前景时，势态却急转直下，发生了颠覆性的变化。院方委婉地劝说她不要在这次参加应聘竞争，而是希望通过博士后工作的方式延缓一下竞争的紧迫压力。院方的态度在百般暗示无效的情况下，只好把话讲得清楚了起来，就是说已有的人选和决定者已有的计划不希望她的强力竞争而出现闪失。

我被这样的理由激怒不已，但又觉得这并非什么新鲜事。近年来我开始对中国高等教育中的神话有些越来越清醒的认识，那就是原本是个伪造的神话，只因自己的幼稚，才相信神话的存在，才导致恼怒愤懑和失落的情绪产生。"本来无一物，何处惹尘埃"，伤害自己情感的往往正是自己的情感。我一直以为口口声声创建一流大学的机构的管理者和决策者在大是大非面前都是极为公正的，却忽略了每一个决策者本身亦是饱浸当代社会习俗的群众之中的一个个体，而处于关键环节的个体恰恰又是维系社会文化结构至关重要的节点。因此这些领导者本来的思维往往和社会整体思维习惯相吻合，相同构，这是获得认同的一种方式。

让位之二

学院为所有教师提供免费午餐，地点在四楼 A 区北侧 L 形的空间。每到中午这顿白食把众教师和员工都召唤到此，大家难得一聚，个个脸上荡漾着感激的笑容。取餐的空间极为狭小，因而在每日午时约半小时的时段中，大家面对美食又不得不排队等候。

站在我前面的是一位本科刚毕业正等待读研的学生，但又在担任本科生的辅导员，她在享受着教师一切的待遇。每次学院有重大活动，此人均担当主持人的角色，因而和学院领导层保持着良好的关系。这是那类主流社会阶层"交际花"似的人物，脸上永远挂着职业性的微笑，向所有的人传达着友好的态度。当然这种微笑也不是僵化的，它会针对对象的不同呈现出微妙的差别：高傲的、敷衍的、灿烂的、讨好的、腼腆的，会通过五官之间收缩自如的控制力来表达。此时她背对着我专注着唾手可得的午餐，我亦如此，只是比较羡慕她优越的排序。

院长一脸苍茫和疲惫地闯入，他环顾四周，在队列和食品种类之间做着选择。刹那间前边那位将全部的笑容绽放了出来，同时手脚并用热情地招呼院长，并且让出一个身位。这个身位在餐厅里是唯一的价值体现，它能使人正被饥饿折磨的食欲得到尽快的满足。它的价值和队列的长度成正比关系，是时间累计的结果。

我有一种被出卖的感觉，而且是在他人出卖自己的时候无意中出卖的一个副产品，顿时一种不快袭上心头。这种让位出卖了所有排在她后面的人的时间，因为每一个身位的差异即是一段固定的时间，获益者是每一位牺牲者的总和。在未获准的情况下，该人出让了自己的利益，同时亦出让了其他所有人的利益。表面上看来这缘于疏忽，但出于一种主动性愿望之下的疏忽是不可原谅的，因为这其中掩藏着获利的企图。

● 为领导让位。潘飞绘

有一种让位的情况是较为合理的，那就是让位者出让自己的位置而自动退出队列。在这种情况下，后边的每一个人的时间并未受到占用，但这种方式又不合情，它显得过于隆重，会因此被拒绝。我想雷锋就是这样的人，他拿自己的钱给他人买票而不是号召大家一起捐助；他汗流浃背地在列车中帮列车员搞卫生，却不是指责大家不讲卫生；他自己穿补丁摞补丁的衣裤却并不号召所有人模仿，……但现实中这样的人物不多。更多的是这种以牺牲他人利益而做善事者，并且这种人在过程中自己亦参与到获利的队列之中，赚了个盆满钵满。

在呈线状的队列中，让位的企图和结果是非常显著的，尤其是队列的长度在一个限定的数量之下，这时每个旁观者对整体和局部都有一个清醒的认识。当队列较长时，巨大的利益建立在多数人的损失积累之上，损失被分摊了，但巨大的获利会激起众人的愤怒，这是由嫉妒产生的愤怒。而队列很短时，这时激起的不满是直接的，出于应有的反应。

排队的过程中每个人都有让位的企图，这种企图缘于自己在队列中的位置优势。位置越是靠前，让位所交换的价值就越大。这种交换有时是金钱，比如北京同仁、协和等医院中的号贩子就以此为生。这种交换有时是友谊，比如年轻时每次买车票插队时，愿意选择女生入手，同样女性插队也常常选择男性，因让位会产生短暂的友好，这是人性中的弱点和规律。当然还有一种让位所产生的价值比较隐秘，它会增强插队者的自尊，并且对让位者表示赏识。看来让位所带来的好处的确多多，是每个让位者有意或潜意识支配下的“善意”行为。

让位之三

2001 年曾经和系里另外五名教师联合举办过一个“突围”景观六人展，六个人自己筹集资金制作了大型装置，并将多年以来所做的工程设计项目整理之后一并展出。展览名称“突围”现在看来稍显张扬，有点不安分守己、谋乱的色彩。“突围”的目的不明确，那时环境艺术设计系刚成立景观设计专业，和传统的对抗无从谈起，和社会真正的博弈尚未开始，一切都在准备之中，尚不知围者为何，更无从谈起突围之举采用何种方法了。

“突围”像是一场儿童们自娱自乐的游戏，无中生有，但却煞有介事。大家的准备工作是非常用心和努力的，认真地挑选出自己认为满意的作品加以改造、组合，形成和“突围”主题相关的话题。同时这个展览也是全系的一件大事，许多学生参与了准备工作，风风火火，紧锣密鼓。诸多的图板、装置把原来的礼堂改造的展厅充实了起来，有较强的视觉冲击力。另外我书写的《围之三十六突》作为序言更是把展览的主题推向玄妙无穷的境地，引得众多的人围观，抄袭不止。这个展览获得了比较广泛的好评，每天来观展的人络绎不绝，而且许多是来自京城其他院校的师生。

游戏引人入胜自然是件令我们沾沾自喜的事情，因而开展之后的头一天里我频繁地光顾展厅，环顾四周，频频点头以寻求认同。我为这个计划的周密、成功，感到欣慰，为表面形式掩盖起来的马脚而庆幸。这俨然是一个设计中的设计，设计者如传说中的诸葛孔明，公瑾周瑜一般的得意忘形。

乐极生悲的事情总会在我们的生活中发生，似乎已形成了一个定律，它告诉中国社会所有成功人士不要自鸣得意，不要骄傲，不要表里一致。展览开幕后的第二天，突然接到院方通知——停展。问其原因，答曰：为了一个临时决定的庆典活动，要征用这块场地，用于聚餐。面对这样一个荒唐的解释，我们很难接受，因为这个场地的申报是需要提前预订的，我们按照所有明文规定的程序履行申请手续，而后来要安排的活动是一个偶发和即兴的决定。被这样的理由以这样的方式所替代是一个以传承知识、培养理性为己任的教育机构的耻辱，但院方的决定是那么肯定和武断，不容商量，俨然一副军队的风范。

就这样，一个美术学院历史上最短命的展览出现了，它本应持续更长的生命被一场无聊庸俗的宴会所取代，学术圣地中学术轻而易举地被行政被联谊所击败，让出了它应有的崇高位置。后来我还出席了那场令人痛苦的宴会，被撤掉的另一半展览还残存在墙上，展厅中央的装置却被盛大的自助餐台所取代，一群头戴白色高帽的厨师正施展着炫目的手艺，周围是一群咧着嘴狂嚼的食客。食客中不乏知名学者、教授以及学术长官，他们在血腥的学术屠宰场中饮鸩止渴，漠然于被终结了的但肢体残存的展览。

2009 年 3 月 6 日

● 杜宝印，家人系列，手稿

集体与个人

上周一 H 大学建筑学院的 L 老师给我打电话说他在北京，我很诧异，因为我和 L 至少有 15 年没联系了，甚至我不清楚他目前的工作究竟在什么地方。电话中他喋喋不休地抱怨环境给他的压力，听得出来他这次来京好像是负气出走一般，从短短的几句抱怨声中也听得出来一种不愿随波逐流的愿望。

对于 H 大学，我的感情是很复杂的，一方面深深眷恋，一方面又为其江河日下深感惋惜，深感痛心。这种感觉有点像在国外养病期间对祖国的情感，极为矛盾和复杂，甚至有一丝绝望，因为自己实在没有能力去改变现实。在这个特殊的历史阶段中，必然性和偶然性错综复杂地纠葛在一起，万物生生灭灭，痛苦之中夹杂着欣喜，如同掺着大量砂石的稻米，虽难以下咽，又必须下咽，因为只有艰难地吞咽方可维持和延长生命。而如何避开牙齿和坚硬粗糙的砂石之间的摩擦、挤压所产生的肉体上的痛苦以及神经上的不适，则需要一种靠时间练就的技巧，预感、躲避、视而不见，囫囵吞下。

和 L 相约见了两次面，一次他来系里找我匆匆一叙，一次在怀柔我的庭院里长谈几个小时。L 曾是我的学生，他的本科是规划专业，上学时期即是一个喜欢钻研的人，现在依然如故，听说近些年来迷恋计算机辅助设计的软件研究和推广，还办了相关的学校、开设了网站、出版了大量的专业书籍。应该说他在设计相关的一些领域的成就是令人称道的，我也曾听别人说他是目前学院里最受学生欢迎的教师之一。但该同志依然是个讲师，按正常的推理，从年龄、教龄、成果、教学反映等方面来说，在母校的环境中现在仍然徘徊在中级职称上，必定在以上环节之中出了某些问题，可是荒唐的是以上的环节中他又似乎没有问题，这使得我不得不重新面对高等教育中评价体系的问题了。当代高等教育评价体系的科学性、公正性、民主性都令人怀疑，职称评定之中奇事、怪事、荒诞之事屡见不鲜，且愈演愈烈。首先标准中对课堂教学评价的缺失是一个根本性的问题，这使得当前高校教师们在对待学生和课堂的态度上完全凭借自身先天具有的责任感和热情，缺少制度之下的约束和激励，导致个人对待课堂的态度具有偶然性和不可持续性。许多高校受学生欢迎甚至爱戴的教师们似乎都是些不食人间烟火的孩子王，在体制内的评价均是些“不成熟”、“怪有热情的”、“不稳当”之类的评价。在激励手段上对此没有任何倾斜，如升职、进修、经费支持等。相反我们现行的教学体系的评价之中，非本职工作分内的成分却堂而皇之地登上了主体。所谓的研究性的物证是论文，而且要在所谓的核心期刊上发表，还要所谓的国家级课题项目。我至今纳闷的是那些拿国家俸禄制定规则的人怎么这样没头没脑，规则的制定既不考虑现实条件，也不考虑结果对现实的作用。首先和一个学科相关的核心期刊的数量是有限的，其负荷的文章数量也是有限的，而庞大学科散布于全国嗷嗷待哺的准副教授、准教授们的数量也是明确的，这两个数量是不是相称，还是严重失调？我想肯定是失调的，否则那些所谓的核心期刊即将全部沦落为评定职称的论文集了，而每年晋升职称的数量仍将远远大于期刊的论文容量。那么现实到底是如何规避制度而抵达世俗精神的彼岸的呢？制度的初衷就是这样么？若不是的话，是不是现实证明制度的无效呢？无效的制度是不是应该废除或至少得到修正呢？我心中重重的疑问早已化作一股股愤懑、一股股怒火期待着爆发，但又无处可发，没有话语权爆发只能伤及自己。

L 在职称问题上很豁达，他认为他的讲师身份很贴切，自己投身钟爱的事业，并未因片面追求职称而放弃自己的理想以及独立的生活方式。从言谈中可以听出他对目前职称评定的标准和已经产生的事实表示不屑。这种叛逆的心理一方面使他远离世俗的喧嚣，一方面支撑他更加专注于他的工作，如同对雷锋的描述“在平凡的岗位上做不平凡的事”。L 近年来著写了多本关于 Sketch up 软件学习方面的书籍，在这方面的业绩应该说是相当出色的。后来的一天他又来我的办公室送来厚厚的一摞他编写的书，我本人虽说是一个“电脑盲”，但从书写编辑的严谨性和内容的充实性这些表象上还是可以清楚地认识到这些书和那些“谨以此书献给职称评定”之类的出版物完全不是一个概念的。当然啦，也许有些人会对他编写的内容有些偏见，认为这类内容并非建筑学科的主体知识范畴，它没有涉及环境、建造、文化这些概念，只是沉湎于一种基本技能和技巧的传授。我以为这种看法是愚昧和狭隘的，建筑学既然是个一级学科，它包含了既有人文的也有技术的诸多内容，门类之间尽管有主次之分，但却都是重要的，忽视体系内任何一个支系或局部带来的结果都是残疾，这一点只要拿自己的肉身作为参照即可，狭隘和偏见会带来自身的营养不良和对健康的仇视。许多年以来我们极大地偷换了建筑的概念，只留下悬浮着的“金字塔”的顶部，这虚假的幻象吸引着更多的人步入盲从汇聚而成的巨大漩涡之中，尽管陷入者无法自拔，面部却洋溢着麻木而满足的笑容。建造的活动其实是那么的质朴，那么的现实。建造者面对的环境也许是恶劣的，风霜雪雨、天寒地冻；也许是世俗的，灯红酒绿、茶坊酒肆、鸡鸣犬吠；建造者手中把持的材料也许是粗陋的，它们来自自然粗糙的表皮，以自然中的残渣碎屑取火烧之，以形成既抗拒自然又抗拒人的牢固之物，材料的形成和运用的过程中几乎充满着对抗、征服、暴虐的影子。这些是形成优雅的设计师生活的基础，如同植物上鲜艳、娇媚的花朵，饱满圆润的果实和其下与泥土交织缠绕的根系之间的反差一般，而花和果实不过是生命轮回转化过程中亮丽的一个闪现而已。

和L安于现状形成强烈反差的是环境，周围的亲友、同事、群众把他对功名的漠视看做一种病态，并出于“关心”对其不断地善意提醒。这些在日常生活中不断重复的话题和焦虑的面孔形成了L每日必须面对的危言之墙，时刻在督促他去及时矫正自己出类的行为。同时这墙密不透风，组合的分子之间相互协调而形成生活容器的界面，它们又如此牢固坚不可破，使置身其中者面临巨大压力。“集体”的思想编制的牢笼囚禁着个体的思想，并如美丽的蜘蛛网一般不断试图捕获新的个体，继而困扰、蚕食，再转化为网的新边界。这是一种可以杀人的软暴力，因为在传说中人是群居性的动物，集体乃是个体精神和肉体上的归宿（中国人尤其如此），人们总是对集体抱有一个莫名其妙的幻想。因而集体性的行为理所应当地被认为是神圣的，代表着至高无上的真理。集体的强权教育常从简单的物理现象开始说教，“一支筷子容易断，三支筷子折不弯”，从小学开始老师们为了强化集体主义精神就教我们唱这样的儿歌，故事里也尽是一群小兔集体战胜大灰狼的事情，却从未有人给我们描述独狼的英雄主义精神。这种不断重复的教导在被教育者的思想中转化为一条至理名言——团结就是力量。集体所拥有的巨大能量使得弱者学会了另一条对抗强者的途径，但它亦昭示了另一个潜台词，就是只要不断结盟，弱者无需向强者直接转化，同时也不断暗示着我们：“你们永远是弱者”。在我们的确弱小的童年时代，这种暗示的默语在课堂肃穆的氛围中、在空旷的操场、在安静的图书馆、在嘈杂拥挤的新华书店里久久回响不息，又像是一种呼唤，呼唤处于布朗运动的自由个体对集体的绝对皈依。当木然的个体列队进入集体的阵营，电流产生了，力量产生了，光明产生了，热量也产生了。于是一件一件铁打的事实摆在我们眼前，令我们对无序和散乱绝望，对群体的狂欢死心塌地般忠诚。

物理现象简单而明了，令人无需思考、无需质疑，教导者乘着余热又把此种观念进一步扩展、推广，偷偷输入意识层面。“三个臭皮匠，抵上一个诸葛亮”这种表面朴实、粗陋的语言，实则是经过了精心的策划、组织、推敲。话中并未直接道出皮匠和诸葛亮之间相互比对什么东西，而是通过符号学巧妙地用诸葛亮来代替“智慧”，用臭皮匠来指代“低下智慧”，然后不加任何思索地慷慨陈理“低智慧 + 低智慧 + 低智慧 = 更高级的智慧”。这个美丽的谎言一现身立刻博得很多人的喝彩。它如此迅疾地在一个时间广为流传，从田头地垄到大街小巷，成为群众智慧不可战胜的公理。同时这个谎言也传入知识分子阵营，动摇着知识和理性建构的堡垒，以至于无论是院校的教学研讨，还是科研院所的科技攻关均是在绵延不断的会议香火中进行。个人化的潜心研读、闭门造车被认为是一种愚蠢和落后的方式而横遭指责。所以当前会议已经并非政府机关的专利，它已经得到推广和泛化，军事机构、科研机构、体育运动领域、商业金融领域无不是会议滔天。这种文化现象的物质佐证即是前所未有的会议场所的大量出现，似乎只有众目睽睽之中，异口同声之处才是真理的产房。

L 是一个不识时务的游离于集体之外的异己分子，因此他会产生孤独，但即使他已受到了孤独的惩罚，集体依然没有对其宽容和放纵，伟大的群众对待敌人如秋风横扫落叶般冷酷，对待尚未同化的中间分子，像春天般温暖地问候，夏天一样的热情地拉拢。他若不被持久的善意所感化，就将被当做敌人一般扫地出门。群众这种坚定的态度无论对待生活中的人，还是学术中的人都一视同仁，通杀不二。这种环境中的文化可怕，这种文化下的环境单调乏味，它是催生蛮横、专制的气候条件，也是滥造二流人才的温床。

2008 年 6 月 4 日

三 教 学 外 语

● 三教门口的标牌

过去的日子里我究竟参加了多少次的外语考试已是无法统计的事情了，从 11 岁起每逢人生转折的重要时期必考外语，外语是人生发展的必备条件。我一直很困惑为什么像我这样的一个有一定语言天赋的人会讨厌外语呢？据父母讲，从很小的时候我就可以讲很多话了，讲话居然早于走路，但初中开始后外语一直就很糟，最惨痛的一次记忆是单词测试中的零分。初中升高中时英文成绩 34.5 分，凭借着其他科目的优势我勉强逃离了“矿机中学”进入了省属重点中学——太原六中。此后虽经努力，英语成绩提高不甚明显，高考成绩是 74 分，而全院入学平均成绩是 84 分，被分入英语 B 班学习。逆水行舟不进则退，在外语的学习问题上只要我稍有疏忽，它就会 Teach me a lesson。大二时终于遭遇了自己大学期间的第一次考试不及格（也是唯一的一次）47.5 分，当时沮丧的心情至今记忆犹新，那种感觉是一种处于等待之中又不敢直面结果的惶惶不可终日的心情，从听到成绩的地方走回教室的那段路显得又黑又长，不过那天晚上倒是真的停了电，那个长相颇似松井队长的英文老师公布不及格名单的那两个字从摇曳和昏暗的烛光中飘出，像西游记三打白骨精中云端落下的伪造圣旨，先宣告了我的失败再把我打入更加漆黑的角落里去。此后自己陆续经历了若干次英文不及格的遭遇，但远不及那次对心灵冲击之重。因为在大学学习伊始，不及格仿佛就是一次破身的经历一般，对每个学子来讲这第一次才真正地具有悲剧意义。

两次考研和两次晋升职称又迫使自己捡起不断被抛弃的英文课本，而每次涉险过关之后就再一次地抛弃它，像是婚姻中的负心汉、烹狗藏弓的狠猎人，我和外语之间没有爱情，但又不得已地在每隔一段时间后要重新温习旧梦。我再一次捧起课本时那满眼的生词又似曾相识，也许它们还都认识我，挤在一起嘲笑我呢，但愿这是今生最后一次。习惯了教师的身份，坐在下边听另一位老师给我传道授业解惑别有一番滋味，但由于技术的发展，现在的授课方式很大程度地依赖于计算机了，老师在键盘上不断地敲击取代了记忆中熟悉的板书，布置作业的方式也变成了网上交流，教学中情感方面的表达和显现已被抽象到了极致，大声朗读也被取消了，只剩下了视觉和意识，在这死一般的寂静之中，英语学习变得更加乏味。

● 三教的自习室

挤在一个教室里听课的同志中有一位头发胡须已完全花白，外语学习对他来讲估计已完全没有了提高能力的意义，只不过是面前必须逾越的一道横杆罢了，跃过去除了摔得够呛以外，还会有什么真正的收获呢？学习和生活的平衡关系其实谁都明白，可就是无法洒脱起来。我自己不也是舍弃了去米兰参加展览的一次机会而投入到这样一个无聊的轮回游戏之中的吗！如果简单对自己已逝去的生活岁月进行一次盘点，你绝对会大吃一惊，不管现状怎样，绝大多数我这个年龄的人已经为英语的学习和考试付出了人生的至少十分之一时间，但它至目前为止从未对我的工作和生活产生过直接的作用，这才是可悲可叹的现实。我的专业学习的榜样几乎都是英语国家的构筑物或物件，但我凭借图像和专业知识已几乎了解了对象的全部。图像和造型是设计语言的外化，造型艺术更是如此，中国的艺术家外语基础大多不佳，但这丝毫没有影响他们学习毕加索、马蒂斯，学习蒙德里安、沃霍尔。看到作品本身时，一切的画外音都是苍白的。今年美院补习外语的队伍中已少了几张“老脸”，听说绘画系对外语考试彻底放弃的人还有好几位，我蛮佩服几位的勇气，因为勇气的背后分明是日益增长的自信。在他们的信仰之中，艺术感悟是至上的，职称不过是可有可无的副产品。还有一个原因恐怕是绝望的产生，但我认为绝望倒胜过残存的希望，因为绝望能使人更洒脱，而希望的或明或灭则使人走向妥协，真正的成功者往往是坚定的行走者。

真难以想象考试在人一生的记忆之中留下的可怕阴影竟是那么顽固，几乎每年都会做一场考试的梦，而每一次梦中的自己在考场终场的铃声响起之时竟还有大半的试卷没有答完，后来和别的同事谈起这个梦，竟经常会遇到知音，系里的Z老师说他也常做这样的梦，而且醒来时亦是惊魂未定。五年前考副高级职称外语时，这

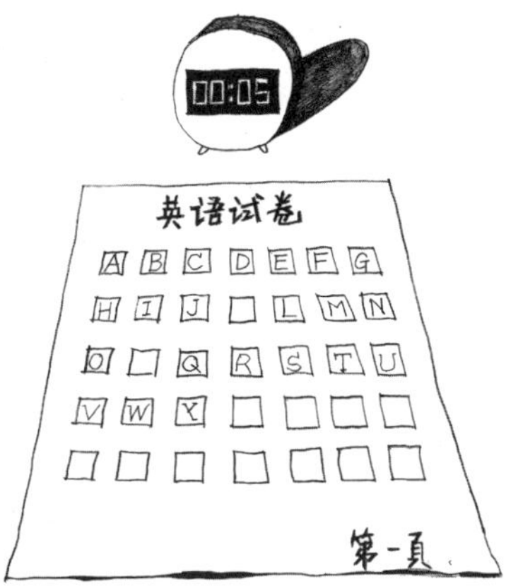

● 几乎每年都会做一场考试的梦，在考场终场的铃声响起之时竟还有大半的试卷没有答完。潘飞绘

悬念终于变成了现实，当监考人员提醒大家还有最后10分钟时，我的卷面尚有20分左右的空白，真有叫天天不应叫地地不灵的感受。10天之后的考试注定依旧是一场煎熬、一场噩梦，我唯一能做的就是提前进入被煎熬的状态，以使那天自己的内心不会产生巨大的失落感。

作弊也曾是一种闪念，因为只有这种冒险而一劳永逸的方式才有可能拯救自己，作弊的方法现在看来大致有两种，其一是买通考官获得一部分信息，然后在考卷上做某些记号好让考官高抬贵手，但从我对清华大学优良的教师品质来判断，这种可能性几乎为零，否则我心中最后一个偶像也将被打碎了，对此我更不愿看到。另一种方法是考场上发挥机智勇敢的特点，眼光敏锐而灵活，但神态自若，坐地环顾而得左右之精华，就像大学时有一位同学——老侯，脖子很长，一到考场上就更显回转之自如、伸缩变化之优势，屡屡得手、屡建奇功。这也是一种绝地反击的状态，但这种情况的条件之一是自己必须是水平最低、能力最差的，如此每看一眼才能必有所获，就像枣树下抡杆打枣的人手里根本就没枣，所以每次挥杆不论打下来的是青枣红枣，还是已长虫的枣，对他来讲都是好枣。可美院教师的外语整体水平的确难以令人放心，没准我身边将来的那位也是一位“老侯”式的同志，那我可惨了。近年来自己视力每况愈下，近视、散光带着老花，方圆一尺之内难以看清绿豆蝇大小的汉字，何况英文，而平日里自己傲立讲台侃侃而谈，举手投足从容而潇洒，突然转变为鼓上蚤时迁般机巧神速恐难以适应，因而作弊也只能是一个闪念，使自己在单调的阅读中猛生万丈的豪情罢了。

● 作弊的老猴（侯）。潘飞绘

现在中国人的英语教育水准之高连那些以英语为母语的国家都吃惊，美术学院曾经是一个英语教育之光照不到的角落，记得十几年前跟着环艺系本科89级的学生上专业课，黑板上出现了一个单词，大家面面相觑沉默许久突然一个正复

● “是，幻灯！”。潘飞绘

习考研的同学常文栋大声喊道“是、幻灯”，那声调仿佛抽奖大赛上某选手揭开了带大奖字样的面膜后失态的惊喜，然后班级里一片欢呼如电影“老井”中看下流山曲的场景。这欢呼声至今常常回荡在耳边，但已十分遥远，因为今天美院学生的英文水平早已水涨船高，一个班级中过四级水平考试者已人数过半，更有甚者考过了六级，竟充当起了学院对外交流时的翻译。系里一名从哈佛大学毕业回来的教师在一次上课时谈到一个外来的概念，竟然也有学生斗胆包天去和这位在美国厮混多年的老师在英语方面咬文嚼字、一拼高下。正是在这种“不良”的环境氛围中，校方才更加放肆地对美术学院的教师们“大打出手”。因为他们以为英语和翻越这座大山和现实中翻山越岭是一个道理，大家都是马匹，其中只要有少数几匹可以过去就足以证明马是能翻山的，这时“马”的概念就由一个具体的个体概念被偷换为群体的抽象概念。于是一旦你无法逾越大山，那鞭策者就会以为是自己的无能，便加大力度扬鞭策马了。但在美院师生英文水平蒸蒸日上、水涨船高的同时，我也惊讶地发现许多学生中文语言能力开始下降，逻辑性加强的同时，语言的生动性却丧失了。本科毕业论文的开题会中，系里主管毕业论文文体教学的常大伟老师对一位学生的文字能力表现出极端的困惑，因为那语言中分明掺杂了许多英文的语法结构，在汉语的语境中随意使用就显得极为荒诞，而经后来左右询证，方知这个学生的英文成绩果然十分了得。中文的逻辑性（甚至是东方语系之中所有的）并不是很强，同一个字在不同的场合或时间中发不同的音、指不同的意是常有的事情。但对一件事物的描述往往正是由于逻辑性的解构才显得分外神气，文字组合的自由性是非常大的，它们在感官之间穿行，在物类之间任指，自由而洒脱，但又若即若离，恍恍惚惚，具有一种朦胧的美。同时汉字的表达有时又那么细腻、那么贴切，把生活中甚至世间万物的风情刻画得那么惟妙惟肖，而今能这么生动地驾驭汉字的青年已少之又少了，因为他们的语言中因过度的杂交而缺少血统纯粹而产生的美。10 天以前和台北来的女性艺术家谢素贞在一起交谈，我发现她的语言中英文的词汇使用量已占到几乎十分之一，而且除了名词，还有形容词和副词。表面看这种混杂的方式提高了语言叙述问题的效率，但却大大降低了语言的魅力，美的东西可以产生效率，但至上的美却和效率无关，因为效率的追求反映出一种功利主义色彩而缺失一种散漫和从容的心态。

我近来常常想象大同之前的世界，每一种文化都在独立地、自主地发展和积淀，少数的文化使者们依靠语言技能而在不同的文化之间走私、传播，这时由于文化之间的鸿沟或者说是各自血统的纯正，每一次的碰撞、交流都会产生耀眼的火花，都会产生茁壮的婴儿，但当这种走私变成一种大众行为之时，这种愈演愈烈的交融却产生出文化资源的困境，因为文化一直处于被贩卖和开采的状态，而得不到休养生息的时间，此时频繁杂交、再杂交的结果就是产生大量低能儿的渊源。在计算机高度发达的时代，难道就不能有一种机器或智能把人从学习异族语言的困顿中解放出来吗？解放的目的不仅仅是使个人的身体得到舒展，更重要的则在于思想和心得以安定，不再沉迷于对文化表象的追逐和利用上，如此理解我倒应该理直气壮地放下西文而捧起高高的先祖们留下的文化经传，去细细研读了。

2006 年 4 月 1 日

年度报告

时间本是连续的、绵延不断地存在着，可人却总要将其分割、断裂，用日、月、年来度量和提示；事物的发展变化是一个整体，可人也要将其分段来认识或改造。分段是线性的思维，代表着一种初级的智慧，毕竟由于分段使得运动呈现出静止的特征和意义，使得我们的思维能够在一种稳定的状态里来判断和分析。

年度报告是分段处理问题的一种方式，并且它的几乎全部的意义来自个人对自我的认识。而我的自我是一个较为多面和复合的事物，我的身份是教师，又是一名学者，还是一名业绩不菲的设计实践和经营者，亦是一名担负着一个教学机构和学术团体管理工作的管理者，所以总结应该是多方面的。但书面的年度报告必然有一个呈阅的对象，这个对象生动具体，它要么是你所服务的对象，要么是你单位的领导，亦或是你的组织，对象的特征决定了你所汇报的内容，否则会被视为不着边际、扯淡、多余等等。更有甚者还会招来祸端，因为人的多面性和社会角色的多样性会产生许多看起来相矛盾的地方，比如一个警察若是便衣警察，其身份是多样的，表现也是多样的（尽管有些表现是伪装出来的），因此它的报告一定是汇报其本色的部分。一名道德不佳的教授校内校外的表现也会是多样的，一个部门的领导在白天和夜里，岗内和岗外的表现也许会有更大的反差。这不刘志华被人利用高科技手段录了个正着，林嘉祥不也是被安监设备无意中客观记录了下来吗。

但我相信二位以往的年度报告都绝对优秀，因为首先这年度报告是自我编纂，尽可以放手夸大优点，回避问题。其次，任何一个年度报告都是一种片面性的总结，而在这个片面性的视野之中，我也相信二位的表现绝对不坏。

年度报告的片面是正确的，因为特定的听众只关心对象的一个或几个方面，绝无事无巨细之状。否则所有的年度报告之中一定有一份体检报告单的，因为这乃是所有报告的物质基础报告，体重反映着营养状况，视力反映着学习和阅读状况，心率、脉搏反映着工作幸福状况……

中国社会中的年度报告，无论是国家机关的、企业的还是个人的，绝大多数性质已经沦为一种自我表扬式的。有功的表功，无功的报苦，无苦的报忧，因为每个人对自我的关爱的程度都极高，所以都会把为别人所做的芝麻大小的事情放大，让别人看到、听到，也让自己欣赏这不着边际的镜像。这样的一种技巧，因为在过去不断产生了效应，屡试不爽而成为一种习惯。过去的相声节目还曾有以此为题材来取悦大众的，可现在娱乐类节目已不再关注于此，这种静默的状态非常可怕，代表着这种不良的嗜好已经由个人习性转化为社会风尚。于是研究人类学的学者又发现了人嘴的一种新型功能，除了胡吃海塞般吞进以维持生命的美味以外，还能在唇齿闭合之间吐出令人作呕的肉麻词语，这词语如软体动物的绵长触须般地将你紧紧拥抱，令听的人无地自容。因此我惧怕每一年一度的年终自我述职的会议。因为在没有开会之前，作为一系之主任我尚能清楚地辨别哪些老师勤奋努力、无私奉献，哪些老师知识渊博、教授有方，哪些老师墙里开花墙外飘香誉满天下，哪些老师事不关己高高挂起……可会议开完后，我却陷入迷茫，因为每个人都侃侃而谈，俨然学界的教父、设计界的救世主、楼道里的雷锋。我无法辨别真伪，并且我从许多人的表情上可以领略，编造者自身也沉溺于无耻的自我表扬泥潭，难以自拔。

由此我想到了香烟，并不是所有的人都吸烟，但对于吸者而言那是一种绝对的享受，是不吸者无法体察的一种自足之乐。但烟吸入呼吸道中，除很少一部分经肺吸收进入血液，大多数将再由人的口中喷出，这是自足自满的副产品，几乎没有人喜欢。并且现在世界许多国家已达成共识——反对二手烟侵害。过分的自我表扬的话语犹如香烟一般，对自我是飘飘欲仙的享受，而对他者却有伤害——软伤害。许多发达国家的禁烟令的推出保护了众多的不吸烟者的权利，使许多瘾君子不得任意地随时随地地排放废气影响他人。

● 公共场合的吸烟者。过分的自我表扬的话语犹如香烟一般，对自我是飘飘欲仙的享受，而对他者却有伤害——软伤害

而在我们的社会中也推出了公共场所不得吸烟的法令，但收效甚微。相反在各机关和企事业单位却在大力推行这种年会形式的自我表扬方式，于是这种吞云吐雾和口吐莲花喋喋不休的混合场景在岁末的

各种规格的会议室中频频上演了，非但无人喝彩，倒是把参会人的身心都进行了一番摧残。

近几年来我是每年一度的系年终评议会议的召集者，每次都幻想能听到一些新的声音，看到一些新的状态，却每每失望而归。从全面的自我表扬的局面上，我至少可以看到这个学术团体和教学基层组织对认同所表达出来的一种强烈渴求。许多人把一些鸡毛蒜皮的个人琐事充分放大，把一些江湖业绩粉饰一新，改头换面挤入学术话题。这种做法非常残酷地把一些真正的学术成绩和作为裹挟了起来，使高高在上的年终评判者难辨真伪。评议会最终堕落为一场表功和庆功会，一团和气之下是彼此的不服气和相互鄙视。没有人提及存在的问题，包括公共的问题和个人的问题，而实际的情况却是我们这个行业早已百病缠身了。陈腐的学术观点、松散的学术根基、理想主义缺失、江湖习气的滋生已是众目睽睽之下的事实。可是没有人愿意直接指点出这些诟病，因为一方面所有人几乎无人幸免，另一方面由于人人有染因而自我批评就有了批评他人的嫌疑。在中国人们不以反省为荣，认为反省者不过是在采取一种反向的自我表扬的策略罢了。当反省于大庭广众之下时，反省的行为会被认为是一种攻击行为，个体向“集体”挑战的结果被无数事实证明是悲惨的。过去我常常对知识分子群体抱有一些幻想，以为知识的增长会提高人的觉悟，人因此会变得豁达和宽厚，能从容地面对善意的或非善意的评价。可我分明又看到许多人在面红耳赤地为自己辩白或下意识地紧攥着拳头，这种紧张的神态来自内心深处对批评的敌意。

从会场上众人对各种意见的反应上不难看出，环境艺术设计系在价值取向上已截然分成两个阵营，这两个阵营从对培养目标到课程定位都有着相反的理解和判断。一部分人认为我们这个专业依然是以职业教育为目标，旨在培养技能型的职业设计师，而且我们的特色仍然在于出色的表现训练和因之产生的非凡能力。持这种观点的人约占总人数的一半以上，并且都保持对传统手绘难以割舍的深切情怀，因为他们的脑海之中曾经的荣耀难以抹去。我孤独地站在另外一个阵营之中，苟同者寥寥。我的孤独之一在于坚持当代性，从20世纪80年代中期我就开始关注当代艺术，当代艺术的成功使我看到了艺术发展的规律，也使我对僵化的艺术形式产生厌恶。同时和20世纪八九十年代相比，环境艺术系风光不再绝对不是文化倒退的表现而是文化进步的结果。技术进步使得传统的优势一夜之间丧失殆尽。

技术进步使本专业终于超越了一种低级劳作的境界，真正进入到一个脑力活动的层面，真正的设计师为这种解放而欢呼雀跃。技术进步只是为设计师的解放砸碎了第一道枷锁，它只是给了设计师大脑更多的活动时间，文化观念的变化才是使得思想真正解放的钥匙。我们这个专业始建于20世纪50年代，是为特殊项目服务的一个特殊学科，因为那时建筑装饰乃是一种特权，而绝大多数建筑奉行的是清教主义的原则。改革开放的十年后，中国建筑市场开始有了室内环境改造的意义，市场开始对专业人才出现了巨大的需求。那是环艺系许多人记忆之中最美好的春天：当时我们这个专业引人瞩目之处在于我们习惯性的培养目标和工作方法中擅长于装饰，装饰使我们的学科得以在一清二白的基底上展示我们唤醒人性的功力。并且这种方法在相当一段时间内被看做是室内设计的主流。和那个时期中国人民的食欲一样，从物质极度匮乏之中刚刚得到喘息之际，我们对高热量和高糖度的食品保持着极旺盛的需求，比如烤得焦黄的肥鸡，泛着凝脂的香肠等。在视觉环境领域我们对新的材料（以装饰材料为主）和装饰细节也表现得贪得无厌，因为二者都能表现出一种物质过剩之后的多余精力来。当然也有更为特殊的巧合就是集以上所提两种情形于一身者。我系教师某某，至今仍保持着对“文革”时期零食的眷恋，记得在20世纪90年代初期，我们同处一室工作时，该兄总是在绘图劳累之间隙偷食放在衣兜里的鱼皮豆、花生糖豆之类。与此同时他亦是一位高产设计师，善于应用各种装饰套路。有时甚至把这些套路制成图样模块，在电脑制图尚未出现之际大肆应用，然后换取更多更多的零食。这种荒诞的情形，其时乃是一个真实的镜像，它留给我既苦涩又美好的记忆。

● 老照片，街头放爆米花的老头

然而今天新成长起来的社会主体绝大多数没有对饥饿的记忆，因此许多油炸的、肥腻的食品都退出了舞台，食品中量大未必意味着价高，清淡也许正在受到青睐。对设计的需求和消费也是如此。多元化开始了，但多元化中也有主流，也有高端，也有先锋。我想此三者应当是我们的选择，否则何谈精英、何来骄傲、何以向我们愈来愈精贵的生源交差。而在这三者

● 中国社会中的年度报告。潘飞绘

之中我的倾向是做先锋性人才培养目标，因为主流或高端代表着功利成就，先锋性却代表着精神状态和以此为主的价值取向。根据这样的理解，我支持一些教师把过去一些传统技法课程进行改革，注重思想的锤炼和个性的呵护。然而大多数教师对这种置传统积淀于不顾的做法深表忧虑，他们担心改革的结果，认为一旦新的没有建立起来，旧的又丧失会导致一个鸡飞蛋打的结果。当然持这种看法的多数人平日里基本上不太热衷于对教学的思考，这时突然杀出阻挠我也并不在意，因为没有一定的投入和一段时间的长期关注就没有讨论的资格。但心中这么想，嘴上却万万不能这般说，我深知中国的知识分子自尊心极强、面子极薄，若得不到维护，他会向你奋力一击的，即使这一击使自我散架也在所不惜。尤其当自己明显处在数量上的劣势之时，这种对抗的结果是不佳的。

在表格化的年度报告中，你很难看到一个人的思想，看到的只是一张工作业绩的清单或流水账。因而表格化的最突出作用是使读者在最短时间对一名报告者的一年内状态做出最为简单的判断，即你到底是在忙或不忙，仅此而已。但是中国当代高等教育的危机却和忙与不忙没有根本的关系，危机之根源在于思想僵化和保守，在这种落后的思想导引下的忙碌非但不是积极的，倒是进化过程中最大的阻力。因此我常常想到广美赵健的一句话：“现在最可怕的是傻干、蛮干”。我们这个民族在各个领域的发展建设过程中，清醒的时候并不多，“傻干”和“蛮干”经常光顾我们的既往历史中。因此表面上看我们的物质装备有了很大的进步，盖了新的、国际化的教学楼，普及了传真、电脑，教授们西装革履，飞来飞去参加国际性的学术交流，但骨子里头仍缺少一种平等意识、对话意识，缺少一种独立的主张和思考之习惯。最近同事于历战从芬兰回国谈及北欧人因习惯在网络上交流之现象导致了人和人直面时的羞涩和尴尬，我发现我们早已进入了另一种模式，习惯于纸面交流而缺乏面对面之时应有的热情与诚意。批评自己是一种勇气的表现，面对面时批评他人更需要勇气。

岁末是一个总结的时刻，而反省应当是其中的重要组成，但我看到的分明是推杯换盏、鞭炮齐鸣的喧闹场景，于是我想问冷静何来、理性何来。看来每一个年份对于每一个人来说或许是如此之难熬，如水深火热、如履薄冰，油然的幸福并未像歌中唱的那般常在身边，否则当这一切做一个短暂的停顿时，为什么大家只想起欢庆呢。

2009 年 1 月 10 日

2008 SWITZERLAND

辑 4 | 诅咒与鞭笞

● “城中村”玉沙村，《海口晚报》蔡硕摄 & 刘瑾，城市的黄昏，照片，2006 年
上图来源：《海口晚报》，下图来源：http://www.ionly.com.cn/nbo/zhanlan/

建筑“暴民”

据有关方面最近统计，北京市常住人口已达到1700万人，区域面积比起元、明、清时期早已不知大出多少倍了，现在一个建筑的面积有时会超出那时一个城市中建筑面积的总和。王府井东南角的东方广场，一百多万平方米的面积，庞大的体量已使西边紫禁城的威严大打折扣。首都机场三期航站楼建筑更是长达四公里，它伏在机场广阔的空地上，像个飞来的城市，我想将来那里一定就是一个不合眼的城市罢。电力部门的一位领导曾对我说，新中国成立前老北京城的用电总和只相当于20多年前北京建造的第一所涉外星级酒店——建国饭店的耗电量，这让我吃惊不小，但稍微环顾盘点一下自己的生活不就可以换算出整个城市的变化吗？我像我儿子这么大的时候，全家居住面积是现在居住面积的二十分之一，我儿子的玩具数量是我当时的50倍。那时全家一只白炽灯另加一台灯照明还隔三差五地停一次电，现在我一时间还数不清房间中有多少盏灯，甚至多少种灯。此外，电视、冰箱、冰柜、电熨斗、电动剃须刀、电吹风、电暖气、中央空调、手机等耗电的生活用品种类实在太丰富了，我们生活幸福的指数因电力的上涨而不断跃升。

对建筑的占有和消费也是一种幸福指数变化的具体表现，中国人自古以来对居住环境就有非常深厚的情结，好的居住环境可以养生，层层进进的院落可以将庞大的宗族体系按照伦理等级铺散开来，雕梁画栋、勾心斗角的豪宅可以炫耀事业上的飞黄腾达，讲究关系的房子可以使自己仕途财运通畅顺达等等。房地产市场未启动前对房子的欲望是来世的神话，就像骨灰盒上用象牙或楠木雕刻的仙山楼阁。“文革”忆苦思甜时，人们一边咽着口水，一边大骂刘文彩、南霸天们在居住上的穷奢极侈。若今日再去收租院或重看电影《红色娘子军》的话，打动人们心灵的想必不会再是那包在纸里码放整齐、一吹带响的银元，也不会再是由艺术家们捏造

● 南霸天和洪常青在南霸天府前的对白。革命样板戏《红色娘子军》剧照

● 乔家大院实景

的栩栩如生又催人泪下的农民交租的群雕了，一定会是，不，肯定会是房子、庭院这些玩意儿，因为现今这个时代的人们实在是迷恋不动产。去年五一黄金周，山西的乔家大院里游人摩肩接踵，留个单人照片都难的情形即是最有力的证明。这一旅游史上奇观的产生缘于《乔家大院》这一反映晋商文化发展史的电视连续剧，大多数的人根本不牵挂剧情中那惊心动魄、险象环生的中国商界之争斗、博弈，他们惦记着那完整保存下来的，曾经承载着豪商巨贾们优雅又“多姿多彩”生活的建筑、院落。不久之前，我的在设计院的一位同学和我吹嘘他在设计的一个新派“晋商大院”，如何奢侈、如何讲究，但主人已由过去的一些靠勤勉、靠智慧、靠胆魄成业的粮商、票号老板们变为新时期的一些煤老板了。他们大都靠的是蛮干，甚至带有某些横征暴敛的手段特征，呈现出由低水平生产力而产生暴利的当代奇观。后来在2006年中国室内设计年会华耐杯的方案评审当中，又见过不止一个、两个的个案，为中国当代新贵们采用“乔家”的模式所设计的住宅，令我感到吃惊不已。

同样在山西，今年媒体披露了一个更为出格的建筑行为，某领导建造一粮神殿来为自己的丰功伟绩歌功颂德。这时，个人的欲望在公共资本的强力支持下，已由世俗性的居住建筑上升为精神性建筑。可以看出，当代建筑既是一个名词，又是一个动词。

作为名词，建筑是一个具体的物质体系，它承载着国民蒸蒸日上的具体生活。人们多样化的生活不断对建筑提出新的要求来，原来一家一户一个卫生间足矣，更早的时候一个楼层的居民早起上班前集体等待排队如厕，大家相安无事，国际大都市上海居民使用的马桶更是北方人嘲笑的把柄，可现在呢，至少广大“中产阶级”家庭都拥有两个或两个以上的厕所，并且厕所中的设施不断推陈出新，兼容并蓄古今中外之精华，从中国传统的蹲便式到木作的桑拿干蒸设施应有尽有。现代建筑以越来越高的产品化水平来提高人们的居住质量，由于建设成本及土地资源等一系列原因，建筑作为一种生活必需品，其所消耗的资金量是巨大的。建筑一方面是生活中的必需品，比如发达国家为年轻人和低收入人建造的经济型出租公寓，麻雀虽小却五脏俱全，它为尚在创业阶段的低收入者提供的生活保障。2006年在芬兰参观

● 华西村别墅群俯瞰

ESPOO 居住示范小镇时曾见过这种建筑，通长的公共走廊，南北贯通的、狭窄却功能完备的房间，它只提供给特定年龄段的年轻人。中国政府现在也在大力推动经济适用房的建设，为的是给低收入家庭一种改善居住环境的可能性，但也有一些开发建筑者偷梁换柱，打着经济适用房的名义大搞豪宅建设。在北京的回龙观、天通苑等地区已建成了规模巨大的经济适用房集中区域，每日上下班高峰期，人们蜂拥而向城市的中心，又如倦鸟归林般由四面八方回归，造成巨大的交通压力，这种模式被人戏称为“睡城”。

这时，我感觉这样一种带有一定理想主义色彩的解决居住问题的方案有一点粗糙，简单地理解居住问题并用简单方式予以解决算做一种软暴力行为，它过于在乎解决问题的直接性和效率性，通过剥夺低收入者和公共资源密切关联的方式来实现目标，使居住者有一种被社会抛弃的感受，而看着那一大片望不到边的雷同面孔的建筑，更会体会到社会的沉重与个人的卑微。

作为名词的建筑代表着一种文明的成就，因为城市离不开建筑，庞大的建筑群体组成了城市，城市是抽象的和复合的建筑。城市的功能仰仗着具体的建筑，住宅、医院、学校、工厂、邮局、剧场、食堂，这种种建筑类型保证了城市的品质，使人对城市产生依赖感。每一个建筑都履行着一种或几种具体的功能，它的命名即是其根本性存在的鲜活表达。同时，城市也离不开优秀的建筑，优秀的建筑培育了城市的性格，为城市带来了荣耀，历史上雅典因帕提农神庙而著名，印度阿格拉因泰姬陵而令人神往，开罗城因三座最为伟岸的金字塔而骄傲。这种现象从远古绵延至今，依然重复着这铁打的定律，因此建筑这名词令人敬畏，令人感恩，令人疯狂。执掌城市命运的人，如执政官、神职人员、市长、书记都非常关注城市中的建筑，这其中既包括那些基础性的建筑，也包括那些控制或影响人情感和精神的建筑。好建筑是城市的项上珍珠，是城市管理者手中名片上精美的图案。

● 食堂。1972 年，上海

另一方面，“建筑”在当代亦是一个动词，它既是社会改造活动，也是个人的表达活动。国家和政府出于经济、社会、文化等多方面原因，每一个阶段都会大兴土木，各城市的开发区建设是出于经济建设的目的，因三峡工程导致大量移民而建设民居也是出于经济目的。城市老旧区域的摧枯拉朽般的“拆”和异地建造的“迁”是一对配偶，它们共同出现来解决城市的危改，解决新旧城区的人口平衡问题，应视为一种致力解决社会问题的行动，而在这场持续了20余年的行动中，人间悲剧在暴力的方式之下频频上演。社会利益集团在和社会中的个人争斗之中屡战屡胜、愈战愈勇，他们积累了丰富的斗争经验，因为他们以此为职业，个人在此每每收获的是失败和教训，因为他的职业不是对抗和争斗，一旦纷争突起，个人的努力有如妄想挡车之螳臂，唯有一个粉身碎骨的结果了。20世纪的韩国全斗焕军人执政期间，为搞奥运工程试图拆毁南山阳面那一大批私人住宅，结果百姓拼死抗争，甚至屡屡发生自焚的事件。“自焚”是一种自残的方式，以自我戕害来表达个体绝望但又不屈的态度，它的效果是形成视觉上的巨大伤害，使对手丧失勇气。终于在那场争斗中民众获得了胜利。有一次站在南山电视塔上俯瞰那片莽莽苍苍的民居，我肃然起敬。当时我也曾幻想着另外一种完全相反的景象，即获胜之后政府统一规划的蓝图变为现实之后，这里一定会是整齐的又富有律动的高层建筑，中间一定有绿地衬映，或许还有白鸽集翔，这岂不更美。这似乎更像是解决了一个社会问题，它改善了城市面貌，瓦解了结党的社群，消除了城市中的死角。但问题出在政府这种良好的动机是否被广大民众所接受，在建造和实施的过程中是否导致暴力的产生。“暴力”是所有不同文化、不同信仰、不同制度的社会应当规避的问题，不管出于什么样的目的，有时即便是应对暴力的暴力，因为暴力是暴力最直接的根源。有的时候，小的暴力在更强大的暴力之下被暂时地隐蔽了起来，但这绝对不是说它从此消失了，它会在合适的时机予以爆发。但若这个社会中个人多数拥有暴力倾向又如何，是否应建立一种“大暴力”的准备机制予以扼杀呢？这是一个更为复杂的问题。

● 三峡工程导致的大拆迁

建筑作为个人表达的方式是一种传统而又古老的习惯，从中国的秦始皇到明太祖朱元璋，从埃及的法老到古罗马的执政官们，每个人每个时期都建造过巨大的工程，每一次的建造活动都是对个人统治力量的一种充分表达。当表达的极致性突破了国力支持的极限，这种表达就会成为绝唱，不管你是否相信，历史上的证据却俯拾即是。万里长城至今未倒，秦朝的苛政却在十几年之内倒了。印度莫卧儿王朝的君主为爱妃修建圣洁典雅的泰姬陵，他倾尽国力去表达自己的思念之情，从阿格拉红堡君王生活的窗口望出，那白色陵墓的穹顶清晰可见，它伴随着这位痴情的君王度过了余生。这段令人柔肠寸断的历史故事的确把世上的每一个人都感动得够呛，在对待自己感情生活时常常以此为鉴。但这优美柔情表述的基础却也是充满暴力的，而最终这个王朝不久之后也被暴力所颠覆。后人观览历史上遗留下来的雄伟建筑工程，大多感慨千万，咏文、作诗、挥毫为画，多为赞扬美誉之文。但也有一些学者从政治的角度去发问这些建造背后的东西，劳民伤财、取尽锱铢、用之如泥沙、暴殄天物之类的事情和方式比比皆是。极权社会中，国因“物”匮，人因“物”伤，然后，或异族入侵、或内部革命颠覆原有政权之事已成为一个怪圈。始作俑者是暴君，他最终又被暴力推翻，因而历史地看待建筑活动，建筑史中相当一部分背后伴随着的是暴力的历史。建造之所以成为暴力活动的源头和缘由皆因建筑可以无限地扩大、增高，也因此，建筑之美可以激励斗志，蛊惑人心。暴君执迷于建筑艺术，一方面是自恋意识的转移和放大，一方面是借用建筑之美丽来柔化其手执利刃之形象，当然也不排除有豁达的君主是为了全民幸福感的增强。

● 从红堡的一个窗口遥望泰姬陵

历史上的暴君是现世中被唾骂的对象。读小学的时候就有语文老师讲秦始皇的残暴和孟姜女的凄惨；批林批孔时亦有连环画怒斥曲阜孔庙中隐藏着惨绝人寰的罪恶，同时歌颂刘六、刘七等无赖们的“伟大”暴行；中学时代看的电影《巴黎圣母院》则把这个哥特式的宏伟建筑贬损为人间地狱。因此在我对建筑的情感之中，爱与恨是交织的，纠葛着的。2002 年赴埃及，在开罗郊区的公路上透过几座高层建筑竖向的间隙看到吉萨金字塔伟岸的身躯，当时我简直惊呆了，真不敢相信这朝思暮想的建筑竟然近在咫尺，离它不过几百米的距离是那些遍布开罗城的看上去像没完

● 里约热内卢贫民窟俯瞰 & 贫民窟里的涂鸦作品
图片来源：http://image.baidu.com

工的民居，仿佛一群乞丐在围观着一个破落的贵族或帝王，也如同非洲草原上围着垂死雄狮的一群龇牙咧嘴的鬣狗。这时我对那昔日里荣光炫耀大地的建造物不禁心生怜悯，因为这时暴君的角色已发生了转移，就像那往日威风八面的狮子和眼下虎视眈眈的狗子们，此时开罗城的建筑暴力拥有者变成了“人民”。遍布古迹的开罗城，旅游业是其经济支柱，政府想方设法把这古老的城市打扮得光鲜亮丽，但民众却不买那个账，他们到处盖那种造价低廉的没有外墙彩饰的红砖建筑，已经住了人，建筑的屋顶都还留有未绑扎完毕的钢筋或浇筑半截的混凝土柱子。据说这样可以避免高额的建造税。这种景象正在把开罗城向另一个角色演绎—— 一个无政府的“暴民”世界。

无独有偶，2003 年在巴西美丽的故都里约热内卢，站在面包山的顶峰俯瞰这惊艳世俗的城市风光，一个山水交织的城市，一个阳光充足、空气透明、建筑明亮、风格奔放的城市。身边的日本游客一边不断发出惊叹，一边咔咔咔地按动快门留影，我亦被这城市的独特气质所深深打动，移动着自己的目光，将这城市仔细扫描，试图把环绕的影像铭刻心间。突然眼中像是吹入了沙子，眼前的景象中混入了异质的东西，定睛详端这片异质的、乱糟糟的、密麻麻的小体量建筑群，它们方位不确定、边缘不确定、材料多样、风格就是没有任何风格，从城市的真空地带仿佛由地穴中喷涌而出，然后向四周泛滥。同时它们亦如同有机体一般在向风景优美的山丘漫延着。它们任意地摧毁着地表的自然景观，随着规模的不断扩充而抢入旅游者的镜头，形成新的城市景观。据导游介绍，这就是里约市的贫民窟违章建筑，那里是罪犯的天堂，别说是游人，就是警察也望而却步。这个城市的版图永远是模糊的，民主政府对之束手无策，市长无法确切知道城市的准确人口，也无法知道明天的城市格局。贫民窟建筑对城市的影响是怵目惊心的，它用非法的手段获取建造的自由，并粗暴地闯入人们的视觉，向那些温文尔雅、兴致勃勃的观光客和城市中产阶级及中产阶级以上阶层显示着自我粗陋的存在。千百年来欧洲依靠经验和智慧形成的城市规划法律在此被肆无忌惮地践踏着。但贫民窟里却是贫民们的天堂，他们依靠建造的热情，把进化了上万年的人类聚集方式打回弱肉强食的草原时代。巴西的许多球星就出自于这些贫民社区里，看着他们在绿茵场上奔跑的影子，以及宛如动物捕食般的敏捷、迅猛，就可以想象这社区还原给人类快乐童年的本来面目。听说曾有中国官方代表团造访里约市，见到此般景象，骄傲地宣称“在我管理的城市中绝对不会有

● 2009年1月22日，印度孟买街边墙头张贴的《贫民窟的百万富翁》电影海报

如此现象！”而里约市的官员则冷冷反击曰“如果人们愿意居住在那里，作为市民的公仆，没有理由去干涉他们！”这显然是两个频道的广播在同时播放，文化背景的差异、意识形态的迥异，使人们无法相互理解，来自中国的官员似乎只看到了“暴力”，而没有看到“暴民”们所创造的快乐。他们一厢情愿地以为他们的干涉会给他们带去幸福，殊不知干涉本身是更高级别的暴力。离开巴西这块既美丽又炽热的土地时，在圣保罗国际机场的礼品店里居然看到有艺术家在为贫民窟作画，也有艺人把贫民窟的生活场景制成卡通模型，甚至烧制成陶瓷予以销售。从艺术品中折射出的是自由、鲜活，是想象中天堂的一个变种，而绝非地狱。

在中国，建筑的青春期刚刚开始，近10年来建造的数量一直雄踞世界的榜首。建筑活动已经深入地介入人们的生活中来。一方面已经有相当多的一批人置了产业，在早期他们依据装修的改造活动来改变传统的生活模式，贴壁纸、铺地板、出入户门要换鞋；改厨房、换灶具，把电影中看到的西方烹饪和就餐模式引入生活；动厕所、换洁具，体验卫浴新理念；添灯具、装空调，视觉感觉多样化。10年前一位上海朋友在新房子安空调重要的目的之一是想在夏天找着被子的感觉，买复式住宅的目的是给客人开门找下楼的感觉。这事情现在听起来荒诞、搞笑，但这绝对是许多中国人当时的心态罢。如果说这种改善生活的方式是做加法，即在平凡淡泊的生活中加入许多丰富的东西，是温柔的改良方式的话，那为提高生活水准大做减法则是恐怖的“暴力”行为。常常看到一座老式住宅前的垃圾堆上堆起小山般的建筑垃圾、碎砖、混凝土块还有扭曲的废钢筋，这乃是因为传统住宅中拘谨的格局约束了人们追求新派生活梦想的实现。于是民众施以“暴力”的手段予以拆除、贯通，视觉变化出现了，空间层次感出现了，但一个结实的楼却被改成了危楼。这种事情在国内城市中多得很，但它们都在外观正常的楼体中蛰伏着、隐藏着，除非再来一次大地震，这些潜在的危险方能暴露出来。这种伤害是明火执仗般大打出手的，直接从城市形象、建筑外观入手，这种“暴力”的早期方式是出于利益上的贪婪，用广告、字体、霓虹灯来“强暴”建筑，施暴者为各企业、事业单位及广大工商业个体从业者，他们给

● 姚璐，望京山水之三，摄影 & 曾力，北京蒲黄榆二里 3 号，摄影
图片来源：http://www.ionly.com.cn/nbo/zhanlan/

原本完整的建筑外观纹上了自己鲜明的标记。若是纹得得体，纹得漂亮、精致，也倒说得过去，但我们分明看到大多数水平欠佳，且下手狠毒。记得十年前，北京上地开发区有一出国留学、归国人员创业大厦，其外观被海归们涂抹得一塌糊涂，楼体上遍布大小不一、材质各异的字体，以示他们的存在。这样的事情绝不是偶然发作，在全国必是遍地开花。但我当时最无法理解的是为什么那些喝洋墨汁多年的学子们也采用这般下三烂的打法，后来则见怪不怪了，因为更多的有计划、有预谋的武装到牙齿的职业人员在犯同样的罪行，职业建筑师是其一，艺术家是其二。

艺术家们的行为是江湖上“暴力”建筑的升级版，是主动性的建造活动，又非初始的利用平面性手段涂抹建筑的行为。他们之所以选中建筑作为自己挥动的旗帜乃是因为建筑体量巨大，在人的视域中占有比重较大，更是因为建筑在当代吸引着亿万中国人的眼球，建筑话题是一个全民性茶余饭后的谈资。艺术家们发现在现实生活中把自己的创造欲望和艺术主张强加于建筑的想法是妙计一条，它的杀伤力远远超过传统的架上艺术如国油版雕等，即使和当代最为生猛的行为艺术、装置艺术、影像艺术相比也丝毫不逊色。三年前中国老八五的一批当代艺术先锋在民间资本的支持下在宁夏贺兰山进行了建筑实践，现在看来那次作品乏善可陈，艺术家们丝毫不去理会建筑所特有的语法和特有的表现力，而是把它和油画装置简单又生硬地进行了对接，有点类似于过去突然暴富的农民买冰箱回家当盛碗的架子使用一般。这次活动既是对大地的一次“施暴”，也是对建筑学的一次“施暴”，虽耗资数千万，但无人喝彩。

● 长春伪满中央银行俱乐部旧址。在翻新时，新瓷砖覆盖原建筑的红砖肌理

倒是有另一种艺术家参与建造行为显得更自然一些，比如由于经济方面的原因，一些村落或闲置不用的工厂吸引经济状况不佳的艺术家们入驻。艺术家们一方面创作，一方面生活，他们凭借自己的美术基础改善生活和工作的环境，翻建农舍、收拾院落、栽植树木，于是乎败落的村落、萧条的厂区

● 香港某民居楼

出现了久违的生机，形成了在中国无论是乡村还是都市都看不到的建筑景观——一个个富有活力的小型建筑形成的建筑视觉。这种新鲜感主要是因为多样化的出现而产生，因为过去人们见惯了千篇一律的民宅、呆板单调的写字楼，一大批性格上介乎于居住和创作、生活和展示、乡土气息和丹青油墨相混合的建筑的出现，的确给民众平凡乏味的生活带来了话题。于是都市的人们知道北京除了三里屯酒吧一条街、潘家园旧货市场之外，还有一个画家聚集的村庄叫宋庄，还有一个工厂叫 798。宋庄、上苑、798 这些自由艺术家聚集地成了媒体追逐报道的对象，也成了城市小资们休闲的去处，随着更多的市民涌入这些领地，更多的艺术家、艺术爱好者开始向此类地区聚集，这些地方终于获得政府的青睐。作为创意产业区的 798 工厂区和宋庄每年都可以获得价值不菲的经济支持，现在这里的夜里路灯亮了，坑坑洼洼的马路被修整平坦了，甚至还为艺术家和观光者修建了公共厕所等设施。而今这类艺术区摇身变成了各级政府的一张漂亮的名片，由生产思想的场所变成了各种文化成果的一个秀场，精英艺术走向了大众艺术。艺术家们改造厂房、民宅的方式成了社会建造业的一种风尚，已经没有人不知道 Loft 为何物了。这些领域的意外成功使艺术家们建造的野心膨胀了起来，许多人转向实验建筑领域，而也有许多人摇身一变成为房地产商的建筑顾问。其实宋庄也好，798 也罢，艺术家们建造的成就远远没有媒体宣扬的那般巨大，只是由于当代乡村文化的败落、工业文明的衰微起到一定的反衬作用罢了。论纯粹的建筑水准，艺术家们的建筑还只停留于一个初级阶段上，这些领域建筑唯一的成就就是多样化的开端，不信你简单回顾一下中国乡村建筑的历史，唐、宋、明、清哪一个时期的村落建筑不比这些艺术村落更完整、更有秩序、更有韵味！艺术家们不过是借助于科班训练审美的功底和历史上的农民们打了一个平手而已。

传统的村落和民居中散发着一种祥和、宁静、法度的味道，如山西祁县、太谷地区的住宅大院等。山西灵石的王家大院坐落于黄土高坡之上，一条由黄土顶端蜿蜒而下的冲击形成的沟壑，把建筑群分成两块建筑分布在隔沟相望的两个土山之上，分别是生活区和公共事务区，一座窄窄的石桥凌驾于沟壑之上，把二者联结了起来，那建筑群的气势宏大、组织有序，建筑群顺着山势南低北高，层层灰色的屋顶重重叠叠，院落是其最基本的组织单元，而联结它们的交通道路竟是一个巨大的“王”字，构思巧妙、独到。浙江金华地区的诸葛村是中国著名古镇，由诸葛亮后裔聚集营建

● 诸葛村的景象

而成。村落的格局以道家崇尚的八卦形布置，变化多端。庞大的建筑群落中点缀若干水面，形成开阔疏朗和迂回萦绕相间的布局，村中的建筑如茶馆、酒肆、理发店、商店等环绕水面而成住区中的喧闹活动之处，动静相宜。今夏刚刚赴山西晋中随同友人拜访了深藏于黄土高坡之中的“后沟古村”，村落始建于唐代，沿一条深沟叠阶而建，建筑多数是以半窟半建的方式建成，一家人的屋顶往往是后一家人的宅前庭院，空间处理和环境条件极为精巧，基础设施也比较完备，村中的排水系统已经有几百年的历史了。后沟村使我看到几百年前农民在营造方面的智慧，其计划性、组织能力、环境意识都远在当代艺术家们之上。再环视一下我所看到的当代艺术家们建造天赋之下的“恶作”，798 艺术社区中较早的一个建筑改造项目——AT CAFE 中一堵主体纵向承重墙体被艺术家指使下的民工抡动大锤砸出形状各异的孔洞若干，“暴力”创造的视觉的确震撼人的心灵，冲击人的大脑皮层中的视觉反应区，但每一次我坐在其中，总是担心之上的楼板会不堪重负，带来灭顶之灾。这种形式的创造活动不断地出现的确给 798 带来了非常的活力。“暴力”的初衷是出于取悦大众的目的，但还是积极的、友好的，即使诉诸建筑暴力，也属于无意识犯罪，用力过猛或用力不当。最近深圳一家企业进入 798 开发艺术社区，该企业以获利为目的，巧取豪夺 798 艺术先驱们的荣誉，利用资本的力量进行肆意劫掠。他们开始大张旗鼓地以高出艺术家承受能力的租金大量占有空间，逼迫一些艺术家背井离乡、迁居环铁、酒厂、一号地等城郊区域；第二步骤是打着保护旧工业遗址的堂皇响亮口号进行环境毁坏工作。表面上看，他们翻新厂房、铺设广场步道，似乎在做善事，实则这种建设方式是极为粗暴的，一些 20 世纪 70、80 年代的工业建筑在他们的计划之中被残忍地实行了突然死亡。在他们的保护名单中只有那些 20 世纪 50 年代东德援建的项目，为了突出这些怀旧的情结，他们强行给后期的建筑加上伪作的框架，给原本反映时代特征的水刷石墙面随意地贴上仿旧的面砖。这些还仅仅是表

● 798 较早的建筑改造项目——AT CAFE

现出这个以具有设计背景自居的公司浅薄学术观点的一面，更为险恶的是他们把中央政府明令强拆强迁等强制手段施加于流连这块土地的艺术家身上，建设过程中的嘈杂、飞扬的灰尘、有意堆放的垃圾、半夜里突然被推倒的围墙和消失的装饰物件等等，这种《论持久战》中的兵法将无心恋战的艺术家们搞得疲惫不堪，最终选择“抱头鼠窜”。十月初，706的创意广场终于揭开了它本来的面目，798历史上从未有过的展览活动粉墨登场，为这场旷日已久的活动画上了一个圆满的句号，相信它的句号也就是798社区的句号，庸俗取代了神圣，肮脏涂鸦了圣洁，恶念强暴了宽容。在艺术家眼中，建筑不过是一种更富于表现力的工具，像兵器中的狼牙棒、开山斧，个头大、杀伤力大，但又不熟悉棒法或用斧之法，胡乱抡来自然没有了章法，破绽百出，只是显示了几下勇气而已。建筑若落入恶棍之手，勇气陡然变幻为凶气、煞气，建筑于是乎无论作为动词的“建筑”还是名词的“建筑”都化作施行不义的机器，终将产生更多的恶果。

自古以来建筑总是在消耗人力和物质财富，进入商业社会后建筑却成为增长财富的一种手段。利益的存在也是生成或吸引暴力的一个主要原因，所以暴力以各种形式与建筑活动相伴。规划阶段虽在纸面，却已酝酿祸端的开始。中学时代学习秦牧的散文《土地》，其中脍炙人口的一句话是“向土地夺宝”，那时这句话的真实具体的含义是号召国家百废待兴时期的人民依靠垦荒、修水利、挖矿产等传统手段向土地索要回报。而今人们发现了一个更为便捷和高效巨倍的夺宝方法——提高土地上建造的效率。在建筑设计专业有个名词叫“容积率”，即总建筑面积和总用地面积之比。如今土地价格朝三暮四，容积率成了土地价值翻倍的系数，城市规划部门为了控制无序无度地增加容积率，在城市不同的区域会制订不同的上限标准。上有政策下有对策，一些贪得无厌的地产商在规划阶段总是在打容积率的主意，利用政策的边缘区域或政策与政策相干涉形成的政策真空区域大做文章，打政策擦边球。这一步的成功与否一方面取决于谙熟政策的程度，另一方面取决于审批部门的态度。钱和权在此相遇，权会给钱指明方向，使之披上合法的外衣，结果却是国家相关法律法规受到软刀子的屠杀，公民的环境权也受到“温柔”的侵害。一年以前我居住的小区有一奇观，每天清晨小区保安就像过去长江边的纤夫，把一辆辆泊在回车空档处的车推出来，让被困在车位中的车出位，然后再把车推回原位。这一小区的停车状况令人震惊，小车已蚕食掉大部分的区内用地。既是如此依然无法解决业主的停车问题，少数业主甚至把车停在了一公里以外的街道上。这种现象大大降低了业主的幸福指数，停车成为每日里忧患、犯愁的痼疾。谁之过？开发商抱怨设计规范陈旧和私车拥有的快速增长，实际上这都是幌子、借口，超标的容积率乃是祸根。因为这引发暴力又始于暴力的祸根，小区内每晚的争吵鸣笛、凌晨里的喧闹叫骂成了固定得像中央电视台的早晚间新闻那么准时，但单调得令人生厌又令人绝望，因为大家知道这是无法调和的矛盾。每天清晨隔着窗望着那些步履沉重、弓腰曲臂的保安，心中不禁升起一股怜悯之情，这种在汽车尾气下的晨练实在是对人性的一种摧残。

● 老照片。大跃进时期河南博爱县红旗公社的矿石场

上述所谈还只是某一利益集团所为，勾结默契之下的“擦边球”还算对法律法规留以情面，但这层出不穷的演出却如当代“样板戏”一样给民众做出了示范。“文革”时期的《红灯记》、《红色娘子军》、《沙家浜》等经典“样板戏”中的革命英雄主义教导人去学英雄、做英雄。当代地产商们的“样板戏”却教唆人们去以奸诈、无耻、贪得无厌的欲望去犯罪，当代“样板戏”的主角是无所不能的蠹虫，这些蠹虫甚至文质彬彬或温文尔雅，在报纸、电台的炒作之下成了大众的偶像。欲望的火种点燃了普遍存在暴富心理的大众的欲望，四海之内违章建筑如星火燎原之势蔓延、燃烧。因而即使在没有战事的年代里，我们依然不乏焦土，无序的私搭乱建，抢在政府行动之前的抢建，挂羊头卖狗肉般的扩建比比皆是，在城乡结合部，在奥运工程规划区域，在新农村建设的辖区，在城里的富人别墅区，在矗立于城市干道两侧的高层住宅顶端……这是一场由内而外的革命，命根子乃是建筑内部的平方米数量，恶劣的外观之势歹毒之心的一种赤裸裸的表现，如同发情时的种驴，粗鲁、直接、不堪入目。发展为尚的时日，建筑这种行为是遍及社会街头巷尾的人见人爱的握手致敬之礼，没有这种行为的区域概可称之为被权力和经济遗忘的角落。于是民间似乎少了一些话题，少了几分机械的轰鸣，少了几眼塔吊之下挥舞的红旗和几声吹响的哨音。这原本打破生活宁静场景的行为如今却成为一区之长官，一方之百姓梦寐以求的生活。中国城市中林立的塔吊，缓慢旋移的巨臂已是国人骄傲的资本。许多初次

● Anish · Kapoor，自生，装置 & 自虐中的愉悦，2005
上图来源：http://www.tomarts.cn

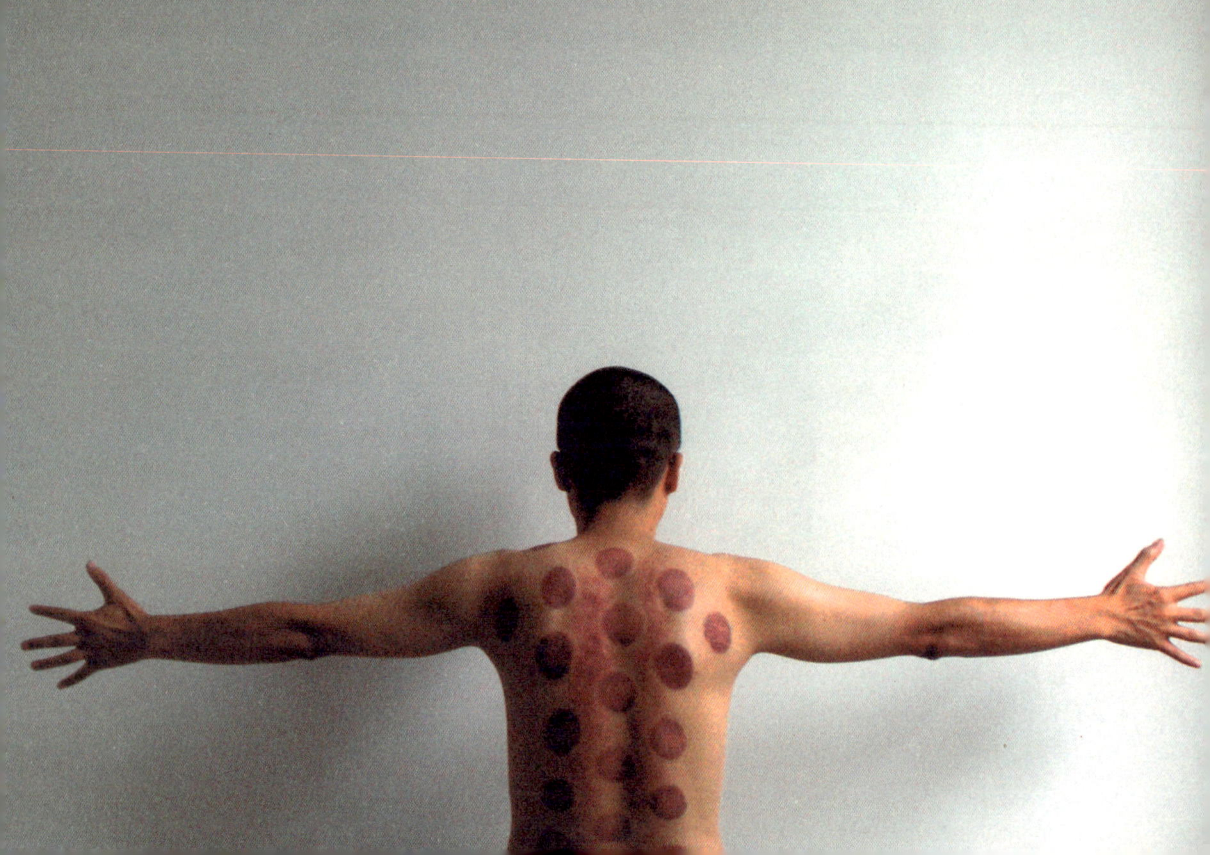

出国归来的同胞谈起欧洲、谈起美利坚都是一脸不屑的神情，因为在他们的旅途中没有看到建筑机械在城市空中肆虐的身影，就如同在神农架没有见到传说中的野人，在陕西的镇平县没有见到伪作照片中的野生华南虎一般沮丧。“要建筑不要生活”是我们这个发展岁月的潜在口号，它藏于某些城市领导者的心中。我亲眼见过一些大城市的一把手、二把手、三把手、四把手们云集于一个建造项目论证会的现场之盛况；亲耳听说过某领导雷厉风行的作风在三更半夜发作而将设计人员、项目管理人员在半夜两点召来共议建造大事；我也真实地拥有数以百计的几十年如一日从未有过星期天的不知死活的建筑师朋友、室内设计师朋友和景观设计师朋友；还在电视上、报纸上、网络上见过成千上万的辛苦一年却讨薪未果的民工群体褴褛的衣衫和菜色的面孔。建筑是个生活中巨大的漩涡，它可以吞噬一切有权力的、无权力的、有钱的或无钱的人的时间，以及健康甚至生命。不是有一些官员因建筑工程腐败事发而畏罪自杀吗！不是频频有积劳成疾的建筑师步入亚健康状态吗！不是每逢春节就有绝望的民工登上高层建筑屋顶或塔吊的悬臂，以死相逼吗！更为不幸的是建造活动被鼓吹为一种全民性的健身、健心的劳作，冠以全民性审美培育的方式之美名，于是这处于审美无政府状态下的集体病理发作在政策、法规真空的区域达到骇人听闻的境地，“我们所有的陈旧观念都处于风雨飘摇之中。社会的古老支柱也正在一个个地倒塌。全体的力量成了惟一没有受到任何威胁的力量，而且它的权威正处于不断的上升之中。我们将要进入的时代是一个群氓的时代。”（勒邦，1952）

2007 年 9 月 3 日

● 蒋鹏奕，万物归尘，装置
图片来源：http//www.ionly.com.cn/nbo/zhanlan/

爆竹

春节的禁放令持续了十余年，去年突然解禁，结果是那些制订和取消政令者所没有想到的。鞭炮齐鸣再也不是一件令人欣喜的事情，大家仿佛合力要将这个世界毁掉。

城市化多年之后，城市规模和人口的巨变、经济上的富足、心态上的骄狂，几种能量的积聚像四川震后的堰塞湖一样，在我们的头上高悬。人口和财富是城市建立之初的一个具体的目标，二者代表着社会发展的成就。于是我们想到了总结，想到了庆祝，举杯是一种方式，欢快起舞是一种方式，游行集会是一种方式，但这些我们的人民都不太擅长，我们更喜欢一种原始的野性的方式，火光、烟雾，还有惊心动魄的爆响。

● 老照片，过年放鞭炮

爆竹满足了以上的全部条件，是先人们了不起的发明，它应用了当时最先进的科技，营造出世俗精神欢快庆典的氛围。爆竹的形式在庆典中粉碎，红色的纸屑被火光和烟雾裹挟和鼓荡着奋飞，刺耳的声响有节奏地鸣放，像一个推着一个的自杀前的呐喊。爆竹真是充满着暴力、对抗、毁灭的色彩把戏，人们在这暴力划伤的边缘嬉戏。成年人的勇气和胆识令他们可以手持二踢脚，让那第一声在手中炸响，然后将其抛向空中，也可以手拎长串的鞭炮，让这串红在眼前化做纷飞的彩雾。孩子中的佼佼者可以在这彩雾中大胆地冲突闯荡，如云里的金刚携带着烟火奔走。人们为什么会对爆竹刺耳的声响如此着迷，即使已惊恐地用双手捂着耳朵依然为之痴狂？充满撕裂、暴发、绝望的炸裂声究竟是人生的代言，还是麻木的指令？

爆竹中的鞭炮是人们的最爱，它连续的热烈令人窒息。这窒息感正是快乐的最高境界，像会场或剧场中经久不息的掌声，是对对象的礼赞与认同。鞭炮的长度和爆响的时间成正比，和礼仪的规格、礼数的分量成正比，传统的长鞭要用长长的竹竿挑起，鞭炮自下而上燃放，黑烟火光顺着软梯一般的鞭挂爬升，不断吞噬着新的个体，而被吞噬的个体又化作吞噬者的能量继续上行。高潮是顶端的那最后一二响，每次炸响前似乎总有一个小小的停顿，然后翻滚起来做一个停顿的架势。人们的欢呼雀跃自第一声炸响开始，伴随着急促紧迫的爆竹声自然地演奏，而叹息惆怅又尾随着鞭炮的尾声谢幕。人生似乎也似这一阵紧似一阵的鞭炮，不断地消耗，又不断炸响，极快速地由起点走向终点。麻木感总是在最后消失，所以最后几响总是能给听者留下记忆，这究竟是爆竹的原因还是听者的积习？一个主观，一个客观，一个心，一个物，互相纠缠着、抵触着，生成了世间万千的变数。

物质匮乏的年代，鞭炮也是爆竹中的奢侈品，那时无论大人还是孩子，多数时候都是小心地顺着像辫子一样拧结的炮捻把鞭炮拆解开来，化整为零，一个一个地放。一声一声的爆竹节俭、克制，而且鸣放的方式更加多样，可以和环境、和各种器物相结合来放，还可以相互之间斗炮仗，这是爆竹和人的行为最为密切的一种状态。这种零放的方式所释放的声音也是多变的、唐突的、惊悚的、意外的、狡猾的，各种表情都是能凭听觉感知的。真正的鞭炮只在较为有仪式感的场合才出现，比如年夜饭前，初一的早晨，破五时的回光返照，婚礼，祭拜等等。这时长长的一挂鞭炮极奢侈地燃放，飞花走沫，电闪雷鸣，缺少了零放的活力和灵性，但庄严、隆重感在炮仗们麻木的牺牲中书写了出来。鞭炮齐鸣过后，一地残花、粉末，孩子们埋头捡拾，因为总有余生寥寥逃脱自暴自弃的命运。

二踢脚是爆竹中的巨人，它飞得高、炸得响，第一声沉闷，第二声响亮，第一声是结果，第二声是目的，二者音色上迥异，相衬相映。二踢脚是爆竹声中的定音鼓，咚咚作响，为全部的礼赞画上逗号和句号。因为它飞得高，所以它响声传得远，闻

● 二踢脚燃放全过程

者甚众。因为距离的缘故，其炸响时发出的火光，释放的烟雾和声音之间就存在着一个时间差，这时人会感觉那声响如长着翅膀一般向你直飞过来，然后从耳朵眼中嗖的一下钻进去，在骨膜的表面炸响。二踢脚是现代兵器火箭弹的草模，当它平摆着放时，就如火箭弹一般会给他人造成伤害。因而在缺少玩具又崇尚“战争”的年代，春节中的重要娱乐就是利用二踢脚来相互袭击，制造事端。后果是惊吓大于杀伤，因为这种方式更多地应用于男性对女性施加的挑逗中。二踢脚具有一种雄性的气质，它坚定、钝拙、果敢，是嘈杂纷乱中的怒吼，拥有技惊四座的强悍。它的形状也充满了阳性最具符号感的特征，刚直有力且奋发向上，直刺苍穹时，它激奋昂首并粗莽地吼叫，向世界做出强势的表白。

若二踢脚代表雄性，那花炮则是爆竹中的舞娘，拥有华丽的身姿和放浪的举止。花炮是爆竹中的变种，它根源于人对声音的崇拜向火光崇拜的转向，因为爆炸的退出，花炮的听觉暴力色彩衰减了。但接替者是视觉和嗅觉的暴力。花炮持续性的燃烧，释放出恶毒的绚丽，在空气中缠绵地闪耀、跳跃，最后又拖着袅袅的烟云坠落，化为遍地的残渣。化学的进步使人类认识到不同物质燃烧时所生成的色彩之变幻，这不同色彩的火焰残酷地揭露着人类执迷奇异的弱点，花炮将这种发明和揭示高高举起，在黑暗的衬映下，呼唤着人们的欲望。人们仰望被烟花撕裂的夜幕，发出由衷的赞叹，众人在大地之上发出的惊呼如投石在水面激起的波纹，叠合着向四周扩散而去，直至完全消逝在沉沉的夜的深处。花炮是爆竹中的奢侈品，国民经济困难之时，花炮的使用是以城市或国家为单位的，隆重的政治活动结束后的典礼，传统的民族风俗节庆，花炮是领袖们慷慨的施舍，以此博得麻木的首肯和掌击。

● 老照片，观看放礼花

5 岁的时候，在我成长的那个城市，一个国庆的夜晚，我第一次看到燃放的礼花，旷野一般的广场周围，拖着已走得困顿得如灌满铅一样的双腿翘首以盼，仰望星空。不知它们的美丽，所以对这长途跋涉和漫长的等待怀着满腔的委屈，对大人们给予的许诺将信将疑。当第一颗礼花在空中绽放时，彻底击溃了我想象的界限，从未经历过的惊艳的视觉不断闪现，并一簇簇、一层层组成艳丽的景观。到现在我也无法解释我到底为什么会对这种从未经历的火与光的流光溢彩而痴迷，这难道是潜在的对火的崇拜与记忆？

但焰火与爆竹又绝对是充满暴力的，爆竹的暴力是直接的、赤裸裸的，自身的终结就是暴力有力的证明，鞭炮响过之后，遍地是粉碎的红色纸屑，二踢脚响过之后，那个挺拔的纸筒就被扭曲折断，然后在爆响之后的片刻，由空中跌撞下来，像个士兵残缺的肢体。我曾经被各种规格和类型的爆竹伤过，这缘于自己对它百倍的好奇与珍惜，其中两次爆竹在自己的眼前爆炸，蓝白色的光闪过之后，眼前顿时一片漆黑，仿佛绝唱之后的寂静。但顽强的我努力用手揉搓让视力在片刻之后复明，这时眼中的世界如同被抽掉血液的人的肤色，一片惨淡，而后逐渐由抽象还原至具象。这是自己一生中最可怕的经历，但我并未因此而远离爆竹。如今人们依然对爆竹情有独钟，并利用经济上的收获来对它们提出更新更高的要求，传统的黑色火药被黄色的炸药所替代，个体的直径、长度在不断增长，鞭炮的长度数量也在不断突破着极限。因此武装到牙齿的这些无畏的莽汉在当地繁华的都市中又一次亮相，宣讲着既古老又时尚的酷语。春节中的中国都市、建筑、轿车、老人、孩童、野猫、飞鸟在隆隆的爆竹声中战栗不已，而燃放者却在“施暴”中得到满足。几乎没有一个人不抱怨这惊天动地的炮仗，但又有如此之多的人参与，这的确是件令人费解的现象。

爆竹揭露了人类的弱点，自卑与残暴，盲从与疯癫，虚妄与骄傲，在我们已完全执掌这个世界之后，依然对这种野蛮的血腥的行为恋恋不舍，甚至愈演愈烈，表明了我们对“集体暴力”的一种永恒的崇尚。古罗马的斗兽行为早已退出了历史，但职业拳击、橄榄球、冰球、自由搏击，不正是那种古老游戏的缩影吗！西班牙的斗牛和奔牛也是如此，它们通过商业的操作模式，利用现代的图像传送技术在使全人类保持这种嗜血的本性。但以上的列举都是西方文化背景之下的野性证明，它们至少崇拜力量与勇气，弘扬个人英雄主义，而爆竹则是彻头彻尾的集体性暴力与狂欢，乏善可陈。每个燃放爆竹者既是受害者又是施虐者，燃放是为了从被施虐的状态下挣脱出来，加入施虐的大多数之中，然后在被施虐者的痛楚之中窃喜狂笑。爆竹的历史与今天再一次向全国人民证实了一个真理，多数人永远是不可战胜的。同样，焰火也照亮了人类思想中难以革除的顽症，欺骗与被欺骗反复轮回的怪圈。因为首先烟火生成了人类对美好的幻象，奇异的、妩艳的，没有经验的视觉总会剥夺我们理性的判断，尽管这种现象是暂时的、短暂的，但却构成了我们对美好的精确

● 天女散花。中波轮船股份公司 1978 年发行的年历卡

● 2008 年奥运会时用焰火在北京上空打出巨大的足迹轮廓

想象，火树银花、玉树琼枝、天女散花，这就是世俗对彼岸的期望——只有视觉没有内容的一个二维世界。焰火的施放者希冀通过幻灭的视觉来兑现承诺，麻痹判断，使观者产生莫名其妙的感恩之心和稀里糊涂的幸福情绪。2008 年奥运会上一位著名的当代艺术家用焰火在北京的上空打出一个个巨大的足迹轮廓，由远而近向鸟巢逼近，仿佛一个巨人光临这个盛大的庆典。数以千万计的同胞为这个臆想的创意情不自禁的手足无措，由来已久的艺术实验终于转化为朴实的社会实践手段，收获实在巨大。

焰火的“暴力”证明不胜枚举，2009 年初，央视大火把 Ram · Kuhas 的杰作点燃，那原本阳具一样矗立冲天的配楼如同高执着的火炬，把京城的节日庆典推向了高潮。后来人们总是拿这场大火调侃，有人说大火是因为焰火的质量不佳，路径跑偏才导致裸露的保温材料被引燃，也有人说是因为焰火的质量太好，药力饱满、燃烧持续才能将本不易燃的物品点燃。事故发生之后，警方控制，检方起诉了多位运输者和引路者，完全是以危险品和爆炸物的等级来处理当事人和参与者。然后除此之外的大量能给这个城市带来灭顶之灾的焰火、爆竹堂而皇之地在大庭广众之下售卖，为什么就变成合法的呢？ 2010 年春节，广东普宁一大户人家踌躇满志，大放焰火，引得街坊四邻聚而观望，门庭若市，不料，焰火燃放之时，突然倒地横走，于是礼花弹所到之处血肉横飞，死伤甚众。这事件把焰火伪善的面容彻底揭穿，露出其真凶的本来面目。看来角度稍变，事物的性质就会彻底改变，美艳者变成凶徒，柔弱者变为强人，这种急速转变往往带来乐极生悲的结局。这两起事端看似是由于爆竹烟花效力的强盛、质量的优越而致，实则是近年来中国人心态虚空、膨胀的反映。无休无止和无法无天的爆竹声营造出一个疯狂的都市战栗的状态，而这令人心悸的半月之后，硝烟久久弥留不能散尽，形成空气质量的重度污染。

爆竹造成的城市伤害和我个人的心灵伤害远比硝烟散去的时日要持久得多。中央电视台配楼像个战争刚结束后弹痕累累的废墟般屹立在东三环中路，形成京城最为奇异和最富于戏剧性的都市景观，审判的程序旷日持久，亦不断出现新的情节。而国人至今仍深度执迷不悟于这原始的游戏之中，令我对社会整体的精神状态忧虑重重，这很难于用缓解生活压力、排遣因工作节奏过快而产生的抑郁来解释，因为日常的生活里，酒后飙车、卡拉OK的狂歌劲舞、交往应酬中的松骨足疗，难道不足以解决以上的都市病和现代病症？连续性的盛大狂欢只是一种证明，证明我们如此迷恋物质世界，希冀将物质世界的幸福感紧紧地抓在手中，爆竹是我们在努力中的具有仪式感的一种借用的古老手段，助长了人们某些欲望。

● 2009年初，大火把Ram · Kuhas的杰作点燃
图片来源：http://www.xbzyw.com/gafz/2009/0529/content_4540.html

2010年3月3日

艺术家们的建造梦想与实践

中国土地的性质很大程度上决定着中国城市和郊区的形态，土地归国家所有，50年或70年的土地有限使用年限，使得在新中国建立之后长达40至50年的时间里，960万平方公里的版图中再也不曾出现新的精致的私有建筑，但历史的遗迹却善意地提醒着当下的人们，精彩的人生和私人建造的密切关系。

● 老照片，刘文彩庄园门口处，1958年

当代实践私人建造的主体大多对“文革”有着切身的经历，在许多讲述革命斗争历程和阶级斗争野史的故事中都闪烁着私人建筑的魅影。首当其冲者是中国西南部的大地主刘文彩之庄园，这个建筑后来被演绎为暗无天日、恶贯满盈的“收租院”，众多凶神恶煞和凄悲羸弱的雕塑充斥其间，把这个典型的富家院落中的儒家风范驱赶得荡然无存。这种层次丰富、比例严谨的私有空间在那一代人的心目中留下了晦暗、阴森的深刻印象。其他的还有山东栖霞县大地主牟二黑的宅院，电影《红色娘子军》中南霸天的庄园等等。这些连环画中描绘的私有空间和建筑形象在阶级斗争剑拔弩张的年代承受着无穷无尽的诋毁和非议，直至现实版的私有院落和建筑中涌入大量的贫民，从而彻底改变了它们的私有属性，当然另一个必然的结果就是建筑和院落本身的形态也遭受了巨大的毁坏，中西合璧的小洋楼变成集体宿舍，寂静的院落变成了嘈杂的大杂院。

私有建筑缺失之后空白的填补是集体主义的建造物，板式或塔式的巨大体量组成的方阵主宰着城市的轮廓和气质，如同盛典之中的团体操队列无情的灵光。改革开放以来，个人主义开始在中国的文化中苏醒，但阻止其萌芽并茁壮生长的是铁一般的土地制度，于是个人建造的诉求开始转向乡村释放。

当代中国文化版图格局的变化出现了一种来自乡村的力量，城市文化精英的思想逗留城市的同时，他们的身体却向乡野大规模迁徙，如同具有两种欲望和习性的

● 筒子楼的走廊

候鸟，在两种场所中不断往返，建造着精神和物质的巢穴。乡村和城市巨大的物质和精神积累方面的差距，使得来自城里的文化精灵们轻易地获得乡村的宽容和接纳，而乡村土地政策模棱两可的态度更为这种行为由虚掩转为敞开了大门。

20 世纪 90 年代中期，还是在刘文彩的故乡四川，率先出现了一批艺术家的私有住宅。偏好乡土情结的艺术家罗中立等在一些本土建筑师的支持下，初步实现了中国知识分子顽固的梦想，同时中国的建筑师也由此开创了实验性的先河。已经接受西方现代主义建筑思想的建筑师们在艺术家义无反顾的理想主义精神的支撑之下，终于完成了对他们西方的偶像们学术主张和成长历程的初级模仿。这次建筑实验的规模不大，但意义深远，它重新打开了个人和建造活动对话的僵局，使得中国在开放之后大规模的建筑实践之中，多了一种领域，多了一种文化类型。记得当时的中国权威建筑理论出版物《建筑师》专门对此进行了大篇幅的报道，在建筑师群体中产生了一定的影响。这次活动的另一个开创性的意义还在于，建筑摆脱了单纯的实用性功能，开始向社会进行一次专业的现代性表达，因为在此之前也曾有一些零星的老一代艺术家在不断为自己建造类似农民或地主们居住的建筑样式。中国千年以来一脉相承的建筑风格使得建筑退化成为一种精神简单的物质载体，人们已经忘却了建筑和个人气质、时代精神的联系，更忽视了建筑潜在的一种主动性表达的作用。然而正是这次活动促使建筑师们对民众和艺术家们作出了提示，告诉人们现代建筑在此的积极有效的作用。

四川的这次活动像早春的一股和风，惊蛰了中国文化人群在建造领域关于个人精神表达的欲望，也唤醒了人们对刘文彩式的旧地主建立在土地之上的私有的美好生活的想象。四川美术学院后来荣获地主美术学院的“光荣称号”不知与此是否有联系？

做一个殷实的地主是潜伏在步入小康社会之时中国文人们心中的一个秘密，随着对刘文彩、丁大牙（《桐柏英雄》反面人物代表）式地主背景和生活方式的揭秘和重新解读，这个秘密就光明正大地诉诸于文人的笔端墨下或艺术家的画布之上，并且一旦条件成熟就开始步入实施。建筑活动带给普通人的第一个惊喜就是建筑对土地的征服，条形或点状的基础深深地嵌入大地，厚重的墙体升起形成个人绝对私密的空间，各种各样的形态凌驾于大地之上，仿佛南亚大象背上驮载的花轿，映射着土地的臣服和个人的喜悦。中国式“地主”的另一个地域性和文化性建筑特征就是院落高墙，这是对土地的深深眷恋而又锲而不舍的形态印证，于是这种建筑形态在早期实践的建筑活动中成为最具普遍性的结果。院落式的建筑格局内向、自恋，牢牢地把持着那一块私有的天和地，对外封闭的墙体抵御着来自周边的一切袭扰，强势地造就了一个属于自我的自由王国。

● 曹浪，失梦招领，摄影，2008 年
图片来源：http://www.ionly.com.cn/nbo/zhanlan/

进入 21 世纪以来中国的艺术家生存的状态有了很大的改观，社会对艺术采取了更为宽容的态度，当代艺术家们结束了一种“流亡”式的生活，他们开始改善自己的生活环境，以此标志着一种稳定的工作和生活状态的开端。原先寄居于乡村农舍中的，在农民院落的基础上大兴土木，利用改造的方法来塑造一种有别地道农民的生活方式。这种改良产生了一种小资情调，城市中资产阶级的生活方式和农村的乡土气息结合起来，产生了既优雅又朴素的气质。北京东部的宋庄和西北部的上苑都是这种类型的房子的聚集地，艺术家们和农民们达成口头的协议，广泛地利用农村闲置的宅基地打造自己生存的乐土。在这种改造中，设计的主体就是艺术家本人，他们通过自身的生活经验来定义自己空间的格调，甚至细枝末节，形成了中国特有的一种居住和工作形式。在这些形式中普遍地营造出一种田园情趣，追求材料质朴的肌理和造型上粗犷的形态。透过这些建造中的细节我们也可以感受到中国当代艺术家们的创作态度所发生的转变，开始由对抗性转向温和。北京昌平区上苑村的一位艺术家的宅院设计曾给我留下了深刻的印象，住宅和工作空间隐没在一片大墙后面，白色的蔷薇花缀满了伸向墙外的枝头，院落空间布局精巧、划分有序，园林细节处理考究，借鉴了南亚园林的许多造型方法，表达了住宅主人精细的生活态度。

另一种建造的方式是艺术家对建造方式本身发生兴趣所致，是一种建造活动的升级，这种类型反映出一部分艺术家不再把建造仅仅作为一种改造生活和工作状态的初级方式，试图以建造活动本身和建造结果来进行艺术表达。这种态度决定了艺术活动和建造活动的统一，而建造的风格和样式对于艺术家的表达就将起到关键的作用。由此出现了一种艺术创作和建筑设计相融合的可能。正如当代的许多奢侈品牌的经销者看到建筑所具有的强大的传播和推广能力一样，艺术家在建造的年代也看到了建筑所具有的社会影响力，这也许是中国连续处于建造高峰期的一种必然结果，是当代建筑文化的一个侧面。建筑终于成为社会大众的一个话题，因而它也最有可能演变为一种表达的工具，这是注意力经济兴盛条件下的一种机会主义的选择，于是出现了宁夏的贺兰山庄，这次大腕云集的建筑实践是一次以建造的方式进行艺术表达的当代艺术家的集体狂欢。建筑的功能美、结构美和技术美被完全抛至一边，摆脱了建筑本体的建造活动就彻底地沦落为一种极为表面的建筑游戏。艺术的符号以建造的方式进行直接表达，虽然显得异常果敢，但也显示出少许的肤浅，终于这次耗资巨大的实验活动由于缺少对建筑本体的关注，落得一个无人喝彩的结局。

● 宁夏的建筑实践，贺兰山房
图片来源：http://travel.poco.cn/travel_lastblog.htx&id=1002819

贺兰山庄的遭遇使另外的一些艺术家认识到建筑的性格中顽固的一面，在建造的活动中沟通和妥协的缺失将形成建筑规律和艺术目的之间对抗的局面，艺术也因此会丧失众多的关注群体。同时艺术家单纯的建造作为一种艺术工具，会导致许多技术上的瑕疵出现，成为建筑师的笑柄。于是新的建造实践开始寻求建筑设计专业的支持，结构、构造方面的常识使得建造成本、安全性以及使用方便系数有了较大的提高。在和建筑师沟通的过程中，艺术家对建筑美学也开始给予适当的关注，因此这一轮的实践活动是一次理论和技术准备更充分的建造。

始于 2003 年的北京怀柔沙峪口村的艺术家聚集地的营造，就是一次更为专业性的建筑实践。这个艺术基地的人员组成本身就是多样的，除了从事绘画、雕塑、装置、摄影这些门类的艺术家以外，职业建筑师和从事文学、诗歌、媒体工作的人员也为其多样化带来了活力。基地内的建筑有 20 幢独栋的艺术家工作室，一个美术馆以及若干经济型作家公寓。此次参与设计的建筑师有孟建民、张永和、温子先、

● 坐落于北京怀柔沙峪口村上苑艺术家聚集地的苏丹自宅，局部

苏丹、周伟，为了使未来的社区有一个良好的风貌，大家推选了苏丹、渠岩、孟建民等 7 人组成了规划小组，对社区的容积率、限高、退线做出了规定，这也是一个重要的进步表现，它反映出了艺术家对待个人利益和集体利益之间态度的转变。公共意识的缺失是中国文化的一个显著特征，而特立独行的艺术家们在日常生活中的表现也是如此，当代艺术家们成长过程中的艰苦卓绝的经历使他们更加奉行个人主义的信条，因而对这个社区开发与建设所设立的公共性原则就显得异常重要，它在限定艺术家个人的同时维护着群体的利益。这种民间的约定在社团、群体之中发挥的作用并不稳定，当群体利益高度一致时，它的效用是比较大的，因此在这个艺术基地方案设计的前期，大多数艺术家在自己的方案设计中基本上恪守了共同的契约，这也为社区现状奠定了有限的基础。因而现在看来，沙峪口艺术基地的建筑风格变化丰富，但由于材料、色彩以及尺度之间保持着一定的关联，因此依然是个协调的社区环境。

然而当众人的意见产生矛盾，甚至因为利益发生冲突时，民间的契约就是废话一堆，废纸一张，这也是在许多集体自建过程中每每发生的情况，几乎无一幸免。沙峪口艺术基地的建造过程悬念迭生，隐瞒、欺骗、毁约、讹诈、争执的事件层出不穷，江湖之中无数险恶的局势全部在此上演一番，使众人身心疲惫。随着集体的分裂，个人主义在建设的后期开始大行其道，超高、越界、增容之事层出不穷，完全不必任何借口。

因而若详细地把这过程一一记录在案的话，这份文献应当称作中国当代颇具说服力的艺术人类学文本。在社会回归和谐，人类恶念不再之时会时刻提醒我们自己不要重蹈覆辙。

沙峪口艺术基地的建造在建筑师们的支持下表现出一定的专业特点，学院派的现代主义风格是其一个主要特点，所有的方案中注重建筑几何形体的组合，注重环境关系，注重彼此之间色彩和材质的统一感。但在对空间的理解方面建筑师和艺术家也产生了不同的意见，建筑师强调空间表达，艺术家们追求建筑形象外在的张力。这种现实也反映出中国文化中各门类艺术之间长久割裂所造成的隔阂，建筑师和艺术家各自为政，固执己见，艺术家需要的仅仅是建筑师在专业知识方面的支持，他们对于专业本身的语言和规律比较忽视。这种情况下，建造实践很难在实验性的高端有所突破，因为作为使用主体而言，他们对建筑的要求是为自己提供一个美好生活的载体，他们不关注实验性建筑的先锋性实质。

随着中国农村土地使用方式的政策改善，我相信类似的建造实验还将不断出现，下一个阶段的建造活动会继续升级，而升级的主要表现不仅是规模和建造技术的进步，最重要的标志就是在这种实践中有着更为明确的实验目的，其中既包含艺术的主张也包含着建筑当代本体的思考。

2009 年 3 月

思考型的设计

当设计成为一种职业并在一个特定的时期给予你丰厚的报酬之时，惰性必然产生。这种惰性并非是一个设计师整日里游手好闲，无所事事，表面上他或许看上去很忙，不停地打电话、接电话，不停地上飞机下飞机，不停地花钱又不停地赚钱。设计作品也很多，有时甚至会充斥一个行业或一个城市，像是国家计划生育政策实行之前“英雄母亲”和她那多得叫不上名的孩子们。现在我们似乎认识到多未必是一件好事，开始关注设计作品的质量，希望在完成的作品之中能够表现出一些什么。当代的设计师们也不能说不努力，每次讲座时台下满座的人群和一双双渴望的眼睛似乎在告诉你他们的困惑。中国有超过百万的职业设计师，每年有上千万个设计机会提供给大家，但当绝大多数的设计方案转化为现实作品时，你不得不承认一个令人失望的现实，克隆重复的多而进步进化者少。这种惰性出现于思想，那个表面活动思考运转的大脑，其实其早已死亡，它在做着无聊的机械运动。这种重复的机械活动必然生产出千篇一律的东西来，令人厌恶。有时在样式上会有一些变化，但这种变化都是表面的，并非来自事物生成的动因内部，仅仅是为了满足短暂的视觉上的愉悦，就如同当代走向没落的相声，由语言艺术沦落为简单的搞笑工具一般肤浅。

但现实中的生活、理想、观点都在发生着变化，设计上的滞后着实令自己不快，令他人不爽，社会和民众期待着一种令人耳目一新的、合情合理的工业产品，建筑空间场所以及视觉形象等等。在政府官员、私人业主和公众面前，设计师试图使出浑身解数来满足迎合各种各样合理的或不合理的要求，却每每无功而返。一个不争的事实是，当设计者个人满意之时，他服从的对象并不一定满意，而当服务对象满意之时，设计者又会感到被曲解或者被奴役后的凄凉感。现象是非常丰富和复杂的，但原因却简单，这一切归结于我们缺乏思考，往往在思考不足的情形之下就仓促动手设计，这时依靠经验可以解决一些问题，却带来了更多的问题。今年3月我在深圳参加一个“星级酒店高峰论坛”，发言的嘉宾之中有中国建设部的官员，有酒店管理集团的经理，也有所谓的一些明星级设计师。组织方特意为我们安排在新完成的洲际大酒店开会和住宿，那酒店空间奢侈得惊人，首层绝大多数的空间都是供人穿越和体验的公共空间，酒店装饰的风格是西班牙式，但那室内空间尺度远比我观念和记忆之中的西班牙城市尺度还要大。该酒店的设计者来自中国香港，他几乎垄断了近一阶段深圳新设的五星级酒店的设计，洲际酒店的街对面也是该设计师的另一件作品——威尼斯酒店，风格为意大利式。论坛开始，官员和一些研究机构的代表高谈节约型社会的主旋律，谈科学发展观，令人振奋、令人茅塞顿开。然而到了下半场，一线的设计师们登台却是另一番样子，来自中国香港的设计师在大谈奢侈美学，来自中国内地的设计师则大谈创新的欲望和创新的手法，而所谈及的“创新手法”不过是些把玩视觉游戏的小伎俩而已。坐在台下我心中暗自发笑，这般语境上的颠倒即使是小学五年级的孩童也能感觉，为何我们的设计中坚们不觉。我甚至脸上有些微微发热，难道这就是我们的设计主体，所谓的设计明星不过是一帮“光拉车，不看路”的匠人罢了。这些设计师们或许根本没有思考的时间，他们忙于应付琐碎的事务，哪里还顾得上百年之后的事情，甚至连设计范围围墙之外的事情也懒得关心了。

今年 7 月意大利贸促会和相关文化机构在北京今日美术馆举办了“设计之都，米兰制造”(Beijing 2007 Milano made in design) 国际设计展，展览展示了来自米兰的近百件设计作品，内容包括家具、工业产品、平面设计等等。与此同时在今日美术馆意方和中方还组织了一个论坛，组办方邀请我作“现代艺术与当代设计”主题发言。论坛在今日美术馆一层的小报告厅举行，参会人员居然多为意大利的设计师们，发言的嘉宾有意大利的各领域的设计师，还有一位哲学家，他会在每一位嘉宾发言之后利用下一位调试设备的间隙为上一个讲演做短暂的点评。令我吃惊的是在会后的自由发言中，来自社会的职业设计师们争先恐后的上主席台发言，他们完全无视会议组织者的时间安排，以至午餐推迟至下午两点钟才开始。但那些发言的内容是自己始料不及的，几乎没有人探讨技法或炫耀技法，每个发言者都会从不同的侧面论及设计本质的问题，比如克隆和复制对设计文化的摧毁作用，全球化带来的价值观问题，设计如何才能走出被知识产权庇护的怪圈等，这时你会发现意大利的设计师们虽然快乐得如同天使，但思考的深度却有如哲学家一般。此时我的惊诧代表了我的无知，从而，令我联想到我们中国整个设计界的现状。

“米兰是设计之都”这话完全没有言过其实，今年 4 月当我走入设计周疯狂的领域时有完全被淹没从而幸福得窒息的感觉，满城都是此起彼伏的展览开幕式酒会，满眼都是五颜六色的展览招贴，满街都是川流不息的设计发烧友……当人群中突然出现骚动时，你千万别以为是 AC 米兰或国际米兰足球队的球星光临，满头银发的亚历山大·蒙迪尼（Alessandro Mendini）的现身完全可以制造出同样强烈的效果。意大利设计师的摇篮米兰理工大学的校园那时也完全变成了一个狂欢的场所，现代电子音乐震耳欲聋，学生们的设计作品被置入巨大吧台形状的展柜中，灯光把它们打造得如同圣诞节里的礼品。米兰以设计为骄傲，它拥有一批设计史上的精英，也拥有世界上最有影响力的展览，它似乎是已经构建了一个新的帝国，高傲地接受着来自别国的礼赞瞻仰。按照习惯性的思考习惯，米兰的设计师们至少可以高枕无忧地生活 10 年 20 年，因为在许多领域他们都走在世界的前端，他们可以靠贩卖历史上的经典快乐地活上一阵子，又可以凭借现有的技术优势再快乐地活上一阵子，我绝然没想到来自设计帝国的人们竟然会有如此之多的忧虑。当然这忧虑完全是思考的习惯所致，当中国的时尚男女们都在拼命追逐阿玛尼、LV 这些品牌时，意大利的设计师却在忧虑这种追逐的行为本身的合理性。他们虽然是先锋设计的既得利益者，但他们却在用批判的眼光审视自己的行为和令人难以解释的现象，希望构架一个更科学更合理更公正的设计和消费关系。这种思考的习惯，这种质疑的精神是非功利性的，表面上看它会毁坏一些既有的成绩，但这种思考必然使这样的群体永远走在前面。有时我想这样的一群人是不是太孤独了点，非得自己难为自己，难道他们就不能求助于他者比如说我们来为他们提点建议什么的，但是低头看看自己同伴的状态，大家都在忙于捡拾和消化别人丢弃的垃圾，像个街头张着大嘴吞食废物的熊猫模样的垃圾桶，一阵心酸一阵羞愧涌上心头。

当今中国的许多城市都在叫嚷喧闹着争当设计之都，北京、上海当仁不让，广州、深圳不甘居后，还有苏州、杭州甚至一些不怎么出名的小城市也拉开架势搞创意产业基地。这种发展设计产业的初衷无疑是好的，至少当权者看到了设计产业的巨大商业价值，这是中国几代设计开拓者的夙愿。但发展的方式方法却有点问题，从程序上来看很容易使人联想到 20 世纪 50 年代“大跃进”式的群众运动，没有核心理念，没有技术支持，靠的依然是傻干、蛮干。傻干、蛮干必然造成浪费，既浪费物质财富，又浪费人力资源，不相信你就看看那新增设的多达几百所的设计专业，都在空喊着培养设计大师的口号，你相信吗？去年深圳市大张旗鼓承办的文博会，我看还

● 20世纪60年代书籍《人造地球卫星》的封面

是有庙会的嫌疑，至少我所参与评审的装饰设计部分大多数成果和创意靠不上边。本质上还是在商业利益驱动下的乌合之众的自发表演，散乱没有章法。参加活动靠的是行政命令加获奖的利诱，自觉的成分极少。今年年初有一个机构拉我去组织一个展览，美其名曰“××先锋设计观摩展”，当我提出展览规模是不是应该小一些，作品精致一些，话题集中一些时，组会者表面上唯唯诺诺，实际上我行我素，继续酝酿人海战术。见于此我只好退出，因为自己实在无法忍受这种表面“大而全”实则“虚而杂”的展览方式。这其实也是一种不思考的具体表现，因为首先各地资源条件迥异，文化资源、人力资源、经济资源不同，不应该各城市无视这些差别一哄而上。其次发展设计创意产业的着力点在哪里，它的社会和经济效益如何，中国现在的一些创意模式其实消极的成分很大，往往只是表面上的新形式，实质上提倡的却是腐朽没落的东西。比如工业产品方面的发明创造过分迁就了人的本性中的不良欲望，鼓励了人不健康的生活习惯和消费方式。2005年赴韩国严氏大学讲座，在后来的和其教师交谈过程中看到这里的室内设计学科虽然建立不足五年时间，但其教育理念却是旗帜鲜明的，它在坚决贯彻韩国政府所制订的一个名曰“GREEN EDUCATION”的设计教育计划。我首先感叹的是政府计划制订的科学性和前瞻性，韩国地域狭小，人口众多，自然资源贫乏，创意产业是这个国家未来生存发展的可行之路。而创意产业必然要有一个庞大的消费群体，在韩国政府看来这便是整个世界。其次我佩服严氏大学的教学管理者和实施者（教授），他们在教学培养目标中把政府的宏观计划转化为非常具体的目标，在作业课题的设置中着重培养节能减耗、循环资源的观念和具体技能，我甚至注意到学生使用的工具，学校赠送的礼品都包含了这样的理念。

实际上即使是在北京这样的大城市，民众对设计的认识尚处在一个非常初级的阶段，和艺术相比设计所遭遇的礼遇规格低，经济上支持的力度也相差很多。北京艺术双年展政府会投入数千万的资金支持，而北京首届国际建筑及设计双年展则流落江湖靠乞讨为生苟延残喘；北京798艺术社区中的主流基本上没有设计师的影子、一年中绵延不断的展事中也鲜见设计展的影子。而在设计学术界，学者们的思想中难以摆脱艺术的扶持而寻求设计独立之途径，美化的成分、美术的方式仍然是设计界的主流。这是另一种不思考的现象，设计群体不去通过思考来建立一种设计的信仰，大胆地去爱设计事业和爱设计的工作，一旦在设计中遭遇挫折就身退于所谓的艺术创造之中去了。而这些同志的所谓艺术创作不过是摆弄几下传统水墨花鸟的基本功罢了，完全像个退休的革命老干部。在米兰我曾看过一个 1900 ~ 2000 年的意大利百年艺术与设计展，100 年以来的最经典的艺术和最经典的设计并置出现在观众面前，精彩纷呈，高潮不断，那些经典的设计作品和艺术作品、文学作品、音乐作品一样蕴含着人的情感，传承着人类文明的火种，承载着社会的责任，令人驻足敬仰，令人心潮澎湃汹涌。今年 7 月在米兰我又看了米兰三年展——意大利当代著名建筑师伦佐 · 皮亚诺设计回顾展，展览的时间跨度达 40 年之久，全面展出了几十年来建筑师伦佐 · 皮亚诺和他的团队的设计作品、技术成就以及一些鲜为人知的未实现方案，展览规模巨大，占据了整个三年展主馆的二层所有空间。这个展览由和皮亚诺长期合作的一位展览设计工作者完成，显然他对皮亚诺的建筑有着较为透彻的了解，就连声音的因素也被巧妙地揉合在这个展示过程中，许多项目的介绍要求观众戴上耳机来感受。来自自然的声音或建造过程轰鸣的机械声，或是专门创作的电子音乐来综合完成，那种奇妙的感受震撼着每一位观者的心灵。皮亚诺的建筑成就代表着当今世界建造技术的极致水准，依赖这高超的技术建筑具有了生物体和机器的某些特征。皮亚诺设计作品中陈列的建筑细节打动着我，从中我感受到一个伟大设计师对设计的理解和崇拜。在国内听到更多的是设计师对社会的抱怨，但我认为这种抱怨是无用的，一切还得靠设计师自己去解决自己的问题，思考是走出困境的第一步。

● 达 · 芬奇设计回顾展现场。米兰，2007 年

● 伦佐 · 皮亚诺设计回顾展现场。米兰，2007 年

也许有许多人担心，长期的思考会不会形成眼高手低的毛病，过于重视思考会不会冲淡情感的力量？会不会丧失形式？我想这

● 伦佐·皮亚诺设计回顾展中陈列的建筑细节。米兰，2007 年

个杞人忧天式的发问和忧虑恰恰是由于缺乏思考而形成的。对于那些自以为创造形式的高手而言，他们从不考虑他们创作中的美的元素来自何处，这种元素在始发阶段是出于功能的目的还是审美的目的，以及为什么我们的眼光有时会发生一些变化，会抛弃一些过去认为美得非凡的东西。回顾一下改革开放近三十年来我们在衣食住行方面形式和风格的流变有多大，而几乎每一次我们对即将流行的风格或形式都充满着幻想，以为这是最为永恒的形式，将会伴你走过一生，但时隔不久你就会另外发现一种更有感染力的形式。久而久之我开始怀疑形式感这种东西的真实性，因为分明从其飘忽不定的走势中我看到太多的是偶然性、随意性，而这已足以证明它的脆弱性。2005 年有一个英国的室内设计师代表团来我院进行学术交流，发言的学者之中有一位穿着低腰的西裤，那裤腰卡在胯骨的中部而非上部，他每每弯腰时半个白种人的雪白的屁股就会展示给观众，估计当天对此吃惊的中国观众绝非仅我一人。我当时想或许是这位设计师朋友过于特立独行的缘故，原谅他吧。但今年两次在意大利看到满街的青年男女彼彼皆穿这种低腰裤，新奇的感受消失了。有一天却忽然感到自己身着正规传统的西裤闯入这个环境在他人看来一定也很另类。我估算着这种裤型在中国登陆的时间，考虑到中国发展迅猛的附加系数，应该在十年左右吧。因此我认为形式的创造是设计师工作的一部分，但不应该是全部，形式流变的任意性、对抗性像是对忠实墨守形式陈规者的一种调侃，会让你找不着北，实际上压根就没有北，只有对形式的误会。到此我费如此之多口舌仅想说明思考会影响形式的担心纯属多虑，对于一个思考严重不足的设计群体而言，抛掉对形式的迷恋，多去思考一些设计实质性的问题才是自我救赎的关键。

毋庸置疑的是无论是对设计本质的思考还是对设计审美价值取向方面的思考，中国的设计界都有着很大的不足，有许多经不起推敲的主张在主导着人们的思想，这种不合理的价值取向一旦变成经验成为行动的教条，产生的消极作用是非常可怕的。去年冬天访问日本武藏野大学，日本同行恭维我们的设计风格时反复地使用了“宏大”一词，他们眼中能够代表中国当代设计精神的都是宏大的题材、宏大的事件、宏大的场景等等，这种评价很客观但令人汗颜。在我看来“宏大”未必是一个

● 破了吉尼斯世界纪录的大茅台酒瓶，贵州省
图片来源：http://www.ionly.com.cn/nbo/zhanlan/

● 破了吉尼斯世界纪录的大型古筝演奏会，辽宁省
图片来源：http://hi.baidu.com

好的词汇，尤其对于中国当代的设计领域“宏大”已经快成为惰性的温床了。“宏大”在一方面的确是我们的优势，中国人口众多，地大物博，又处于一个高速发展建设时期，中国的消费人口无疑是世界上最为庞大的消费群体；中国廉价的人力成本无疑为“大会战”、“大建造”提供了人力支持；投资的盲目，土地出让的随意性又促成了大项目的出现，据有关媒体报导，在建筑行业全球在建项目的一半在中国。中国的许多项目都在赶超世界之最，最高的楼，最大的机场，耗钢最多的体育馆等等。就如同中国国民现在痴迷以“大”来破“吉尼斯纪录”一般，手法单调，消耗巨大，但给人印象有投机取巧的嫌疑。据 2007 年 8 月 23 日南方周末报道：“2007 年 8 月 8 日晨辽宁省葫芦岛市的龙湾海滨，烈日下一项为申请吉尼斯世界纪录的大型古筝演奏会正在进行。后经吉尼斯方面认证，共有 2348 名古筝手参加了合奏，5000 平方米的海滨广场上，身穿黄色圆领衫的筝手们整齐排列成 25 个方队。他们在总指挥王天一的指挥下和谐演奏，时间超过 5 分钟。”其实这仅仅是近年来国民冲击吉尼斯世界纪录的不断重复的场景之一，2003 年 9 月，深圳罗湖区“万人齐刷牙”，2003 年 8 月 28 日西宁海拔 2600 米的 118 架钢琴大合奏，2007 年郑州文博广场 1059 人同吹萨克斯……有文化人预言若照如此这般模式发展下去的话，10 年后至少一半的吉尼斯纪录都将是中国人的了。而当我们查阅吉尼斯项目的本质时发现这项被称为“普通人奥运会”的精神实质本是“挑战极限，超越自我”，原来是有技术含量的要求的，但聪敏的国人利用规则上的宽容大搞人海战术。善于思考的德国人却对中国这种万人统一如同机器般整齐划一的行为模式发生兴趣，艺术家托马斯 · 拜尔勒的创作多来源于这种题材。这当然属于另一码事，并不能说明这种大场面是智慧的表现。20 世纪末某一个国家兴建了第一座超百层的建筑——LJ 饭店，

目的是“不蒸包子争口气”式的表现一下设计和建造能力的不甘示弱。在中国有长达数公里的违章建筑——中华第一龙，未完工就已被拆除了。

大、高、多的审美价值取向已变成严重影响中国设计文化发展的障碍，必须给予破除，因为我们片面追求“大”“高”“多”的同时，往往忽视了对精巧和先进的追求。评价事物的优劣“性能”“机制”最为重要，体量容积不过是根据目的调整的结果而已，很明显的是性能优良、机制先进的小东西往往胜过那些体积大过数倍于自己的“老家伙”，就像计算机的发展，现在的一台便携式笔记本运行的速度要远远快于几十年前庞大得占据一间屋子的老式机器，十几年前的憨厚重实的手机“大哥大”功能也远不如现在小了许多的掌中宝。总的来看设计的发展是使物件向小的、精致的方向发展的，浓缩表现着加工技术的先进性，简约代表着性能的本质进步。国人喜“大”好“多”是一种典型的暴发心态，背后折射出一种不自信，面对技术挑战的回避态度，这是一种“反思考”的方式，后果相当严重，如此下去，设计进步和发展会成为妄想。

去年上海双年展的主题是“超设计”(Hyper Design)，策展人希望艺术家们从艺术设计、日常生活设计、社会设计三个层面来重新审视“设计”这一事物。这时设计概念中最为凸显的特征就是其思考的优先性，实施思考的计划性。社会精英们已经看到设计将对社会产生重大影响的未来，同时更深入地剖析出“设计型思考”对人类对社会的作用。反观设计群体的反应，相当的冷漠，因为现实中的平庸设计师们依然可以通过冷漠的态度和平庸的作品获得不菲的经济回报。他们过着温暖柔情的小资生活，精神被老酒和香水麻木着，在工作之中效率最大化是大家追求的目标，思考无疑会影响效率。

对于设计群体而言思考的维度是多向的，不同的个体关注的问题总是千差万别的，而不同地域、不同领域中的人对同样的文化现象感知度也不同。有的设计师关注的是设计中的社会性，那么他的思考会集中于设计和阶级关系、设计对公众道德的培育的影响等问题。有的设计师关注的是艺术和设计的相互转化问题，那么他的思考会集中于对当下艺术主张在大众中的传播所直接产生的新的设计评判标准问题。还有的设计师的思考会集中在设计的实现和技术的关系问题之上，这时他必须思考技术系统和设计系统之间对接的问题。有时设计师也会向商业文化妥协，去关注消费文化的动态以寻找和预知消费群体的趣味转向。设计群体中的多元的兴趣取向会使得不同的人去思考设计的不同方面，解决不同的问题，使得设计整个体系朝着均衡和健康的方向发展。思考的习惯还能够使中国的设计师面对来自世界多样的研究成果时，保持一个清醒的头脑。在现代艺术和现代设计领域中国的起步是比较晚的，西方世界是我们的老师，但善于思考的民族总会很快建立一个自己的立场来面对向我们大量输出的文化，“取舍”、“扬弃”是必须做的。在艺术领域文化语境的差异会产生作品传达方面的隔阂，就像2006年当代艺术特纳奖的得主斯特今的作品“船篷船”它所表达的观点指向欧洲当下的一个敏感问题，可对于周边社会不存在这问题的中国观赏者而言，它最多是一个关乎环境生态的艺术作品。今年卡塞尔文献展中的许多作品也是如此，令人看得一头雾水，但善于思考的德国人却在现场兴致勃勃地讨论着。在设计领域中这种问题会显得更为突出，我一直感觉这些年我们发展的样板是有问题的，建筑设计中的大户型的生活模式，规划中的宽马路的模式，平面设计中忽视汉字的特殊表达方式而模仿来自英文书写阅读习惯的模式等等。它产生文化系统的混乱，同时也给社会的物质带来巨大损耗，这都是思考不足引来的祸事，所以我一直坚信设计中的思考远比设计中的创新更为重要。

2007年8月23日

不得缺席的批评

在一个语言和形式极度贫乏的年代里，我们都是如此的宽容和温和，生活的物质条件从无到有，从小到大，从简陋到雍容华贵，在短短的20年中我国的设计行业通过千辛万苦的积累、奋斗以及窃取西方几近完成了从赤贫阶层向小市民阶层的过渡。我们以图像的方式庆典并利用出版媒介让更多的人分享快乐。在我们日常的生活环境中，那种被我们所设计的精致的、舒适的、有趣的细节已经反过来改变着我们。我们突然发现没有空调我们几乎难以挨过闷热的夏天，没有手机我们就失去了对世界的判断，没有卡拉OK夜晚是如此漫长，我们的下一代只知道麦当劳叔叔这个玩偶而不知屈原，我们突然变得如此依赖于工业时代的设计成果而很少去思考这其中对于我们的生活来讲究竟有多少是必要的呢。即使我们仍然真实地置身于这个嘈杂的世界中，我们相信人工制作的手表的时针的准确性超过太阳在大地上投影的变化，或者说我们对自然的信息，已产生习惯性不思考的习惯。工业时代伟大的设计成果正使我们的生活变得愈来愈美好，愈来愈虚幻，很多学者乐观地认为21世纪是设计的时代，而对于设计，除了接受、适应、满足以外，我们无视它所带来的问题。

● 麦当劳创意广告
图片来源：http://hi.baidu.com

● 机遇

似乎是对以上预测的应验，现在中国出现了一个“艺术热”，有几百所院校都开始设置艺术设计专业，每年春季专业考试各考场攒动的人头和动辄数百万的报名费似乎证明了这一点，其实这是一个“设计热”的现象。当代社会中人们意识到设计是把平淡生活转化为高品质生活的媒介，同时过去的物质极度匮乏的年代中存留下来的环境设施及生活道具需要全盘地更新，新的生活方式是建立在一种新的设计理念之上的。设计为他人带来表面的便利的同时，也为自己带来了丰厚的报酬。不争的事实证明，中国当代的设计师群体比人民大众更早地进入了小康，这正是设计专业之所以热得发红，红得发紫的原因。15 年前在中央工艺美院就读研究生时一位壁画系的同学就曾愤慨地抱怨说“你们一张效果图比我们一张壁画稿还贵”，现在情况在他们看来就更糟了，一位所谓设计大师的草图足以抵值于一张名家的油画。没办法、因为草图可以很快转化为物质实体并对我们的生活产生直接的影响，而绘画不能，这个时代人们追逐的就是这些时效性更明显的东西。由百废待兴到百废俱兴，中国广大的市场给设计师提供了无数的机会，设计师也由自信转向自大，认为自己（设计本身）能创造包括物质和非物质的一切。从来没有人注意到自己正在失去的东西，时间、道德、人格、环境……

● 绝对快乐

有时候看到艺术家岳敏君作品中那一群群咧嘴傻笑的面孔时，我总联想到我的同行们。快乐的同行们茫然的笑脸在现实中比比皆是，快乐得近乎麻木的群体暂时摆脱了痛苦的纠缠，他们穿着高档，驾驶名车，休闲娱乐，这是成功者，他们优越的生活条件以及潇洒的生活方式正激励着每年数十万计的青少年去艰苦奋斗以追寻这光辉的典范。有几次在中国发迹发达的地区如广州、深圳、厦门等地和设计师们交流心得体会，在我向广大听众质疑这些典范的意义时，换来的往往是轻蔑的嘲讽。南方的同行认为这种质疑完全出自北方佬吃不着葡萄说葡萄酸而产生的妒忌；而在北方经济欠发达地区的一些场合交流时，则遭遇到另外一种态度，大家认为你是饱汉不知饿汉的饥，你危言耸听的说教只不过是妄图阻止进步的伎俩罢了。看来在社会的前消费阶段，“批评”是一个“坏”字眼，是破坏和谐的声音。在经历过漫长苦难的岁月，诸如连年的战争、无休止的政治动荡之后，大家向往的是一种生理上的“绝对快乐”——视觉、听觉、嗅觉、触觉、味觉全方位的快乐。夜总会，KTV，酒吧、茶馆，经营燕鲍翅的餐饮场所，不正是许多设计师从事的主要工作吗！

● 岳敏君，Untitled，纸上丙烯
图片来源：http://www.ionly.com.cn/nbo/zhanlan/

● 表痛与隐痛

设计成长中的尴尬也有，但设计师痛苦的产生往往是遭遇经济难题所带来的，比如业主方的压价、同行之间的竞价以及费用拖欠等，这时设计师开始叫苦，开始骂娘，但这并不影响其日后的自信。其实这里我并非是想剥夺设计者的自信，但所有设计者必须对自身要有一个清醒的认识，一个客观自我的评价是多么的重要，这其中包括设计过程中设计师人格的独立性、我们和资本的关系以及我们和大众的关系等。设计者应该清楚地认识到无论是在客观规律面前还是资本面前，我们的自由都是有限度的。一方面我们在客观规律面前既妥协又抗争，以解决那些许许多多的客观世界中存在的“物”和“事”的问题，另一方面在资本的支持下我们实现着设计中多余的个人化的梦想。设计师煞费苦心地在资本利益、个人利益、公共利益之间寻找着平衡，但无情的事实证明在后一种情况中设计者几乎被资本完全控制了，获利成了设计者的“良心所在”，因此设计师常常假借文化的名义、时尚的名义、进步的名义去推动消费，他们很清楚只有存在不理智的消费，才会有超值的价值回报，这种情况下资本家和设计师最理想的状况实现了，然后资本家得大头，设计师得小头——这是苟合的结果。

● 批评的理由

因而设计师在当代消费社会中，其种群的基因组织是存在根本性的缺陷的，从作品中多余的细节我们可以看到这种缺陷，从个性的被剥夺也可以看到。这种先天的缺陷决定了痛苦的终生陪伴，虽然在日常工作中通过物质上收获了的成功而掩盖了或者说隐藏了痛苦，我们呈现出一种表面的快乐状态，但事实上我们甚至永远无法恢复那种古代工匠在创造过程中的自然状态，因为那个时代工匠的人格独立性是相对完整的，而现在我们有过多的责任、过多的妥协，通过麻木来消除隐痛和表痛是一种怯弱的行为，这是我们既逃避现实又想回避自我，在苟且中偷生。义务、责任、良心完全变成了一种说辞，但良心终究有发现的时候，不管是出于外来的批评还是来自内心深处对本体的追问，这就是“批评”的理由。批评与自我批评在当代的文化语境中依然产生着积极的作用，批评是一种来自外部的力量，是当头棒喝。而自我批评则是反观内省，是一种自觉意识的萌生，因为堡垒最终是从内部攻破的。

2005 年 7 月

距离感与公共性

最近在读埃利亚斯·卡内提（Elias Canetti）所著的《群众与权利》一书，其中作者从距离的角度谈及人与人的社会关系，认为“距离”是人类阶层划分，自我封闭的一种手段，因而从现象上来看人与人的距离，人与权利之间的距离也反映着社会中人的存在状态，诸如封闭或开放、亲近或疏远、公共价值为主、个人至上等。这种透视问题的角度很有趣，很感性，它从人的生物属性中追溯“距离”的历史并在社会性的反映中寻找其存在，目光犀利、敏锐，又活泼质朴。

由此我也想从“距离”的角度来谈及艺术的公共性问题，Paul Valery 认为“艺术作品一旦放入博物馆中就失去了它们最初的实际意义，它们的即时性、独特性和自律性……”。艺术作品应当在社会的公共空间领域中去占领一席之地，通过在社会生活的真实状态下和民众近距离地“亲密接触”而发挥其社会功效——进一步瓦解社会各阶层的“心理距离”，而在美术馆或博物馆中的艺术品其文献的价值已几乎完全取代了其艺术和社会价值。因此，当一个艺术家在创作之初就着眼于在寂静的展厅中去阐述个人的艺术观点时，那么就意味着作品未出世就已经死了，如同开罗博物馆中法老的木乃伊。因为美术馆或博物馆虽然是公共建筑，在其中可以使观者和作品保持较为亲密的距离，但是世界上几乎所有的该类场所都拥有极为坚固的围墙，在许多国家还要收取价格不菲的门票，二者的存在都放大了艺术和社会民众的心理距离和空间距离。就像本次双年展公共艺术展区 30 元一张的门票，加上格外苛刻的安检措施使得观众人数大为减少，展厅中稀少的人影和窗外天安门广场，前门大街上涌动的人潮形成巨大的反差，甚至连参展的艺术家都要买票进入，实在是令人汗颜，作为该次活动的直接组织者，我本人亦买过若干张门票以进展厅给作品拍照或观摩，所以我并不是罪魁祸首而是一名地地道道的“受害者”。

作品胎死腹中之后，艺术家日后的努力仿佛虚拟一件可以使得肌体看上去依然鲜活，如同规划展览馆西北方向的盛殓“毛”遗体的水晶棺一般，依靠出版物的传播来消除距离。这是一种不得已而为之的办法，但方式上又使公共艺术回退于传统的艺术馆中的展览状态。

在若干年前，艺术在中国发生的场所几乎都存在于神圣的美术馆或博物馆中，其主要目的之一就是通过空间和心理距离的设定使得观者和艺术之间保持一种对接触的恐惧心理，以保护艺术品不被人为损坏。这时艺术家为使自己的艺术观点进一步广泛传播，使作品通过另一种方式和更多的民众交流，往往在展览的同时附加图文并茂的文本，文本的介入是一种不错的艺术保鲜方式，但就如同蔬菜的保鲜一样，它永远无法代替刚从地里采摘的那样质朴和清新。记得 1992 年英国艺术家吉尔伯特和乔治在中国美术馆举办了二人在全世界的作品巡回展，其文本制作的水准已大大超过了当时中国许多在艺术书店货架上的画册水准，这种做法似乎很不合时宜，于是某些管理人员把一部分本应赠送的印刷品私藏并偷偷出售（而我现在书架上存放的即是当年从某展厅管理者手中购得的），这种龌龊的行为使得艺术家消除“距离感”的努力大打折扣。无独有偶该类事件还在某些艺术院校的展厅中层出不穷。

后现代主义在建筑学领域理论范畴对现代主义的批评有很重要一方面是集中指向现代主义营造的大量“真空”的社区空间，使传统街区的邻里关系消失了，东犬西吠的景象消失了，取而代之的是老死不相往来的人际关系。于是犯罪行为开始侵入，于是又出现了坚固的防盗门、高高的围墙以及一直延伸至几十层楼高的铁栅栏窗。现代的人们在自己的周围设置了种种距离，人们把自己关在无人可以进入的房子里，只有在那里他们才有某种安全感。现代的建筑师和室内设计师通过孜孜不倦的努力来迎合这种自闭的心理。大门、IC 卡、玄关、指纹识别系统这类强化“距离感”的事物正在越来越多地进入我们的生活。我们从未像今天这样富有过，也从未像今天这样脆弱过。我们的心理需要如此多的“距离”加以维护。但是尽管我们不断创造出更多能强化距离的手段来，但对距离的需求恰恰像对麻醉品的需求一样越来越依赖于此不能自拔。现代人如果回到“文革”时公厕的开放性空间环境中恐怕连基本的生理排泄都会产生巨大障碍。

●老照片，20 世纪 80 年代，四合院里的邻居们坐在一起看一个 9 寸黑白电视，北京

我们必须回到公共的环境中，个体的人必须回到群众中来，这将消除现代社会所带给人类的孤单和恐惧感。记得心理学中有一种心理疗法叫做“崩溃疗法”即让人突然直

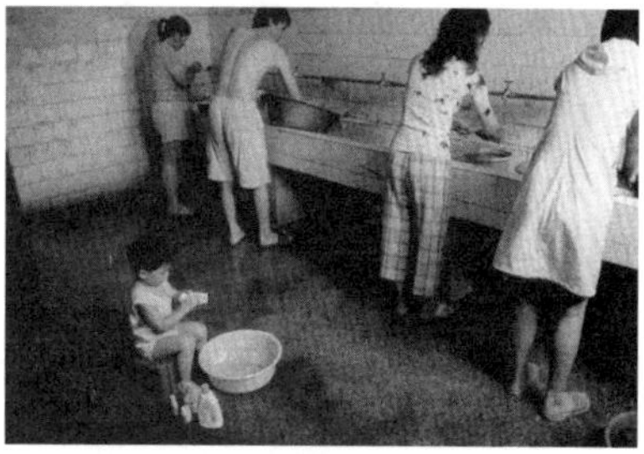
● 吕光伟，筒子楼里的共用水房，河南洛阳

面令人恐惧和抵触的事物，使已有的心理结构发生转变，该方法曾在“文革”时期不自觉地被大量“临床试验”并取得了一些“效果”，但也产生了许多个人的屈辱历史，因其带有过于明显的强制性，所以很难在当代社会中得以应用。而艺术则是一剂温和的良药，可以用来调理我们这个时代病态的人格。因此，这个时期我们不难发现艺术正通过两种途径走入“公众领域”，一方面，众多的私人画廊出于商业目的大量向公众开放，使传统架上艺术和更多的公众发生接触；另一方面，在政府的资助下，艺术家在城市的公共领域中试图创作出大量旨在消除人与人、人与社会之间距离感的公共艺术，动作之快、力度之强、范围之广也是历史上所没有的。上海要在短短的几年中要造 9000 座城市雕塑，而北京正在搞一场声势浩大的拆除雕塑运动，第一批就有数百个状态不佳者在劫难逃，当然拆除的另一个目的是为了更大规模的营造，甚至有某开发商夸下海口，要在自己的开发区内造 3000 个雕塑，并且要全世界招标。传统的雕塑正改头换面的以公共艺术的身份名正言顺地迎合政府的计划，但不难发现无论政府也好，艺术家也好，都有用力过猛之嫌。由于短时间的需求量过于庞大，雕塑创作活动正转变为工程，而工程就是生意，艺术转变为一桩桩利益丰厚的买卖，买方的最终目的是政绩、城市视觉效果；而卖方最终目的是名利双收，大家各取所需、乐此不疲。但“距离”的问题从未得到根本的解决，大多数的艺术品或由于地域的原因，或由于造型方式的原因，或由于文化差异的原因，或由于技术的原因并没有真正成为消除社会隔阂的公共艺术。公共艺术堕落为单纯的城市景观，反映出我们的浮躁的心理和社会责任感的丧失。

现代所谓的公共艺术普遍存在的状态有二：其一是装腔作势，尺度巨大，纪念性主题过于明显，和这个时代的社会公共心里诉求难以对话，这类艺术品又往往分布于城市立交桥环绕的绿化带或交通环岛之中，与人的关系主要发生在视觉层面上，在空间和心理上公众普遍会产生距离感，认为那是政府的事与己无关。其二是处在群众活动范围之内，但损坏严重，管理者不分青红皂白单方面将其斥为市民素质原因，而忽视了存在于表面现象之下的公共心理问题。无可否认公众的破坏欲望是一种普遍存在的现象和心理，在世界上文化背景和政治体制截然不同的国度中都存在着。人们破坏着那些易于被破坏的东西，比如路灯、窗上的玻璃、生活器皿等，有人说物品的易碎性及遭受破坏时发出的响声刺激着人们去从事这类于己无利的事件，但还是有一种情况是人往往还向那些坚固的物体进攻如青铜器或大理石雕像，彩色钢板制成的装置等等。“破坏那些具有代表意义的具体形象，就是破坏人们不再承认的等级制度，人们在破坏那些对所有显而易见并且带出有效的普遍建立起来的距离感。”(Elias Canetti) 该观点有点偏颇，但无可否认的事实是人们在破坏那些和生活的现实精神有距离的及其装腔作势的艺术品。有一个老相声讲的是一个维纳斯雕塑在居住小区的遭遇，好心的老太太为其赶做一件背心穿上，怕她冷，也怕社区中年轻人因此产生不良思想意识倾向，这也可以看作是一种破坏行为，其原因是文化差异导致的作品、作者和群众的距离感。三年以前的三月份我站在哈尔滨某小区的广场中看着身边比比皆是的赤裸身体的古希腊神像们，心里也有一种很不舒适的感觉，也涌现过为其穿背心的冲动。“公众领地”并不完全是一个地理或空间的概念，我们从规划开始就在城市空间中留出了位置，希望城市中的人能聚集于此进行各种交流，但当我们忽视心理空间的距离问题时，隔阂和情感裂痕就出现了。郑州某区区政府曾出巨资修了一个巨大的广场，设计单位也是中国某著名高校的设计机构，该广场对称的格局和不断抬升的地面的尽头是新派欧式的大楼，雕塑也出自名家之手，隐隐约约记得好像是反映黄河儿女的题材。但过分追求纪念性导致尺度和造型都有过分的夸大，结果偌大的一个广场几乎看不到一个人影，回荡在其中的高音喇叭放出的河南梆子并不是当代艺术惯用的反讽手法而恰恰是反讽对象本身。我想任何一个农民或市民对此不会有任何亲切的感觉，甚至心理的封闭状态压过了广场显现出的物理层面的开放性。通往办公楼的那仿佛纪念性甬道般长短的路径，强化了权力的伟大，也使地方干部们在行走间冥冥之中步入升华的意境，而此种升华正意味着远离公共，远离群众。浙江省宁波市近来也修建了若干广场，成功的例子是商业性的天一广场，尽管周边的商业建筑都是临时建筑，但南方人精明的头脑和活跃的商业意识在此取得了空间和心理上的暗合，这里每天人流如织、川流不息，商业笑容可掬的形象使人们心头的因地位、资产的差异所造成的距离感消失了。2002 年冬天，这里还搞了一次全国性的雕塑展，参与的民众积极性蛮高的。人们出于商业目的聚集在这里，艺术和审美活动丰富了购物休闲行为，人们在一种宽松自然的心态下看待艺术。但宁波也有不成功的广场，如大剧院前的广场和会展中心前的广场犯了和前边提到的郑州广场同样的错误。所以门前冷落，晚间看去有几分诡异，十分冷清。

● 阿格拉红堡附近熙熙攘攘的人群之中的空隙之处竟然横卧着几只熟睡的野狗，2004 年

有时候距离感的形式也有主观的成分在作祟，因为每个人对环境认知的能力不同，这常常取决于他们过去的生活经验及其信仰。2003 年在巴西里约热内卢，我看到许多背山面海的好地方都被贫民区所挤占，据说该城市的管理者从未能准确说出城市的人口，并且无法判断城市版图未来的变化，但巴西又是世界上贫富差距最为悬殊的国家，私人飞机的拥有量仅次于美国，防弹轿车的销售量位居全球第一，富人区及希尔顿酒店周围荷枪实弹的警卫试图强化贫民与富人之间的距离，但公众领域的交流却是不可避免的事情，脆弱的富人心里把防弹轿车当作一个流动的保护壳以免受攻击，但距离感终于导致了民众的爆发，他们听任自己的天赋的自然冲动，他们形成了自己的不受司法干涉的领域。而这种另类封闭领域的形成及不断扩张也是对公众利益的损害和威胁。同样，2003 年 12 月在南亚邻国印度的孟买我看到英式建筑血统的孟买大学前的路边一个人正在熟睡，路上震耳欲聋的汽车发动机、喇叭的轰鸣及鼎沸的人声对于他来讲无动于衷。而阿格拉红堡穿越护城河的桥面上熙熙攘攘的人群之中的空隙之处竟然横卧着几只熟睡的野狗，印度神牛们悠然漫步于拥挤嘈杂的街头的场景也随处可见。距离感在人口爆炸的无奈的状态下突然消失了，你能感到每个印度人开放的心境。人与人的距离是那样地亲近，笑容挂在每个人的脸上，宛若传说中的伊甸园。

● 印度神牛悠然漫步于拥挤嘈杂的街头

中国人之间的距离感在 20 世纪中叶至 80 年代后期几乎被消除了，那时国民生产总值很低，但国民的幸福总值却很高，幸福在一个较低的水准和层次上循环往复。那时人们的生活中没有什么艺术可言，受过学院式正统教育的艺术家走进生活，宣传画、标语是他们主要的手段，每逢国庆节、五一劳动节这些喜庆的日子，人们可

● 老照片，儿童演出，上海，1972年

以免票游览公园，每逢正月十五，厂矿机关组织秧歌队、锣鼓队走街串巷，孩子们有时可以追随一支自己喜爱的文艺宣传队不自觉地走出十里八里的，那欢天喜地的场景颇有点现在的嘉年华的模式。而现在除了在体育场中举行大型的商业表演活动以外，原先那种直接深入城乡各个空间角落的群众性的文艺活动几乎没有了，一切艺术活动都被打上了商业的烙印，促销、抽奖、产品宣传等等。同时由于社会财富的不断积累，少数人先富起来，财富的差距及信仰的变化使得任何人之间重新产生了距离。中国终于拥有了一批富豪，也拥有了数量可观的中产阶层，贫富的分化使得沙龙艺术开始复兴，所谓的上流社会及精英阶层形成了自己的生态圈，而大众却被排除在文化活动之外，他们只能自发地组织搞些什么老年秧歌队、合唱团之类的群众性文艺活动，其视觉艺术的水准也远远在“文革”时期之下。所谓的公共领域如果有公众的参与就难以看到艺术家的影子，如果有艺术家的活动就没有群众的互动，公共艺术走向衰退、没落和孤立。由于公众领域活力的丧失，城乡居民把对艺术的情感转注于各自私人空间的美化活动上，从表面上看繁荣了社会房地产和建筑材料市场，刺激了消费。但另一方面，全民的公共意识和社会责任感进一步沦丧，造成的结果是理性的失衡，社会也必将为此付出高昂的代价。中国当代的艺术家十分敏锐地意识到这潜在的社会问题，并着手对此解决进行实践，为了和久疏艺术教育的民众能深入对话，他们的方式采取了许多非传统和非学院派的手段，以消除和民众对话时的“距离感”。作品不仅仅注重视觉更重视被阐述的问题，而且阐述的方式也极具智慧性，装置艺术和行为艺术作为二种新的艺术表现形式正在不断尝试。在传统势力看来艺术正走向“非艺术”，但在具有时代眼光的人看来当代艺术这种大智慧教育的功效对社会的意义实际要远远大于传统审美的技巧性培养。有人说距离产生美，当一种美的标准处于僵化状态时，这种距离的作用不过是为僵化的形式增加一些神秘的色彩罢了，其真正目的绝对是妄图利用距离感来强化等级、强化阶层、强化隔阂。因而当你似懂非懂却对着陈列在室内场馆中的作品频频点头之时，实则是在寻求距离另一端的认同。

2004年10月

橘子洲头

成长的经历中湖南籍的朋友不少且有共性，讲话底气十足，语调总是在抑顿之后急速上扬；做事信心十足，似乎对未来总有着十足的掌控；还有就是吃饭辣味十足，不将外省人辣死决不罢休。湖南人的“怕不辣”的性格是名扬天下的，因为湖南菜仅凭这一点就在全国各地的餐饮业中独树一帜，价格居然在川菜之上跃升至仅次于以烹饪生猛海鲜的粤菜之后的中高档次。这其中的奥妙之处在于其附加的文化。湖南的文化为国人所熟悉的即是近代的以毛泽东为首的伟人文化，湖南历史上出了许多文人墨客以及军事家和政治家，也有许多是谪居于此，留下风流千古之名声的。近代的湖南人最为轰轰烈烈，终于干出一番惊天地动鬼神的事业。除了毛泽东以外，湖南出将军，尤其是革命的将军，在中国的将帅谱上可以很明确地得到印证。基于此，湖南人做事的基础便形成了，他们彼此在一块的话题，外乡人和他们在一起的话题多是革命史，这是联系感情的一种方式。而湖南人做事的技巧也在于此，即大胆表现这种“怕不辣”的性格。湖湘名菜中的剁椒鱼头中那浮于表面的密密的一层红色的剁椒令人望而生畏，还有一道菜更为简单，直接冠名“毛式红烧肉”，套取了伟人文化的价值为商业所用，效果出奇的好，这普普通通的东西立马增值若干，并成为吃湘菜必点之物。

除了“伟人文化”，湖南还有“书院”文化，岳麓书院始于北宋开宝九年（公元976年），是个研究东方学理、融贯古今文化、传播儒家思想的神圣场所，是世人瞩目的“四大书院”之一。来到书院的环境之中，我的心境居然能从纷乱嘈杂的“现代湖湘文化”的影响中安静下来，古木交柯蔽日、池塘静影沉璧、长廊构栏严谨，这种氛围令人产生既亲切又陌生的感觉。而这种研学的方式给我们展现出了湖湘文化中最精

● 蒙敏生，《战士》，摄影
图片来源：http://proust-7.blogbus.com/logs/6589526.html

● 岳麓书院大门

● 肇毓厚，风光无限好，水彩

彩的一页。如果说伟人文化是在动荡之中得到发展和扩张，书院文化则是在静思之中得到传承和培育。这一动一静构成了湖湘文化的丰富内涵和生动形态。但在当代，大家都在提“伟人”，很少提“书院”，概因个人和群体所拥有的资源资本所限吧，伟人洒脱而学者劳神。只有湖南大学的一块“千年学府”牌匾上才能看到当代人对“书院文化”的肤浅的价值判断，而且极具功利色彩。

湖南围绕伟人文化打造了许多红色景点，比如韶山主席故居、第一国民师范等，而近来长沙市又想建造一个高达183米的巨型毛主席塑像，地点选择在湘江中的橘子洲头。这个项目是“橘子洲开发建设”项目中的一个子项目，我也因此而来到神往已久的橘子洲头。“独立寒秋，湘江北去，橘子洲头。看万山红遍，层林尽染；漫江碧透，百舸争流……”这首脍炙人口的诗词在我的记忆之中勾勒出一幅优美壮丽的画面，北去的大江、飘逸的长发和衣角、荒芜的岛屿以及脚下枯萎劲飞的衰草。这种带有鲜明的“文革”式的想象已在记忆的脑海中留下深深的印记，因此当我登上橘子洲时，眼前的现实景象却令人难以确认，因为矫情的想象不堪失落。想象和现实往往存在着巨大的差异，因此当你看到冷酷的现实之时，你会为记忆的死亡而哭泣，之所以不堪回首就是因为我想保留那种美好的想象。而现实是橘子洲已成为江心的一块烂洲，最多时洲上生活了1700多户人，同时还有数十家小型的工厂，除了现代建造的十余个砖砌的建筑质量稍好以外，大多数建筑破烂不堪，此景象令我想起巴西里约热内卢的贫民窟。即使是被保护起来的橘子洲头状况也不佳，规划呆板、种植凌乱，少许的橘树可怜地保留着橘子洲概念。本世纪初创作的一组雕塑被凌乱的植物包围在一个草皮中央，没有任何环境的关系。长沙市这一次下大决心要整治橘子洲，目前已迁出1000余户，拆除了一批建筑，并邀请了长沙市建筑设计院、北京土人景观设计中心、广东省建筑设计院等几家单位进行了景观规划设计的方案征集活动，同时酝酿一个巨型毛泽东雕像的计划。

● 橘子洲头上的巨型毛主席像

在橘子洲开发建设指挥部里，我们听取了指挥部工作人员关于综合治理的背景及计划，并观看了两家设计单位的方案，总的感觉是火候不到。一个设计单位过于在意开发的理念，五公里长的洲体上布满了文化纪念旅游休闲的设施，功能的配置以诗词为线索，表现出国内一些设计单位文化思考方面的现状。另一个单位以一首洋洋洒洒百句现代诗为表现方式，试图显示在规划设计中文化思考的深度，但观其设计本身则无异于文不对题，方法过于现代，构图的动态强烈但缺少东方式的松散，从细节上看完全是一个波普式的橘子洲，有点搞笑。设计者个人对橘子洲、对历史的参与性也达到极致，因为动画中配音者即是创意者本人，这也反映出个人主义的一种疯狂，即使在历史、在自然、在领袖面前，现代人丝毫没有谦虚谨慎的意识，要么对历史动手动脚企图创造历史、曲解历史，要么假借历史的名义我行我素，大干牟利的勾当。知识分子的种种暴行表面看是中国官本位的体制使然，但集体性的“犯罪”行为绝对是个人主义的因素在起作用，他们要名也要利，甚至借用官员的声音作为自己遮羞的幌子。同行的一位雕塑系的同行在批评的时候也表现出一种游移不定的态度，远不如其抨击建筑、抨击景观规划时的坚决与肯定，因为他也在幻想183米的雕塑与自己可能存在的利益关系。这使我又一次感到批评的重要性，也认识到批评独立性的重要，设计创作中批评的匮乏是因为没有独立的批评家，批评的声音往往出自设计师或艺术家之口，而他们又是这个不理智时代的既得利益者，这种不纯粹的身份决定了批评立场的不确定和批评剖析的不准确性和不深入性。出于一种责任感，我想步入批评的行列，但我知道这必须先得金盆洗手才可以，有这种牺牲精神吗？我不敢回答这样的追问。

纵观整个长沙的风貌，你会发现以湘江为界，自然和人工、生态和污浊、历史与当代、精英与世俗尽在东西两岸。我们的酒店位于市中心贺龙体育场对面，名为金源，酒店门头上以铜板为装饰的图案以湖南式的直接表露出当代人对物质的渴望。酒店的边上还有一号称亚洲第一的摩天转轮在不停转动，到了夜晚它会发出放射状的令人迷幻的光芒，仿佛回到一个山寨版的拉斯韦加斯。长沙的休闲业非常发

● 1972年，代表中国最高工业成就的汽车展览会上的毛主席雕像
图片来源：http://www.sh1998.com/bbs/viewthread.php?tid=4321

● 北京化工大学、北京科技大学、湖南大学、西川省展览馆、哈军工、吉林长春电影制片厂、沈阳中山广场、石家庄人民广场等地的“文革”时期的毛主席雕像

图片来源：http://www.bj.xinhuanet.com/jnmed/erji16.htm

● 橘子洲头俯瞰

● 山寨版的拉斯维加斯，李笑寒绘

达，到处都是洗脚屋、浴足城，人们不仅晚上来此休闲，甚至中午也光临此处进行短歇，这成为一道荒诞的风景。长沙人自豪地对我说你们虽是首都来的，我们这里可是“脚都”啊，“脚都”这种自嘲式的调侃的确令人对当代人的“勇气”尽生佩服。湘江的西岸岳麓山的轮廓尚基本完整，较为突出的人工景观是一个现代的电视塔，听说当地政府计划拆掉它以彻底恢复自然风貌，决心很大但行为稍显猛烈了一点，当然这事情发生在湖南也是情理之中的事情。岳麓山下聚集了许多中国著名的高校，所以俯瞰长沙东岸高楼林立、广告满目、车水马龙、川流不息，而西岸则青山巨木，古朴寂静。橘子洲已被东岸之风侵蚀，无论在形态上还是在气质上，它在文学中被描述的那种苍劲、厚重、风流之感已荡然无存了。抢救、恢复应该是橘子洲景观规划的重点，它应该表现出新世纪所倡导的生态文化对城市建设的影响，具象的雕塑使人对环境的想象产生了惰性，于是原本产生于文学的环境意象美也就荡然无存了，一切的艺术在中国的文字面前都是那么的脆弱。多植树木少做设计是我们此次论证的一致性意见，在设计创造欲望强烈异常的时代，这种无为而为的方式可以称得上是一种智慧，因为看了东岸那么多的洗脚城、那么多的气势虚张的建筑、那么多的赤裸裸的广告语，你对当代的设计还能有什么样的幻想呢？仿佛在一桌湘菜盛宴中，你还能寻找到一盘不辣的菜肴吗？不是存心贬低湘菜甚至当代的湖湘文化的价值，而是橘子洲不再需要这种狂放的表达了。临行之时又发现一个细节，在长沙的两天之中我所看到的橘子洲的书写已全部简化为桔子洲了，于是又一种悲凉升起，在人们已不善提笔书写的今天，我们为什么竟容不下一个“橘”字呢？

2005年12月13日

南中之北，北中之南

自己无知得很，若不是此番出差去了一趟河南省淮滨县倒还真不知淮河的源头竟然是在河南桐柏山，而且源自山洞溪流汇集而成的淮河也能有如此磅礴之气势，淮河的激情定期地发作，把一个地处淮河边缘的地区折腾得不得安宁。淮滨县70万人口，财政一年的收入仅5000万元，而财政一年的支出却达4亿元，据说在河南全省108个县中，它的经济水平的排名名列最后一位。

全中国都缺水，全世界也缺水，可淮滨却因水而穷，每当大水袭来的时候，这片低洼地区就成了千里的泽国水乡。百姓流离失所，远走他乡，以乞讨为生，难以置信的是现任的县委胡书记就是一位当年因水患而流落周口的淮滨人。同去的全国水文化研究方面的专家把淮滨概括为“因水设县、依水设县、借水腾飞”十二个字，这种颇具中国官场特色的表述方式马上获得县领导的高度认同，那位黑脸膛的书记大人立刻拿起笔来把这段文字记录了下来，因为他振兴地方经济的口号是“打淮河牌、做水文章……”等十六个大字，北京去的专家提出的纲领似乎是对他思想的丰富和发展。除此之外，他对我从技术的角度提出的建议没什么过度的反应，没办法，搞政治的人总是比搞技术的人站得高看得远，我不禁自惭形秽。“文革”的时候有句套话说“路线是个纲，纲举目张”，所谓路线是指特殊的世界观、人生观指导下的战略思想，在政治挂帅的时期是宏观规划中的结构设计，从政的人员首先看重立场，然后看方向，再看方法，这没什么不对，但事情往往出在第二个环节上，比如“方向”到底是什么方向，“方法”到底是什么样的方法，甚至那“立场”是真正的立场还是伪立场，任何一个环节中的细节上出现问题，事情都会变得很糟。表面上看那执掌全县生杀大权的书记为地方发展殚精竭虑、鞠躬尽瘁，但再看看耗资2000万元新落成的县委县政府的办公楼，布局庄严、声势浩大，完全一副发达国家议会的模样，在大院外隔着欧式铁花打制而成的围墙向里看去，里边的轿车均是乌黑发亮的官派十足的政府用车，实在太过分。

前些年地方领导彰显政绩的最事半功倍的方式是建广场，搞城市亮丽工程，于是乎一个比一个更大、一个比一个耗资巨大、一个比一个形态夸张的广场在短短十年内出现在没什么广场文化历史和习惯的中国各地，雨水充沛的地方有广场，常年干旱的地方也有广场，似乎形成了一个不成文的规矩“无广场不成城市”。在社会学家、艺术家、广大群众的一致声讨之下，近两年来建广场的热情似乎有所下降，官员们的兴趣开始趋于多样化。淮滨兴水并不是政府官员态度的转变，只是彰显政绩的技巧有所提高而已。因为他们治水兴水的第一个举措就是要在县城之中的大型人工湖中大造人工景观。这个湖原本是个水利工程，面积达3000余亩，是一个在淮河水泛滥之时的泄洪工程，湖分东湖、西湖两处，中间隔着一条贯通县城的新城与老城的城市主要干道，东湖面积占了整个湖面的五分之四，其中有若干小岛是由水利工程堆土形成的，由于财政紧张没有运走，这倒造成一种得天独厚的景观基础。首先是从湖的周边向对岸观望时，那些小岛形成景观中丰富的中景，另外，小岛的形状和布局在一定程度上是工程技术和经济因素的自然朴素的表达。这虽说不能算作专业的景观规划原理，但它毕竟是有其生成逻辑性的，在当代不能说不是一种理性精神气质的表现。但在当地政府兴水的第一个计划中就是把水中的一些岛挖掉，这样水面显得更宽广一些；第二个计划是将其中最大的一个岛完全建筑化，使之成为一个泊在水面的巨型航母；第三个计划是要在巨型航母上造一个高达10余米的喷水酒瓶以显示当地造酒业的兴盛发达，以此反推，航母暗喻的一定是当地的造船业了。这三个计划招招都是致命的狠招，做水文章是具有战略眼光的，但如此做文章的文风却不佳，将会毁掉这方水土和这方经济的。我禁不住冲动，以一个有责任心的知识分子的良心说了几句略带反驳的话，那话虽然有理但不怎么中听，于是一位办公室主任就正告我“苏教授，从你的分析来看，你并不是一个不懂社会的知识分子，若想让项目得以顺利推进就应该注意讲话的策略和分寸，否则这个计划就会告吹……”，显然这位主任的提醒是从善意出发的，担心项目受到影响，我又把我个人的兴水计划和盘推出，那是符合现场条件和当地经济条件的一个生态景观工程计划，但显然大家反应冷淡。吃午饭的时候，透过餐厅的窗户我可以看到湖中的其中一个小岛已经被开发成农家乐，一堆刺眼的红屋顶小木屋毫无章法地拥挤在一起，岸边的人可以划船上来享受农家饭菜，可以打麻将，可以卡拉OK，这种开发方式给当地人带来一种极为廉价的低级快乐方式（也许根本就不需要高级的快乐），但他们快乐的代价是建立在环境的痛苦之上，比如烹饪的油污和粪便没任何处理就直接排入湖中，由此看来他们嘴上说的所谓爱水实则一个借口。

对于那第二个计划中的航母，地方领导的思路是这样的，造船业是当地除酒之外的另一主要产业。据说长江和淮河之中 1/3 的船是由该地的造船企业生产的，该企业的造船历史已有 200 年，从最早的木船制作已经发展成为可以制造 5000 吨级钢船的企业，每一年的生产总值已达 10 余个亿，是当地的缴税大户。因此这水中停泊的航母显示着造船业的兴盛强大，另外他们计划把航母的用途发展为一个船业博物馆加餐饮娱乐的综合物，在描述该计划的未来时，领导们豪情万丈激情勃勃，在想象未来的过程中他们已完全忘记了自己贫困县的身份，这就是所谓的借水腾飞的思想基础。航空母舰本是在没有边际的大海之中畅游的庞然大物，怎么会出现在一个内陆的淡水湖中，就像儿时看格列佛游记之一的《小人国》，格列佛误入小人国之后，打乱了一切既定的规划和法度，故事中的格列佛是因偶然原因误入小人国的，对于小人国的臣民、郡主来讲，先是兴奋，尔后却是沉重的负担，在国力不堪重负之时，不得已才请格列佛远走高飞。而现实中我们却愣是要在一个不大的领域内生造一个庞然大物出来，那结果一定比小人国的经历还要惨痛和荒诞。况且那个虽有 200 年历史的企业从未造过航母，淮河和长江船文化中也没有此物，看来这个故事构思得有点离谱。即使我们认可这个想法，不去追究它的情理，小小的淮滨县能造得起这么大的一艘船吗？若能，中国海军岂不是早成了世界最强大的海军了么？

至于那第三个计划，显然带有更为张狂炫耀的色彩，一个巨型的酒瓶立于湖中，水从瓶口溢下，流入湖水中，好似 F1 级方程式赛车手庆功时的香槟。淮滨的酒厂本是五粮液酒厂在中央授意下的一个扶贫项目，没几年的时间，在本地销量还说得过去，但还远不到庆功的时候。中午宴席之上，开发区的王书记非要请大家品尝该地佳酿的味道，说是此酒度数虽高但不上头。那酒瓶设计的就极尽浮华之能事，精装版本的瓶套用了 XO 酒瓶的样式，有国际化的风范，而极品版本中又出现了一个令人吃惊的怪招，在酒瓶的内部又套了一层玻璃，中间盛放了酿酒用的五种粮食的标本，这样酒瓶的中部就虚了一大块变成了装饰。这个酒瓶的形状因为有了这般创意就显得那般新奇，吸引人的眼球，只是稍加回味就会想起煤油时代的灯具，灯具和酒具的区别在于一个核心为灯芯，以此来点燃发光照亮世界；一个核心为饮用的液体，入肚之后燃烧你的胃部和大脑。灯具不必去刻意表现灯芯和灯油，但酒具却要着力表现酒的色泽，好的酒被称为玉液，半透不透、半清不浊，人们透过玻璃的腔壁可以读出酒的年份和酿造的成分，这本是一种含蓄的表达方式但在此我们把它白话了。从形态学的角度来看那计划中的酒瓶雕塑和实用中的酒瓶虽然在表面形式、使用价值方面不尽相同，但态势却极为相似和同构，都是把含蓄的语言进行白话式的表达，也都是为了出众而铤而走险的昏招。从环境的角度来分析，那巨型的瓶子立在湖中，这湖水必将少七分自然气质，多七分商业铜臭。五一节期间，国内某地动物园为赚钱推出人虎合影之项目，每次收费 10 元，那山中的威风凛凛的大王此刻真成了大虫，在电棍铁索之下彻底折服，用类似的方法妄自的人类也在利用山水赚钱，只是技法由电棍变成了其他。

与淮滨人急切的发展心情不相称的是至今这里的总体规划还在报审的过程中，没有总规的指导，城市建设就显得少了许多规范，缺了几多章法，东湖和西湖的水边已经有许多私搭乱建的违章建筑，虽然县委书记有一个城市发展格调控制方面的宏观构想，想把淮滨新城打造南方中的北方，北方中的江南，但事与愿违的是广大群众却极为钟爱欧式的建筑，目前县城中新建筑的 60% 都是欧式的，色彩也有红、白、蓝、黄各色，甚是热闹。南中之北、北中之南在理论上是成立的，因为淮滨地处河南和安徽两省交界处，亦南亦北也不南不北，当地人的口音既有河南腔的婉转多变又有皖北地区的直率通达，饮食上亦如此，宴会中的一份汤竟是面糊，菜的烹调中放了略多的盐，似淮阳菜系中的咸，却无其中之甜。但如何在规划和建筑设计上体现这种思想却绝非几句口号能解决的，城市中没有水系怎么会使人想到南方，建筑中没有中规中矩的比例和尺度，又怎会使人想到北方呢！湖边倒是栽了许多热带的芭蕉和棕榈，但看得出有点水土不服，长势不良。

城市化是农民的梦想还是官员的梦想？若是农民的梦想，他们可以更多地举家涌入城市，即使是先做几年三等之公民，却可以享受城市远高于农村的公共设施和福利待遇，这是人的城市化的一种最佳方式。如此，农村尚且可以保持宁静清闲的状态。但从现状的分析来看，城市化是一种外在的状态，即农村片面和肤浅地理解城市，曲解城市精神，把城市丰富的内涵简化为若干表面的符号，尔后将之刺青于乡村的肌肤。在胡书记的办公室里，我突然看到一样久违的物件——痰盂，一只盛着一半清水的搪瓷痰盂置放于沙发之间，这是极好的反映地方当代文化状态的物证，只是它在当地又多了一个功能，供人弹烟灰用。这又使我想起 20 年前的一个笑话，

● 痰盂是极好的反应地方当代文化状态的物证，只是当地又多了一个功能，供人弹烟灰用。李笑寒绘

那时北京大学的某男厕便器的上方写着“请不要往我的便器里弹烟灰，我也不往你烟灰缸里撒尿”。烟灰缸、便器、痰盂分别代表着洋化的现代和中式的传统生活，在从传统的故地走向现代时，这惯性会对新事物的理解产生重大影响，20年前的北大人也那么固执地理解小便器，何况这偏僻落后的乡野。官员们出入现代化的都市甚至出国开洋荤也早已不是什么稀罕之事，所以对城市化的想象在表面上已经比较准确了，但那传统的思想基础终究难以彻底脱离，于是基础和上层建筑、表象与内在之间的逻辑就很荒诞。一个经济不发达、传统文化深厚的地方，想现代化得纯粹一点都很难办到，因为传统的惯性在处处发力，县委的大楼盖得气派现代，但办公室里的人的生活方式、思想状况竟是那么守旧。其实现代化、城市化最重要和根本的标志应当是人的现代化，城市化不过是一种人现代化之后的外在表现罢了，所以过分追求这种表象则反映出追求政绩的个人主义功利思想来了。

2006年5月10日

燕郊三仙

节日里父母住在兄长新买的房子里，房子的位置在紧邻北京的河北燕郊，名曰天子庄园。“天子庄园”和近十几年来中国的许多楼盘的意图相似，比如什么“君临天下”、“皇苑”、“帝豪”等等，都是在利用突然暴富之后的民众之失衡心理来赚钱的幌子。我并未在意它的称号，因为大多数叫这类名字的地产项目都充斥着浮夸，品质往往是二流甚至三流货色。去之前我也没抱任何专业上有所收获的幻想，以至于因为当我突然看到福、禄、寿三个仙人巨大而绚丽的身躯时，兴奋得有点手足无措了。

20 世纪 90 年代初期在一次去北戴河度假的路上，透过车窗看到屹立在田野的那三仙时不以为然，心想那不过是某位农民筹资制作的临时性的玩偶吧，那在一片青纱帐的海洋里浮现出三张喜气洋洋的笑脸，似乎对《在希望的田野上》这歌曲在新时期的另类诠释。谁会想到十几年之后，这希望真的变成了现实，象征富裕发达的欧式建筑在这片土地上像昔日的青纱帐一般一座座拔地而起，形成了新的景观。住在这些楼房中的人们脸上也荡漾着福、禄、寿三仙脸上一样的笑容，父母见我带着儿子到来兴奋得不亦乐乎，同时不断给我讲述“天子庄园”中的幸福生活，我们的笑声回荡在那大而无当的空旷的客厅中，像打开了精准无比又单调无比的八音盒子，楼中一定还有许许多多这种满盛欢声笑语的盒子罢。我口是心非地应付着父母，因为心思还在那巨大的三个仙人身上。在我迫切的要求下，父亲陪我去走近看看这曾令我“魂牵梦萦”的构筑物。开始看到这个庞大的物体并听说里边有个酒店时，立刻的反应是“荒唐”，“这么对待建筑岂不是太不专业了吗”、“建筑怎么可以这样幼稚地去设计呢”？我开始把这一切归罪于大众艺术素质低下和监管部门的监督不力……几年之后看到网上和《新潮美术》杂志上开始对这个建筑进行热烈讨论，我开始意识到也许问题不那么简单，另外这个艳俗的家伙出现一定有其潜在的原因，此时自己对它的印象由“荒唐”开始向“荒诞”转化。“荒唐”是偶然出现的错误，“荒诞”则是有意识创造的表面上看似乎不合乎逻辑的行为或结果，真理在一定时候往

● 陈卓 + 黄可一，《中国嘉年华 No.5》，摄影 & 徐一晖，《美圆》，陶瓷
图片来源：http://www.ionly.com.cn/nbo/zhanlan/
● 天子大酒店入口、大堂和走廊，2006 年
● 福、禄、寿三仙的头像被局促地拥挤在欧式别墅的屋顶轮廓线的缝隙之中，2006 年

天子大酒店远观与近景，2006 年

往通过荒诞而得到反向印证。一个个体老板投入巨大财力物力，营造这么一个巨大而离奇的构筑物，若没有心理上的充分准备是不可能实现的。

站在福、禄、寿三仙的脚下，仰视远方的三张笑脸，仔细端详他们手中把持着的代表功用的物品，饱满的寿桃、喜气洋洋的红榜、金灿灿的大元宝，这三样全方位代表人世间快乐和幸福的物质和非物质的符号，仿佛站在了拉斯韦加斯金字塔酒店斯芬克斯的巨大雕像之下，有一种超现实的异样之美感。用彩色石砖和马赛克拼成的钱币和祥云的图案，也甚是抢眼，仔细看那钱孔中居然是窗户的茶色玻璃，这倒也有功能和形式关系的一种特殊理解。陪我参观的父亲交口称赞这个建筑的伟大创意，他说建筑形象活泼，打破常规，给大家带来了快乐，我想这种赞扬一定有一个庞大的群众基础，父亲只是其中之一，因为他根本不知道这个建筑在国内当代艺术界的“知名度”，他是发自内心的喜欢。这建筑的入口位于左侧寿星下垂的袖口之中，双开的玻璃门后不合乎规范地紧凑地立着酒店的招牌——“天子大酒店”，进入玻璃门右转是单开的酒店门厅门洞，那局促的感觉使人想起《桃花源记》中“初极狭，才通人”的字句来。门厅不大，但在狭窄的过道的反衬下倒显得较为明朗豁然。门厅的装修装饰和建筑以俗脱俗的手法比较起来显得非常小气，庸俗地套用了一般性酒店的装修手法，米黄的云石、大花绿、紫罗红、大花白拼成的放射状的拼花，以及榉木饰面板和欧式线角组成的服务台，缺乏设计的创造力，也缺乏设计的彻底性。由于室内空间布局迁就了外观形式，以至于许多客房的采光和景观视野都很糟糕，关键是室内的一切都过于常规使人乏味，使人失望。天子大酒店建筑设计的大胆已经在中国当代学术界研究消费文化的领域引起了广泛的关注，它表征着既是平民但又是当代这个消费时代消费主体的民众话语渐入主流的状态，应当看做是一种新的民主和自由的全民运用。而室内设计的妥协则反映出这种文化状态在审美上的盲目性，这种盲目性一方面自下而上由供需的相互决定关系而反映着，一方面显示出中国设计界的知识分子面对汹涌的消费文化大潮时的消极状态。如果说我们把建筑整体构思称为艳俗的话，那么室内设计则只停留在庸俗的层面上，因为我以为“艳俗”是具有一种自觉的意识安排之下的主动性，而庸俗则处于盲目之下的应付中。

如今“天子大酒店”不再孤独，它拥有了数以千计的臣民作为邻居，虽然福、禄、寿本身带有鲜明的中国传统特征，但它周围的多层或高层住宅均是欧式的，这也表达了中国人在信仰上灵活机动的特点，这种特点在商品社会和消费文化下得到了更彻底的释放，他们需要东方式的精神偶像，在物质层面则极力向西方的物质文明看齐，即使仅仅是表层的模仿。天子大酒店的南边是一大片别墅区，品质低劣，但却在极尽所能地去再现欧洲洋房的柱式、窗套、坡顶。有一大片别墅销售情况不佳，概因建筑质量问题，因为我已看到斜向的、不规则的裂缝贯穿了楼体，由于无人居住，攀爬类植物也已开始接管这一领域，它们沿着裂缝自由生长，试图抹去这大地上丑陋的景观。而从别墅群中拍摄“天子大酒店”则是另一番景象，福、禄、寿三仙的头像被局促地拥挤在欧式别墅的屋顶轮廓线的缝隙之中，我突然想起三国演义中的一句话——“挟天子以令诸侯”。天子大酒店这个既建筑又非建筑，既雕塑又非雕塑的东西原本属于公共的视野之中，属于那些往返于津、京、冀的高速路上的观光客，现在却被彻底私有化了，它由城市公共领地的公共形象堕落为一个社区内的守护神。这也是一种农民式的狡诈所致吗？舍和得之间的关系被揭示得如此露骨和直接……

回到住处，我仍难按捺见到“天子”的兴奋之情，于是拨通了C的电话，向这个一直在谈论却又未曾眼见福、禄、寿的消费文化研究者炫耀自己的见闻，已经确定自己收获了国庆和中秋的最大贺礼。

2006年10月1日

2005 中国 · 三峡

辑 5 | 双关语

● 2006上海双年展学生展中，清华美院学生贾巍和王欢的行为艺术作品“对弈”

声东而击西

上海双年展是国内城市中最早冠以“双年展”名称的艺术展，1998年的时候“双年展”的称谓显得很另类，因为那个时期中国美协体系之下的展览是中国艺术市场上的绝对主角，大众对“当代艺术”的概念知之甚少，许多人是一头雾水般地闯入“双年展”这种当代艺术展的氛围之中的。

虽然仅仅过去了10年，但人类社会的日记本却翻过了一个世纪，“双年展”已经成为艺术和设计领域家喻户晓的事情，除了上海北京的艺术双年展已搞过两届，北京还搞过一次建筑双年展，虽不算成功，但也闹得沸沸扬扬、四海尽知。去年，深圳也举办了首届建筑双年展起了个名为“城市开门”，当双年展成为时尚的时候，它原本严肃的学术精神就开始被消解。今年中国室内装饰协会在北京国际贸易中心搞了一个名为双年展的室内效果图云集的大展，把双年展的先锋性进行了彻底的粉碎，庸俗得一塌糊涂。除此之外听说全世界冠以“双年展”名称的展览多达上万个，估计类似国贸大巴扎似的效果图展水准的展览还大有人在。

不知为什么本届上海双年展的主题定名为“超设计”，因为但凡艺术双年展都是在探讨一些当代世界当代社会人类所关注的热点问题的，比如上一届圣保罗双年展的主题是“自由疆界的独立走私者”，谈及的是国际化、全球化文化发展之中艺术家的使命和责任问题。文化、人性是艺术表现、艺术探索永恒的主题，当然，像威尼斯双年展、圣保罗双年展以及光州双年展这些国际著名当代艺术展除了一个艺术展以外，近年来也附带搞一个建筑双年展或设计双年展来专门探讨建筑或设计问题。比如去年韩国光州进行了首届设计双年展，展出的作品均是先锋的设计产品，而且所有的设计均折射出全球性的文化问题在设计师心中的疑惑和释惑的具体实验，它一方面包括对新技术的应用和表现，一方面包括对人性关怀的再深入以及整个人类面临的可持续问题。2003年我参加了第五届巴西圣保罗国际建筑及设计双年展，那一年的主题是“大都会”，探讨愈来愈强大的国际大都市文化下的建筑、城市状态和城市社会状态的关系问题，探讨城市美学和生态问题。记得展厅中展示的大多是中规中矩的建筑模型和图片，所以我们花费大量资金、制作量巨大的装置在其中显得很唐突，就像是一个没吃过西餐的人闯入了法式正餐的氛围之中一般的尴尬。好在“双年展”与生俱来的包容性宽恕了我们，使我变得似乎无所畏惧。其实心里虚得很，因为这个世界上没有规则的事情几乎是不可能的，有时那规则看不见不过是变成潜规则罢了。

我是受学院之托来代表清华美院组织学生参加展览的，有人传信给我说这是国际学生作品展的版块，由同济大学承办，主题是“超设计”而内容都是设计方面的作品。于是我在短短的半个月内挑选学生作品八件，在传统的设计作品中，这八件的风格和内容都还是具有一定反叛精神和创新意识的，我以为设计中的“超”也许就在于此。研究生王蕾的家具设计中揉入了衣物编织的手法，一改木质家具硬朗的感觉而隐含着一种女性的细腻和温柔；毕业生纪超毅的作品是我辅导的毕业设计作品，清华大学校园景观设计，也许是受我的影响，这个学生对现代大学机器一般生产人才的模式表现出反感，因而在他的环境设计中用反讽的方式通过环境中一组游戏来表达自己对现有模式的敌意，游戏的主角形象由猪、鸡、猴来替代校园中表面上朝气蓬勃的当代大学生们；作品“对弈”是环艺系学生贾巍和装潢系学生王欢合作的作品，两个人在校园中的小竹林中分别手执黑红两色油性派克笔来画不重复的图形，这方式不像对弈更像是刘三姐对歌，以此来寻找多样性，其结果是图版上呈现出美妙的图形，这一过程其实可以看做设计历史和艺术的关系演变的浓缩；张灿的作品是对清华园中学院文化重建的尝试，他借用美术学院新址的环境设计试图把光华路校区的空间结构的影子或者说意象进行重塑，他的表现手法似乎很愤怒很凶猛，似乎重建的目的是一个幌子，而真正的目的是对大学文化中学术精神独立性缺失的一种批判；在毕业设计展中饱受凌辱的学生邓熙勋的作品在雕塑展览馆中重见天日，他提交一个城市影像纪录片，载体仍然是厕所，在展厅中搭了一个木盒子，透过门帘上的孔洞可以看到电视上播放的影像，和上一次一样，老邓在木盒的里里外外贴满了小广告并写上了“不堪入目”的污言秽语，上海的朋友金江波长期从事影像艺术的创作活动，他给邓熙勋提出了一些建议，邓最终表示接受但没去改善。老邓这次参展我给提供了必要的经费支持，去上海坐的是软卧，像是给一位右派平了反昭了雪，看得出这家伙挺幸福的……我以为这些作品在一个设计展中会很扎眼的，但一到现场我发现自己判断完全错了。

上海雕塑展览馆是这次学生作品展的场地，是一个老的钢铁厂改造的空间，类似北京 798 厂中大窑炉、唐人画廊、常青画廊的空间模式。此次参展的院校共有来自国内外的数十所院校的学生作品，看得出国外的院校重视程度显得更高一些，我们展区的右侧是来自荷兰鹿特丹的一所院校的作品，显然参展者对展场空间估计有误结果作品尺度过大，数量也过多，从展厅直挤到公共走廊之中。我们的另一个邻居是来自中央美术学院的学生作品，参展学生是实验艺术系的学生，由当代著名艺术家吕胜中老师亲自带队，亲自指导学生布展，由于是纯艺术专业的学生和老师创作的作品，作品的视觉冲击力十分强烈，多如牛毛的细节把展览空间完完全全控制了，这组作品的名称是“中国家庭审美调查”，由调查报告、展览设计构想和实物展示三块组合而成，展厅的一侧整齐地排放着线装样式的调查报告文本和方案计划文本，展览的另一侧是一张硕大的桌子，上面摆满了从北京收集而来的小至手表大至家用电器的生活用品，同时靠墙的一侧立一加密的传统博古架上面亦密密麻麻堆满在上海本地收集的生活用品，这些平日生活中的物品突然也这样高的密度出现在我们眼前，还是很有视觉冲击力的，就像在印度看到的细密画一般……中国美院展区的位置显要，设在入口的对面，参展作品来自新媒体艺术和综合艺术系，其展区的面积也是所有参展单位中最大的一家，是我们的四倍左右，作品的形式以装置艺术为主且大多结合了新媒体的技术，观众可以互动。几年以前看金江波在挪威奥斯陆和上海所做的互动的新媒体艺术时感受到网络技术对空间观念和时间观念的影响是非常深刻的，现在由于这种技术已日臻成熟因而即使在学生作品中也是广泛被应用，但总是感觉手法有点雷同。由于中国美院在中国当代艺术的发展中始终充当着重要的角色，他们的教师中许多是活跃的世界当代艺术舞台的艺术家，因而中国美院学生作品的整体水准是很高的，但你总能看到作品范本的影子。在诸多纯艺术作品张扬的形式面前，设计作品的形式感显得较为单薄，这也是几位同学看上去不够兴奋的原因。因为我们的学生的成长环境中，过多地被数字包围着，过多被规范，过多地被电脑制作的效果图所包围着，他们已经习惯了拘谨，所以在视觉创造的领域这不是一个量级的对话。然而我必须为我们的形式找到一个合理的借口以证明我们的苍白并非无意。

共有来自国内外十余所院校的教授参加了作品的初评工作，为了方便评审时评委们对主题的把握，承办方同济大学为我们提供了一份类似说明的材料，仔细看去那材料上分明在反复强调“艺术设计”，这无疑是给本次活动的主题定了一个性，尽管是超设计但仍然是设计展。执这一份材料在手心中就有了翻盘的资本与借口，那些表现劲爆的作品似乎是离题了，因为我看不到设计的灵魂，设计的追根溯源，甚至设计的话题都压根没有。同济大学的殷正声教授见我面有疑惑之色向我解释说“当代艺术和设计的边际越来越模糊了，因此什么样的展品都是可以的”，这恰恰是我最害怕听到的回答，不明不白，模棱两可的，听完更觉模糊。记得去年在798李向群工作室的一个群展名为“各玩各的”，每个艺术家都在极度地展示自己的思考领域中的认识成果，绘画、雕塑、影像、装置，什么形式什么主题都有，单纯就这个展览而言，“各玩各的”是表现多元化的文化思考和艺术创作状态，展览主题和作品的表现是一致的。但如果你经常出入于当代艺术展览中你会发现几乎百分之八十以上的展览状态都是各玩各的，尽管每个展览会有不同的策展人、会有不同的主题。这种普遍性的各玩各的现象实则反映出一种不成熟的艺术文化状态，其结果是每一个展览的命题往往形同虚设，策展人言东、艺术家击西，莫衷一是。这其中的原因是多种多样的，比如展览过多或经费不足等等，所以常常看到的现象就是艺术家同一个作品可以反复出现在不同主题的展览之中，这次展览中也有这种情况。所以那个由著名策展人顾振清策划的“各玩各的”像是打哪指哪的鬼把戏一样，充满智慧但却显得无可奈何。

我以为“超设计”应该还是发力于一个设计问题，因为设计已是当代社会的一种日渐强势的文化问题，我们的生活中点点滴滴均浸染着设计的精神，我们甚至会迷恋设计，使设计的精神异化。同时现代工业背景之下的设计也存在着诸多问题需要解决，比如如何在纯技术性中注入一点人文关怀，在技术哲学中加入伦理道德的因素等。所谓“超设计”中的超尽管是超越的意思，但其终极目的必定是提高才有意义，而“超设计”中的设计则是指现有的设计模式，结合在一起并不是要颠覆设计本身，因为设计这种事物的出现，的确给人类社会带来了难以记数的方便之处，比起它的弊端应该说利远大于弊，所以“超设计”不是反设计，更不是非设计而是优化、改良、修正现有的设计。一个纯艺术展中若出现一个和设计有关的主题，它指的是作为文化的设计，而非专业性的设计，就不应该在设计的技巧上锱铢必究了，但从国外的一些参展作品来看，他们和我一样显然是被误导了，作品的内容明显是为一个纯粹的“先锋设计展”而精心准备的。比如荷兰一所大学送展的家具设计是利用废弃的金属制作而成的，巴黎一所大学的一个作品是新型的项链等等。中央美院和中国美院的教师们也逐渐对“标准”有了自己的疑惑，因为他们也看出了明显的有两种状态的人在参与展览，至少有一种人是被误导了。因此大家提出一个关于主题的解释问题，主持会议者大概觉得革命已经成功了，不愿意对这个问题进一步探讨，只是说大家尽可凭自己对概念的理解进行分别评判，等策展人及更高层次的人终审再说。那些“更高层次”的人多是一些美术、艺术评论家，或美术馆馆长们，我不相信他们对设计的认识究竟能深入到何种地步。这也是我对本次展览定名“超设计”之疑惑的根本。

在上海双年展对外的宣传文件中“中国最有影响的展览”字样自始至终反复出现，但从过程和内容两方面来看，这种说法还是有点过于急切，因为我们知道一个品牌的培育绝对不是一朝一夕毕其功于一役之事，威尼斯双年展、圣保罗双年展、卡塞尔文献展这些被世界公认的展览都有几十年上百年的积累，这其中就有文化的积淀因素，我相信这些展览也是在不断摸索中成熟的。所以我国起步不久的展览不必太急，应当以平时的心态来制订发展计划，并以平常心来做每一届的展览，八年过去，弹指一挥间，我们又为何没有耐心等待 10 年、20 年、50 年呢。

2006 年 9 月 4 日

标与靶

现代社会中空间与存在于我们生活中的其他事物一样，比如：电影、时装、汽车文化、网络等，都是保持人们一种现代生活方式的应用产品。空间设计的行为变得多了起来，数以万计的设计师在不同的层面在为社会、为个人的生活而孜孜不倦地工作着。神庙、纪念碑式的东西少了，而迎合大众口味的东西多了。新的建筑、新的空间类型不断地变换面孔来适应人对视觉乃至精神世界无休止的追求。现代的设计师面对日新月异的观念和技术革命，显得无所适从。他们的设计活动甚至设计信仰也在发生着巨大变化。开始注重过程而非仅是结果，因为结果受制于多元的时代以及我们存在的社会基础往往不是永恒的。设计活动往往成为他们接触社会，体验生活的一种必需的行为。同时，对于我们国家来讲这也许是一个量变到质变的过程。我们也许要在今后的 10 年甚至 15 年内继续消费发达国家不断丢弃的快餐文化。作为设计师我们也需要积累和不断地体验、认识。我以为建筑师的成熟年龄段应该在 45 岁，而室内设计师应该在 40 岁左右。因为设计活动涉及经济、文化、技术、时尚等各种因素，学会驾驭这种活动并非一朝一夕地苦干能解决的，而必须长期地实践、思考，再实践、再思考。青年设计师肩负着历史的责任，因为他们个人的发展和时代的进步是同步的，他们未来将步入的创作黄金季节，也将是我们空间消费市场的成熟期—— 一个出精品的时代。同时青年设计师又要面对残酷的现实，市场畸形消费的需求，不规范的设计市场管理，“龙蛇争霸”的竞争格局，以及对自我成长环境的建设。可以说每一个方面都充满了复杂性，同时各方面在发展过程中又充满了矛盾性。当代的青年设计师生活和工作的状态都是极其艰辛的，他们中大多数的人都没有星期天、节假日，每日 12 小时以上的工作，甚至废寝忘食。他们比老一代更渴望在经济上和思想上获取成就。设计师不是科学家，蛮干是没有意义的，必须在过程中掌握平衡。比如说在一个项目设计中，你既要在考虑如何节约成本、简化环节、提高设计取费点数的同时，又要对设计的创作投入极大的热情。不能把设计过程完全等同于生产过程，要注意体验与总结。你也要在甲方面前虚张声势的同时又要客观地评价自我。虚张声势拉虎皮扯大旗容易获取信任，而客观公正地自我认识又能使自己保持清醒的头脑。不能武断，因为设计毕竟有技术的成分，形式的创造也有它自身的规律。你还要常常放弃审美规律甚至是真理去迎合业主取悦大众，也要常常勇于牺牲自我意识中的审美情趣和偏爱去面对真实的世界。回顾自己由建筑设计步入室内设计 10 年来的坎坷经历，倒认为青年设计师在自我建设和发展的过程中是可以掌握一定的策略的。10 年以前我们要是把这个问题堂而皇之地摆到桌面上来谈，恐怕要为广大同行所耻笑，为众多前辈所谴责。那时设计界倡导的是一种牺牲精神，一种忘我的境界，需要苦难的修行，要有 10 年磨一剑般的勇气方能成正果。但毕竟设计师是人不是宗教徒，他们要考虑生存问题，要直面残酷的竞争。所以近年来神话被打破了。设计既然是一种解决“问题”的方式，那么它就应该有更多的包容性，应该设计阳春白雪，也应顾及下里巴人。我认为有些“技巧”性的东西不妨可以拿到桌面上来探讨一下。在设计过程中有人说追求真理很重要，设计成就是长期不懈探求真理的回报。有人说才气很重要，设计成就是才华横溢的累积。也有人神秘兮兮地说媒体和宣传很重要，它使设计师驾驶汽车在高速公路上以 180km 的速度向终点风驰电掣般前进。我觉得每种说法都有道理，不同的人应当有不同的选择，追求真理能使人在自我修养的建设之中保持一种持续不懈的心态。才气是上帝恩赐于你的智慧，是获得成就的必备条件，那么媒体和宣传呢？在信息时代它是获得成就的必备条件，它是可以大做文章的环节，现代人迷信宣传工具，设计师通过这个环节实现其价值。今天的设计师大都意识到了包装自己的重要性。对设计师的包装主要体现在其作品的宣传介绍，以及设计理念的宣扬上。设计作品尤其是已建成的作品，它体现了设计师的综合能力，当然还有机遇的问题。实际上我认为那些停留在纸面上的方案，也是可以大书特书的。以下不妨听我提几点建议，当然仅是我自己的感悟，或许能对那些比我更年轻的设计师的发展有一定作用。

● 标与靶之一，栾桦绘

其一，辩证的“有的放矢”是一种策略而非投机，它能使设计师在自身建设和发展上走一条捷径。

现在作品的好坏对设计者的影响是巨大的。在业主选择设计师的年代，业绩是第一位的，然后才是设计师与业主的沟通能力。业绩中的建成作品常常被认为是评价设计师综合能力的标准，其实这种看法带有一定的片面性，但又确实是一种现象。于是得意的人拿作品说话，而失落的人则拿设计方案来辩驳，以示其虽无建树但修养尚存，唯运气欠佳。常常听到设计师抱怨生不逢时，抱怨明珠暗投。我以为评价一个设计方案或建成的作品，评价一个设计师的优劣，还是应该从综合全面的角度入手，从客观、旁观的角度入手。自古以来知识分子阶层孤芳自赏者甚众，设计师这个阶层中追求个性是一种通病。他们往往忽视社会客观的需求，在自身“忘我”的创造状态中迷失了方向，听不到公众的评价，看不到他人的优点。一个设计作品其语义往往是多元的，在不同的层面会得到不同的理解与诠释，就像测试五种人对凡·高的《向日葵》的反应，结果却大相径庭。年轻的艺术家说：“凡·高的《向日葵》其实蛮有视觉冲击力的。”讲台上的艺术老师深沉地说：“《向日葵》里有一种人格的张力。”大学生说：“瞧人家凡·高的《向日葵》够个性。”农民大伯说：“你说这是向日葵吗？不像！”而一个全面的艺术家、资深评论家则会在不同的场合，对《向日葵》做出更为广阔的解释。当然我们不能否定《向日葵》的艺术价值，不能说凡·高是万金油式的艺术家，但不同的人对艺术家的期望不同，有的希望他能解决精神问题，有的希望他能解决文化问题，有的则希望他能解决视觉疲软问题。设计师为解决人们生活方式中遇到的问题而存在，故而大众对他们的期待更是这样，不同的境遇中期待设计师给他们做出不同的方案，解决不同的问题。有人也许要问，难道有个性的设计师就无处藏身吗？我认为，我们没有必要去故意扼杀个性，也没有必要去刻意地表露个性，但我们在表达个性之前必须解决好一系列的问题，并且会合理地解释它们，甚至是无意之中的巧合也要有意识地去阐述。

另一方面，由于消费者阶层的不同，我们会遇到完全不同的问题。那么，审时度势的能力就显得极其重要，因为不同的审美，不同的需求，不同的生活方式都会对我们的设计构思和手法乃至表现方式提出要求，必须对症下药。同时为了保护设计师的个性及创作的积极性，我们还要学会有选择地参与设计项目的方法，即选择容易产生共鸣的设计对象，这一点也很重要。不会选择，你的设计就是一种盲目的活动，选择准确你成功的几率就大得多，很容易获得社会的关注以及良好的经济回报。前些天翻阅《读者》发现一文，文中讲述一个久经沙场的军官途经一村落，忽然发现周围的建筑物上有许多粉笔画的靶子，更为惊奇的是每个靶子的中心总有弹孔穿透，军官心想一定是村中有位百发百中的神射手。于是他向村民好奇地询问此事，村民们闻之，不屑一顾地说：“这都是小乔治这个小骗子的鬼把戏，他总是在漫无目的地枪击之后，寻找弹孔，然后在其周围描绘靶圈，以成十环命中之状。”军官听罢，若有所思地离去……。后来，乔治长大以后成了全国有名的赌徒。他的职业是帮人预测比赛结果，方法是给一干人预测主客场胜负，他每次为一半的人预测主队胜，为另一半预测客队胜，其结果总是50%的准确。依此类推，一直有一部分人总是被他言中比赛结果，于是他变成了赌神。而那个军官呢，受小乔治的启发之后在战略上改变了打法，避实就虚，每次出手必有斩获，人们也将“常胜将军”美称送之。现在我们的设计领域持如此打法者也不在少数。究竟是好事还是坏事，众说纷纭。赞同者曰：“在只认实物（结果）不认人的今天，设计师的作品是最好的广告。”因此，为了获得设计权，你必须在激烈的竞争中采取明智的打法。一方面你要避实就虚，扬长避短；另一方面，你要懂得屈从忍让和迂回，可以违背设计规律和程序去办事，可以见人下菜，因为在中国，人的因素决定一切，它绝对超过了科学规律，也超过了美学法则。设计竞争如战场，每一个设计师都深知成者为王败者寇的道理，凡事出手必要拿下，手段崇高与否是次要的，关键是拿下。几天以前听说主持设计过某某大厦的设计师，在另一个项目中区区几张草图竟席卷数十万美金，而当我看到那些草图时不禁愕然，在商家的招商手册上看到几张涂鸦般的作品，吾不才但此设计作品的表现力和设计含量实在不敢恭维，天文数字般的设计费被拿走却是严酷的事实。这的确令人震惊，也令同样作为设计工作者的我自惭形秽，自叹不如。同时也深深地认识到参与大项目获取大项目的设计权乃中国所有设计师通往成功之巅的天梯，宛若直达玉皇顶的十八盘，在付出人格和光阴的代价之后，天道酬勤，你终于获得了极大的自尊。因为现在的确是一个重结果的时代，令人无法逃避。在设计活动的初级阶段，设计权对设计师来讲首要的意义是生存权，也是获取社会认知和社会关注的途径，是获取牛奶和面包的手段。于是设计的过程和结果往往显得不那么高尚，功利主义取代了创作的神圣感和激情。然而设计师们往往会在最终的结果周围绘制靶环，以示其“射术”之精确，给自己戴上炫目的光环。中国的设计师整理、归纳作品时的精神状态和激情要远远胜过创作时的状态，甚至各行各业生存着一类职业性的“吹鼓手”，他们极尽吹捧、润色之能事，词藻之华丽、态度之恳切令人感动。我不敢自认为品德高尚，觉得大家这么做倒也无可非议，因为中国自古以来就没有认可创意的习惯，也没有设计师的阶层（严格区别于工匠之流者），更谈不上对设计师的尊重。事情运筹得好则是领导者的英明。时至文明的21世纪这种陋习尚存，并且看不出很快改变的迹象，我斗胆来问全国的设计工作者，你们大家的创作状态是否真的自在，或曾经自在过？我想在大家当中绝对不乏在自己的创作成果周围绘制光环者，尽管有无意识和有意识之别，这是一个无奈而又必然的过程，令我们每个人都感到痛苦。因为尽管我们志向冲天，使命感也很强烈，却又不得不为"五斗米折腰"，为了获取设计权而折腰，尽管我们知道我们留在墙上的"弹孔"远离心中的目标，但我们依然违心地画着圈以期获得社会的瞩目。2000年夏天发生的两件事情使我震动很大，其一是第三届室内设计大展，这是全国的装饰、设计工作者向社会汇报成果的大会，也是彼此"论剑"的大会，展览陈列了数以千计的作品，但当我步入展厅时却有头晕目眩的感觉，我被众多的风格近似并且表现形式相同的作品包围着，突然间丧失了自信，丧失了评价事物的标准的能力。在这里祖国各地的设计师们借用同样的技术手段，参照着同样的"范本"，表现着同样的风格，也演绎着同样类似的故事，区别仅在于实创空间的不同。之中有实物照片展示，也有排版与制作精良的投标文件展示，还有方案与实景照片并置以表现自己运筹帷幄、成竹在胸的展示。大家临摹着同一种风格——一种伪高技派导致的一种伪技术美，似乎这就是时尚，不这么做你就是一个落伍者一般。我们的专业媒体近年来也不遗余力地宣传这种风格，导致设计市场的一种盲目和趋同，而当你仔细分析就不难发现，大多数的作品存在逻辑和语言上的混乱，功能和形式的严重分裂。那些形式感很强的构件丧失了本来赖以存在的功能性，而单纯蜕变成一种装饰，那些造型丰富的钢、玻璃、云石的结合，在现实中因缺乏强有力的工业生产的技术支持，因而在农民"小米加步枪式"的加工下显得粗陋。我们步入信息时代，但我们的社会基础还没有超越工业时代，思想上的多元和手法上的谨慎还将在一段时间内成为设计界的主体，我们的社会基础实在难以容下这排山倒海般的真高技和伪高技的东西。实际上这类设计中的大多数流产了，因为设计师缺乏审时度势的能力，当然也有相当一部分的设计师借助于高技的词藻在投标的阶段获得了业主的青睐，之后又随着业主的态度转变，最终形成一种风格模糊的作品。还有极少数的幸运儿使自己的主张与业主的期待达到了契合，他们就有了继续绘制靶圈的资本，那些失败者中的一些其实也在画圈，只不过层次不同而已，他们追随着社会和市场不

● 标与靶之二，栾桦绘

成熟的消费需求，抛弃了师长先辈的谆谆教诲和事物发展的客观规律，违心地设计自己不那么情愿接受的东西，对不甚合理的设计结果大肆宣扬、吹捧，仿佛这结果就是自己修炼多年之后的正果，是社会企冀的目标。中国目前的装饰市场大而热闹，却不太成熟，不成熟首先表现在目标的制定上，“形式至上”是全社会的主张，这种表面肤浅和片面的目标使得大家在评价设计时常以形式是否生动、强烈，甚至震撼为标准，以一味地追求材料的高档上升至一味地追求视觉效果，追求个性、张力乃至视觉冲击力等等，而忽略了作品的内在的功能性。这种功能性往往由系统设施和空间的尺度以及空间组合方式来满足，形式应当与它保持一种内在的关联和逻辑关系。但由于这种功能性难以直接地表现于视觉甚至画面，大家为了获取舆论的瞩目就拼命地在形式上做文章。这次大展给人一个感觉即浮夸的东西多，成熟平实的东西少，作品形式上的百家争鸣形成一种视觉污染，使你丧失了判断能力。这种场景令我联想到在中餐馆吃饭的情形，吃饭在中国是一种聚会、联谊社交场合，当然也有进食的功能，因而吃饭的过程往往要争论是非、交流思想，每个人都希望同桌者听到自己的声音，有点口才者甚至希望整个餐厅的人听到自己的主张，因而大家说话声越来越大直到扯着嗓子拼命叫喊，最终的结果是水涨船高，营造了一个极为嘈杂的氛围，最终连自己的努力都被淹没了。原因何在呢？概因我们缺乏理性，又极力想表现自我，追求听觉上的冲击力，结果导致无法控制的局面。从另一个角度来看待绘制靶圈的问题（即结果的自我包装）是不是也需要冷静并在手法上给予推敲呢？我们是否可以在喧闹之中以沉静来表现自己，在表现之中以逻辑推理，以结构的演示来表现自己呢？或许这样结果会更好一些。第三届室内设计大赛给人留下的印象是深刻的启发，它至少给我们提供了一部反面的教材，即简单盲目地绘制个人的光环的做法已经过时，设计师在混乱嘈杂的现实中应当保持一种平常的心态，应尽快超脱于低层次的争风吃醋，人云亦云的境地。

如果说以上所述的事件令人吃惊的话，那么发生在夏天的第二件事情则令人感到愤怒和悲哀。七月里参加一国家重要场所的一处厅堂的设计招标活动，我们以极大的热情投入其中，从整体的构思到细部的推敲，从对传统的深入理解到去伪存真般地不断抽象，我们并未对设计的最终成果做过多的注释和耐心的讲解，因为视觉和空间的艺术应当由视觉的行为去判断才对，人为的润色，牵强附会般的讲解只能表现出设计的无能。而招标的最终结果是我们的努力被评为“脱靶”，而中标的一方以历史画卷简单陈述的设计方式和简陋又杂乱的语言堆砌，竟然以压倒的优势获得成功。地方保护主义和狭隘的地方感情色彩最终战胜了学术研究，更为重要的原因恐怕是该设计活动不过是围绕这一既定的结果画画靶圈而已，他们胜了，他们也许会以各种方式庆贺，因为他们击败了一流的院校和一批真正敬业的艺术家。我们失败了，败得体无完肤，首先我们对社会仅存的一点信心受到了重重的一击，我对此感到悲哀，是我们太缺乏创造力呢，还是我们不了解社会呢，社会需要的结果和我们所期待的蓝图之间竟有如此之大的反差，我们自命清高的同时却丧失了设计权，丧失了向社会展示自身价值的一块砝码。而作为学术带头单位在这种不平等的大型“战役”中的失败，其影响远远要比失去一个自我表演的舞台严重得多，后果是灾难性的，它将使正直的人走向投机和圆滑，使对科学和艺术规律的信仰产生动摇。但是在教学中我仍然勇敢地以此为案例来给学生讲授来分析我们的败因。同时我坚持反对学生在作业的过程中把草图作为一种最终表现形式来绘制和炫耀，我鄙视这类画圈的行为，担心年青一代的设计师比我们更圆滑和擅长绘制靶圈。

那么画圈究竟是一种机智的表现呢，还是逃跑行为呢？我们是给予赞许还是应该给予批评呢？冷静地考虑这个问题我倒以为可以辩证地看待这个问题。在设计师个人成长的战略规划方面，也许我们大家都应学会以自我为中心来绘制靶圈。因为我们渴望成就，并且应该对我们形成的各种设计结果有所分析、有所总结和归纳，要学会了解市场、洞察社会，要学会选择出手的时机。而在每一个设计过程中我们又要尽量避免画圈，因为这种投机行为在损害他人损害社会的同时也会使自我迷失方向。当然在当前的社会形势下不以成败论英雄是很困难的，因为大众缺乏基本的鉴赏力，他们对设计师的信任往往建立在已落成的作品上。而且项目愈大、愈重要，就愈有说服力。一个好的设计师除了具备良好的专业知识以外，还要具有综合素质，包括意志、品质，包括责任心以及与业主的沟通能力。良好的实际作品的展示，某种程度上也是设计师在展示自己的人格魅力与才华。拥有了设计权就拥有了包装自己的机会，于是绘制靶圈又有了新一层的含义。但我们在为那些光彩照人的空间实体欢呼的同时，也应为那些停留在画面的富于创造力的设计方案，深表赞叹和惋惜。因为我们的社会从经济条件和文化环境来讲都无法包容这许多幻想。更为可叹的是许多设计师不惜以青春和生活为代价，一次又一次无悔地投入这无休无止的“游戏”之中。人生几何，更何况是宝贵的青春。因而广大设计师还是应当从绘制靶圈的事件中受到启发，首要的是应当具有辨别是非的能力，不要做无谓的投入和牺牲。“千里马常有，而伯乐不常有，固虽有名马，常辱于奴隶人之手……。”相马告诉我们一个道理——明珠不要暗投，要善于抓住机会，更要首先识别机会和陷阱。

这些年来本人参加了超过百数的项目设计和方案投标，接触了形形色色的业主，积累了一定的经验。我甚至一直抱有把每次的设计过程记下来，写成一本书的愿望。因为我发现这些过程虽然每每起伏跌宕，但总体上却又极有规律。无数的装饰公司前赴后继的尝试，“踩”出了一条脉络分明的“道”。这条“道”折射着社会的形态与变迁。深谙此“道”的人往往善于绘制靶圈，也少走弯路。经常有刊物约稿，希望我能将自己的作品展示一下，每到此时，我就会感到一丝悲哀和几分的尴尬。我所主持或参与的方案中大概有40%左右在投标的过程中夭折了，有50%的在实施的过程中被更改走样了，而那些落成后的作品也常令人感到不过瘾，甚至感到有点平庸，它们和自己心目中追求的目标相去甚远，因此围绕其画圈于心不忍。但转念一想，恰恰是这些东西以及其古怪的形成过程使我加深了对社会的了解和对生活的体验，能使自己在今后的目标制订上更有智慧、更加精准。同时这过程也使自己完成了原始积累——工作程序的安排，经验及资金的积累。古人云“仓廪实而知礼节”，这句话适用于社会也适用于自己，对于社会来说设施要比形式更为紧迫，对于自己来讲，资金的积累能使一个设计师自然而然地走向终极的目标。从这一角度来考虑问题又意识到其实自己是在无意当中绘制了一个大的靶圈，这个圈的时间跨度可能是10年、15年甚至20年。“一万年太久，只争朝夕”，我还将要在今后漫长的岁月中继续积累和进取，并且继续画圈。既认真对待每一个设计过程和时机，也要善于认真归纳和分析最终的结果，当然其中不排斥对结果的包装和宣传，以及逆向地推断出自己的预见。我们还要善于围绕实景照片来3D建模，来绘制草图……也许又有人要发问：“作为一名教师你宣扬这种投机取巧、沽名钓誉的方法，不是在误人子弟，不是在犯罪吗？”对此我想解释的是首先我是一名好的教师，但在此我不是以一个教师的身份谈论问题的，我是以一名艰难度日同时又有坚定信念的设计师的身份向广大同行们提一点建议，或许能起点作用。说到犯罪我倒想问问大家，难道我们设计师犯过的罪行还少吗？在奢华的场所中，我们浪费了资源，培养了不良的消费习惯，在娱乐场所中我们帮助业主营造了迷幻和诱惑的氛围等等，这不都是犯罪行为吗？所以不要把问题严重化了，还是回到原先的那个话题，要以平常心去考虑这些事情，不要把自己的目标制订得过于崇高了，社会生活需要轻松一点的东西，我们的工作也是一桩一桩的生意，因而也要按价值规律来运作。

我想提的第二点建议是应以“专业批判”的角度来分析和策划我们的设计工作。我们大多数的设计师都受过四年或更多的专业教育，对专业有着浓厚的兴趣和感情，创造不朽的流芳百世名作是每一个人的夙愿。因此执迷专业者往往设计中把纯形式的方面过于夸大，而忽视了技术、观念、市场各方面因素变化所带来的功能关系的改变。当我们的设计对功能的认识落后于市场的需求时，业主和市场对我们的信任与依赖感就大打折扣，设计者与业主对待一个项目的区别在于设计者注重的是专业成就，而业主注重的是全方位的合理及协调，比如资金投入与回收，迎合消费群的审美意识，营造充满人气的空间氛围。相比较而言业主的以上要求更直接贴近项目的本质，而设计者的追求的结果则是带有一定个人的目的。改革开放的早期，各种各样的业主由于历史的原因，他们作为一个群体来看，缺乏起码的专业知识，对外交流的匮乏又使之没有基本的眼光，粗放型的市场令他们无须对各自行业的规律进行深入的研究，因而那时设计者拿出从课本上学来的知识完全可以获取业主的信任，那时候他们对业主的需求和社会的时尚嗤之以鼻是完全可以的，因为老板们很土，社会太落后。于是在设计者与市场对话的第一回合中他们大获全胜。因此，他们满不在乎地认为以自己目前的学识至少可以解决 10 到 15 年的问题，于是乎“刀枪入库，马放南山”。他们的创作思考变成了一种机械性的重复……，然而市场在无声无息中成熟了，速度之快令人瞠目结舌。过去的土老板变成了今天的新贵族，经济上的成功使他们有更多的对外交流的机会，他们的生活品质也有了极大的提升，残酷激烈的市场竞争使他们谨慎对待商业活动中的每一个环节，他们比设计师更了解设计这一环节与其他环节之间的关系。而此时我们的多数设计师还躺在专业书堆中睡大觉，梦醒时忽觉清风袭来，游戏中的角色已发生了更替，众多业主登上了讲台。新时期的老板们大多知书达理、能言善辩，他们甚至在设计者面前侃侃而谈。更可怕的是他们中有的讲得极为在理，有时令我这个大学教师汗颜。老板们往往从经营的角度出发来推断设计的定位，逻辑性强且富于现实主义精神。他们对设计的理解朴实且细致周到，从空间布局到材料运用娓娓道来，令人称道。设计师在此时就显得十分被动，他们基本上失去了业主的信任感。前些日子在一次由设计师和业主共同举行的研讨会中，一位业主发言中明显流露出对现在设计师的不信任，认为设计师没有观念，不可能参与一个项目的全过程，他们缺少生活经验和对社会对市场的基本认识，没有前瞻性的意见，他们仅是一个解决项目发展的某一环节技术问题的专家。可悲可叹，难道我们的舞台真的越来越小了吗。作为设计师我们必须奋起抵抗，但抵抗并不仅是一种情绪和心态，而是一种深刻的反省和切实的行动。反省要从我们的潜意识中对专业的执迷入手，要从全方位的角度去关注一个项目，去策划、培育、解决。方案的推理不能以个人的意志为转移，要理性地去对待和处理个人情趣与社会需求以及使用者需求之间的矛盾。我们不能为了装饰而装饰，为了视觉效果而牺牲使用功能以及经济利益。当我们在营造自己的纪念碑时，我们也将走向坟墓，这并非危言耸听，这个时代的业主们是不再会容忍设计师们拿他们的审美去造自己的纪念碑了。

对于新时期的社会生活来讲，空间在人的活动中的地位也在发生着变化，随着社会事物的日渐增多，空间对我们生活的影响也不再是具有绝对支配性的了，强烈的现代音乐、琳琅满目的商品、日新月异的现代化设施，以及精彩的广告策划等对人的影响，有时已超过了建筑的魅力。建筑空间只是影响人类生活的一个部分，是众多因素之一，它有时是主体，有时是中性，有时则完全退居从属。我们从业多年的设计工作者必须认识到这种变化，而且要接受这种现实，建筑以人为本才不再是一句空话，否则依旧是挂羊头卖狗肉般的游戏。当然，也许有人会站起来反驳我这种背叛和出卖行为，认为我放弃了应有的权利和机会来宣扬我们所谓的空间美学，但实际情况是许多装饰装修精美的商场倒闭了，因为商品价位过高；风格独特的餐厅关门了，因为饭菜口味不佳；新建成的大酒店没有客人入住，因为这里的经营管理以及服务缺乏理念。比比皆是的现实告诉我们，设计师装饰和空间美不是万能的，它是一种载体，应与所载之物和谐适度而不应过分夸大。对于商场来讲，商品的质量、价位，以及服务是本质；对于餐厅来讲，厨师的手艺及饭菜的价格是首要的；而对于酒店来讲，设施齐全完备及服务质量是首要的。我们的设计恰恰从属于这些本质的东西，设计应从根本上去关怀它们，而不应强调自身的形式表现力，有时甚至低调处理要胜过高调处理。

昨天我入住金茂大厦的凯悦酒店，久闻设计如何如何精彩，入住前满心的期待，期待新奇的形式，期待迷幻的空间……，而实际情况并非如此。它比我所期待的要平实得多，却是令人吃惊的。吃惊在于它的前卫的设计理念，以及整体把握的能力。它是凝固的音乐，因为它有序又有变化。它形式简洁却包容了最新的技术和最优良的品质，物质的力量给你一种舒适。形式上恰到好处的配合产生了美，美是功能与形式的统一。它的美丽和动人之处恰恰在于形式的一种中性处理，而设施的完善和细部无微不至的处理体现了以人为本的设计主旨。这些设施并不张扬，仅在你需要之时，为你提供声、光、热、信息，以及舒适感。功能和形式完美地配合着，令你感到宽松，而并非强硬地将众多的形式推至你的面前。我忽然想到了阿尔托所创造的无形之形，这是一种逆向性的思维，在广告、电影、霓虹灯、爆炸性的新闻、日新月异的交通设施，以及光怪陆离的商品层出不穷的今天，我们的视觉、听觉、思维，被无情的长时间的占用、充斥和剥夺了。就像电影《催眠》中的剧情一样，商业的规律驱使各门类的设计师绞尽脑汁地去以别出心裁的形式争夺大众的注意力，我们生存的空间丰富了，但另一方面我们也筋疲力尽了。而此时设计师逆向性的手法往往能出奇制胜，它宛如绘画中的空白，宛如乐章之间的间歇。当然，低调处理并非不处理或简单处理。减法处理的结果也并非是简陋。一位酒店管理者的话提醒了我，他说顾客看待室内的角度和我们设计师有根本的区别，他们关心质量和功能要远胜于对装饰的关注。而我们全然无视这种消费趋向的结果，就是浪费，就是孤芳自赏，就是缺乏友爱……。

在这里我声明我并非简约主义者，因为简约主义使设计者走向另一个极端，同崇尚加法一样他们崇尚减法，其结果还是一种刻意地表现。事物的形态千变万化，而理性的规律却是趋同的，以此推断，我们不难想象出简约主义泛滥所带来的灾难性后果。简约主义仅是一剂良药，仅是一张好弓，它的使命就是对过度奢华和过度表现的批判。当社会走向成熟，设计界走向成熟时，也就是这张弓收起的时候了。我喜爱自然的东西，喜爱自在的设计状态，认为今天的设计师应当更多抛弃一些自我的东西。自然意味着它不排斥其他任何的风格，只要适应消费者的要求，适应市场发展变化的东西就是合理的。在今天消费者成了上帝，而在当今道德、伦理、生态、责任和精英主义态度古怪组合的文化背景之中，消费者有着一种多重的、分裂的人

● 标与靶之三，潘飞绘

格。他们的主张多变，趣味捉摸不定，在今天他们也许会选择富丽奢华，而明天也许会变成一位狂热的简约主义者。因而为了避免“失业”，我们也应当是多变的。大多数的设计师应当像一个自动售饮料机一样，具备多样的素质和藏货，以适应“上帝”们多变的口味。那么又会有人要问，如此推理，设计师不也是具有分裂和多重的人格吗？是的，在今天的文化背景下，设计师们或自然或不自然地拥有了多重人格，他们在不同的场合扮演不同的角色，导演着不同的场景，而一切又显得那么自然而然，存在即是合理。现实如此的无情，对那些喜爱标榜自我的设计师来讲真是一面镜子，它真实地反映着社会现实和设计师的工作状态。许多在专业的和理性的分歧中站不住脚的作品，确实出现了，浮夸的、语言混乱的甚至是低级庸俗的，不正是大家的作品吗！但这些作品不一定不受市场和大众的喜欢，欧陆风情的酒店依然生意火爆，奢华的色情场所依然使人流连忘返，专业的权威性在此显得一文不值。过去我们鄙视香港设计师的设计风格，认为他们的作品过于商业化，缺乏文化品位，缺乏社会责任感，他们是肤浅的代表。然而近年来我与一些香港的设计师进行合作，同时拜读了他们的一系列作品之后深有感触，我们的观念陈旧，而且自视过高，无病呻吟。设计作品不同于电影，也不同于广播，它是生活的载体，是设施，不是说教的工具。完全没有必要把沉重的哲理融入其中，那样会使我们本来就很沉重的心理更加沉重，许多香港的设计师手法多样、灵活，是营造娱乐和休闲气氛的高手。同时他们对功能的把握也超出我们的想象。有的业主评价他们的风格为胎里带，我认为不很恰当，却以为他们成长的背景决定了他们的品位，他们擅长于表现生活化的轻松的主题。正如同绘画一样，政治性的呐喊性的题材只会走俏于一个阶段，当社会的许多基本问题解决之后，生活成为了社会和民众的主题，美好的追求才是永恒。所以今天的许多艺术家的表现方式和关注的事物也开始转变，浪漫的、轻松的、自在的东西多了，悲剧性、沉重的东西少了。因为绘画在今天的概念里也在由美术馆艺术走入生活场所，而绝大多数场所中所需要的是一种趣味、意境而非沉重，当绘画走出博物馆、美术馆这些艺术场所时，它的地位也就注定开始发生变化，至少不再是绝对引人注目、发人深省的一种事物了。

以上我谈了我对室内设计的两点认识，似乎很矛盾。前一个观点提倡设计师们要不择手段去包装自己，以自我为中心来组织归纳事物的形成过程的脉络；后一个观点则狠狠地在设计师自尊的皇冠上扔了一个墨水瓶，对设计在规划生活、影响生活的权威性上提出了致命的质疑。其实我想阐述的是一个事物的两个方面，一个是关于设计师面对未来的观念，是战略问题；一个是关于面对中国特色市场的战术问题。关注了宏观也关心了微观。这两个观点既是向大家提出的建议，也是对自己的警示。我希望以人为本的主张，真正扎实地根植于我们的观念中，在设计的过程中以一颗平常心扎扎实实地解决功能问题，而不是表现个人的魅力，一切为了消费者服务，面对不同的机会和场合我们将能游刃有余地去应付功能和形式的问题。同时我们也应该关怀和宽容自己，在这个诱惑多多的时代，提倡苦行僧式的工作方式是毫无价值的，每一个人都渴望成名成家，这是社会进步的原动力，如果否认这点并压制它，那后果是可以想象的。提倡宽容的另一个小原因也是希望大家，特别是前辈们对我的观点持一种宽容态度，我希望听到善意的批评与指教。

2001 年 6 月

| 刺激升级

若不亲眼所见，我绝不相信北京会有如此具有魔幻般磁力的场所，也绝不相信世上存在如此有超常创造力的鬼才，我以为所谓的鬼才们早已不在今天这个世界上了。

北京是世界超大都市之一，每天世界各地的人乘飞机来乘飞机去。20 世纪末才建成的机场没到十年已不堪重负，迎宾车流会在客流高峰期在高速公路收费站上排起近 300 米的长队，机场如此，车站也如此，巨大的北京每天吞吐着数以百万计的过客。流动的人群为这个城市带来滚滚的财富，流动的人群也为这个城市带来闪烁的智慧。夜幕降临时华灯初放满城灯火阑珊，满眼的火树银花，其中一些灯火有点异样，如同众目中撩人的媚眼。都市的宠儿们尽是夜游的神灵，像扑火的飞蛾奔向那些最为璀璨的闪烁之处。

LANCLUB 顶级会所坐落在北京建国门外大街乙 12 号，双子星座的 F 层(4 层)，它西倚王府井黄金商圈，东邻国贸核心地带，北抵尊贵使馆区，交通便利。同时会所附近恒基中心、嘉里中心等高档商务中心以及遍布 CBD 黄金区域的高档酒店云集，是北京商务活动及高档娱乐活动最为集中的场所。每一年这里都会出现一些引导中国消费文化走向的新鲜事物，像是一块永远汇集拥抱卷起千堆雪雾之浪的滩头。筹划了两年之久的 LANCLUB 顶级会所在众人的热切期盼中终于揭开了神秘的面纱，尽管在此之前人们已经对于这个面积 6000 平方米耗资达 3 亿元人民币的项目有各种各样的猜测，但 LANCLUB 的亮相还是带给人们包括设计师菲利普 · 斯塔克的发烧友们一个意料之外的惊喜。因为想象的东西均来自经验资源，对于一个缺乏真正的奢侈品的国度而言，幻想一个和世界顶级的奢侈场所同步的空间之容颜实在是勉为其难了，在此放弃一切幻想恐怕是一个不错的选择，因为现实远比你幻想的更出色。

LANCLUB 顶级会所作为北京最丰饶的美食胜地，汇聚了世界各地美食的精华。它包括本土激情四射的正宗川菜，清新典雅的南派粤菜，更有精致高贵的法国大餐以及火热诱人的墨西哥菜等，是当代中国味觉文化体验的百老汇。它可以同时容纳

● LANCLUB 顶级会所室内场景

1200 位宾客享用美食，拥有 35 个各具特色的高贵典雅的包间，可以为 400 余位贵宾提供顶级服务。同时还有代表世界健康美食潮流的，极富魅力的生蚝吧；珍藏着享誉全球珍贵红酒精制而华丽的红酒房；充满贵族情调的沉稳厚重的英式酒吧；精心收藏世界各地豪华风味充满男士高雅品位的雪茄吧等等。LANCLUB 顶级会所拥有的内容中填补了中国奢侈品消费的许多缺项，的确令人目不暇接。这些充实的富有极大诱惑的组合已经足以构成一个消费场所坚实的基础，然而这里令人称道的是法国设计师菲利普 · 斯塔克 (Philippe Starck) 先生那令人眼花缭乱的近乎疯狂的设计想象，LANCLUB 不仅仅是一个满足现代饮食男女味蕾享受的场所，更是个响彻城市夜空的艺术和设计的狂想曲。

位于建国门外乙 12 号双子星座大厦四层的会所，像一张嵌在传统书籍之中的浓缩信息万千的迷你光碟，既精致又浩瀚，既含蓄又激昂，既纯粹又多元，它在冲突之中寻找金色的妥协，在急速运转中掌握精确的平衡……6000 平方米的消费场所一方面包容了世界多个地域的风情，包容了多民族的文化，也包容着多门类的艺术和多个领域的设计。在入口处长达 70 余米的酒廊用当代艺术和传统装饰组合的方式，营造了法国、印度、中国和墨西哥四国的文化特质，尤其在中国部分表现的素材并不是那些我们司空见惯的，几代人引以为豪的诸如明清彩画，宋瓷唐书等，而是 20 世纪六七十年代风行神州大地的工农兵气宇轩昂的和革命样板戏中英雄人物大义凛然的造型。从传统艺术的标准来看这些造像，色彩过于鲜艳，动作过于夸张，形象过于简单，是艺术品中的三流甚至四流货色，充满着特殊历史时期中的农民趣味登不上大雅之堂，更不用说是资产阶级消费文化的顶级殿堂了，但菲利普 · 斯塔克先生却将这个平民化的大众文化形象借以指涉中国当代的文化精神符号，的确眼光独到勇气可嘉。在那张深色的吧台上写着这样一句话“智慧和幻想的结合产生艺术”，仿佛高僧的一句偈语给予你当头棒喝一般。原来在这看似松散的形式结构背后竟隐藏着绝妙的玄机，直指人心。“智慧”二字涵盖了一切高超的技巧，而技巧是驾驭形式的能力，又何必过分在意那所谓的素材呢！一句至理名言就在这么松懈的状态下娓娓道出，是举重若轻般的实力显露，还是精心布置的迷局呢，只有他晓得。LANCLUB 的顶棚上悬浮着数以百计的古典油画作品，油画中的题材均来自法国罗浮宫的藏画，同时有 20 多位法国艺术家共同手绘完成的长达 900 米的布幔形成了 VIP 包间的围合界石，震撼着每个参观者的神经。法国文化以这样的一种方式铺天盖地而来，令人窒息，令人尖叫。这是一顿法式文化的饕餮大餐，几乎布满了你角膜的所有区域，是一种典型的消费文化状态下的艺术和设计方式。但不同的是菲利普·斯塔克没有被动地去迎合消费者，而是主动性地拥抱消费甚至是创造新消费，看得出在消费文化的狂潮中，设计者心态是极为健康的，保持着持续的创作激情。

出生于1949年的设计师菲利普·斯塔克在艺术和设计方面的涉猎甚广，他过去的作品涵盖了建筑设计，室内设计，家电、家具创意等众多领域，从卫浴产品、刀叉餐具、服装眼镜到风尚食品均留下了他充满天才幻想的印记，在LANCLUB顶级会所中他依然保持着这种设计创造全面性。每一次转动头颅，视线里都会闯进一件他亲自参与设计的物品，灯具、坐椅、餐饮器具等等。在酒廊中中式吧台的上方高悬着的一盏灯是他利用各种彩色塑料制品制作而成的，颇具创意。想起三个月前在上海美术馆中看到的中国艺术家刘建华的艺术品——“义乌调查”，该艺术家在一间走廊末端的房屋中置入一倾斜的巨大集装箱，箱中倾倒而出的彩色塑料制品一直涌到观者的脚下。该作品利用彩色塑料制品的廉价性造成一种视觉和心理上的冲突。而在此这些廉价的塑料制品的组合却传达出一种快乐的意象，这也是菲利普·斯塔克快乐心境的一种表现。从酒廊中向处于中部的酒吧区时转角处耸立着的一个儿童的玩具枪制成的灯具也是他的杰作，会所中这种看似信手拈来的神来之笔随处可见。菲利普·斯塔克惯以不拘一格的方式创造出揶揄式的视觉戏剧效果，许多原本得不到人们关注的平淡无奇的物品在他的改造下都会格外鲜活起来，令大众惊叹，令同样从事设计工作的我汗颜。人们用设计界的“鬼才”来称呼菲利普·斯塔克，一方面是对他常常点石成金般的创造结果的美誉，另一方面是对他旺盛持久的创作激情给予的赞叹。在西班牙看安东尼奥·高迪(Antoni Gaudi)的作品，高迪被称为建筑界的鬼才，因为高迪创造的形式是前所未有的，在圣家族教堂的壁画中，后人甚至把高迪的形象安排进了神话故事题材的壁画中。高迪身上有一种勇于牺牲的宗教精神，那座至今未盖完的教堂据说要再过83年方完工。而菲利普·斯塔克身上我们可以看到一种世俗的快乐精神，他比高迪更像一个“鬼才”。上一个月在东京浅草钻出狭窄的地铁出口时猛一回头，看到了20世纪90年代初设计的朝日啤酒大厦顶端巨大的火焰形成的金属物，那个使用了潜水艇制造工艺的铁家伙从形式上在传统建筑的模式上彻底出走了，令当时中国的很多建筑师感觉找不着北。后来菲利普.斯塔克设计的另外几座建筑也都带有时尚产品设计的影子，我想这也是时代特征的一种另类表述罢。

只有才华横溢的人才可以如此这般随意和高密度地解决问题，存在于我们许多人观念中的制约在菲利普 · 斯塔克面前竟那么轻易地崩溃了。20 世纪 80 年代有一部美国电影《灵与肉》，被尊为爱神的拳击手里昂在和另一位绰号“刺客”的选手比赛中，他任意出击的方式使得那些谙熟拳击规则的观众和评论员深感意外，觉得简直不可思议。因为在二者看上去实力均衡的表面潜含着真正的差距，实则不是一个量级的比赛。菲利普 · 斯塔克身上有着极为突出的反叛精神，他喜爱以超常规的方式来表现自己的观念，在各种门类的设计之间自由出入，将各种门类的资源进行混合，然后将类似化学反应般相互激发而生的灵感进行应用，实验。众多的设计在他看来是相互贯通的，在这一点上恰恰是中国设计师的软肋。中国的设计界有的门类之间老死不相往来，有的门类内部之间门户之见深重，设计师自身沉湎于一种技艺反复的出卖上，这种状态形成一种缓慢演进的设计形态之变化，另一方面更进一步加深了门类之间的隔阂。去年 10 月在韩国首尔一个艺术图书店里看到一本关于菲利普 · 斯塔克的新书，封面上菲利普 · 斯塔克把自己的面孔反转至面向读者的背部，表情又极其松弛和自然，他就这样不断地观察那些客观存在但常被个人忽略的世界，给自己斩获的同时也给了他人一个惊讶。

2007 年元月 4 日

当代奢侈品——永琦家具

第三次来到顾永琦先生的紫檀木家具制作工厂正是午饭时分，潜心工作的工人们已经散去，一张张案头上留下散乱的工具和正处于雕刻中的紫檀。永琦紫檀家具在我看来有如下几个特点，其一是材料珍贵，紫檀木又名“榈木”、“花榈木”、“蔷薇木”、“羽叶檀”、“青龙木”、“黄柏木”，为15～25米高乔木，其木质坚硬、纹理变化莫测、色泽沉实，是世界上最稀少、最名贵木种之一。现有的紫檀木已十分稀少，使用紫檀做家具是一件分外奢侈之事，一是因为原材料奇缺，二是因为在制作的过程中材料损耗很大，因此，紫檀木家具一般性的厂家做不起，一旦做得起价格也是惊人的。而顾先生的家具设计和制作绝非仅仅停留在对名贵材质的简单加工上，他从材料学入手，仔细分析紫檀木家具的材料分子结构和组织，寻找传统紫檀木家具变形的原因，进而采取一系列措施改变其材料内部的组织。看顾先生家具厂生产的紫檀木家具样式虽然沿袭着传统明式家具的基本形制，但气质已完全不同。

顾氏的家具美在材质，而材质特殊的美又取决于工艺，自己近些年来也见过许多用紫檀、黄花梨、鸡翅木等制作传统家具的单位、作坊或个人，但其中绝大多数是中规中矩地沿袭着传统明式家具的做法，不敢越雷池一步，更有甚者利用珍稀的木材来制作清式的繁缛复杂的家具，希冀利用清代琐碎累赘的细节来表现材质。我曾经在一从事传统绘画朋友家中见过此类做法，这些中国式洛可可风格的家具把不大的客厅搞得热闹非常，高档珍贵的材质难以掩饰粗糙的雕花工艺和丑陋的装饰图案。见此，我不由得倒吸一口凉气，如此眼光何以作画，反观其画长篇巨制、笔触累累，倒也般配。简约亦是上乘材质表现的上乘之法，明式家具造型洗练严谨，算是木制家具中材质和形式谐调的典范。顾氏的家具表面上秉承了明式家具的风范，但在材料的工艺上利用现代材料学技术对紫檀进行了处理，把原先不稳定的成分用稳定的材料进行了置换。这个置换实则解决了千百年来木制家具的技术性难题，使得形式变化也如天马行空，破除了束缚的羁绊。历史上的木制家具因温差和湿度的变化均会产生变形，变形控制不当就会在构件和构件之间产生极大的静力以致造成损伤，如起拱、变形、开裂等。为了解决这类问题，传统的做法是在材料构件与构件之间设置伸缩缝，然后利用附加的形式来弥盖这缺陷。在建筑构造处理上，这种方式也是常见的，比如踢脚线、阴角线，还有外墙材料之间用玻璃胶勾勒的缝隙等。1929年密斯凡·德·罗在巴塞罗那德国馆的设计中利用现代机械加工技术处理石材和玻璃，同时大胆使顶棚和石墙直接相撞，获得了令人耳目一新的效果。在永琦先生制作的家具上也取消了传统家具中为应付变形而设置的伸缩缝，因而他的家具虽是传统制式，但还是给人有异样的感觉，就像戴博士伦而突然摘掉眼镜出现在你的面前，似是而非，说不上就是更漂亮了，但有技术美学的缘由出来了。据说这种家具泡在水中几天，甚至几周也不会变形，没有亲身体会亲眼所见，但相信顾先生是不会开玩笑的。

欣赏家具时站在一旁的老顾总是怂恿我坐一坐试试，于是小心翼翼坐将上去，当年永琦先生曾赠送王世襄先生一把椅子，王老后来在答谢的书信中说，由于椅子实在太好了，以至于不脱履不忍踏之。老顾请我坐椅目的有二,一是感受它舒展的尺度，二是感受体贴它细腻的质地，一试果然感受非同寻常。首先是尺度上的变化，虽然沿袭着传统家具的样式，但永琦先生在尺度和线型的变化上却依照现代生活的模式和审美眼光进行了一些微妙的调整，比如你坐在经改良之后的紫檀南官帽椅上，你会感觉自己的两个小臂被那扶手微微托起，很隆重又有被抬举的感受。而坐在螭凤纹圈椅之上时更觉自己由肩至臂被一股外力架起呈一个饱满的弧形，一种霸气、一种自鸣得意油然而生。闭目养神细细体会，究其缘由方知这些家具在尺度上被稍加放大，尤其是在椅子的宽度上，这样人坐于其上更加从容一些，同时这横向距离的加大，使扶手会带动你的肩臂向两侧分拉，那分寸又掌握得极为恰当，因此坐于其上的人会感受非同一般。同时这种距离的调整又注重技巧，不用傻力、蛮力，而是由外而内呈扇形，于是椅子对外有微微张合的气质，视觉上在传统家具内敛紧凑中增添了少许的张扬，而身体则在物和心之间的缝隙之处充入一股力量使人觉得分外充实。顾氏紫檀家具的另一个特点是精细，精细体现在它制作时构件之间尺寸吻合的极致性和出神入化的磨工工艺上。传统家具制作皆为

● 永琦家具厂的摇椅作品

手工，机器起辅助的作用，现代机械在传统家具制作中似乎只被用来干些粗活，而顾永琦先生却用现代机械工业中的精密仪器来加工家具，比如游标卡尺，比如带有金刚石成分的刃具和达5000号的砂纸等，这些现代工业系统中的技术手段和技术标准在加工过程中的应用实际上是把传统的木工制作工艺带至一个全新的境界，令人耳目一新。顾氏家具的加工在构件衔接和材料拼接处几乎用肉眼看不出任何瑕疵，因为游标卡尺就不是为视觉准备的，它创造的细节是超视觉的。王世襄先生在给顾永琦先生答谢的信中对其家具的磨工技术大加赞赏道“大椅真是做得太好了，尤其是磨工，磨到无以复加的程度。触摸感到光滑无比，其润逾玉，逾凝脂，逾少女肌肤，逾所感到的一切……”我坐在圈椅上抚摸那光滑圆润的扶手，不禁心随物移，我不忍再抚摸下去，因为自己知道玩物会丧志的。

在老顾的木工车间里，积淀的紫檀锯末把整个空间染成绛色，高侧窗流泻而入的光线把弥漫于空中的尘埃显现了出来，像舞台侧面打下的耳光，一张一张工作台按照工序的安排依次排列，锯、铁刨、雕、绑扎、打磨，这其中雕刻是对艺人手艺要求最高的环节。传统家具中图案以花鸟居多，顾氏家具的另一个卖点就是其雕工出神入化、穷形尽相地去再现传统绘画中的题材，而永琦先生对绘画艺术的鉴赏能力也非同一般，他推崇宋代院体画，认为那个时代的绘画艺术造诣达到了东方艺术的巅峰，幽韵空灵、纤细精深……因此在他的家具之中雕饰的图案均来自宋代绘画，而他又极善把握紫檀的习性，利用精确的雕工把平面的绘画在第三个维度上进行拉伸，用精细的刃表现万物之纤毫。植物的枝干和鸟的羽毛是他们着力去表现的细节，因为二者皆属于量大、细节多的部分，在雕这些细节的时候，他们往往会在案边放置实物以作参考，便于把握动态和再现细节。因此那完成之后的羽毛是经得起用放大镜去观赏的，肌理的分布走势绝对不仅仅是写意，而是科学地再现客观存在，挂屏上的鸟兽的羽毛会随着光线或观看的角度而变化。在照相技术普遍应用的时代，复制自然中的物象是一件简单不过的事了，因此写实风格的绘画受到了冲击，甚至是灭顶之灾。我一方面高唱抽象之赞歌，另一方面又沉湎于顾氏家具惟妙惟肖的雕刻技艺中，岂不是完全矛盾的吗？其实不然，木雕和绘画完全不是一回事情，绘画本身物质感是很弱的，因而传统的写实性绘画利用高超的模仿技艺在二维之中试图复制三维甚至四维的现实，还是一种虚拟的方式，雕刻则不然，它无法摆脱材料，材料本身会极大地影响人的审美状态，紫檀更是如此，一是因其稀有，二是因其纹理生动，三是因其材质“坚硬无比”，这几点是人们观赏紫檀中雕刻的一个基础，若换成塑脂材质，即使更加细腻也将魅力不再、无人问津。此外雕刻和照相不同之处还在于雕刻是把绘画进一步抽象，它的色彩是单一的，它的形式不只是现实形式再现之美，还美在工艺，美在用心。在南通博物馆二楼有一挂屏《鱼藻图》，依据濑庵作品所雕，画面刻画着一条潜伏于水草之间的苍老的鲑鱼，似在静候，似在寻觅，亦似在游戏，其中最为生动的是鱼身排列有序的鳞纹顺着鱼摆动中的躯体在时隐时现，仿佛在木与现实之空气中已经产生了新的媒介而化为一体了。把绘画转化为雕刻可以看做是在造型语言中加了一道密码，使得现代照相技术永远在此无法超越。

● 永琦家具厂的工人正在工作

为了让工人们工作得投入，老顾在车间里添置了音响，放着古曲和吟唱的诗词，营造一种古典文绉绉的氛围去感化那些手艺人，因为他深知心不到，作品的艺术水准是不会到位的，所以必须养心，用高额的报酬去养心，用人与人之间的情感去养心，更用文化去养心。当代艺术人类学的研究实则就是在关注微观的社会学中人在创作中的状态和艺术作品的关联。心态是一切的源泉，所以往往一个题材会有多种表现，本雅明的机械复制论在此见鬼去了。和当代企业管理中的某些理念不同的是，老顾的车间中不见女性，他认为女性会使工人们的心态发生变化，女人的存在会使作品受到的专注程度降低，所以每当我们专业实习的女生们一来到这片“净土”时，大家的状态就涣散了，这也是老顾头疼的一件事。和许多传统手工作坊的一个显著不同的是工人全部是年轻力壮的男性，并不像许多家具作坊一样刻意地保留几个老匠人，老顾以为紫檀家具的制作需要气力，也需要敏锐的视力，人一老这两方面都要衰退，很难能保持年轻人的状态了。

2006年11月27日

● 中央美院美术馆的外观与室内

主流院校的“非主流”美术馆

美术馆向来被人认为是艺术的殿堂，一所皇家美术学院的美术馆应被视为艺术圣城之中的殿堂，是各地艺术学子朝圣的地方。散发着新生活力的新艺术作品和古老艺术品的木乃伊盛敛于此，周而复始地轮换展出，向热爱艺术的人传播着艺术的福音，展示着艺术发展的历程。络绎不绝而来的人群驻足于高大寂静的展示厅堂之中，和陈列着的图腾、偶像相对。将自我融入画面，又将艺术品的灵魂请出浸没于个人的情感之中，以期获得一种超越现实的启示。大大小小的展览开幕式上花团锦簇、缎带贺幅，以及嘉宾们彬彬有礼有节制的微笑，观众们观摩作品时好奇、冲动、敬意的流露，这就是每日里不断发生在全世界数以万计美术馆中的情景。对学院派美术馆的想象亦难脱于此，在多数人的意念之中，学院派美术馆还理应有着中正的厅堂，宽厚的木质大门，以及有序而列的展示空间。

和传统综合大学完全不同的是，综合性大学的核心是校园内的图书馆，因为图书馆乃是知识的巢穴；而美术馆则是美术学院的空间和精神的双重灵魂。美术馆如同古希腊时期的广场，广场是古希腊雄辩家的舞台，美术馆的空间是艺术家以物质的形式呐喊表达的场所。在艺术教育越来越追求体系化的可悲岁月中，美术院校中唯有美术馆依然保留着自由、平等的精神，也唯有美术馆保持着思想不断变革，百家争鸣、和而不同的艺术状态，美术馆是美术院校一面永远飘扬的旗帜。当代中国艺术院校在比拼新校园规划、规模的同时，亦在不惜代价来比拼美术馆的品质。例如在京的两所有代表性的美术学院分别在此领域投下巨大的“赌注”，清华大学美术学院（原中央工艺美术学院）聘请瑞士建筑师马里奥·博塔设计其未来的美术博物馆，而日本著名建筑师矶崎新（Isozaki Arata）为中央美术学院设计的美术馆已捷足先登，历经五年的设计和建造时间于近期揭开了其神秘的面纱。

中央美术学院望京新区的规划布局中规中矩，沉稳有余而锐气不足，其位于西门的西北角在前几年的一段时间中却一直虚位以待，这块用地是留给一个面向社会开放的美术馆建设的。这给许多好事之人留下一个悬念，大家期望在这个位置能出现一个和现实保持一定距离的好建筑。

建筑师矶崎新果然不负众望，为全国、全北京和全望京人民（望京地区是北京最大的居住区，并非传统美术博物馆的习惯性建造区域）奉献了一个类似造型但又不能立马完全“消化”的美术馆。作为一个70多岁的老人还有心境在一个建造条件不佳（主要指中国建造技术条件和行政审批条件）的地方尝试这样一个造型怪异、施工难度极大的建筑是一件令人钦佩的事情。该建筑在比较局促的环境中同时也是一个传统风格压迫感强烈的空间场所中，以一种非常的手段横空出世令人猝不及防，但的确取得了令人耳目一新的生理感受，视觉轻松了，心境豁朗了。然而出于专业习惯，我们尚不能仅满足于这表面的解放，总想从里到外，从宏观格局到微观处理的细节中寻找到一种心安理得的借口，并利用媒介将“借口”放大为真理。

从表面看去中央美院美术馆的建筑除了在色彩方面和环境中寻找到一点关联以外，它和其他校园建筑以及马路对面的居民建筑几乎没有任何对话。三面L形双曲墙面沿着一个方向由内向外扩张形成建筑的实体结构，建筑的外观看上去是一个巨大的扭曲着的有如史前动物一般的古怪形态。建筑一反传统建筑墙面和屋顶截然分开的处理，而是利用一个浑然一体的富有肌理和表皮功能的界面来涵盖建筑的整体形象。它翻卷扭曲，具有强烈的动势。三个双曲界面之间形成三个缺口，由封闭的楼梯间形成的三个缺口分别解决了建筑入口、货流入口、员工入口三项功能，表面贴着坚硬石材棱角分明的几何形建筑体块从透明的玻璃中有力地冲撞而出，和曲面形成的浑圆厚实的阴性相对比，简单直白地陈述着激情飞扬的建筑“色语”。建筑表皮的处理独具匠心，它的设计应用了目前国际上最先进的一些画双曲面的特殊软件来辅助完成。在双曲面细部处理上也有其特殊之处，矶崎新用灰绿色的石材像古代武士的铠甲一样挂满建筑全身，曲面上的采光洞如同用锋利无比的刀刃在双曲的铠甲上切出一个个几何形的洞口，同时亦把石材的工艺暴露于外，像是武术高手故意卖弄的一个破绽，向观者展示了一下其无穷的功力。这特殊表皮处理占据了绝大部分建筑的外观，形成一个既单纯又连续，变化无穷的建筑外部形态，坚硬的石材以及结构上有力的支撑和贴挂方式使这个气度非凡的建筑和环境保持着必要的距离，甚至说是一种对抗态度的建筑酷语表达。

另一方面，扭曲的界面又在内部创造出一系列变化和冲突，传统几何学的明确性和分形几何学的模糊性在此对抗，直线统率产生的效率至上性和曲线表达的任意性、洒脱性也在此对抗。种种对抗挑弄起室内空间此起彼伏的变化高潮。对抗双方的相互作用在空间中引起的视觉纠纷产生了巨大的能量，然后这种能量又以一种当代的方式在空间中传递，它旋转、升腾、汹涌、激荡，全然看不到现代主义建筑矜持、稳重的影子。由于曲面的连续性特征，传统室内空间中的三个界面被压缩成为两个，这个简化击中了传统审美的要害，解构了传统审美的条理，人在一种失重无助的状态之下得到解脱。室内材料以白色涂料为主，地面也使用白色并在墙面相接处故意断开又微卷起，呼应着双曲面的变化。在赫尔辛基当代艺术博物馆中，建筑师斯蒂文·霍尔也应用了曲面和白色，并且也和矶崎新一样试图利用长长的坡道把人送向云的深处。

整个美术馆共有 4 个展厅，另外巨大的中厅也可以用以陈列雕塑一类艺术展览，那里出现了一定数量的直线型平整的墙面和玻璃展柜。多数空间并不安分，积极参与到展示内容本身之中来了。每一个独立的展示空间形式都具有独特性。伸展变化的双曲形界面打破了人习惯性的方位需求，明确的界面转折也不见了，艺术品和参观者如同置身于一个巨大生物有机体的内部腹腔之中，空间界面柔软且富于弹性，和艺术品的关系不再是相互静止的对立状态，而是主动性地向艺术敞开胸怀去包容和接纳它们。当然这种空间类型相应的对艺术品的形式也会提出一些要求，空间本身的多维属性似乎更容易接纳三维的艺术形式，比如雕塑和装置艺术，甚至行为艺术和多媒体艺术。当艺术品不存在时，空间的特质和它们之间的丰富组合就会悄悄替代艺术品而接管了参观者的视线，人们会意识到在美术馆中行走本身会产生复杂性的体验，光线的变化、曲面和视线的互动、穿越空间时产生的悬念和惊奇等。

现代主义建筑风格盛行以来，在艺术博览建筑之中，建筑和艺术究竟应当处于一个什么样的关系始终存在着很大的争议。因为在传统的观念中认为建筑毕竟是载体而非艺术的主体，它的性质改变或概念偷换会影响人对艺术品的专注，从而颠覆美术博物馆的本质。因而复合性的空间在美术馆中的尝试在建筑界引起欢呼和尖叫的同时总会招致另一些群体的批评和质疑。在弗兰克·劳埃德·赖特所设计的古根海姆美术博物馆中，人们体验一种前所未有的观览方式的同时也在抱怨艺术品受到忽视，因为在那旋转而下的坡道侧壁上，艺术品像是空间的点缀，而不是出于一种被仔细观察耐心品味的状态。贝聿铭所设计的华盛顿国家美术馆东馆之中也有这些问题。但随着来自艺术本身的变化，这种批评声逐渐稀少冷落了下来，这正应验了中国的那句古话“堡垒总是从内部攻破”。在古典艺术至现代艺术并发展至如火如荼的当代艺术的过程中，人们已经习惯了离经叛道的艺术主张和形式，艺术似乎比过去任何一个时候都衰老得更快，更替得更为频繁，“一代英雄”尚未倒下，新生的一代“猛兽”已摩拳擦掌了。过去的偶像转眼成为今天的恶棍，自以为永恒的很快就被颠覆。就连艺术本身也不甘心于历史的定位，开始试图局部地替代哲学，想解决人类所遭遇的思想困境。当代的艺术的确处于一个人类艺术史上最为混乱的时期，也处于一个最为开放的时期，这种姿态反映在对待载体的态度上就是极大程度地由宽容向纵容转变，就像人的思想和人的着装之间微妙的关系一般。

中央美术学院选择这样一个美术馆也反映出其观念和立场的变化，作为一所中国历史最为悠久的艺术院校，在纯艺术领域，中央美术学院历史上人才辈出，牢牢地把握着中国主流艺术的走势和方向，也牢牢地把控着艺术学术话语的霸权。沿着思维的惯性，我以为该校会选择一个主流形态的建筑作为殿堂来延续他们的神话，这种形态往往是那种试图表达神性的建筑。在这种选择中由于对于永恒的理解往往是比较简单化的，于是绝大多数已被实践证实了的形式就粉墨登场了。尽管矶崎新的作品和他其他的个别作品以及个别建筑师的个别作品存在某种相似性，然而对于中国而言这个美术馆的形象绝对够得上“新锐”，同时我也看到这个美术馆的空间几乎完全是为当代多样的艺术形式打造的。它传达出中央美术学院对待自我以及对待未来的一种态度，他们并没有固步自封于主流的地位，而是敢于将历史的荣誉像包袱一样抛去，然后赤裸裸地直面现实，这样的态度实乃真正的艺术状态。几年之前矶崎新在涉及深圳双年展时曾经推出他的“第零次”概念，他曾说：“没必要为第一次而过分紧张，不如把它当成‘第零次’。每个城市办双年展都是从零开始的……用从零开始的心态来对待，效果会更好。”从这段话可以看出，他对进步、发展有着自己独立的见解，而这样的观点似乎也就是一所优秀的美术学院应有的永恒立场。

2008 年 9 月

CBD 的 气 质

过去中央工艺美术学院的旧址恰好位于北京 CBD 的中心，我们曾经是京城另一类王国的皇城根的子民，是永不停息的时尚大潮流的感受者和参与者。四年前当我们这个部落迁徙到京城的另一端时，开始预示着身份由“渔民”向“农民”的角色转化。

不幸的是自我们离开这片热土之后，正是一个沧海桑田的巨变时代，对面的国贸二期、财富中心、CCTV 大楼相继粗暴武断地改变着这片区域的轮廓线。CBD 的核心区像一个巨大的沸腾着的火锅，在几味猛料注入之后，呈现出无休止的活力，散发出勾起无穷欲望的体味。

中国的事情无论政治、金融还是司法、江湖，都离不开饭局，离不开推杯换盏的喧哗。“吃”原本源于一种本能的欲望，而今则携领着更为庞杂的欲望。因此 CBD 的风景在变，风景内部的风景更是日新月异般更替叠合。菜品在变、时间在变、风格在变，为的是将本民族“吃”的文化演绎到一个新的层次。

2009 年 8 月，位于北京 CBD 中心商务区中心的百悦（Prak Hyatt）酒店开业，加入了 CBD 群星灿烂的酒店星河之中，而其所含括的一系列精心打造的餐饮品牌则成为近来 CBD 食客们热议的话题。“主席台中餐厅”和“秀 XIU 主题餐饮酒吧”是其中最为引人瞩目的空间，这两个区域的设计均出自日本著名室内设计公司 Super Potato 之手，两个空间中日式的、中式的亦或当代的主题相互融合、相互交织，应和着当代消费文化的主张，但其表现的手法却令人耳目一新，是一场造型技法的完美表现，就如同在世界各地的音乐厅中人们欣赏古典音乐的过程，精神的旅行依赖于演奏者的技法之良莠，只有技法高超者方能引导听者、读者走入那些理想的境界之中。

不可否认当代的吃在异化，中国人以及混在中国的洋人们在吃丰富的物质，在吃稀有的物质，在吃本体的文化，也在吃异域的文化，更有甚者拿当代荒诞的文化，或文化中荒诞的一面来吃。这种目的是令人在吃食物的过程中，浸润一种怪里怪气

● 洪常青和吴琼花两人的相依、相伴而翩翩的舞蹈。革命样板戏《红色娘子军》剧照。

的文化，令人在消化食物的过程中亦去消化那些半生不熟的、杂交的、异化的文化。谁会相信一个五星级酒店的视觉导引牌上出现“主席台”三个字时，会认为那个地方和“吃”有关。但“主席台”的确是个享用饕餮大餐的场所。并且在这里就餐的仪式以及格调的制衡相当有趣，宛如当年红色样板戏中洪常青和吴琼花两人的相依、相伴而翩翩的舞蹈。坚毅中透着柔情谓之革命浪漫主义，果敢飒爽中，流露着芭蕾舞骚人的韵味谓之中西合璧。

无疑绝大多数的餐厅娱乐空间只是一层壳，一个被包在钢筋混凝土中的壳，而每一个壳中是经营者和设计者共同布设的玄妙的迷局，也像是一场戏剧的布景，使消费者不知不觉地沉溺于其中。这种假象的目的是使人丧失理性的意识控制，而被这设计的目的和逻辑所控制，如同可怜的被催眠者。空间的设计和塑造区别于梦境的重要特征在于最大限度地表达物质的存在之真实性，除了可见，还要可触、可嗅、可听。“主席台中餐厅”中，以非同寻常尺度和组合方式来运用“木头”、“泥土”、“石头”和“木炭”，通过一种材料的特殊表达来形成强烈的视觉印象。这种带肌理和质感记忆的视觉会牢牢地抓住观者的意识。这种表达方式使我想起了四年前看过的一场由关根伸夫策划的日本“物派”艺术回顾展。

显然“主席台中餐厅”是在追求表达一种行政层面的休闲和用餐氛围，因而在空间的设计方面，追求宽敞、开阔、流线简约通达，而在界面处理上则用材朴实，不苟过分的细节变化，家具和饰品选择庄重大方和干练，如同不苟言笑的行政面孔一般，平实中透着少许威严。但这看似简约的设计当中实则是非常地讲求细节，并且所有的细节均紧密地关切着对中国当代文化中行政文化和娱乐文化相结合的表达，在简约中控制冲突，又在细节展开中生动地刻画着冲突双方的气质和形象。令人吃惊的是“主席台中餐厅”的 16 个贵宾间中，多间竟附带着户外露台，露台上略施石木，勾勒出中国庭院廊下的传统空间意象。这种空间的周密之布设在寸土寸金的 CBD 中心区，必然会和不动声色的挥霍产生联想，而这恰恰是行政文化中极为重要的特质之一。

● 主席台。国庆60周年时人民大会堂宴会厅的主席台 & 柏悦酒店主席台中餐厅
上图来源：http://www.boston.com/bigpicture/2009/10/china_celebrates_60_years.html，
下图来源：《室内 ID+C》，183期。

● 柏悦酒店秀 XIU 主题餐饮酒吧室内 & 柏悦酒店秀 XIU 主题餐饮酒吧户外
图片来源：《室内 ID+C》，183 期。

● 隋建国，《中山装》，雕塑
图片来源：http://www.zhuokearts.com/artist/art_display.asp?keyno=1055264

和“主席台中餐厅”的稳健沉着相对比，“秀XIU”则在屋顶平台浪漫的演绎东方传统的空间艺术和木构架的神韵。穿越百悦酒店格调深沉的公共空间突然闯入这个宋式建筑构成的庭院，每个人都会产生欣喜、疯狂的念头。中国的宋代国势衰败懦弱，但向来不缺精神的狂徒。苏东坡、黄庭坚、张孝祥文字中的想象力上可以刺破云雾与日月同辉；下可以随江海波涛激越万里直扣人心。宋式建筑是中式建筑成熟期的经典，举止大度，格调典雅，代表着儒家气质的极致风采。玲珑通透的建筑和环绕的庭院相生相映，功能上互为补充，形式上相互衬映，一派和谐。建筑内部梁枋架落相互结构，层次明晰，将宏大的灰色屋顶轻巧地举起，为内部即将生发的仪式感成就一片天地。仰望之若神秘不可知其终结的宇宙，而若放目四望又变为绿肥红瘦、紫器蓝坊，活色生香的人间。“秀”的庭院其实是个被抬升的户外酒吧，四周林立的摩天大楼，宛如范宽、巨然等宋代宗师绘画中耸立的危峰。但千年昔日的孤寂之美已转换为世俗惊艳的审美取向，即使在夜间明月高悬之时，这空中楼阁也不再秋蝉寒意，爵士乐的慵懒，摇滚乐的撕裂都将使都市空中这块平坦的露台充满欲望。

当代文化早已不习惯于寂寞中反省，粉墨登场的世俗精神像号角在长安街的东端吹响，像一面大旗在 CBD 的空中猎猎飘扬。“主席台中餐厅”的窗外，庭院的墙垣之下是滚滚红尘。无论白天还是夜晚，长安街、东三环上的钢铁长龙在无休无止地蠕动，却永不见首尾。它们发出轰鸣，掀起滚滚尘埃，既痛苦又快乐着。高层建筑像巨人从尘埃喧嚣中站起，它用高度来筛选着世人为其创造略显冷清的空中楼阁，这曾经是多少建筑师孤傲清高的梦想。记得 20 世纪 80 年代中期，中国的一位建筑师在日本《新建筑》杂志举办的国际竞赛中能够以这样的幻想赢得认同和赞许。都市高层顶端那个失意的知识分子在用美酒邀请明月和身体的投射物来分享时间，分享感悟。时过境迁，文化的自然改变使得眼前的场景恍若隔世，又大相径庭。明月被点燃灯火的窗口替代，文人雅士则被偷换成了都市狂徒的嘴脸。

2009 年 9 月 7 日

重要的是细节

若干年前邻近北京使馆区的三里屯北街自发形成了一条休闲、时尚气氛浓郁的街区。那时路的东边是风情万种的酒吧、茶座，路的西边是大肆兜售假、冒、伪但品质不劣的“名牌”服装的集市。荒诞的是这里白天竟属于路西，全国各地来的客人们辗转流连于鳞次栉比的服装摊位之间，用眼睛贪婪地猎取自己钟爱的“品牌”和款式，用手翻弄试探衣物的质地，以伶牙俐齿令人心惊胆战地和摊贩们搏杀价码……而夜里这条街道则属于路的东侧，夕阳西下华灯初上，如同烤串一般的各色酒吧开始竭尽全力释放着自己所拥有的激情和诱惑。幻景般的美吧、迷人的美女、潇洒的帅哥、狂野的音乐把邓丽君歌曲“何日君再来”所描述的伤愁和梦想推向了新的巅峰，皮条客们蚊子一般的在步行道上游荡却又如蝴蝶一般传递着“花朵”的信息。清教主义中心的殿堂在此开裂了一道美丽的缝隙，欲望和艳丽多姿的物质在此疯狂地媾合，然后繁殖并继续扩张着它的领域。

三里屯的改造曾经引起诸多争议，包括我自己在内无法理解为什么要改变这种“天然”的景象，因为在我看来被外地人交口称赞的、被北京人引以为豪的酒吧街实在算不上什么娱乐休闲领域的奇迹，不过是沙漠中的一块可怜的绿洲罢了。因为在世界的其他地方我亲眼见过比这更大、更长、更疯狂的街道。后来涉及某影星的一次绑架案将这个街道彻底打入了深渊，因为除了色情、滥饮无度激情之外此地又增加了暴力色彩。“非洲荒野”上万类霜天竞自由的场景在东方城市找到了类比的模型，好一个欲望横流的街区、好一个都市中心的“原始森林”。

很久没有光顾三里屯街区了，因为我害怕暴力又回避欲望，直至有人向我提到隈研吾的新近作品。我个人非常欣赏隈研吾的建筑风格，他在 Kitakami Canal 博物馆、东京 Plastic House 以及路易威登集团日本总部等项目中表现出的对空间和材料独特的理解，渗透着建筑师独特的具有东方色彩的哲学观，令人深受启发。我甚至还在其设计并于 2002 年完成的北京长城脚下公社的作品——Great Bamboo Wall 中居住一宿，试图采集他智慧的碎片，体会其丰富的情感世界。另一个吸引我的原因是隈研吾精致、细腻、清雅的风格如何融入那个“热浪滚滚”的街区之中，它是否会孤独，是否会显得格格不入呢？于是我急切地驱车前往，想在第一时间里探个究竟。

“瑜舍”是一个豪华时尚酒店，2008年夏天刚刚开业，位于北京三里屯的北街，它是香港太古集团“三里屯Village”的一部分内容，为低密度综合商业项目。日本建筑师隈研吾为其设计了建筑和主体的室内空间，娱乐空间部分是由NHDRO设计事务所设计。据说“瑜舍”得名于一个中国汉字，指院落中正房对面的建筑，通常为房主的贵宾所居，看来这又是一个深藏东方传统文化内涵的建筑。东方传统居住文化的表达总是难以离开我们既亲切又为之骄傲的院落，因为在我们对传统的记忆中院落是精神和物质的核心，也是文化活动的空间载体。院落为居住带来了交流，带来了聚合，这其中既有天与地之间，亦有天地与人之间的交流与聚合。因而院落就是东方人心中的自然万象，是浓缩的宇宙。我个人认为在空间形状简单的院落空间的塑造和形态细节的处理方面，日本人完全不在中国人之下，他们特有的民族气质和生活习惯似乎比我们更善于抽象的表达。京都龙安寺中的庭院设计在我对院落空间的记忆之中占据了至高无上的峰巅。“瑜舍”酒店中的院落有二：一处是位于建筑北侧的一个下沉式庭院，它增强了酒店和Village以北项目的联系，同时亦形成了原来处于地下部分的餐厅景观。另一处院落则是酒店的核心空间——一个波特曼式的大堂。瑜舍一共设有99间客房，分六层，环绕于大堂的四周。99间客房之中半数以上的面积超过了70平方米，房间之大北京罕有，其中45平方米的有43间，70平方米的有46间，95平方米的7间，还有面积达115平方米的开放式客房两间，以及180平方米顶层复式带空中院落的套间一间。客居者和院落的关系乃是设计者努力刻画和表现的主与客之间的相互关联的一种物质表达。在隈研吾看来公共空间是反映三里屯地段特有气质的场所，这种特有气质就是长久以来形成的时尚性和流动性，它似乎又是街道精神的一种延续和一种升华，街道流动性在大堂里由水平属性转为水平和垂直相混合的三维状态，如同飞漱的悬泉、瀑布和溪流汇集而成的潭水、漩涡。而繁荣嘈杂的世俗文化则在此升华为既飘逸又沉静的当代艺术精神。“瑜舍”的大厅既是酒店的大堂，也是一个当代艺术的展厅，怪诞出奇的艺术品占据了闯入者的视觉领域，使人对接下来的遭遇充满着期待和悬念，甚至连一些固定的酒店家具也注入了一种新风和锐气，如入口处尺度巨大已经完全融入空间界面的亚克

● 北京瑜舍的外观、大堂、餐厅与客房，2008 年

● 北京瑜舍的大堂，2008 年

力和木材制作的中国传统药柜，以及变形的中国古代户门等等。

客房环廊的处理亦是公共区域设计之中的亮点，在此隈研吾在刻意强化一种传统街道的感觉，廊的一侧是极简约风格的玻璃栏板，精致的构造处理使栏板保持了最大限度的通透状态，向中央那个巨大的共享空间敞开着。而走廊的另一侧再一次大面积使用了隈研吾钟爱的木材，这个界面的处理同样简约得令人肃然。设计中去除了习惯中酒店客房走廊立面上的许多细节，如约定俗成中的门套、门牌和线脚等元素，强化了具有质感和时间记忆的木板表皮处理。这种处理使人联想到东方传统都市中街道旁无限延绵的木门板的铺面。走进这条走廊，立时一种依稀朦胧的乡土气息扑面而来，将人诱入时间的陷阱之中。同时这种连续性和整体性的强化也达到了一种隐蔽的效果，它强有力地创造出一个界面来划分共享和私人的空间，不能否认这是一种对个人和公共性质之间的“有趣”平衡。他一方面要创造公共空间的活力，吸引富有活力的人群，同时亦在创造一种隐匿空间，完善私人领域的归宿感。这种“有趣”性的表达方式，通过材料、观念和技术方面的突破等多种途径，使得“有趣”性终于转化成为一种现实。而在这几种途径之中观念决定着事物的属性，决定着我们要表达的概念，但材料和技术则决定着设计的水准，在这两方面当代的日本建筑师显然已走在世界的前列。

在东方的哲学中，平衡是一种技巧，技巧的出色与否即是我们所称谓的艺术境界。无论艺术家也好，设计师也罢，想入境上乘的领域就必须强化自我的平衡能力。但冲突常常扮演平衡的前提，没有冲突的存在平衡也就失去了意义。在设计过程中一些冲突是客观存在的，比如技术问题、文化问题，场所环境问题等，一个合理的设计结果就是化解和调和了这些问题，我想这也是现代主义建筑师的重要工作特征。但处于后现代语境之中的当代设计师们往往在现代主义的基础之上，又人为地制造出一些冲突，然后在平衡这些对抗之中炫耀着自己的功力。而且这也是消费社会期待的一个话题，利益集团巧妙地利用了这种所谓的文化进步来为自己服务。你不妨认真地想一下这样的问题，过去的三里屯对北京人的生活已经起到了巨大的作用，人们来这里休闲、娱乐、互相观赏、讨价还价，使得这个场所弥漫着一种市井生活热烈的气息。没有人会认为这里适合居住，就连当时拆迁改造时有关部门的借口都是附近居民对这种昼夜永不停息的“热浪”之抱怨。但好事之人却非要把一个高品质的酒店设立于此，犹如中国古老寓言《黔之驴》中的情节。但聘请名手的目的又是要让驴虎相争变成一场势均力敌的游戏，否则“断其喉、尽其肉、乃去”的结局不是有点太短促，太简单了么。在“瑜舍”中我看到了设计师和业主精心布设的若干“冲突”，比如说传统和现代的冲突，乡村文化和都市文化的冲突，公共和私密的冲突等等。而隈研吾果真又不负众望，举重若轻、洋洋洒洒地给了我们一个又一个满意的解答，展示了其高超的平衡能力。听说一些国际一线品牌酒店负责人暗访瑜舍之后曾有“定位不清”之类的“诋毁”之辞，我参观了其三个类型的客房之后对此却产生了这样的解释：所谓“定位不清”也许是说该酒店性质含混，因为在该酒店之中客房既传达出一种高效率、快节奏的商务酒店特征，又织锦出一幅怀旧的情景，营造出一丝乡野的韵味，给人以度假休闲的暗示。像是一语双关的俏皮话，在这个关乎商务活动和娱乐休闲活动的地段内产生了左右逢源的效应。这种思路在酒店的客房设计中体现得最为彻底。“豪华羽绒寝具，高级厕具，顶级沐浴用品，免费精选迷你酒吧，液晶电视，VGA 接驳，Denon 室内影音系统，法式咖啡滤压壶，有水疗概念的雨洒式淋浴，橡木制的深浸式浴缸，发热式地板，支线调节系统，免费无线上网服务。”这是一份酒店提供的客房特色介绍，从如此之多的特色物品之中我可以看到，业主和设计者为客人多样的要求早已进行了的充分的物质准备。

当我走入三里屯北街之初时，敏锐地感觉到原本的浮华嘈杂正在向一种清静和优雅的气质转变。在这个寸土寸金的地段，建筑师奢侈地为主体建筑劈出一块竹林绿地，建筑的表皮是令人眼花缭乱的翡翠般的玻璃幕墙，这一簇丰富的绿色仿佛川菜大席上的一份清淡的果蔬，令人耳目一爽。它试图向这个繁忙的都市传达出一分田园生活之从容。“瑜舍”像是一座绿荫庇护之下的寂静的东方村落伫立于三里屯北街的西侧，仿佛是一位隐士在谦逊地静候远道而来拜访的客人。我不禁想起了唐代诗人杜甫的一句田园诗：“绿树村边合，青山郭外斜。”这样优美的东方式意境在精良的物质技术条件下以更为抽象的形式和空间进行表达是设计者的追求，也是我的期待。

我看到无论在空间结构上的把控还是形态细节上的处理，隈研吾都表现出日本建筑师优秀的“匠师”素质，这种素质的具体表现就是情感和工艺，总体和细节的均衡性。在“瑜舍”的客房中我看到许多精细的局部处理，如木质衣柜门扣合的节点，采用了东方式榫卯的概念，这样便省去了复杂的五金系统使本体的语言更加纯粹，建筑界面简约性也变得更加彻底。还有一些活动家具的处理，乍一看以为是从北京潘家园旧货市场收集而来的漆艺家什，但无意中的伸手触摸才发现它们已经完全用黑色或朱红色的皮革重新包装了一遍。此类设计俨然早已超越了一种视觉趣味，设计变为一种媒介把情感微妙地融入了细节处理之中，如此也只有细心的人才能感受到如此的细心。这实际是一种上乘的设计理念，正所谓思想高远，手法沉实。日本社会给予匠人的地位以很高认同，因此匠人们世世代代从容而幸福地从事着劳作，技艺也在如此状态下薪火相传，发扬光大。这是日本设计领先世界的物质基础和技术保证。手艺、工艺、细节在人们的生活和审美活动中扮演着重要的作用。具体和抽象处于一种既对称又非对称的状态之中，相互补充，相互映衬。二者的不断鼓励式作用把理想推向一种极致，在这种极致状态之中，我们看到精神的升华和物化的两种美好状态。物化记载了精神，精神激活物质。

2008 年 9 月

后 记

因为思想不停地奔跑，手就要记录它的轨迹。忘记了从何时起我们中的大多数人已失去了记录思想的习惯，或许不去思考是其根本性的原因。但时间又在无情和莽撞地流泻，周一和周末调养生息的结束紧紧追随着忙碌的开始，太阳照常升起虽然印证着时间的永恒，而身体的衰败则警示着自己，带着莫名其妙的使命与责任伴随着穿透深重夜幕的啼哭闯入这个世界，即使好奇与怀疑不断地逼迫自己，试图将这附着身体和灵魂之中的意念祛除，但世间的百态以其生动的形象如此频繁地将其唤醒。困惑、焦虑、失落与惆怅不分昼夜地纠缠着自己，生命的过程并没有因物质的收获而变得快乐，物质堆积的大厦形成的阴影投射于心灵的窗口制造出一个异常冰冷的世界，囚禁于此的我将渴望的目光从这狭小的洞口伸出试图超越那高于天齐的物质之山。

不愿做一个时间长廊中的匆匆过客，即使没有能力去扭转乾坤，至少想用自己的眼光仔细打量这个世界，然后在坚硬的墙面上书写个人的心得。让这支离破碎的语言变成一道道警示的语录，给同样囚禁于此的“狱友”以启示、以鼓励。

近年来总是在怀疑自己是否走入一个迷途，设计虽为一个许多人为之骄傲的行业，但仔细对其考量却发现它全然不是一块闪烁着灵光的圣地，充其量只是一个仰望圣地的处所。众人对它的赞誉和追随不过是因为这个因欲望而生成的巨大漩涡本身已制造出更加巨大的物质能量，它像扭曲升腾的龙卷风一般在众生的头顶隆隆掠过，洗劫着人们的意志和灵魂。在自己从事设计工作和设计教育的20余年的时间里，亲眼目睹了一批又一批的学生在功利主义设计主张的教育下收获了技术却失去了理想；也见证了一个又一个学术机构在商品社会的建构中完成了由精英群落向富豪俱乐部的转化。我时常感觉孤独，仿佛沧海桑田巨变中遗留的死海，快速城市化过程中被割据的村落。回想20多年前自己在大学中受教育的激情岁月，对知识的渴望和对真理的追求，以及20世纪80年代末初为人师时的同事之间师生之间的真挚讨论。在那个物质极度匮乏的时代，设计教育虽然没有物质的参照体系却不乏变革社会和建立理想主义价值观的梦想，课堂和教研室里总是演绎着思想的激烈碰撞，学生时常为了坚持自己稚嫩的主张而面红耳赤地辩驳，教师之间亦偶尔爆发因学生作业评判标准而产生的争执。建筑教育体系之中的当代悲剧是在过去的20多年里源源不断地生产出众多唐吉珂德式的“英雄”。他们一方面为自己炮制出一些伟大的目标，一方面不断强化着自己臆想的能力，这也许是“文革”中英雄主义思想残余的最后爆发，它直接导致一场无可挽回的败局。像第二次世界大战期间德国败局已定时空降柏林的童子军，狂妄、骄横、荣誉、坚定在难以抗拒的巨大能量面前遭遇灭顶之灾。根基深厚的具有广泛群众基础的世俗文化在改革开放的春风的吹拂下从清教主义的坚冰之下露出了其华丽的外表，并在经济高速发展的春天里释放着令人麻醉的气息。

矫情的学子道貌岸然的教师们在被胶着的糖浆裹挟的硬器砸断翅膀折断芒刺之后，半推半就地向资本主义和商业精神彻底妥协。于是设计界似乎发现了另一块崭新的天地，并在设计的价值体系中找到了支撑思想的只言片语，新时期的理论家将这鼓吹功利主义的话语书写在大旗之上并将它高挂于传经颂道的讲堂的顶部，让它猎猎飘扬，让自己无所畏惧。表面上看去学术和技术的组织内部正经历着一场思想解放运动，所有的人都在努力从禁欲主义的思想牢笼中逃离出来，集体的或个人的业主、集体的或个体的设计者、组织的或独立的教育者。自由和权力意识终于成为欲望泛滥的借口，为今天无处不在的危机播下了种子。这一次的败局实则比过去精英主义的失意更为惨重，而且造成败局的原因因为和民族劣根性的结合形成了无比顽强的韧性，为我们当代的变革和改良制造了巨大的障碍。这种障碍无处不在、盘根错节，绑架了整个社会的肌体，令人难以下猛药和利刃予以革命。我个人的困惑和焦虑感也源于此，它从每日里学院的是是非非开始牵系着报刊文摘、电视、网络新闻中所披露的骇人听闻的大小事件，造成我难以逃避的困境。然而我终究不是政治家和职业政客，我个人不可能让这个世界变得和谐美好，只能将自己满腔的热情投注于设计教育这一狭小和边缘的领域，希冀能从一个专业的话语开始导引出对社会和文化的宏大叙事。这种完全不对称的思维和表达格局总会形成课堂和专业例会中的荒诞场景，我在各种各样的专业场合中总是能将话题引入对宏大和深层次问题的发问。于是尴尬的事情每每出现，温饱富足的同行们、乖巧稚嫩的学生们时常会认为我是个擅长于制造危言的好人。

对物质的崇拜的确是我们的社会在近 30 年以来取得令世界瞩目成就的主要动力，机构和个人每一天都在精心计划着明天，每一刻都在精细地分配着时间以及精力。整个社会及社会中的每个人都像一部高效运行的机器，工厂在源源不断地生产产品，行政机关在源源不断地发布政令，商业机构源源不断地销售商品，学校也不甘寂寞用现代养殖的方式培养着学生。数量是这个时代相互竞争的有效法宝，市场规律告诉我们多数的在对抗中总是能战胜少数的，生物界的规则也如此，病毒之间的相互覆盖是制胜的关键。于是除了计划生育之外各行各业都在追求规模，数字因为是规模的符号就成为时代的宠儿。学校的骄傲也很大程度仰仗着数字，在读生的规模大是一种实用主义的骄傲，于是当代绝大多数的教育机构开展了声势浩大的扩招运动，扩招的恶果是使得教学的质量大幅度下降，市场的竞争更加无序。但由于庞大的基数存在，它在产生优秀人才的绝对数量上具有一定的优势，但一定数量的优秀者总是建立于巨大数量的残次品的基础之上已成为一个不争的事实。我的学院行走的是一条表面看去反向的道路，在大多数兄弟院校都在盲目扩招的时候，我们却在盲目地控制规模。精英教育是我们的伟大借口，我们幼稚地认为师生比例是决定精英教育实质的符号，于是偌大的教学楼里人迹罕见，收藏丰厚的图书馆中馆员们望眼欲穿等候着个位数的学生到来，窗明几净的教室里教师口若悬河的对着同样数量的学生释放着激情。遗憾的是结果和我们期望相去甚远，无论是现象还是主张都难以和真正的精英式教育相称。多数设计课程的训练方式依然是以传授技能为主，理论课的讲授依然是以知识的最大限度灌输为目的，课堂上有笔记却没有讨论……技能甚至工具是我们过去迷恋的重要对象，这种习惯已经形成了我们独特的文化传统。传统对于学生们崭新的面孔继续发挥作用的原因乃是因为多数教育者是其忠实的捍卫者，技能和工具是一定时期的思想和技术结合的成就，代表着文明程度。但从某种角度来看二者又均是向后看的产物，对它们的高度认同折射出我们思想中的惰性和实用主义的价值观。

教学改革在我们的领土上进行与实施是符合未来精英式设计教育发展模式的，我自认为这也是自己唯一能做的称得上是伟大的工作。单纯的设计工作虽然是无比快乐的，但它却不符合我忧思重重的性格。责任感和救赎意识虽然看似小题大做般落实于设计教育领域，但它们又是不可或缺的，和我们当代教育所存在的现状极为般配。在这一方水土之上进行一些改革的实验并收获少许的成果是自己的目标，因为我深知以我们骄傲的历史和优越的地理位置条件，有益的改革成果将会在一个广阔的地理空间中得到认同、推广和效仿。借此普及传播一些存在于设计之中的先进的普世价值，则是我更为远大的目标。我认为过去20多年里设计担当了过多的实用主义角色，推广和宣扬了享乐主义、机会主义的思想，而随着招生数量大跃进式的发展我们也为社会培养了大量的善于钻营的小设计师和小商人。一个庞大的设计群体对于社会的价值到底是什么？其中的精英又应该具备除技能以外的哪些品质？这是自己近年来常常思考的问题。因为今天的社会环境和二十年前的状况已产生了本质的变化，设计作为一种工作和一种现象应当为新时期出现的问题承担一部分解决问题的责任。若顽固地持守现代主义对其的定位，那它就只能成为历史变革或进步过程中的反面角色，这样看来改革其实就是先革我们自己的命。

自己解决自己的问题是一种积极的态度，需要不断外观和内省，5年以来我频繁地在国内外游走、宣讲、收集能够支持自己改革的有力证据，每每发现证据俯拾皆是，正面的、反面的铁证如山一般堆积，许多同行却对此熟视无睹，因为我们已患上了习惯性不思考的毛病。将收集来的沉甸甸证据摔在众人面前，是为了让不思考者闭上他们的嘴。同时在实践中挤出了一些时间来记录这个艰涩的过程的目的，一方面想以一个个人的视角来为未来的学生、同行们描绘和陈述历史的变化轨迹，另一方面这些多数在凌晨、午夜的书写亦是对自己的解读、鼓励和鞭策方式，使时常孤独的自我得到一点心灵的慰藉，能在繁忙躁动的白日里得到战斗的勇气。而将其中的一些整理出版也算得上是一计阳谋，以此把自己卑微的身影、窃窃的私语和狭隘空间之中的耕作放大，使之变成投向一潭死水中的巨石，变成沉寂教学机构中的一声断吼，变成广阔天地之中滚滚的麦浪。

苏丹

2010年6月16日